光文社文庫

連作時代本格推理

ときめき砂絵 いなずま砂絵

なめくじ長屋捕物さわぎ㈤

都筑《つづき》道夫

光 文 社

目録

いなずま砂絵

かいせつ　紺野豊

なめくじ長屋
捕物さわぎ

ときめき砂絵

第一席●羽ごろもの松

その一

「センセー、天人《てんにん》の羽衣《はごろも》なんてえものが、この世にほんとうに、あるんでしょうかねえ」

と、首をかしげながら、神田白壁町《しらかべちょう》の御用聞、常五郎《つねごろう》が聞いた。いまの神田須田町《かんだすだちょう》、万世橋《まんせいばし》のあたり、筋違御門《すじかいごもん》うちの八辻《やつじ》ガ原《はら》のすみで、砂絵をかいているセンセーは、

「ほんとうにあったら、手に入れて、吉原の大籬《おおまがき》の二階でも、のぞきにいくつもりかね、下駄新道《げたじんみち》の親分」

にやにやすると、下駄常は大きく手をふってから、まじめな顔で、

「そんないきちょんな話じゃあ、ねえんでさあ。日本橋の村松町に、新田屋《にったや》という呉服屋があるのを、ご存じでげしょう。そこの旦那で、弥兵衛《やへえ》てえのが、おといの晩、首をつったんです。ところは、新田屋の根岸の寮、庭の松の木の枝から、ぶらさがったというわけで」

「はて、新田屋といえば大身代だが、死なざあならねえほどの、頭痛の種《たね》があったのかしらん。ふらっと首をつりたくなるような陽気じゃあなし……」

と、センセーは視線をあげた。砂絵師のあたまの上にも、松が太い枝をのばしている。縄をかけたくなるような枝ぶりだが、その上には、身のひきしまる青さで、冬晴の空がひろが

っていた。寒がらすが、やけな声をあげて、御門の櫓《やぐら》から飛びたった。そんなものには目もくれず、羽をひろげた鶴が一羽、はるか三河島の方角へ、空の高みをすべっていく。下駄新道の岡っ引は、それを目で追いかけてから、

「まあ、底びえのこのごろ、夜ふけにおもてに出たら、あっしなんざあ、松の枝より、おでん燗酒《かんざけ》の屋台が、恋しくなりますがね。実は、おかしな話がある」

「そこで、天人の羽衣が、出てくるのかえ」

「さいで——弥兵衛は風邪をこじらして、寮にいっていたんですがね。自害する五日ほど前から、妙なことをいっていた、というんでさあ。庭に天女が舞いおりる、とか、羽衣をゆずってもらうことにした、とか……そのあげくに、夜ふけに庭にまよいでて、首をつったという次第で」

「だれも弥兵衛のその話を、気にしちゃあいなかったのかえ」

「店からは、小僧がひとり、ついていっている。寮にいるのは、下女がひとりに、ばあさんがひとり。しめて三人、というわけで、旦那は熱にうかされて、らちもねえことを、いっているんだろう、と思っていたらしい」

「まったく、らちもねえ。その話がなかったら、ただの首っつりだ。白壁町の親分ともあろうおひとが、なぜそんなことに、かかずらわるね」

「跡とり息子の彦太郎《ひこたろう》というのが、ゆんべ、たずねて来ましてねえ。おやじは風邪をひいた

くらいで、頭がおかしくなるような男じゃない、というんでさあ。羽衣を買う、といったんなら、ほんとうに羽衣を、売りにきたものがいるはずだ。おやじはそいつに、殺されたにちがいない、というんです。彦太郎というのは、ばかっかたくもなく、といって、道楽者でもねえ。なかなか商売熱心で、世なれた男でね。親孝行でも、評判だ。そいつが大まじめに、下手人をさがしてくれ、というんですよ」

「しかし、天人がからんでいるだけに、雲をつかむような話だの、そいつは」

と、センセーは顔をしかめた。下駄常は小鬢《こびん》に手をやりながら、

「ですから、ひとりで行くよりも、センセーがいっしょなら、こころ丈夫とおもいやしてね」

「これから、いっしょに根岸へいけ、というのかえ。こいつをやっと、かきあげたところだ。そりゃあ、殺生《せっしょう》だぜ」

センセーの前の地べたには、五色の砂で、赤い達磨《だるま》が三人がかり、大きな雪だるまをつくっているところが、見事にかきあがっていた。水をうった地面を書場簾《かんばす》に、赤、白、緑、黒、紫、いろさまざまな砂を手にすくって、握りこぶしから、太く細くふりおとし、いろはの文字から人物、風景、なんでもかいて見せて、見料をいただくのが、センセーの職業なのだ。

「埋めあわせはしやすよ、センセー。おねげえだ。ぜひ、来ておくんねえ」

と、常五郎、ふところに手を入れる。センセーはしぶしぶ腰をあげて、せっかくの砂絵を、

小箒《こぼうき》で消しはじめた。いっしょくたになった砂は、小袋にさらいこんで、晩に長屋で染めなおすのだ。

「頼みをきくかわりに、親分、こいつを長屋まで、はこんでくんなよ」

自分がすわっていた茣蓙《ござ》を巻いて、投げ銭の盆といっしょにかかえながら、センセーは足もとに、顎《あご》をしゃくった。貧乏徳利が二本、一本にはひや酒、一本には水が入っている。それに小箒、砂のふくろが五つ六つ。下駄常は苦笑いをして、

「はこべというなら、はこびますがね。そのかわり、天人をとっつかめえても、羽ごろもは、新田屋の若旦那に、わたさにゃあならねえ。あとに残った裸の天女は、わっちが頂戴しやすからね」

「なるほど、そういう楽しみが、あったのだの。こいつあ、身を入れざあなるめえよ。親分、歩《あゆ》びねえ」

笑いながらにセンセーは、柳原堤《やなぎわらどて》にそって、郡代屋敷《ぐんだいやしき》にむかった。目ざすは、橋本町のなめくじ長屋。もっとも、いまごろ帰ったところで、猫の子いっぴき、いはしない。橋本町は芝の新網《しんあみ》、四谷の鮫《さめ》ガ橋《はし》、下谷の山崎町《やまざきちょう》とならんで、江戸でも知られた巣乱《すらむ》だが、センセーの長屋は、ことにすさまじい。葛西《かさい》は源兵衛堀の河童《かっぱ》のまねをして、裸であるく物もらい、大道曲芸師、野天芝居の女がた、熊のまねして、四つん匍《ば》いであるく裸こじき、天狗の面のお札《ふだ》くばり、はりぼて細工の石塔をかかえた幽霊こじき、大道かせぎの連中ばかりが、

すんでいる。したがって、天気のいい日は、長屋はからっぽ。だが、雨、雪、みぞれの日となると、大の男がごろごろ、のたのた、寝ころがっている。依《よ》って、もって、名づけていわく、なめくじ長屋。

その二

八辻ガ原の砂絵師は、名前も、素性も、わからない。着たきり雀の古あわせで、月代《さかやき》はのび放題、いつも丸腰だが、もとはお武家らしいので、センセーと呼ばれている。砂絵の妙技のほかに、推理の才という、かくし芸があって、ひと来《きた》って酒を供するときは、出しおしみをしない。それを、いちばん利用しているのが、御用聞の常五郎。きょうも、わずかな酒代で、根岸の里まで、ひっぱって行こうとしている。

柳原堤にもどって、和泉橋《いずみばし》をわたり、武家屋敷ばかりで、おかしくもない御徒町まですぐに、三枚橋から山下にでて、上野の山すそをまわったところが、呉竹《くれたけ》の根岸の里。神田からは、かなりの道のりだが、昔のひとは足が早い。下駄常とセンセー、まだ日の高いうちに、根岸についた。坂本町の町家を出ぬけると、いちめんの畑地で、そのあちこちに、大小の寺があり、農家がある。日ぐらしの里、しぐれの岡、鶯の初音をもとめて、風流人があつまった昔にくらべると、数はすくなくなったけれども、ちらほら大家《たいけ》の寮もある。その一軒、柴垣に藁《わら》ぶき屋根の竹の門のまえで、岡っ引は立ちどまった。かたわらに、大きな柿の木が

あるのを見あげて、

「こいつを目じるしに、おすわって来たんです。ここが、新田屋の寮にちげえねえ」

手入れのゆきとどいた前栽《せんざい》のあいだを、戸口にすすんで、声をかけると、若い男がでてきて、

「こりゃあ、白壁町の親分、さっそくにおいでくだすって、ありがとうございます」

目が細いわりに、眉が太く、口の大きいわりに、脣《くちびる》がうすく、いい男とはいえないが、利発そうには見える。これが、若旦那の彦太郎だった。

「待っていてくだすったんじゃあ、こちらこそ、申しわけねえこってした」

と、常五郎は頭をさげて、

「このご浪人は、学者でね。天狗、天人、河童、妖怪変化《へんげ》のことなら、なんでも知っていなさるんで、来ていただきやした」

「それは、ご苦労さまでございます。どうぞ、おあがりくださいまし」

彦太郎がいうと、センセーは首をふって、

「いや、このまま、庭へまわろう。仏はもう、よそへ移したろうから」

「はい、きのう、ご検視がすむとすぐ、日本橋へはこびました。自害というままでは、わたくしの気がすみませんので、葬いはのばしておりますが……」

彦太郎はさきに立って、ひくい建仁寺垣《けんにんじがき》の柴折戸《しおりど》から、庭へ入った。ひろくはない庭だが、

小さな池なぞもあって、そのほとりに、松の木がそびえている。亭亭《ていてい》として、鶴がおりるに、ふさわしいような松だった。首をつるにも、ふさわしい。

「なるほど、これは見事だ。どの枝にさがったか、聞かなくてもわかる」

と、感嘆してから、センセーは下枝に手をかけて、

「ちょいと、登ってみても、いいかえ」

返事を待たずに、ひやめし草履《ぞうり》をぬぎすてると、身軽にセンセー、枝から枝へ、のぼっていった。葉のしげった枝のあいだに、古あわせが見えなくなり、毛ずねが見えなくなって、しばらくしてから、

「こりゃあ、天人が舞いおりたというのも、真実かも知れねえ。ここに羽衣のきれっぱしが、ひっかかっている」

という声が、降ってきた。

「ほんとうですかえ」

下駄常が声をはりあげると、センセーは愉快そうに、

「それに遠くに、天女のすがたも見える」

「まさか……」

「あやまった。天女は天女でも、空は飛べねえ。だが、こちらのたまゝせえは、宙に飛ばしてくれる天女だ」

「なんです、そりゃあ」

「吉原《なか》の大籬の二階で、もろ肌ぬぎの華魁《おいらん》が、お化粧《けえけえ》をしているのが見える。絶景、絶景。おやおや、いもうと女郎《じょろう》らしいのが、湯あがりの長襦袢《ながじゅばん》で、入ってきた。裾がみだれて、腿《もも》の奥まで、ちらりと見えたぞ。そら出た、また出た、そう出ちゃ、たまらん……」

と、砂絵のセンセー、向両国の卑猥な見世物、それ突けやれ突けの口上をもじって、

「久米《くめ》の仙人じゃあねえが、落っこちそうだ」

「センセー、ふざけていちゃあ、いけません」

「ふざけちゃあ、いねえよ。嘘《うそ》だと思ったら、ここへあがってきてみねえ。ちょいとした見晴しの松だ。入谷田圃《いりやたんぼ》で、犬がつるんでいるのも、見える。金竜山は浅草寺、五重塔のてっぺんで、鳶が油揚《あぶらげ》をくらっているのも、見える。奥山の長井《ながい》兵助《ひょうすけ》の居合抜のところで、やや、掏摸《すり》が見物のふところに、手をのばしたぞ。親分、早くいって、つかまえねえ」

「やっぱり、ふざけているんじゃあ、ありませんか」

常五郎は口をとがらしたが、返事はなかった。しばらくすると、枝のあいだに、汚れた足のうらが見え、毛ずねが見えて、センセーがおりてきた。

「見や。これが、羽衣のきれっぱしだ」

と、さしだしたものに目をやって、下駄常は吹きだした。

「なんです、こりゃあ、鶴の羽じゃあごわせんか」

当時は冬になると、しばしば江戸の町なかでも、鶴の飛ぶのを、見ることができた。けれど、まさかに町なかに、鶴がおりることはない。三河島から蓑輪《みのわ》へかけてのひろい田圃に、群れをなして、おりる。だから、幕府では毎年、十月から三月まで、田圃に竹矢来をめぐらして、むやみな人の出はいりを禁じ、これを保護した。鶴は千年、長寿の鳥、その肉をくえば、ひとも長生きするというが、むろん勝手に、獲《と》ることはできない。

「なるほど、蓑輪にちかいここらの木には、脚《あし》をやすめることもあるだろうが……」

と、センセーは首をかしげて、

「そうかえ。こりゃあ、鶴の羽かえ。どうして、わかる?」

「あっしも正《しょう》のものを、見たわけじゃあねえが、こいつは白くて、細長い。たぶん、鶴の羽でしょうよ」

「それならば、それでもいいがの。おれの聞いたところじゃあ、天人の羽衣というなあ、鶴の羽でつくる、というぜ。羽のころも、と書くくれえだ。これが、親分、生きた鶴から、ぬけおちた羽か、羽衣からおちた羽か、どうして見わけるえ」

「恐れいったね、こりゃあ」

と、下駄常は首をすくめて、

「そういわれると、わからねえ。羽衣のきれっぱしかも、知れやせん」

「そうだろう。だんだん、若旦那のいう通りになってきた」

と、センセーは彦太郎を見かえる。胡散《うさん》くさげな顔になりながらも、新田屋の若旦那はうなずいた。センセーはつづけて、

「骨董いじりの道楽なぞが、おありだったのかな、弥兵衛どのには」

「いいえ」

と、彦太郎は長い顔を左右にふって、

「道楽は金もうけだけ、といっていたくらいで……あとは、まあ、将棋でしょうか」

「しかし、お伽《とぎ》ばなしの打ちでの小槌や、かくれ蓑《みの》、かくれ笠がまこと、この世にあるものなら、手に入れたい、と思わぬものはないだろう。羽衣にしても、そうだ。鳥のように、自在に空を飛べたなら、と考えないひとはない」

「はい、ほんものの羽衣を見せられたら、父はきっと、ほしがったでございましょう。売る、といわれたら、大金をも出したはずです。ただし、本物かどうか、じゅうぶんに、たしかめた上で……」

「商人《あきんど》ならば、そうなくちゃあ、ならねえ。相手がそれを着て、ふわありふわり、飛びまわるところでも、見ねえことにゃあ、信用しねえだろう」

と、センセーは両袖をひろげて、飛びまわる身ぶりをしてみせた。けれども、とうてい、天人には見えない。やっこ凧《だこ》の糸が切れて、からっ風に吹かれているようだった。下駄常は苦笑いをしながら、

「ところで、若旦那、大旦那にそんなものを、売りつけそうな人間に、心あたりがおありですかえ」

「まあ、めったなことはいわれないが、ひとりふたり、心あたりが、ないこともない。まず薬研堀《やげんぼり》の道具屋で、島屋甚助《しまやじんすけ》――このひとは、道具屋の商売に、うちに来ていたわけじゃあない。おとっつぁんの古い友だちで、へぼ将棋の相手をしにくるのさ。それを口実に、お金を借りにくることもある」

若旦那が眉をひそめると、常五郎はうなずいて、

「薬研堀とおいいなすったが、ちゃんと店のある道具屋ですかえ」

「そうじゃあなさそうだが、四つ目屋のうらっ手へいって、島屋甚助と聞けば、わかるそうだよ」

四つ目屋というのは、両国の薬研堀にあった有名な店で、なにをあきなっていたかといえば、擬製男根《はりがた》、擬製女陰《あずまがた》といった道具に、帆柱丸《ほばしらがん》、長命丸《ちょうめいがん》といった薬、そのほか色いろ――つまり、いまでいう大人のおもちゃ屋なのだった。

「その甚助のほかに、心あたりは?」

センセーが聞くと、若旦那はちょっと、いいしぶってから、

「元浜町《もとはまちょう》の長屋に、弥七《やしち》というひとが、おります。実はこのひと、わたしの叔父さんなんだが、若いころからの道楽者で、いまでは細ぼそ筆工を――版下かきをやっております。な

にしろ、お酒が大好きで、よく店さきへ酔ってきて、父の邪魔をしておりました。道楽者でも弟、父はいやな顔もせずに、小づかいをやっておりましたが……」

「もういませんかえ、ほかには」

「このひとは、いくらなんでも……と思いますが、辰蔵《たつぞう》という、出入りの大工がおりまして、父が気にいっておりました。話のおもしろいひとで、ほら辰なんぞと呼ばれております。この寮の手入れに、たしか二、三日まえにも来ていたはずで……」

「そのほら辰、どこに住んでいるか、ご存じですかえ」

「神田の松枝町《まつがえちょう》、弁慶橋のちかくの長屋、と聞いております。ああ、定吉《さだきち》に聞けば、もっとくわしく、わかるでしょう。ちょうど、ここに来ております」

定吉というのは、弥兵衛について、この寮にきている小僧だった。彦太郎によばれて、縁さきに出てきたのを見ると、頭でっかちの、からだは瘠《や》せて、でんでん太鼓のお化けみたいな男の子だ。

「辰蔵のすまいを、おめえ、知っているそうだな」

横柄に下駄常が聞くと、定吉はおびえた顔で、こくりとうなずいて、

「知っています。神田松枝町の仁右衛門店《にえもんだな》、六軒長屋です。木戸を入って、右がわのおく、便所《はばかり》のにおいのひどいうちで……」

長屋の雪隠《せっちん》は、一軒ごとに、ついてはいない。露地のおくに、共同便所《そうごうか》があって、となり

には、掃溜《はきだめ》がある。だから、つきあたりの両がわ二軒は、風むきによって、異臭にもろに、おそわれるのだ。

「よく知っているな」

「なんども、呼びにいったことがあるんです。二日酔で、なかなか起きてくれなくて、待っていたこともあります」

「二、三日まえに、ここに来たそうだの」

下駄常が聞くと、でんでん太鼓の化けものは、がくんと大きくうなずいた。岡っ引はつづけて、

「どこを、手入れにきたのだえ」

「お勝手の吊戸棚《つりとだな》が、ぐあいが悪くなったんです。戸があかなくなっちまって……」

「それだけのことならば、たいして手間はかからなかったろう。一刻《とき》（二時間）くらいで、帰ったのかえ」

「いいえ、旦那のお相手をしたり、お関《せき》さんをからかったり、お鉄《かね》さんと世間ばなしをしたりして、半日あそんでいきました」

「お関というのは、ここの下女。お鉄というのは、ばあやでございます」

と、彦太郎が口をはさんだ。下駄常はうなずいて、

「そのふたりも、呼んでいただきましょうか」

「小僧さん」

縁がわに腰をおろして、冬空を見あげていたセンセーが、このとき口を出して、

「おめえさんとは、ほら辰、お喋《しゃべ》りをしていかなかったのかえ」

「お鉄さんと話していたとき、わたしもそばにいました」

定吉がこたえると、センセーはにこにこしながら、

「どんな法螺《ほら》を吹くのだね、辰蔵は」

「修行の旅のとちゅう、山のなかで、天狗にあった話なんかもしますけれど、嘘にきまっています。このあいだは、吉原の羅生門河岸《らしょうもんがし》というところで、いたずらをした話をしていました。せまい露地で、そこを通ると、女のひとが手をつかんで、はなさないんだそうです。辰さん、ひどい目にあったことがあるんで、工夫をして、しかえしをしたんですって」

「そいつは、おもしろそうだ。どんな工夫をしたんだろう」

「木で彫って、にせものの手くびを、こさえたんだそうです。それに、赤い手ぬぐいをつけておいて、持っていったんですって」

「ほりもの大工でなくっても、それくらいの細工はできるだろう。それから、どうした」

わかりきっているのに、センセーが聞くと、定吉は吹きだしそうになりながら、

「羅生門河岸をとおって、女のひとが手をつかんだときに、木ぼりの手をはなしたんです。ほんとうの手は、袖にひっこめて、木ぼりの手を持って、袖口から出していたんですね。だ

から、女のひとは木ぼりの手をつかんで、はなされたから、尻もちをついた。おまけに血のようないろの手ぬぐいが、ついているでしょう、木の手くびには——女のひと、きゃっといったそうですよ。女のひとって、お女郎だと思います。お女郎だって、そんないたずらをして、おどかしちゃあ、かわいそうだ」

「定吉、おめえはなかなか、利口だの。ものおぼえがいい。しかも、人のまごころを持っている。そのものおぼえのいいところで、聞きてえのだが、その日、旦那は機嫌がよかったかえ」

お武家らしいひとに、ほめられて、うれしかったのだろう。定吉はにこにこしながら、

「咳をして、苦しそうで、とっても機嫌がわるかったんです。朝、起きたときには『どうやら、なおったようだ。もう大丈夫だろう』って、いっていたんですが、ぶりかえしたんだ、と思います。寒かったから、気をつけて障子はしめていたんですが、一日じゅう」

「そういやあ、きょうも寒いな、風もねえのに」

と、センセーはふところ手をして、縁がわから、庭におりた。定吉に背をむけて、松の梢をあおいだり、足もとの地面を、あちこち眺めたり、屋根をふりあおいだりしている。でんでん太鼓が化けた小僧は、もじもじして、腰を浮かしかけた。そこへ、女がふたり、奥から出てきた。下女のお関は十七、八、小がらであんがい、あかぬけした娘だった。さすがに、水しごとをする手は、赤くなっている。ばあやのお鉄は、四十前後の横幅のある女で、顔も

蟹《かに》に似ていた。ふたりが来たのを、いい機《しお》に、定吉は立ちあがって、廊下をもどっていった。

「旦那が亡くなっているのを、見つけたのは、ふたりのうちのどっちだね」

下駄常が聞くと、お鉄はあいだの離れた両の目を、きょろきょろさせながら、

「へえ、あたしです。あたしは、朝が早いものでね。水口から庭に出てみたら、旦那さまが、その木の枝から……」

「ふたりとも、夜なかに旦那が庭にでたのを、気づかなかったのかえ」

お鉄は黙ってうなずいたが、

「夜なかに、なにか物音がしたようでしたが、鼠《ねずみ》だとおもって……」

と、お関は答えた。常五郎は首をかしげて、

「しょっちゅう、鼠が出るのかえ」

「いつもは、天井うらやお勝手で、ごそごそやっているくらいのものなんですけど」

と、お関も首をかしげて、

「このあいだの晩は、目がさめたくらいですから……いま思うと、あれ、旦那さまが、雨戸をあけた音だったのかも、知れません」

「その雨戸だが、どうなっていたね」

「いちおう、しまっていましたが、ちょいと隙間《すきま》がありましたよ」

と、お鉄がしゃがれ声で、

「ですから、なかの閉具《さる》は、おりていなかったわけでさあね」

「旦那は養生にきていたてえことだが、夜なかに咳なんざあしていたかえ」

と、センセーが口をだした。

「こちらへいらしたばかりのころは、咳が苦しくて、夜なかにお起きになったことも、ありましたけれど……」

と、こんども、返事をしたのは、お関だった。どうやら、この女のほうが、お鉄よりも耳ざといらしい。

「このごろはもう、そんなことはございませんでした」

「お医者は来ていたのかえ」

「いえ、日本橋のほうから一度、かかりつけの先生に、来ていただいただけでございます」

と、彦太郎が口をだして、

「村松町にいたときから、『風邪は大したことはない。葛根湯《かっこんとう》でも、飲んでいりゃあ、なおる』と、先生がおっしゃっていたんです。『むしろ、気やみのほうが、心配だ。たぶん、長年の疲れがでて、気が弱くなっておいでなのだろう。根岸へでもお移りになって、ゆっくり養生をなすったら、いかがかな』といわれて、こちらへまいったようなわけで……」

「なるほど、旦那は気やみだったのか。それならば、ふらふらと死にたくなる、ということも、ありうるな」

と、センセーはことともなげにいってから、お鉄とお関にむかって、

「見舞いの客は、多かったかえ」

「旦那さまは、『こんなところまで、わざわざ来てもらうのは、大変だから、おことわりするように、番頭にいっておいた』と、おっしゃっておいででしたがね」

と、しゃがれ声のお鉄が答えて、

「それでも、いくたりか、お見えになりましたよ」

「このところ来たのは、どんなひとたちだえ」

「そうですねえ。大工の辰さんは別にして、両国の道具屋さんでしょう。娘をからかうのがおもしろいのか、四つ目屋の営業案内《ひきふだ》なんぞを持ってきて、お関さんにやっていたから、よくおぼえているんだけれど、あとはどんな人がおいでたかねえ」

と、お鉄がお関をかえりみる。若いほうは、ちょっと顔をあかくしながら、

「島屋さんのほかには、弥七さんという、旦那さまの弟御。それから、中橋の加賀屋《かがや》さんが、みえました」

中橋はいまでいえば、日本橋の大通りが、八重洲口からの通りに、ぶつかろうとするあたり。首都高速一号線になってしまった楓川《かえでがわ》から、日本橋の大通りまで、大昔には掘割があって、中橋という橋がかかっていた。堀が埋立てられ、橋がなくなってからも、土地の俗称として、中橋の名だけは残って、

おそれ入谷の鬼子母神《きしもじん》
そうで有馬の火《ひ》の見櫓《みやぐら》

というように、

とんでも中橋　もう中橋

なぞと、しゃれ言葉にも、しばしば、つかわれていた。

「加賀屋さん、というのは？」

センセーが見かえると、若旦那はうなずいて、

「はい、老舗《しにせ》の袋物屋さんでございます。加賀屋佐吉《さきち》さんとおっしゃいまして、父とは古いつきあいの、これも将棋仲間で……」

「このあいだ来たときも、将棋をなすったのかな、加賀屋さんと旦那は」

「いいえ、なさいませんでした」

と、お関が答えて、

「島屋さんとも、なさいませんでしたよ。以前にいらしたときには、おひとりのときも、旦

那さま、詰将棋のご本を片手に、よく将棋盤にむかっていなすったっけが……」

「こんどは、そういうことも、なかったわけか——親分、まだなにか、聞くことがあるかえ」

センセーが下駄常に声をかけると、岡っ引は若旦那の彦太郎にむかって、

「旦那のお居間を、見せていただきましょうか」

その三

西にかたむいた日ざしのなかを、浅草田圃のほうへ、常五郎とセンセーが歩いていく。鬼子母神の真源院の塀そとへかかったところで、下駄常が聞いた。

「弥兵衛の部屋をしらべても、手がかりがねえとなると、こりゃあ、日本橋へもどるより、道はねえようですね、センセー」

「そうさの。親分は大工の辰蔵や、島屋、加賀屋なんぞを、あたってみねえ。おれは裏から、あっちこっちを探ってみる。といっても、きょうのことには行かねえから、ここまで来たついでだ。ひさしぶりに、吉原《なか》をひやかしていこう」

「そりゃあ、けっこうだが、センセー、小格子に沈淪《ちんりん》して、また帰らず、なんてえことになっちゃあ、困りますぜ」

小ごうしは、ちょいちょいちょんちょん格子、惣半籬《そうはんまがき》ともいって、三流の娼家《しょうか》のことだ。

「安心しねえ。泊りをつけられるほど、銭《ぜに》を持っちゃあいねえ」

まじめな顔で、センセーがいうと、下駄常は苦笑いして、

「こいつは、とんだ皮肉をひきだしたようだ。あす、また声をかけますから、頼みますぜ、センセー」

上野の袴越《はかまごし》――いまの上野駅あたりに出るみちへ、御用聞がそれていくと、センセーは足を早めて、歩きだした。だが、竜泉寺町《りゅうせんじまち》のほうへは、むかわない。むかったさきは、浅草の奥山《おくやま》だった。日のしずむ紅い空が、無数の蝙蝠《こうもり》を黒く散らして、宮芝居の小屋からは、もう打ちだしの太鼓が聞える。浅草寺本堂の裏手、矢場のならんだあたりでは、掛行燈に灯《ひ》が入りはじめた。

「そろそろ、手があくかえ、マメゾー」

と、センセーが近づいて、声をかけたのは、大道曲芸師のところだった。一日の最後の芸をおえて、まだ十二、三の曲芸師が、冬だというのに、淋漓《りんり》の汗をふいている。その後見をつとめていたのが、なめくじ長屋のマメゾーだった。いつもは、両国の広小路に出ているのだが、この五日ばかり、病気の先輩曲芸師にたのまれて、その息子の指導役を、つとめている。

「ちょうど、おわったところでさあ」

と、小男の曲芸師は、笑顔でこたえた。修業ちゅうの曲芸師は、道具を大風呂敷につつん

で、

「マメゾーの兄貴、ありがとうございました。あすもよろしく、お願いいたしやす」

「もうおれがいなくても、よさそうだぜ。きょうは、ほんとうに、よかったよ。あの呼吸《いき》を、わすれなさんな」

はげまされて、若い男はうれしげに、センセーにも頭をさげて、大風呂敷をしょうと、馬道《うまみち》のほうへ帰っていった。

「なにかあったんですかえ」

マメゾーが聞くと、センセーは仲見世のほうへ、歩きだしながら、

「また、下駄常に、ひっぱりだされたやつさ」

と、新田屋弥兵衛の首つりの一件を、くわしく話してきかせてから、

「銭になるかどうか、わからねえ話だが、ほじくりかえしてみても、罰《ばち》はあたるめえ。おれの推理《けんとく》じゃあ、弥兵衛は自害だ。殺されたんじゃあねえ。だが、稼業につかれて、気が弱っていたといっても、寮ぐらしで、だいぶよくなっていたそうだから、よっぽどのことがなけりゃあ、首はつらねえだろう。そのよっぽどのことを、起したやつが、いるはずだ。そいつをつきとめりゃあ、彦太郎、銭をだすにちげえねえ」

「あっしらは、なにをしやしょう」

「おめえは、中橋の加賀屋を、さぐってくれ。老舗だそうだが左前になっちゃあいねえか、

あるじの佐吉はどんな男か、なるがたけ早く知りてえ」

「やってみましょう」

「ユータやカッパ、オヤマたちには、島屋や筆工の弥七、辰蔵なんぞを、しらべさせてくれ。お鉄とお関の身上《みじょう》は、アラクマにさぐらせたがいい。如才もあるめえが、下駄常も、こいつをしらべている。鉢あわせをしねえように、気をつけねえよ」

「こころえていますさあ」

と、笑ってマメゾー、センセーから離れた。ちょうど雷門を出て、並木にかかったところだったが、たいして足を早めたようにもみえないのに、マメゾーのすがたは、見るみる遠ざかった。

「あいかわらず、動作《こや》が軽いな」

と、つぶやいて、センセーは歩きつづける。すると、駒形《こまかた》のほうから、灰いろの墓石が、ゆらりゆらりと歩いてきた。センセーの前までくると、紙をはりかさねて、つくった張りぬきの石塔が、ぱたりと前にたおれて、

「うらめしやあ……」

おでこに三角紙、顔をあおぐろく塗った男が、にやりと笑った。片手で紐をひくと、墓石はまた起きあがる。表面の文字は、戒名《かいみょう》ではなく、商売繁昌。

「ええ、大じかけ大ひょうばんの幽霊でござい。商売繁昌の幽霊でござい」

と、商家の前で、はりこの石塔をたおしてみせて、

「うらめしやあ」

奇声をあげて、一文二文をもらってあるく。なめくじ長屋の住人のひとりで、幽霊を意味する芸人ことば、ユータで通っている男だ。

「いまそこで、マメゾーとすれちがいましたぜ。『センセー』と、うしろを指さして、飛んでいったが、なにかあったんで？」

「海のものとも、山のものとも、知れねえことだが、まあ、聞きねえ」

浅草橋のほうへ歩きながら、センセーはかいつまんで、話をした。豪商の店が瓦屋根《かわらやね》をそびやかして、左右にならんでいる蔵前の通りを、墓石と砂絵師があるいていくすがたは、そうとうに異様だった。だから、浅草御門はさけて、柳橋へそれた。

「アラクマは、きょうは本所《ほんじょう》をまわっていますよ。これが、ほんとうの本所の荒熊で」

と、ユータは笑った。本所の穴倉、という陰語があって、好色を意味する。本所は地盤が低いから、地下倉庫を掘っても、じくじくと湿っぽい。まるで、色ごのみのあそこのようだ、というわけだ。年びゃく年じゅう下帯ひとつの裸に、鍋墨《なべずみ》をぬって、

「ええ、丹波《たんば》の山おくで、生捕りましたる荒熊でござい。ひとつ、鳴いておめにかけます。とぅるるるる」

と、四つん匍いであるくアラクマは、いたって女ずきだから、ユータがしゃれたのだった。

やはり、裸に鍋墨をぬって、

「わたしゃあ葛西《かさい》の源兵衛堀《げんべえぼり》、河童のせがれでございます。けっけっけ」

と、生いもや胡瓜《きゅうり》をかじってあるくカッパ。白衣、白袴に天狗の面、

「わいわい天王、囃《はや》すがお好き。囃したものには、お札をやろう。それ、まくよ。それ、まくよ」

と、紅刷《べにずり》の牛頭天王《ごずてんのう》のお札を、くばってあるくテンノー。麦藁《むぎわら》細工のかつらに、剣菱《けんびし》、宮戸川《みやとがわ》の酒薦《さかごも》――樽をつつむ商標と酒銘を色刷りにした筵《むしろ》を、つづくりあわした衣裳《いしょう》をきて、往来でひとり芝居するオヤマ。これらをセンセー、手足につかって、事件を解決する。下手人はおしえてやって、下駄常の手柄にさせてやるが、大事なところは隠しておいて、金にするというのが、なめくじ長屋ご一統の世間の知らぬ生活手段なのだった。

その四

ばかに寒いと思ったら、夜になって、雪がふりだして、あくる日も、ふりつづいた。お江戸の町はまっ白になったが、長屋の露地は水はけが悪い。なめくじ長屋の倒れかかった木戸のなかは、汁粉をたたえたようだった。そのぬかるみに、足駄《あしだ》をとられながら、下駄常がやってきたのは、もう薄暗くなってからだ。いつもなら、朝からみんな、長屋でごろごろしている天気だが、きょうは出はらって、センセーだけが万年床に大あぐら、ひや酒をのんでい

る。

「悪いものが、ふりやした。それでも駈けまわって、ちっとは探りだしてきましたが、センセーのほうは、どうですえ」

と、常五郎が、あがりはなに腰をおろす。まだ行燈はつけていないから、大道絵師の顔はよく見えない。

「こっちも、少しはわかったぜ。羽衣を売りかねねえやつは、まず島屋の甚助だ」

「たしかに甚助てえのは、いいかげんな野郎で、東照神君《とうしょうしんくん》のおんとし九歳のしゃれこうべぐれえ、持ちこみかねねえ。白麻のひとえを、羽衣といって、売りつけにかかるかも知れやせん。でも、新田屋がそんなものを、買うでしょうかねえ」

「そこだな。島屋は小ずるいところはあっても、根はひとのいい男だそうだの」

「そのようで」

「新田屋は、風邪というよりも、気やみで、寮へいっていた。大家《たいけ》の旦那が、長年の商売につかれて、気やみになる、というのは、普通じゃあねえ。こまかく気がまわって、人まかせに出来ねえたちだったんじゃあ、あるめえか」

「さすがはセンセー、お見とおしでさあ。そのくせ、気がやさしいから、がみがみはいわねえ。手代や小僧、女中のやったことが気にいらねえと、黙って自分でなおすんだそうです。小言をいってくれたほうがいい、と手代がいっていましたぜ」

「初老のそういう男が、寮へいく。ところは根岸、蓑輪にちかい。そこで、親分、なにか考えねえかえ」

「鶴でしょうか……」

「松の枝に、ひっかかっていたなあ、やはり鶴の羽さ。弥兵衛はだれかにそそのかされて、鶴を生捕りにして、食ったんだろう。将軍さまが献上して、京の帝《みかど》がめしあがる。ほかには正月三ガ日、公方《くぼう》さまが吸いものにして、めしあがる鶴。大大名《おおだいみょう》がご相伴《しょうばん》にあずかるだけで、町人の口には入らねえが、たっぷり食やあ、長寿をたもてる、という鶴。だが、むやみに獲って食ったら、家財は没収、死罪にもなりかねねえ」

「そいつを食ったんですかね、新田屋は」

「寮のお鉄ばあさんから、アラクマが聞きこんで、いましたがた、知らしてくれたんだがの。弥兵衛が『天人がおりる。羽衣をゆずってもらえるんだ』といいだして、二日目だったか、お鉄は暇をもらって、蓑輪の伜《せがれ》のうちへ、泊りにいっている。その日、お関も村松町の店まで、つかいに出されているんだ」

「ふてえ阿魔《あま》どもだ。おれにゃあ、そんな話はしやがらねえ」

「大事だとは思わねえから、話さなかったのさ。怒っちゃあ、いけねえ。弥兵衛が鶴をくったのは、その日だろう。そそのかして、生捕り役と料理番をつとめたのは、島屋甚助にちげえねえ」

「だったら、同罪だ。おどしたり、ゆすったりは、出来ねえでがしょう」

「親分は、島屋が新田屋をおどして、金をとろうとした、とでも思っているようだの。そうじゃあねえ。ふたりが、鶴をくったことを知って、だれかがゆすったんだ、金のあるほうを」

「だれです、そりゃあ」

「加賀屋か、ほら辰。あるいは、お鉄の伜ということも、あるだろう。そのうちに、わかるさ」

「悠長なことを、いっていちゃあ、いけません。さっそく、辰蔵とお鉄の伜を、しめあげやしょう」

「おっと、わすれていた。ゆすったのは、弥七かも知れねえぜ」

「まさか。弥七は弥兵衛の弟じゃあ、ありませんか」

「それも、そうだな。じゃあ、加賀屋だったら、どうする？　まさかに、老舗のあるじを、しめあげるわけには行くめえ」

「しかたがねえ。若旦那には、せっつかれるが、ここまでわかったんだ。ひとりひとり、しらべて行きやしょう。センセー、いつものことだが、お世話をかけやした。これで、あったまっておくんねえ。雪見酒とでも、しゃれこんで」

と、下駄常は紙につつんだものを、すべらしてよこした。ふつうの畳なら、万年床のそばまで、すべってくるはずだが、なめくじ長屋の畳は、そうはいかない。半途にして、ひっかかってしまった。

「すまねえな、親分。するてえと、もういいのかえ、探らなくとも」

「そりゃあ、まあ、なにかわかったら、知らしておくんなせえ」

といって、下駄常は立ちあがった。番傘をひろげて、まだふりしきる雪のなかへ、下駄新道の御用聞が出ていくと、センセーは壁の穴に、声をかけた。

「マメゾー、聞いたか。鶴となったら、新田屋の若旦那も、礼をはずまざあならねえ。下駄の親分、よろこんで、あとはひとりでやる気で、帰ったぜ」

「出ていって、加賀屋の話をしようか、と思ったんですがね。あっしが帰ったことを、センセーは気づいているはずだから……」

と、壁の穴から、マメゾーが匍いだしてきた。センセーは笑って、

「ああ、知っていた。すぐに出てこねえところをみると、おつな話があるのだろう、と思って、声をかけなかったのさ」

「加賀屋の佐吉は、弥兵衛といっしょに、鶴を食ったようですぜ」

「新田屋は将棋仲間に、寿命をわけてやろうとしたのかな」

「この雪で、加賀屋の店も客がねえ。あるじの佐吉は早くから、居間にひっこんでいましたんで、縁の下にもぐりこんでみました」

「そりゃあ、ご苦労だった」

「新田屋が死んだわけを、加賀屋は察していて、頭を痛めていましてね。ひとりごとを、ぶつぶつ、いっていましたぜ。ひょっとすると、こいつも首をつるんじゃあねえか、と思って、心配したが、『新田屋も気の弱い。なんの証拠も、残っちゃあいないのに』といっていましたから、ふたり目の自害は、出ねえでしょう」

と、マメゾーが首をすくめるのが、戸外の雪あかりで、ぼんやり見えた。センセーは行燈をひきよせると、引出しから、火口《ほくち》と火うち鎌をだして、

「わずかにしても、下駄常が銭をおいていったんだ。貧乏くさくもしていられめえ。あかりをつけるか」

行燈のまわりが、ぼうっと明るくなると、そのなかに、カッパが顔を出した。

「新田屋の小僧から、みょうな話を聞きだしましたぜ。お関てえ下女が、根岸からつかいに来て、なにを持ってかえった、と思いますね」

「そうさの。なんだろうな」

センセーが首をかしげると、カッパはにやにやして、

「こいつは、センセーでも、ちょいとわからねえでしょう」

「そうでもねえ。鶏《とり》の肉じゃあ、なかったかえ」

「おどろいた。やっぱり、センセーは千里眼《せんりがん》なんですねえ。どうしてわかるんです？」

「持ってまわったいいかたを、するからよ。その前の日に、島屋が彦太郎にあいにきていりやあ、話はいよいよ、おもしろくなるがの」

センセーがにやりとすると、カッパは目をむいて、

「いよいよ、千里眼だ。その通り、道具屋の甚助は、前の日に新田屋へきて、若旦那にあっている。そうなると、話がどう、おもしろくなるんですえ」

「ふたところから、銭がとれそうだ、ということさ」

センセーが、謎めいたことをいったとき、雪だらけの筵をかぶって、ユータがおもてから、飛びこんできた。むろん、張りぼての墓石を、かかえてはいない。裾の切れた古あわせに、毛ずねをつんだして、寒さにはつよいが、この雪で、夜目がきかないのだろう。

「天水桶にぶつかり、木戸にぶつかり、ぬかるみに足をとられて、ひでえ目にあった」

と、まっ白になった筵を、ユータは、露地にほうりだして、

「辰蔵てえのは、あやしいぜ、センセー。根岸にいった帰りに、吉原に泊っていやあがる。ちょんちょん格子だが、たいそう持てたと、自慢している。新田屋から、銭をせしめたんじゃあ、ありゃあせんかえ」

「うらやましいかえ」

と、センセーは苦笑いして、

「だが、ちがうな。手間賃で、遊んだんだ。ゆすられて、金を出したのなら、新田屋弥兵衛、

自害はしなかったろう。大枚の金をせびられて、おどされたから、気の弱っている新田屋、松の木に縄をかけたのさ。これで、だいたい札がそろったな。あとは、あしたのことだ。こいつを飲んで、寝ちまってくれ」

と、センセーは飲みかけの徳利をさしだした。それを持って、一同が壁の穴に餌いこむと、あとにのこったマメゾーが、センセーの耳に口をよせて、

「銭になるふたところてえのは、加賀屋と新田屋ですかえ」

「うむ、加賀屋からは安心料、新田屋からは口どめ料が、とれるだろう」

といって、センセー、大あくびをした。

その五

元浜町というのは、いまの日本橋富沢町のはずれ、浜町川にそった小さな町だ。新田屋のある村松町からは、浜町川にかかる千鳥橋をへだてて、目と鼻のさきにある。その浜町川は、昭和の敗戦直後に埋め立てられて、いまはないけれども、明治座から人形町のほうへ、ちょっと行ったところ、と思えばいい。

「親分、弥七に話をするのは、おれにまかせてくれねえか」

と、長屋の木戸のところで、センセーがいったのは、次の日、ようやく雪のふりやんだ午後だった。河岸っぷちでは、人びとがかきあつめた雪を、浜町川にほうりこんでいて、雪晴

のつよい日ざしに、川水がきらきら光っている。やっと探しあてた弥七のすまいは、裏通りの長屋で、板葺《いたぶき》屋根の二階屋が、ふりつんだ雪の重みに、お辞儀をしそうになっていた。

「ようがす。センセーにまかせやしょう」

白壁町の常五郎はうなずいて、さきに立った。ここの露地もぬかるんで、まんなかのどぶ板が、浮きあがっている。軒下づたいにすすんで、左がわの四軒目の障子に、声をかけた。錺《かざり》屋《や》の筆工のように、うちで仕事をする職人を居職《いじよく》。大工や左官のように、出かけて仕事をする職人を、出職《でじよく》という。その出職のひとりものが、多いとみえて、長屋はひっそりとしている。

「弥七はおりますが、どなたさまで……」

低い声がこたえた障子を、下駄常があけると、ひと間きりの六畳に机をすえて、男がかがみこんでいた。机のすぐわきに、行燈がともっている。こわれた縁を、紙を貼って、つくろったためがねが、男の鼻の上に、ずり落ちかけていた。月代《さかやき》がのびかけて、貧乏くさい。四十五、六のはずだが、めがねのせいか、老けて見える。現今の小説雑誌ぐらいの大きさの薄い紙に、小さな文字で、かたわらの草稿を、せっせと書きうつしているのだった。草稿は小説家《げさくしや》の書いたもので、薄い紙はその二平紙《ページ》ぶん。それに書きうつしたものが版下で、裏がえしに版下に貼って、彫師が彫る。昼間からの行燈の灯に、めがねの水晶玉を光らしているところを見ると、版下の筆工を長くやって、目を弱らしているのだろう。

「弥七さん」

と、センセーが上りはなに腰をおろして、

「こちらは、白壁町の常五郎親分だ。新田屋の旦那のことで、お前さんに聞きたいことがある。正直に返事をしてもらいたい。よしか」

「へえ。葬いが遅れているので、心配しておりますが、どうなんでございましょう」

と、筆をおいて、めがねをはずしながら、弥七はむきなおった。センセーは、まじめな顔で、

「雪もやんだし、あすは葬いも出せるだろうよ。ところで、お前さん、弥兵衛さんが、鶴を食ったことを、だれに聞いたえ」

「えっ、兄はそんなものを、食ったんで？」

目をしょぼしょぼさせながら、弥七が息をのむと、センセーは口もとを歪《ゆが》めて、

「正直に返事をしてくれ、といったはずだぜ。道具屋の甚助さんを、知っていなさるね」

「知っております。若いころは、いっしょに遊びにいった仲ですが、このごろは兄のところへ、もっぱら出入りしているようで」

弥七の頬が、かすかに動いたのは、苦笑いをしたらしい。

「その甚助が、根岸の寮の庭に、鶴のおりるのをみて、弥兵衛さんをそそのかした。生捕りも、料理も、ひきうけたんだが、本気じゃあねえ。病いは気から、というから、弥兵衛さん

を立ちなおらせるつもりで、鶴の話をしたんだ」

「どういうことでございましょう」

「彦太郎さんに話をして、あたりまえの鶏の肉をととのえてもらったのさ。弥兵衛さんと加賀屋佐吉が食ったのは、こうこうと鳴く鳥じゃあねえ。こけこっこうと鳴く鳥だったんだ」

「加賀屋さんまで、仲間に入ったんですか」

「正直に返事をしてくれ、ともう一度いわせるのかえ。彦太郎さんはまだ、鶴の話を親分にしていねえが、いざとなったら、うちあけるつもりだろう。気の弱っていた父親を、だれが嚇《おど》したのか、それだけを調べてもらいたかったに、違えねえ。けれど、そのだれかが、叔父御と知ったら、彦太郎さん、どんな顔をしなさることか」

「なにをおっしゃいます。わたしは、弥兵衛の弟でございますよ。そんな……兄を自害に追いやるようなことを、するはずはないじゃあ、ございませんか」

「世のなかにゃあ、実の親を殺す子もいりゃあ、実の子を殺す親もいるぜ。加賀屋と島屋は同罪だから、弥兵衛さんを嚇すはずはねえ。大工の辰蔵は、なんにも知らねえ。いくら長寿の肉を食って、うれしくっても、口の軽いほら辰に、弥兵衛さんが喋るはずは、ないからねえ。残るのは、仲間はずれにされたお前さんだけだ。金で口をふさぐにしても、相手がお前さんじゃあ、弥兵衛さんも考えたろう。長生きをしたところで、お前さんが酔って店へきて、しじゅうに銭をせびったんじゃあ、おちおちしてもいられねえ。といって、若旦那に相談もできねえし……」

「わたしゃあ、そんなけちなゆすりは、しやあしませんよ」

と、低く笑って、弥七はうしろへ、手をのばした。机のかげから、貧乏徳利をとると、口からじかに、ぐいと呷《あお》って、

「ひとりで、やらしていただきます。昼間でも、すこし酒を入れないと、手がふるえて、筆工の仕事ができないんですよ。情けねえ話でさあ。そりゃあ、まあ、わたしと違って、兄は一所懸命、働いた。店も繁昌、家作も持って、財産《しんだい》もできた。わたしはなまけものの遊びきで、なにもかも人まかせで、ふらふらと生きてきたが、兄はそうじゃあない。なにからなにまで、自分でやってきて、疲れた、風邪をひきやすくなった、と愚痴をいう。無理もない、ご苦労さまでした、となぐさめてやりたいよ」

　弥七はまた、徳利の口から、ぐいと呷った。目が涙で、ぎらついている。弥七は書損じの薄紙で、その目をぬぐいながら、

「目の性《しょう》が弱っていて、ちょっと根《こん》をつめると、涙がでて、しょうがねえ。へへへ、兄が気弱になって、『もうじき、死ぬんじゃあねえか。精がつづかねえ。だが、まだ死にたくねえ』と、寮でくよくよ考えた気持も、よっくわかりまさあ。鶴を食やあ、長生きができる。ちょうど松の木で、鶴が脚をやすめる。あれをつかまえりゃあ、とそそのかされて、その気になったのも、無理はありません。だが、加賀屋を呼んで、わたしを呼ばない。島屋も、わ

たしに声をかけない。こんなことって、ありますか」

「お前さんの気持も、わからねえじゃあねえが、それじゃあ、まるで子どもだぜ。まあ、食いものの怨《うら》みは、おそろしいというから、いくつになっても……」

「そんなんじゃあ、ありません。ご浪人さんには、おわかりになりませんかえ。疎遠になっていたなら、ともかくも、わたしは寮にも見舞いにいっているんですよ。『天人が舞いおる』だの、『羽衣をゆずってもらう』だのといって、はしゃいでいるから、察しはつきました。なのに、話してくれないんですぜ。だから、嚇してやったんです。どうしたら、よかろう、と相談されりゃあ、うつ手はある。ちょいと金をつかえば、話がひろがらないようにするくらい、造作もない。そういってやるつもりだったし、兄がまた、そういうことを、自分からいって、『弥七、心配することはないんだよ』といったのなら、さすがは兄貴、それならば安心だって、ひきさがりましたよ。ところが、『知らない。鶴なんぞ、食ったおぼえはない』の一点ばりだ。つら憎くなって、わたしもつい、兄さんは死罪、家財は没収と、ねちねち嚇してしまったんです。まさか――まさか、くよくよ考えつめて、首をつろうとは、おもいもしなかった……」

「そうかな。弥兵衛さんのことは、よくわかっているお前さんだ。ここまで押しゃあ、ひょっとすると、とわかっていたんじゃあ、ねえかえ」

センセーの声は、きびしくはなかった。世間ばなしのような、なにげない調子だった。だから、弥七も聞えないふりが、出来たのかも知れない。徳利の酒をまた飲んでから、机の上の版下を、ちらりと弥七は見かえって、さびしげに笑った。

「わたしには、この年になって、女房子もない。酒ばかり、飲んでいる。おやじが生きていたころは、道楽ばかりして、ずいぶん心配をかけたものでさあ。吉原に居《な》つづけ《か》をしていると、相方の朋輩女郎なんぞに、客への手紙《ふみ》の代筆をたのまれることがある。すらすら書いて、『ぬしはなんと、じょうずな文字を書きなんすねえ』なんかんと、いわれてえという、みえが出ましょう。そこで、字をならったのが役に立って、どうやら筆工で、めしは食っていますがねえ。酒毒がまわったせいか、手はふるえてくる。目は弱る。鶴を食いてえのは、わたしのほうでさあ」

「ひとには、運命《さだめ》というものがある。どうしようも、なかろう」

こんども、センセーの声は、さりげなかった。だが、弥七はきっと顔をあげて、

「ですが、世間をいろいろ見てきたおかげで、まだ彦太郎の後見ぐれえは、出来まさあ。兄貴がくたびれたというのなら、わたしに手つだわせてくれたって、よかったんです。店には、番頭もいることだし、兄貴がやきもきすることはねえ。それなのに、わたしには、そんな話はすこしもしないんですぜ。彦太郎も、相談には来ない。兄が首をつったときには、さすがに知らしてきましたがねえ。それだって、『どうしたら、いいでしょう』じゃあない。『噂が立たないように、手はうちますから、叔父さんも、めったなことは、いわないようにしてお

くんなさい』といってきた」

「わかった。わかった。とにかく、親分にも立場がある。若旦那にこのことは、いわざあならねえ。お前さん、親分といっしょに、彦太郎のところへ、あやまりに行くかえ」

「やめておきましょう。彦太郎も、腹が立ったら、ここへ来ますよ。そのときゃあ、両手をついて、涙をながして、あやまります。あいつが店をつげば、またちょいちょい、銭をせびりに、行くことになるでしょうから」

弥七のうちの障子のわきに、マメゾーとオヤマが、聞き耳を立てていた。センセーと下駄常が、腰をあげる気配に、マメゾーはオヤマをうながして、露地を出ていきながら、小声でいった。

「おいらはこれから、加賀屋の天井にひそんで、『鶴を食って、新田屋が自害して、旦那も気が病めるでしょう。だが、三両だせば、すべての心配は、とりのぞいてさしあげる』と、いかめしい声で、いわにゃあならねえ。オヤマ、おめえは島屋へいって、様子を見てくれ」

「あいつからも、銭がとれるのかえ、マメゾーあにさん」

「だめさ。あいつは、あっけらかんとしているが、万が一、へたな動きをされると困る。だから、見はっていざあ、ならねえのよ」

「まかしておいておくんなさいよ、兄さん」

と、しなをつくって、オヤマは答えた。ふたりのすがたが、木戸のそとへ消えるとすぐ、弥七のうちから、センセーと下駄常が出てきた。とたんに、むこう側のうちの屋根から、どさっと雪が落ちて、ぬかるみに、しぶきをあげた。下駄常はとびのいて、

「きょう、あしたは、これが難儀だね」

「おれのうちでも、雪どけの雨もりで、鍋が走りまわることだろうよ」

「弥七のことだが、センセー」

と、常五郎はいま出てきた障子をふりかえって、

「あいつ、新田屋がほんとうは、鶏を食ったのだ、ということを、最初《はな》っから、知っていたんじゃあ、ありやせんかねえ」

「さあてな」

ぬかるみを、ゆっくり歩いて、長屋の木戸をでながら、センセーは首をかしげた。

「心がらとはいいながら、ひとり暮しは、わびしいのだろう。ひとを妬《ねた》みたくなっても、不思議はねえさ。だが、あいつも、根からの悪人じゃあ、あるめえ。彦太郎の小細工を知っていたか、知らなかったか、そんなことは、考えねえでおいてやろうよ」

人形町の通りに出ると、西にまわった日をうけて、両がわの商家の屋根の雪が、すがすがしく光っていた。当時の大きな商店の瓦屋根は、急勾配にできている。雪が早くすべり落ちるように、という配慮だろうか。落ちた雪を、はきよせに出てきた小僧が、犬をからかって、立ちまわりを演じている。

「親分はこれから、新田屋へいくんじゃあ、ねえのかえ」

砂絵師が聞くと、御用聞は聞きかえして、

「センセーはどちらへ?」

「ぶらぶら歩いて、長屋へ帰るよ」

「それじゃあ、ここでわかれましょう。あしたにでも、また顔を出します」

と、下駄常はもとの浜町河岸のほうへ、引きかえしていった。その背を見おくってから、センセーは、神田のほうへは道をとらずに、日本橋へむかった。マメゾーのしのんだ加賀屋のある中橋、広小路へ。

第二席●本所へび寺

その一

両国広小路《ひろこうじ》のすみで、小春日和《こはるびより》のあかるい日ざしをあびながら、マメゾーが芸を見せている。素袷《すあわせ》の尻をはしょって、片肌をぬいで、どきどきするほど、研ぎすました出刃庖丁《でばぼうちょう》を二丁、手玉にとっていた。おだやかな冬の午後で、ひとの出さかる広小路には、おででこ芝居の鳴りものや、軽業《かるわざ》小屋のお囃子《はやし》が、にぎやかに流れている。

橋番小屋のそばで、天気さえよければ、絶妙のわざを見せている大道曲芸師は、評判が高い。きょうも、人垣ができていた。

「このくれえのことは、半年も修業をすりゃあ、餓鬼でもできる」

と、マメゾーは歯ぎれよくいって、

「これからが本芸だから、ご見物、投げ銭の用意をしておいておくんねえよ」

二丁の出刃を、左手だけで手玉にとりながら、ひょいとしゃがんだ。足もとには、洗いたての大根と薩摩芋《さつまいも》が、一本ずつおいてある。右手でまず大根を、宙に投げあげると、薩摩芋をつかんで、マメゾーは立ちあがった。芋もほうりあげて、大根、庖丁、薩摩芋、庖丁、みずみずしい白い刃《やいば》のかがやき、あざやかな紅と刃のかがやきを、くるくる、くるくる、高

く両手で手玉にとりはじめる。見物が喝采《かっさい》すると、マメゾーはにやりとして、

「手をたたくのは、まだ早い。そこのおかみさん、芋の太さに、亭主の魔羅《まら》を思いだして、あんよのあいだで、涎《よだれ》をたらすと、地びたは乾いている。すぐに、さとられるよ。こいつは、おいらの晩めしでね」

間あいをはずして、右手が横に動くと、その手は庖丁をつかんでいて、大根が切れる。芋が切れる。白と黄いろの薄い円盤が、右に左に飛んで、地に落ちた。光っていても、どうせ刃びきの庖丁だろう、と思っていた見物たちが、どっと声をあげる。あちらからも、こちらからも、地面に銭が投げだされた。大根と芋を切りつくすと、庖丁をおいて、マメゾーはうしろから鉄鍋《てつなべ》を持ちだした。

「こいつは、寝ぐらに帰ってから、洗って、雑炊《ぞうすい》にするんでね。次の芸にかかるのは、ちょいと待っておくんなさいよ」

ぬいだ片肌に、汗を光らしながら、芋と大根を、鍋にさらいこむと、二本の弦《つる》を起して、左手でつかんだ。右手には庖丁を二丁、刃をつまんで持ったと思うと、鍋づるの上に、ひょいと逆立ちをした。鍋底はまるみがついているから、すこぶる不安定だ。鍋が揺れれば、マメゾーも揺れる。しかも片手で、逆立ちしながら、右手の二丁の庖丁を、ひょいひょい手玉にとりはじめた。刃の光が、曲芸師の頭上で、きらきらする。見物が手をたたくと、マメゾーはいっそう、鍋を揺すりながら、

「こいつは、命がけだ。ひとつ間違えば、庖丁は頭にささる。手をたたくより、銭をたのむぜ。おあしがねえと、化けるにゃあいいが、葬《とむら》いが出せねえ」

ばらばらと、銭が飛んだ。マメゾーが鍋をゆらすと、軽くまげた両足も、大きく揺れる。飛んできた銭の一枚を、はだしの片足が、親指と第二指のあいだで、はさんで受けとめたから、どっと見物がわいた。また銭が飛んだとき、それといっしょに、黒い細いものが、宙を走った。庖丁の舞がみだれて、あっと人びとが口走る。庖丁の一丁を片手に、マメゾーは一回転して、大地に立った。もう一丁は、どこにもなかった。宙で消えてしまったのだ。わあっという声といっしょに、人垣がくずれた。橋番の小屋の前に、ひとが倒れている。縞《しま》の羽織の商人《あきんど》ふうの男で、起きあがろうとしたが、足に力が入らないらしい。

それもそのはずだった。羽織の背に、深ぶかと出刃庖丁が、突きささっている。マメゾーの頭上で、消えた庖丁だった。倒れた男は、地面に爪を掻き立てて、まだ起きあがろうとしていた。けれど、そのまわりでは、すべての人が、凍りついてしまったようだ。割れた鳥笛みたいな声が、倒れた男の口からもれる。それが聞えると同時に、人びとの呪縛《じゅばく》はとけた。倒れた男のほうへ、いっせいに雪崩《なだれ》をうった。マメゾーだけが、右手に出刃をつかんで、立ちつくしている。

「寄るんじゃあねえ。寄っちゃあ、いけねえ」

と、だれかが叫んだ。人びとのあいだで、銀いろのものが光る。十手をふりまわして、だれかが人垣を、押しかえそうとしているのだ。あまり背は高くないが、相撲取《すもうとり》みたいに、がっしりした男だった。人びとがあともどりすると、相撲取のような男は、縞の羽織の上にかがみながら、眉の太い顔だけを、こちらにむけて、

「おい、豆蔵、こっちへ来い」

「へえ」

マメゾーは、その男を知っていた。両国米沢町の御用聞、源七《げんしち》の子分で、お相撲竹《すもうだけ》と呼ばれている男だった。お相撲竹は、ぎろりと目をむいて、

「出刃を打ったのは、手めえだな、豆蔵」

ものを投げて、なにかに当てることを、このころは、打つ、といった。だから、近ごろの映画のように、手裏剣投げの芸人、とはいわない。手裏剣打ちの芸人、という。

その二

「センセー、大変だ。マメゾーが、人ごろしでつかまった」

いまの千代田区神田須田町、万世橋あたり、筋違御門うちの八辻ガ原のすみで、砂絵をかいている大道絵師の前に、息せききって、駈けつけたのは、カッパだった。年じゅう裸の下帯ひとつ、からだに鍋墨《なべずみ》をぬって、なまの胡瓜《きゅうり》や、薩摩芋をかじりながら、

「わたしゃ葛西《かさい》の源兵衛堀、河童《かっぱ》のせがれでございます。けけけのけ」

と、商家の前で奇声を発して、一文二文を貰ってあるく乞食だ。いまも右手に、かじりかけの胡瓜を持って、センセーの鼻さきにつきつけながら、

「マメゾーのやつ、出刃を手玉にとっていたんだが、そいつを打って、達磨《だるま》伊勢屋の旦那を、殺したというんで……」

「本所松坂町《ほんじょう》の質屋の伊勢屋かえ、暖簾《のれん》に鬚《ひげ》だるまの絵が、かいてある」

「その伊勢屋のあるじで、金右衛門《きんえもん》」

江戸の名物は、伊勢屋、稲荷に犬の糞、というくらいで、伊勢屋という屋号の店は多い。だから、暖簾の商標、絵で区別して、帆かけ舟がかいてあれば、帆掛伊勢屋。釘ぬきがかいてあれば、閻魔《えんま》伊勢屋。そんなぐあいに、呼びわけた。ついでにいうと、犬の糞は、江戸のなまりで、いんのくそという。

「その金右衛門を殺して、その場でつかまったのかえ、マメゾーは」

「米沢町の子分のお相撲竹が、あいにく、通りかかりゃあがって、頭っから、下手人《げしゅにん》あつかい。近くの番屋に、マメゾーはつれていかれました」

と、カッパが顔をしかめる。センセーの前の地面には、色さまざまの砂をつかって、雪中の鶴がえがいてあった。それを、見つめながら、

「マメゾーが出刃を打って、そいつが伊勢屋金右衛門にささるところを、はっきり見たものが、いるのかな」

と、センセーは首をかしげた。カッパは手をふって、

「いやあしません。出刃がマメゾーのつかっていたもので、そいつが宙で消えてしまって、みんなが気づいたときにゃあ、金右衛門の背なかに、つっ立っていた、というだけのことなんです」

「消えたとは、奇妙《けぶ》だの。手妻《てづま》じゃあ、あるめえし……とにかく、ほうっておいちゃあ、かわいそうだ。下駄常に口をきいてもらって、マメゾーにあってみよう」

と、センセーが小箒《こぼうき》で、砂絵をくずしはじめたところへ、天狗の面をかぶった牛頭《ごず》天王《てんのう》のお札くばりが、せかせかとやってきた。

「マメゾーが、番屋につれていかれたそうだが、ご存じかな」

「そのことで、常五郎にあいにいくところだ。テンノー、おめえはカッパと手わけして、みんなに声をかけてくれ」

砂絵師がいうと、テンノーは赤い天狗の面をとって、あまり代りばえのしない顔を現しながら、

「承知。みんなに、なにをさせればいい」

「達磨伊勢屋の評判。金右衛門がだれかに、怨まれていなかったか。そんなことを、洗いざらい、調べあげてくれ」

「達磨伊勢屋というと、本所の松坂町だが、あすこのあるじがどうかしたので……」

「それも知らねえのか。マメゾーは金右衛門ころしの下手人にされたんだあな」

と、カッパは口をとがらして、

「センセー、砂絵の道具は、わっちが長屋へ持っていきやす。早く下駄常のところへ、行っておくんねえ」

「それじゃあ、頼むぞ」

センセーは夏冬なしの黒羽二重、色あせたの前を、あわせなおした。月代《さかやき》ののびた頭は浪人ふうだが、大小の刀はささない妙なすがたで、須田町のほうへ歩きだす。馬の鞍横丁をすぎたところで、羽織をたたんで、肩にかけた男が、浅葱《あさぎ》のぱっちの大股《おおまた》で、くるのに出あった。

「親分、いいところであった」

「というと、センセー、ご存じなんですね、マメゾーのことは」

神田白壁町の御用聞で、常五郎。かげで下駄常といわれるのは、顔が四角いからではない。下駄の問屋が多いので、下駄新道と呼ばれる通りの露地に、住んでいる、というだけのことだ。

「うむ、聞いたばかりよ。親分はくわしいことを、知っているかえ」

「あっしも小者に、聞いたばかりでさあ。横山町の番屋で、源七が調べているようで」

と、顔をしかめていいながら、常五郎は額の汗を、平手でぬぐった。晴れわたった冬空に、

日のきらめく小春日和、急いで歩くと、汗ばむのだった。センセーはうなずいて、

「カッパが聞きこんできたんだが、見ていたわけじゃあねえからの。どうも、解《げ》せねえところがある。親分、マメゾーと話ができるように、はからってもらえめえか」

「マメゾーが人を殺すとは、わっしにも思えねえ。源七てえのは、意地のわるいやつだが、なんとか、掛けあってみましょうよ。おいでなせえ」

下駄常は、あともどりしてから、弁慶橋のほうへ曲って、両国にむかった。大きな唐辛子《とうがらし》のかたちをした胴乱《どうらん》を、袖なしの羽織の肩にかけて、薬研堀《やげんぼり》、七色唐辛子の売り子が通る。ゆで小豆《あずき》の屋台をかついだ男が、釜《かま》を銀いろにかがやかせて、

「金ちゃん、甘いよ!」

と、大声をあげていく。頬っぺたに墨をつけて、手習いがえりの男の子が、草紙《そうし》をふりふり、人ごみを走りぬける。江戸でも、たったひとつの折れまがった橋、弁慶橋をわたって、元岩井町から、旅籠《はたご》のならぶ馬喰町《ばくろちょう》をぬけて、横山町の番屋までくると、

「センセー、ちょいと、待っていておくんなさい」

木戸のところに、砂絵師を待たしておいて、常五郎は土間へ入った。だいぶたってから、顔を出して、センセーをさしまねく。番屋へ入ってみると、マメゾーは縄をかけられて、板の間にすわらせられていた。囲炉裏ばたで、瘠《や》せた男が、たばこを吸っている。眉のあいだに皺《しわ》をよせて、これが源七にちがいない。そちらに頭をさげてから、センセーは板の間にあ

がって、マメゾーのそばへ行った。

「いったい、なにがあったのだえ」

センセーが聞くと、マメゾーはくちびるを歪めて、

「ひでえことに、なったもんでさあ。あっという間のできごとで……」

「おめえにも、なにがあったか、わからねえのかえ」

「わかっているんだが、信じられねえ」

と、マメゾーは声をひそめて、

「おいらが手玉にとっていた出刃の一丁を、投げ縄でからめとったやつが、いるんです」

「投げ縄で……」

「そうに違えねえんでさあ。見物が銭を投げたとき、頭の上を細いものが、ひゅっとかすめましたんでね。とたんに、出刃が一丁、消えてしまったんです」

「するてえと、頭の上にあがっていた出刃を、縄でからめとって、引くいきおいで、伊勢屋金右衛門の背なかに、飛ばしたというのかえ。そんなことが、出来るものかな」

センセーが首をかしげたとき、きせるを炉ばたで、こきいんと叩く音がして、

「聞きてえことがあるなら、聞いてもいい、とはいったが、内証《ないしょ》ばなしをしろ、とはいわねえぜ」

と、源七が声をとがらした。大道絵師は、にこにことふりかえって、

「すまないな、米沢町の親分。もうお前さんは、知っている話だろう、と思ったものでね。出刃はマメゾーが、打ったんじゃあねえ。見物のうしろにいたやつが、投げ縄でからめとって、達磨伊勢屋の背に、突ったてたんだそうだ」

「その話なら、たしかに聞きましたがね。ふざけちゃあ、いけねえ。切支丹伴天連《きりしたんばてれん》の魔法じゃあ、あるめえし」

と、鼻のさきで、源七は笑った。センセーは感心したような顔で、

「信じられないか。それでは、マメゾーがやったとも、信じられないはずではないかな」

「なぜですえ」

「考えてもみねえ。マメゾーは鍋の上で、逆立ちをしていたんだぜ、親分。顔は下、足は上、まわりは黒山のひとだ。おまけに、ご覧の通り、マメゾーは小柄ときている。ご見物のあたま越しに、出刃を打って、歩いているひとが狙えるものかどうか、つもってみても、わかるだろう」

「こいつの芸達者は、この目でみて知っていますぜ、砂絵のご浪人」

「ほう、わたしをご存じだったか、親分」

「筋違の名物だ。知っていまさあ。この豆蔵は、広小路の名物男。出刃は足でも、打てるでしょう」

「足で打とうが、手で打とうが、出刃は山がたをえがいて、飛んだはずだよ。さもなけりゃ

あ、前にいた見物に、刺さったろう。山がたに飛んだのと、まっすぐに飛んだのとじゃあ、力がちがう。金右衛門の背に、出刃は深く立っていたか、浅く立っていたか、親分。どっちだえ」

センセーが問いつめると、岡っ引はしぶしぶ答えて、

「そりゃあ、まあ、深ぶかと突きささっていましたがね。だから、大番屋に送らねえで、ここに止めてあるんでさあ。八丁堀の旦那に立ちあっていただいて、こいつに出刃を打たせてみよう、と思いまして……」

「そうすると、マメゾーも、切支丹伴天連ということになるのかえ、親分」

「ひょっとすると、そうかも知れねえ」

「こいつは、おっかねえことになった。おい、マメゾー、八丁堀の旦那がみえて、やってみろ、といわれたら、本意気でやれ」

と、センセーは曲芸師を見かえって、

「そうさの。ひとの胸の高さに、壁に提燈《ちょうちん》をさげて、そいつを伊勢屋に見立てるがいい。見物人も、いるな。おめえと提燈のあいだに、源七親分が立ってもらえ。親分のあたま越しに、提燈を狙うんだ」

「おいらの道具が、そこの土間においてある。あのときの通り、鍋の上で逆立ちをして、出刃も二丁つかいやしょう。でも、源七親分が、見物の役をつとめてくださいますかねえ」

マメゾーが首をかしげると、センセーは大まじめな顔で、

「おめえなら出来る、と請けあった手まえ、いや、とはいいなさらねえはずだぜ」

「わっしは、検分役だ」

と、源七はあわてて、

「見物の役は、竹にやらせよう」

すみに控えて、センセーとマメゾーを振りわけに、睨《にら》みつけていたお相撲竹、びっくりして手をふって、

「親分、そいつは――」

「こいつの仕業と見きわめたのは、おめえだろう、竹」

「そりゃあ、そうですが……」

肥った男が小さくなると、センセーはにやにや笑って、

「竹あにい、安心しねえ。お縄にされたのを、怨みに思って、わざとお前さんにあてるような、マメゾーはそんな男じゃあねえ。牡丹餅《ぼたもち》ほどの判をおして、おれが請けあう。お前さんに、出刃が立ったとしたら、そりゃあ、ほんとうに出来ねえ芸当だからだ。あきらめてくれ」

「ひとごと、と思って、安くいうぜ」

「おかみの御用を聞くおひとが、見こみちがいをしては、困るだろう。出刃が立ったら、見

こみちがい、こりゃあ、あきらめるより、しょうがなかろうぜ、わたしはマメゾーに、そこまでは出来まい、と思うから、提燈のかわりを、つとめてもいい」

と、センセーはきっぱりいった。そばから、下駄常がとりなすように、

「そこまで行くと、まとまりがつかねえや、センセー。見物はこの膝《ひざ》かくしに、つとめさせよう」

番屋のあがり口には、机がすえてあって、いつも番人がすわっている。自身番というくらいで、町役人たちが自身でつめるのが、本来なのだけれど、それぞれに本職がある。だから、ひとり、あるいは、数人の番人をやとって、番屋に寝泊りさせておいた。それを定番《じょうばん》といって、障子をあけて、机を前にすわっているのが、原則になっている。机の前には、関西《かみがた》の落語家がつかうような、横長の衝立《ついたて》がおいてあって、それが膝かくしだ。

「その衝立じゃあ、縦にしても、ひとの背たけには、たらねえだろう」

と、センセーは嘲《あざけ》るように、

「しかし、しゃれじゃあねえが、ここは下駄新道の顔を立てて、ひきさがる。だから、源七親分、おれが真の下手人をつれてくるまで、マメゾーを大番屋へは送らねえでくれ。よしか」

「ようがしょう。ですが、あすの午《ひる》ごろまでしか、待てませんぜ」

と、源七の声はつめたい。

「わかった。邪魔をして、すまなかったな」

砂絵師は一礼して、番屋をでた。下駄常も、ついて出てきて、小声で聞いた。

「心あたりがあるんですかえ、センセー」

「あろうが、なかろうが、さがすしか、道はねえだろう」

「投げ縄といやあ、あっしらの道具。同業のなかには、ずいぶんと捕縄《ほじょう》さばきの上手もいるが、こんなことの出来るのとなると……」

「マメゾーのいったことでなけりゃあ、おれだって、信じやしねえ、源七が信じねえのも、無理はねえから、さがすのよ。親分、その捕縄さばきの上手というのに、ひきあわしてくれねえか」

センセーがいうと、常五郎はうなずいて、

「さいわい、ここから遠くねえ。日本橋の木原店《きわらだな》でしてね」

その三

日本橋の木原店は、いまの東急百貨店と、蒲団《ふとん》の西川の建物のあいだの横丁で、食いもの屋が多かった。木原亭という寄席《よせ》もあって、明治三十二年十月、名人三遊亭圓朝《さんゆうていえんちょう》が最後の高座をつとめた席だ。木原店の入口の右角には、東橋庵《とうきょうあん》という名代《なだい》の蕎麦《そば》屋があって、安《あん》藤広重《どうひろしげ》『江戸百景』のうち、「日本橋通一丁目略図」には、東急百貨店の前身、白木屋《しろきや》呉服店のとなりに、この蕎麦屋の暖簾がえがかれている。横丁のなかには、もう一軒そば屋があって、それが捕縄じょうずの目あかしの家だった。

「捕縄のことを、あっしらは、蕎麦ともいう。悪党にお縄をかけることを、蕎麦を打つ、なんぞといいやすが、別にそのしゃれで、店をひらいたわけじゃあねえ。親代代の稼業なんです。つまり、蕎麦屋のせがれが、御用聞になったんで、店はいまじゃ、おかみさんまかせ」

と、下駄常は説明して、

「清吉《せいきち》といって、仲間うちじゃあ、蕎麦清でとおっています」

清吉は四十がらみ、愛嬌《あいきょう》のある顔つきで、岡っ引には見えなかった。蕎麦屋という稼業があって、金にあくせく、しないでもすむからだろう。下駄常とセンセーを、裏二階の座敷にあげて、話を聞きおわると、腕をくんだ。

「そうですねえ。投げ縄の名人なら、そんなことも、出来るかも知れません。わたしにゃあ、無理ですがね。まあ、ほうりあげた出刃を、からめとるだけなら、やってやれねえこともねえ。ですが、縄をひいて、ゆるめる力で、思う方角へ、庖丁を打ちつけるとなると、こいつあ、むずかしい」

「出来そうなやつの心あたりはないかな、清吉親分」

センセーが聞くと、蕎麦清は即座に、

「いましたよ、ひとり。この世には、もういませんがね。白壁町の、おぼえていねえかえ。

芝、露月町《ろうげつちよう》に……」

「ああ、巳之助《みのすけ》か」

常五郎が膝をたたくと、清吉はうなずいて、顔をしかめながら、

「捕縄さばきは名人だったが、この巳之助という男、評判のよくねえ御用聞でしてね。お役目をかさに、ゆすりを働いて、八丁堀の旦那に、お叱りをうけた。それを逆うらみして、旦那を殺そうとして、斬られてしまったんです。わたしゃあ、この男が投げ縄で、飛んでいる燕《つばめ》をからめとるのを、見ていますよ。しかも、どういう呼吸のものですか。頭の上で、くるっとまわすと、輪索《わさ》がゆるんで、また燕が逃げていきました」

「その巳之助、ほんとうに死んだのかえ」

センセーが念を押すと、清吉は間をおかずに、

「そりゃあ、間違いありません。八丁堀の旦那も、命まで奪うつもりは、なかったらしい。だが、剣術《やつとう》がおじょうずじゃあ、なかったんですね。手ごころを加えることができなくて、巳之助を死なしてしまった責めで、お腹を召したくらいです」

「気の毒な……だが、それじゃあ、しょうがねえ」

「お役に立たなくて、すみません」

「とんでもねえ。そういう名人がいた、とわかっただけでも、大助かりだ。出来たやつがいたのなら、いまもいねえとは、限らねえ。ところで、親分の腕前は、どうなんだろうな」

「わたしはそんな、曲芸じみたことは出来ません。蕎麦を打つのが、得手《えて》だというだけで――邪道だと思いますね、曲芸みたいな投げ縄は」

「見せてもらえまいか、蕎麦を打つところを」

「それじゃあ、ちょいと、お立ちになってくださいまし」

といわれて、センセーは立ちあがった。とたんに、足をひっぱられて、尻餅《しりもち》をつきかけた。畳から、ほとんど足は離れなかったのに、右足首に捕縄がかかっている。さすがに、からだを一回転させて、俯伏《うつぶ》せになって、不恰好《ぶかっこう》に尻餅をつくのはまぬがれたが、起きあがろうとすると、右手首にもう一本、捕縄がかかっていた。下駄常は吐息をもらして、

「あいかわらず、見事なもんだ」

センセーはあぐらをかいて、手と足の縄をときながら、

「なるほど、捕縄をかける、というのは、相手を動けなくすることか。よく、わかった」

「ご無礼をいたしました」

清吉は頭をさげて、二本の捕縄を、袂《たもと》へたぐりこんだ。センセーが礼をいって、蕎麦屋をでると、白木屋の紺の暖簾に、西にまわった日が、あざやかにあたっていた。そこで、下駄常とわかれて、センセーは楓川《もみじがわ》へむかった。江戸橋をわたって、小伝馬町の牢屋敷のそばまでくると、ユータに出あった。マメゾーのことを知って、聞きこみに歩いているらしい。額に三角紙、汚れた経《きょう》かたびらの、いつもの幽霊すがたではない。張りぼての墓石も、か

かえてはいない。砂絵師に気づくと、走りよってきて、

「センセー、まだマメゾーは番屋ですかえ」

「うむ、あすの午までに、下手人をつれていかねえと、大番屋に送られてしまう。達磨伊勢屋のことは、なにかわかったか」

「質屋のことだから、近所の長屋の貧乏人のなかにゃあ、怨んでいるやつもいますがね。金右衛門の評判は、悪くねえ。ただ親戚のもので、伊勢屋で働いていたのが、金右衛門と喧嘩をして、いまじゃあ、この先の長谷川町の裏店《うらだな》にいる、と聞きましたんでねえ。たずねてみよう、と思って……」

「それもいいが、ユータ、人ころしを、稼業にしているやつがいるだろう。そういうの世話人を、知らねえかえ」

「さあてね。そんな噂も、聞いちゃあいるが……センセー、だれか殺したいのが、いるんですかえ」

「そうじゃあねえ。縄つかいの達人で、殺しを稼業にしているのが、いるんじゃあねえか、と思っての」

「それなら、両国の回向院《えこういん》門前に、為五郎《ためごろう》というのがいる。おもてむきは、子を貸し屋だが、そういうことの世話もする、と聞いていますぜ」

「子を貸し屋……もの貰いに、子どもを貸す商売かえ」

「へえ。わっちらは、そんなのは哀れで、嫌《きれ》えですからね。だれも借りたりはしませんが、瘠せこけて、よく泣く餓鬼を、一日いくらで、貸すんでさあ」

「そんな稼業をしているようじゃあ、よっぽど食えねえ野郎だな」

「センセーなら大丈夫だが、用心してかかるに、越したことはありやせん。わっちも、おともしましょうか」

「いや、おめえはその、金右衛門と喧嘩をして、伊勢屋をおん出たやつを頼む。なにしろ、あすの午までだ」

いいすてて、センセーは大股に、両国にむかった。

その四

両国橋をわたると、筵《むしろ》ばりの見世物小屋がならんで、そのむこうに、回向院の大屋根が、山のように聳《そび》えている。向《むこう》両国、東両国と呼ばれる本所がわは、広小路がわとくらべて、取締りがゆるやかなので、女太夫が前をまくって、たんぽ槍で、隠しどころを客に突かせるそれ突けやれ突け。鶏むすめ、熊むすめ、ろくろっ首に、蛇つかいの女太夫。鍋をひっくり返しに、おいただけの世にも不思議なべ、な、といった猥褻《わいせつ》な見世物、いかさまものが並んでいた。だから、本所元町、本所一つ目、回向院前あたりには、興行関係の人びとが、多く住んでいる。ことに、町かたの管轄外の回向院門前町には、世をはばかる人間が、巣くっていた。

「為五郎さんは、おいでかな」

格子をあけて、センセーが声をかけても、返事はなかった。格子戸は手あかで汚れ、土間にも藁くず、紙くずが散って、久しく留守のようだったが、なかでは赤ん坊の泣き声がしている。センセーはまた、声をかけた。

「どなただえ」

こんどは返事があって、出てきたのは、がっしりした男だった。月代ののびた頭に、こりこりと肉の盛りあがった額、両頰、大きな口、そのあいだに鼻がうまって、鬼がお多福に化けたような顔をしている。手足も筋肉でふくれあがって、厚い胸には、漆黒《しっこく》の胸毛がたくましい。それが、女ものの派手な長襦袢《じゅばん》を、ぞろりとひきずって、出てきたのだから、判じものみたいだった。センセーは軽く頭をさげて、

「子を貸し屋の為五郎というのは、お前さんかえ」

「為五郎はおれだが、なんとか屋てえのは、わからねえな。見ればご浪人さんのようだが、なにかの間違いじゃあ、ござんせんかえ。わっしのところじゃあ、剣術も教えていねえし、用心棒の口入れもしていませんぜ」

「わたしは神田の筋違御門うちで、砂絵をかいている大道絵師だ。ご覧のように、大小はさしていねえから、安心してくんねえ」

「旦那が八辻ガ原のセンセーですかえ。噂は聞いておりやすが……わっしに、どんなご用ですね」

「子どもを、借りにきたわけでもない。お前さんのもうひとつの稼業に、用があってな」

「よくわからねえが、ここで話もできねえ。まあ、おあがんなさい」

あがりはなの二畳のとなりに、四畳半があって、長火鉢がおいてある。火がかんかん熾《おこ》っていて、部屋のなかは暖かい。これなら、長襦袢ひとつでも、いられるだろう。火鉢の猫板の上には、大きな湯呑《ゆのみ》がのっていた。わきの畳に、徳利がおいてあるのを見ると、湯呑のなかみは、ひや酒にちがいない。徳利のそばに、草双紙が一冊、ほうりだしてあって、腰巻をみだした女が、男に馬のりになっている絵を、のぞかしている。明るいうちから、猥本を読んでいる人間のすまいらしく、座敷は乱雑をきわめていて、襖《ふすま》のやぶれを、四つ目屋の営《ひ》業案内《きふだ》や、瓦版がふさいでいた。

「ざっくばらんに聞くが、為五郎さん、お前が世話人をつとめている人ころし稼業のもののなかに、投げ縄の名人はいねえかえ」

となりの部屋で、赤ん坊の泣き声が高い。為五郎は首をかしげて、

「よく聞えなかったが、わっしが人を殺したってえのかえ」

「そうじゃあねえ、お前さんの知ってる人ころし屋のことを、聞いているんだ。知らねえかえ、投げ縄の名人を」

「よしておくんねえ。そりゃあ、わっしは褒められねえ男だが、人ころしに知りあいはねえぜ」

「安心しろ、といったはずだ。話を聞きだして、お上にひきわたそう、というんじゃあねえ。ひとりだけ、知りてえのさ。教えてくれ。投げ縄の名人だ」

「旦那も、くどいな」

と、為五郎はそっぽをむいた。赤ん坊の泣き声がやんで、襖があくと、女が出てきた。肉づきのいい女で、ご面相も悪くはない。眉を剃《そ》って、鉄漿《おはぐろ》をつけているから、為五郎の女房だろう。だが、これも判じものの口で、緋《ひ》いろの腰巻ひとつの裸に、袢纏《はんてん》をひっかけている。深川の材木問屋の印《しるし》袢纏だ。前があわさらないから、お歳暮の砂糖袋みたいな乳房が、大きく白く、ふたつならんで、顔を出している。

「飯湯《おもゆ》がすくないせいか、出もしないおっぱいを、吸うんだよ、お前さん。いやになっちまう。赤ん坊に吸われても、味な気になるもんだねえ」

と、長火鉢のわきに、女はすわって、

「おや、お客さまかえ」

「もうお帰りだ。乳を吸われるくれえ、我慢をしろ。赤ん坊を肥《ふと》らしちまっちゃあ、銭がとれねえ、味な気になったら、おれがいつでも、かわいがってやらあな」

為五郎はにやりとして、女の膝に手をやった。女は鼻声をあげて、膝をくずす。緋のいろ

がひらいて、ぽってり白い太腿が、奥のほうまで、のぞいた。為五郎は、女の腿の内がわを、太い指でなでながら、

「旦那、ご覧の通り、わっしの稼業も、これでなかなか、忙しい。もう返事はしたんだから、帰ってくださらねえかえ」

「うそを聞きにきたのでは、ないんでね」

「旦那も、野暮なおひとだねえ」

為五郎にしなだれかかると、眉の青い女は、いっそう両足をひらきながら、センセーを尻目に見やって、

「女はこうなると、たばこ一服のあいだも、待てないんですよう」

「為五郎、それも稼業のうちなら、遠慮はいらねえ。はじめるがいい。女に乗っていても、口はきけるだろう」

「いいんですかえ、旦那。おらが女房は、無類の好きもの。よがり声で、頭に血をのぼらせて、卒中になっても知らねえぜ」

大きな口で嘲笑《あざわら》うと、為五郎は中腰になって、片手で褌《ふんどし》をゆるめながら、片手で女を押したおした。女は腰巻をといて、両足を高くあげながら、

「早く、早く、お前さん、ぼぼが裂けるほど、入れておくれ」

「へへっ、この阿魔《あま》、旦那が見ているもので、ほてくるしくなっていやがる」

ほてくるしい、とは、見苦しいほど、淫《みだ》らに興奮している、という江戸の言葉だ。為五郎が女にのしかかって、こちらに長襦袢の背をむけたとき、センセーは腰を浮かした。長火鉢から、火箸《ひばし》をとって、男の太い首に、さしつけたのだ。だが、為五郎は意外に身軽く、ごろんと畳にころがった。襖のきわに、紙のやぶれた行燈が、おいてある。そのかげに、為五郎の手がのびたと思うと、匕首《あいくち》をつかんで、起きなおって、

「子を貸し屋の為を、甘くみちゃあいけねえよ、センセー」

左手で鞘《さや》をはらうと、部屋にただよう夕あかりのなかで、白刃がぎらりと光る。女は腰巻を落したまま、壁ぎわに立ちあがった。センセーは右手に、火箸をかまえて、

「それほど辛くも、見えねえぜ」

といったと思うと、左手を口にあてた。拳《こぶし》に息がひびいたとたん、為五郎は悲鳴をあげて、片手で顔をおおった。げっといって、女は次の間へ、逃げこもうとした。けれど、襖をあけることは、出来なかった。センセーの右手にあった火箸が、女の股間《こかん》に飛んで、唐紙にささったからだ。背に鉞《まさかり》の絵を染めた印袢纏は、女の腰までしかない。その下で、大きな白桃のような尻が、ぶるぶる、ふるえている。センセーはきつい声で、

「為、目をこするなよ。おかみさん、火箸はまだ熱い。うっかり動くと、大事なところを、火傷《やけど》するぜ。そっとあとずさりして、台所から、水をくんでこい。ご亭主の両目に、おれが砂を吹きつけた。為もよく聞け。砂絵につかう砂だから、色で染めてある。染粉は毒をふく

んでいるから、やたらにこすると、目がつぶれるぞ」

「センセー、助けてくれ。なんとかしてくれよ。頼む」

と、為五郎はだらしなく叫んだ。匕首は投げだして、両手で目を押えている。砂絵師はうなずいて、

「水であらえば、大丈夫だ。しかし、しろうとには、うまく洗えまい。投げ縄つかいの人ころしを、教えてくれれば、おれが洗ってやる」

「教える。教えるから、洗ってくれ」

「おかみさん、桶に水をくんできてくれ」

センセーがいうと、いじかり股《また》になって、女はあとじさりながら、

「あ、あい、手のごいも、いりますかえ」

「あたりめえだ。早くしねえと、洗っても、痛みが残るぞ、為、つっ立っていねえで、そこへすわれ。つよく目を押えると、砂が瞳《ひとみ》にくいこむよ。投げ縄の名人は、なんという名で、どこに住んでいる」

「鉄坊主というんだ。鉄次《てつじ》か、鉄平《てっぺい》かわからねえが、頭を剃って、寺にいるんで、鉄坊主といっている。センセー、早く洗ってくんねえよ。痛みが激しくなってきやがった」

「寺はどこだ」

「表町の無住の寺だ。寺の名は知らねえが、蛇寺と聞きゃあ、すぐわかる」

「北本所表町だな。なるほど、寺の多いところだ。たくさん蛇がいるから、蛇寺かえ」

「ああ、鉄のふところにも、蛇がいる。あいつの縄は蛇みてえに、生きているから、気をつけねえよ」

女が台所から、手桶に手ぬぐいを添えて、もどってきた。センセーは手ぬぐいをしぼって、為五郎の目を洗ってやりながら、

「ほかに、投げ縄のじょうずは、いねえか。おめえが世話人になっていねえやつで、縄つかいがいねえとも、限らねえだろう」

「江戸の人ころし稼業は、残らず知っていらあ。仕事のつきあいのねえものもいるが、縄をつかうのは、鉄坊主だけだ」

「その鉄坊主に、お前さん、近ごろ仕事を世話したかえ」

「いんや、していねえ。この前たのんだのが、先月のはじめだ。首っつりに見せかけて、殺してくれ、という注文だった。そういうのは、鉄坊主にかぎる」

「その仕事は、とうにおわっているわけだな。どうだ。そっと目をあけてみろ。見えるか」

「だめだ、センセー。ぼんやりとしか、見えねえよ」

「あたりまえだ。もう部屋がうす暗い。おかみさん、行燈をつけてやれ」

黄昏《たそがれ》のいろのなかに、裸の尻を白く浮かして、女は行燈の前にうずくまった。引出しから、火口《ほくち》、火うち鎌、付木《つけぎ》の箱をだして、行燈の片側をあける。麻の一種の茎を炭化させて、つ

くった火口を、箱の蓋《ふた》においで、その上で、火うち鎌に燧石《ひうちいし》をうちつける。鎌といっても、木の枠に鉄片をはめこんだものだ。かちっかちっ、と音がして、火口が燃えると、細い経木《きょうぎ》のさきに、硫黄《いおう》をつけた付木へ、その火を移す。行燈のなかには、油皿がおいてあって、燈芯という細い白い糸が数本、ひたしてある。付木の火を、その燈芯に移してから、片側をしめると、炎が安定して、明るくなるわけだ。ひとくちに、行燈をつける、といっても、これだけの手順がかかるのだから、簡単ではない。

「見える。見える。だが、まだ痛むぜ、センセー」

と、為五郎はうめいた。両目が赤くなって、ぼろぼろ涙がこぼれている。

「横になって、目を冷したほうが、いいだろう。熱を持つと、よくねえから、あすの晩まで、お祭はするなよ」

と、センセーはにやにやした。お祭という言葉は、性交も意味する。心配そうな女を、大道絵師は、かえり見て、

「残念だろうが、おかみさん、涙の雨で、祭は流れたと、あきらめるんだな。為さん、教えてくれて、ありがとうよ」

「鉄坊主にあいにいくのかえ、センセー」

と、濡れた手ぬぐいで、両目を押えて、為五郎は聞いた。センセーは立ちあがりながら、

「ああ、そのつもりだ」

「わっしから聞いたことは、いわねえでおくんねえ。口が軽いとなったら、これから世話人が、つとめられなくなる」

「安心しろ。いやあしねえ、邪魔をしたな」

センセーが格子をあけて、おもてへ出ると、露地の闇《やみ》だまりから、ふたつの影がよってきた。大道役者のオヤマと、カッパだった。

「どうでした、センセー」

と、カッパが小声で、

「ユータにあって、聞いたんですが、ここで手がかりがつかめそうだって……」

「うむ、つかめた――ような気がする。北本所の表町に、俗に蛇寺という、無住の寺があるそうだ」

「蛇寺なら、知っていますぜ」

「そりゃあ、好都合だ。案内してくれ。そこに鉄坊主という、人ころし稼業のやつがいて、これが投げ縄を、よくつかうとよ。そのことを、オヤマ、みんなにつたえてくれ」

センセーがいうと、野天芝居の女形は、しなをつくって、うなずいて、

「あい、承知。横山町の番を、アラクマが見はっているから、まずそこへ行きましょう。お相撲竹がマメゾーあにさんを、痛めつけでもしたら、飛びこんで、嚙《か》みついてやる、といって、アラクマさん、目を光らしているんですよ」

「だったら、なんとかマメゾーの耳に、いまの話を入れておいてくれ。カッパ、行こうか」

センセーは回向院にそって、お竹蔵のほうへ、歩きだした。横網《よこあみ》から、大川端へ出ると、右がわには、大名屋敷がならんでいる。御蔵橋をわたると、松浦豊後守《まつらぶんごのかみ》の上屋敷の名物、大椎《しい》の木が道を暗くしていて、川っぷちの番所の前においた辻行燈が、あかるく見える。大川の水の上には、白く靄《もや》が流れて、のぼりくだりする舟のすがたも、さだかでない。武家屋敷の塀が切れて、埋堀《うめぼり》をわたると、石原の町屋で、川端の石置場のかげから、夜鷹《よたか》が声をかけてきた。

「気の毒だが、野暮用でね。こんどにしてくんな」

カッパが応じると、おしろいのお化みたいな顔が笑って、

「なんだ、河童のおにいさんか。源兵衛堀へ、お帰りかえ」

その五

北本所表町は、現在の墨田区東駒形一丁目、二丁目の北半分にあたる。大小の寺のあいだに、ごみごみと町屋があって、ちょっと外れると、小旗本や御家人の屋敷がならんでいる。曲りくねった道を、カッパは先に立って歩きながら、

「蛇寺に、ぎょろ目のずくにゅうがいるのは、知っていやしたがね。あれが、にせ坊主とは、気がつかなかったね。灰いろに汚れた衣に、丸ぐけの帯をしめて、殊勝《しゅしょう》らしく、庭の掃除

なんぞをしていましたぜ」

すこし風が出て、かたわらの寺の練塀《ねりべい》から、つきでた枝の葉を、さかんに落した。夜空には、ちぎれ雲が走って、月がのぼるのか、仄《ほの》明るい。どこかで、しきりに、犬が吠えている。

「センセー、ここが蛇寺でさあ」

傾きかかった山門の前で、カッパは立ちどまった。門の屋根の下の額は、暗くて読めないから、山号も寺号もわからない。前は竹藪《たけやぶ》が深く、風にさやさや、葉が鳴っている。下藪の闇のなかに、青く光るものがふたつ、ついと動いてから、消えた。狐か、鼬《いたち》の目だったろう。山門のわきの耳門《くぐり》を、カッパは片手で押してみて、

「貫木《かんぬき》が、さしてある。用心するほどの寺でも、ねえのによ。こっちは、どうだろう」

山門の扉を、両手で押したが、やはりあかない。カッパは舌うちして、

「塀をのりこえますか、センセー」

「まあ、ひと廻りしてみよう」

土塀にそって、センセーは歩きだした。塀の角を曲ると、袋小路《ふくろこうじ》で、片がわは御家人の屋敷。柊《ひいらぎ》の生垣《いけがき》に白い小さな花が、星のように咲いている。奥は大旗本か、小大名の下屋敷らしい。いかめしい築地塀《ついじべい》の上に、黒ぐろと樹木が盛りあがっていた。寺の土塀は、あちこち崩れていて、一カ所はひとが出入りできるほど、大きく裂けている。

「おあつらえの入口が、あるじゃあねえか」

と、センセーは塀のうちをのぞいて、

「五輪の塔はあっても、墓はねえな。ここは、檀家《だんか》のねえ寺らしい」

「だからこそ、おかしな野郎が、住みつくことも、出来たんでしょう。あっしが、先にもぐりこんで、様子を見てきます。ここで待っていて、おくんなせえ」

と、カッパはいって、土塀の大きく崩れたところを、跨《また》いで入った。夜空はいよいよ、明るくなってきたが、塀のうちは立木で暗い。カッパのすがたは、すぐに見えなくなった。センセーは、袋小路の奥へいって、築地塀によりかかった。また遠くで、犬が吠えている。空にはもう、見えないところに、月が出ているのだろう。かたまったり、離れたりしている雲が、いっそう白く、あざやかに見えた。

「センセー、センセー、どこですえ」

土塀から、カッパが首を出した。センセーは近づいていって、

「大きな声をだすくれえだから、鉄坊主はいねえのだな」

「いませんねえ。どこにも、いねえ」

「子を貸し屋が、嘘をついたかな」

「いいえ、住んでいるのは、たしかのようでさあ。どこへか、出かけているんでしょう」

「それなら、なかで待たせてもらおう。あすの朝、出なおしてくる、という余裕はねえ」

塀の崩れから、センセーは庭へ入った。木のしげみが、影をつくったなかに、五輪の塔が

立っていて、庭は枯草におおわれている。藁ぶき屋根の本堂に、近いあたりだけが、耕してあって、野菜畑になっていた。このへんでは、珍しいことではない。旗本屋敷でも、庭に野菜をつくって、自分のうちで食うだけでなく、八百屋に売って、内職にしたりしている。センセーは足もとを見ながら、

「もう冬ごもりか、蛇はいねえようだの」

「夜だからでしょう。四、五日あったけえから、昼間はまだ、のたくっていますぜ。なにしろ、蛇寺だ。夏のころ、通りかかって、たまげたことがある。塀の上から、門の下から、ぞろぞろ、ぞろぞろ、衝いだして、門前が墨を流したように、まっ黒に見えやした。青臭いにおいで、鼻が曲りそうだったね」

顔をしかめながら、カッパは縁側へあがった。障子をあけて、本堂に入ると、正面の須弥《しゅみ》壇《だん》の上に、煤《すす》けた本尊が、小山のような影をつくっている。カッパも、センセーも、闇に目がきくから、木像の阿弥陀仏は、顔の半分、片腕が裂けて、なくなっているのが、見てとれた。天蓋《てんがい》が斜めにさがっているが、瓔珞《ようらく》はひとつもない。

「売れないものしか、残っていねえようだの」

センセーが苦笑すると、カッパはあたりを見まわした。経机の上には、徳利と茶碗、湯呑と箸がのっていて、膳《ぜん》のかわりを、つとめている。ほかには、短い蠟燭《ろうそく》をのせて、燭台が二基。

「ほんとうだ。でも、センセー、ここに木魚がある」

と、鱗《うろこ》模様の金は落ち、朱塗も剝《は》げた木魚を、カッパは拳骨《げんこつ》でたたいてみて、

「はてね。音がしねえが……なんでえ。底に穴があいていやがる。こりゃあ、枕がわりに、つかっているんでしょうよ。センセー、蠟燭をつけますかえ」

「そんなことをしたら、用心して、だれも入っちゃあこねえ。このまま、待つんだ。須弥壇のかげに、隠れるか」

「埃だらけだが、贅沢はいえませんね」

阿弥陀さまのかげに、ふたりが隠れて、どのくらいたったか。庭で、猫が鳴いた。それが合図のように、障子があいて、だれか入ってきた。月が高くなったとみえて、障子は明るいのに、影がうつらなかったのは、不思議だった。本堂に入ってからも、黒いかたまりになって、よく見えない。それが柱をまわって、須弥壇のかげに入ってきたから、

「この野郎」

と、カッパが飛びかかった。その手から、黒いかたまりはすりぬけて、宙に一回転すると、柱のかげに消えた。前にのめったカッパが、起きなおって、追おうとすると、

「よせ、カッパ。マメゾーだ」

と、センセーは低く制して、

「どうしたえ、マメゾー」

「縄つかいのいどころが、わかったというんで、番屋から逃げてきたんでさあ」

と、柱のかげから、マメゾーが出てきた。

「投げ縄はできねえが、縄ぬけは得手《えて》ですからね。お相撲竹が張り番をしていたんだが、オヤマが知らせにきたときには、居眠りをしていたんです。定番がうつらうつら、はじめたら、お相撲竹のやつ、我慢ができなくなったらしい」

「オヤマは、どうした」

センセーが聞くと、マメゾーは障子をふりかえって、

「ユータやガンニン、テンノーに知らせにいきました。アラクマは、いっしょに来ています。おい、入ってこい、アラクマ」

障子がひらくと、庭を月光が洗って、木の一本一本があざやかに見えた。アラクマが、ほんとうの熊みたいに、縁側から匍いあがってきた。

「センセー、鉄坊主とかてえのは、いねえんですかえ」

と、アラクマが高声で聞いた。

「声がでけえぞ、アラクマ。坊主はいつ、帰ってくるとも、知れねえのだ。ひとところに、かたまっていちゃあ、いけねえ」

と、センセーがいったとたん、ぎぇっ、と叫んで、アラクマがひっくり返った。

その六

床に倒れたアラクマの首から、障子の外へ、黒い細いものがひとすじ、のびていた。アラクマは両手を、喉にあてて、床をころがった。あとの三人は、同時に別べつの行動を、起していた。カッパはアラクマに飛びついて、首もとの縄をつかむと、懸命にひっぱった。マメゾーは帯から、手ぬぐいにくるんだ出刃をぬいた。手ぬぐいを振りほどきながら、縄のとちゅうに飛びついて、切ろうとしたのだ。だが、庭の月光をうけて、ぎらつく出刃は、役に立たない。

「畜生、切れねえ。なんてえ縄だ」

と、マメゾーが口走ったときには、センセーは両手で、木魚をかかえて、障子に投げつけていた。アラクマがあけっぱなしにして、二枚かさなっていた障子は、腰板に木魚を投げつけられて、いっしょに外れた。斜めになって、縁側をこするように、庭へ落ちる。身を低くして、縁側に隠れて、投げ縄のぬしは縄を投げたにちがいない、とセンセーは睨んだのだった。はたして、障子ははねのけられて、黒い影が立ちあがった。顔は見えないが、剃った頭が月光に青い。同時にアラクマの首から、縄がはずれて、床を走った。と思ったときには、別の縄が飛んできた。カッパはアラクマをかかえて、床をころげて、柱のかげに逃げていた。マメゾーはとんぼを切って、障子につづく壁ぎわに飛んだ。そこには、障子が一枚、残っている。そいつを盾に、すべらせながら、坊主におどりかかる気で、出刃庖丁をかまえていた。

「待て、マメゾー。殺しちゃあ、おしめえだ」

センセーは両手に、燭台を一台ずつ持って、踏みだしていた。飛んできた縄は、その燭台のひとつに、からみついた。前のめりになるからだを、センセーは踏みこたえて、燭台をひいた。黒い縄が、ぴんと張った。もうひとすじの縄は、床をすべって、坊主の手もとに戻っていたが、ふたたび宙を走って、センセーに襲いかかった。

「マメゾー」

センセーの声に、意味をさとって、マメゾーは力いっぱい、障子をすべらした。うまくいけば、ぴんと張った縄を、横から障子で押されて、持ちこたえられずに、鉄坊主は手をはなすかも知れない。飛んでくるもうひと筋を、障子がふせいでくれるかも知れない。そう思ったのだが、恐しいことが起った。マメゾーが力いっぱい押した障子は、ぴんと張った縄にあたると、ばりべりばりっと音を立てた。枠がちぎれ、紙が裂け、桟が折れて、障子は上下ふたつになったのだ。上半分が溝をはずれて、落ちかかるところへ、もう一本の縄が飛んできたから、たまらない。上半分は縦に裂けて、縁側に落ちた。

「なんてえ縄だ、こりゃあ」

と、またマメゾーが口走る。センセーは、縄のからみついた燭台を、前につきだしながら、縁側に走った。斜めに下半分だけになった障子を、センセーは蹴りとばして、庭におりた。

縄のからんだ燭台を、力いっぱい引きながら、もう一本の燭台をふりおろす。それは、鉄坊主の頭を、もろに捉《とら》えるはずだった。だが、間一髪で、燭台から縄をとくと、坊主は土の上をころがりながら、庭木の枝へ、もうひとすじの縄を飛ばした。高い枝に、縄がからみつくと、それを力に起きあがって、坊主のからだは、宙を走った。黒い着物が、毬《まり》のように、ひとかたまりになって、塀のやぶれ目に消える。マメゾーが、センセーの頭上を飛びこえて、あとを追った。

「気をつけろ。その縄は、髪の毛を編んだものだ」

と、両手の燭台を、センセーは持ちなおしながら、

「築地塀に、逃げこませるな。藪に追いこめ」

「畜生、あの坊主、嚙みつぶしてやる」

かすれた声でいいながら、喉をさすりさすり、アラクマが庭へおりてきた。カッパがそれを助けて、塀にたどりついたときには、センセーは露地へ出ていた。庭には月光があふれていたが、露地は塀のかげで、暗い。鉄坊主とマメゾーが、築地塀のきわで、取っくみあっていた。センセーが駈けよろうとしたとき、声がひびいた。

「豆蔵、ご用だ！」

月光に十手をきらめかして、お相撲竹が走ってきた。センセーは、片手の燭台を投げだすと、鉄坊主の襟くびをつかみながら、ふりかえって、

「下手人は、この坊主だ。手つだえ、竹」

「なにをいやあがる」

お相撲竹が、マメゾーに手をかけた。センセーが残る片手の燭台で、竹を押しもどそうとしたとたん、坊主が消えた。センセーの片手は、着物の襟をつかんでいる。坊主はとっさに、着物をぬぎすて、マメゾーの手をはらって、逃げだしたのだ。そのすがたを見て、

「この野郎、女だ」

と、わけのわからないことを、カッパが口走った。ななめに月光をあびた坊主は、下帯もしていない。頭はまるく、目鼻立ちもいかつくて、男にも見えるが、からだは女だった。大きくはないが、乳房はふくらみを持っている。下腹の黒い三角から、垂れさがったものはない。とたんに、アラクマが元気づいた。

「女なら、おれにまかせろ」

「用心しろ、アラクマ。そいつ、まだ縄を持っているぞ」

と、センセーは声をかけながら、お相撲竹の太い腕をねじあげた。

「御用の邪魔をするねえ」

「手つだってやっているのが、わからねえのか、竹」

センセーが竹をひきはなすと、マメゾーはひらり、土塀の上に飛びあがった。崩れかかった土塀の上を、あぶなげもなく走って、裂け目を飛びこし、裸の坊主におどりかかった。鉄

坊主はちょうど、アラクマめがけて、縄を飛ばそうと、ふりかえったところだった。その頭上に、マメゾーが降ってきたから、たまらない。坊主が倒れると、アラクマが飛びかかった。鉄の手からのびた縄は、山門の柱にからみついた。マメゾーは、坊主の喉を、片膝で責めながら、両手で青い頭をねじまげて、

「アラクマ、竹藪へひきこめ。藪のなかなら、縄がつかえねえ」

「よしきた。すぐに、おとなしくさせてやる」

アラクマは鉄の片手と、片足をつかんでいる。その手から、ひとかたまりになって、黒い縄が落ちた。けれど、まだもう一本の縄は、片手からのびて、山門の柱にからんでいる。それをつかんで、藪にひきこまれまいと、坊主は顔をまっ赤にしていた。カッパが、手首に嚙みついた。それでも、縄は離さない。マメゾーの落した出刃を右手に、左手には燭台をさげて、センセーが歩みよった。ぴんと張った黒い縄を、センセーは睨みつけて、出刃庖丁をふりかぶると、月光が波うつような、するどい気合が、口をついて出た。ぷっつりと、縄が切れた。

「それ、藪にひきこめ」

と、カッパが叫ぶ。マメゾーが両耳をつかんで、竹藪へひきずりこむと、アラクマは鉄の太い両足を持ちあげて、そのあいだに、顔をうずめた。

「なにをする気だ、アラクマ」

マメゾーが聞くと、アラクマはちょっと顔をあげて、舌なめずりをしてから、

「女をおとなしくさせるのは、この手にかぎる。おいらに、まかせろ」

アラクマはまた、下腹の猛《たけ》だけしい繁みに、顔をおしつける。カッパがあきれて、

「これだって、女にちげえはなかろうが、おめえも、もの好きだなあ」

そこへ、お相撲竹がよってきて、

「センセー、豆蔵をわたさねえと、面倒なことになりやすぜ」

「待っていろ。いま女坊主が、白状する。こいつが、達磨伊勢屋をやった人ころし屋だ」

センセーが竹を、燭台で押しもどすと、

「そうだ。おれがやった」

男みたいながらがら声を、鉄がもらした。

「白状するから、やめてくれ。おれを女に、戻さないでくれ。豆蔵の出刃をからめとって、伊勢屋金右衛門の背に、打ちこんだのは、このおれだ。鉄坊主だ。やめてくれ、熊公。お願いだ。ああ、女にもどる。戻ってしまう」

「おとなしく、ご用になるか」

カッパが聞くと、アラクマの舌から逃げるように、坊主は腰をふりながら、

「なにもしねえ。縄がなけりゃあ、なんにも出来ねえ。ああ、女に戻さねえでくれ」

「もういいだろう、アラクマ」

センセーがいうと、熊が立ちあがって、

「手間をかけさせやがって、なにが、女に戻ってしまうだよ。毛饅頭《けまんじゆう》はとうに、腐ってい
らあ。鼠でも、鼻をつまんで、逃げだすぜ」

顔をしかめるアラクマを、カッパは両手で、持ちあげるような手つきをして、

「それを我慢できるんだから、おめえは偉い。さすがは、悪食《あくじき》のアラクマだ」

「むだ口はそれぐれえにして、坊主の着物をひろってきてやれ、カッパ」

といってから、センセーはお相撲竹をふりかえって、

「竹あにい、マメゾーの無実は、呑みこめたろう。坊主がだれに頼まれて、達磨伊勢屋を殺
したのか、そいつはおめえが、調べるがいい。着物をきせたら、縄を打って、番屋へつれて
いってくれ」

「どうも、センセー、あっしの早合点《はやがてん》だったようだ。源七親分にかわって、お礼をいいやす。

ありがとうござんした。豆蔵、すまなかったな」

お相撲竹が頭をさげると、マメゾーは苦笑いして、

「間違いは、だれにもあらあな。いいってことよ。こういうわけなんだから、おいらが縄ぬ
けをしたことを、咎《とが》めねえでくんな」

「蛇寺の坊主が、女だったたって」

うしろの声に、ふりかえると、願人坊主のガンニンが、テンノーやユータ、オヤマといっ

しょに立っていて、

「おりゃあ、頭のまるい同士、こいつと酒を飲んだこともある。それが女で、人ころし稼業とは、知らなかったねえ」

「なんだ、ガンニン。いまごろ、つらあ出しゃあがって……おいらなんざ、あやうく殺されるところだったんだぞ」

と、アラクマが文句をいった。築地塀のそばから、カッパがひろってきた着物を、坊主にきせて、お相撲竹が捕縄をかけた。

「さあ、とっとと歩《あゆ》べ」

センセーは、出刃をマメゾーに渡してから、足もとの黒い縄をひろいあげて、

「鉄さんだか、お鉄さんだかはとにかく、この縄は、お前さん、自分の髪の毛を切って、編んだものじゃあねえかえ」

「その通りでさあ、旦那」

と、鉄坊主はふりかえって、

「そこの熊は、つらの皮も、首の皮も厚いから、助かったがね。たいがいの人は、そいつが首にからみついたら、お陀仏ですよ」

「なるほど、女の髪は象をもつなぐ、というからな。マメゾーに、切れなかったはずだ」

「それを、旦那は切りなすった。すごいお人だね」

「髪は女の命ともいうから、大事なものだ。返してやりたいが、竹あにいが仏になると、いけねえ。この縄は、あずかっておくぜ」

「髪はまた、生えまさあ。こんどつくる縄は、まっさきに、旦那の首に巻きつきます。おぼえていて、おくんなさいよ」

「うだくだ、いっていると、夜があけらあ」

と、お相撲竹は、ぐいっと縄尻をあおって、

「とっとと、歩びゃあがれ」

ふたりのうしろ姿を見おくって、カッパがため息をついた。

「ありゃあ、巴《ともえ》御前《ごぜん》か、板額《はんがく》の生れかわりだぜ、きっと」

「そんなに、手こずったのかえ」

と、オヤマが聞いた。

「手こずったのなんの、おいらが腕に噛みついて、肉がちぎれても、縄を離さなかった」

カッパが顔をしかめて、坊主の肉の味を思い出したように、ぺっぺっと唾《つば》を吐くと、ガンニンは笑って、

「だらしがねえ。おいらがいたら、屁《へ》をかがせて、気を失わせておいて、その黒い縄で、たちまち縛りあげてやったものを」

「オヤマがやっと、探しあてるまで、マメゾーの災難も知らなかったくせに、大きなことを

いう」

　と、テンノーが口をゆがめて、

「しかし、アラクマが、その手を思いつかなかったのは、迂闊《うかつ》だな」

「なにをいやあがる。おれの働きで、あの化物、おとなしくなったんだぜ」

　と、アラクマが肩をそびやかしたとき、センセーが咳ばらいをして、

「みんな、まだ一件は、幕になっちゃあいねえ。そろそろ、追いかけよう。勘《かん》づかれねえように、気をつけねえよ」

「追いかけるって、お相撲竹をですかえ」

　と、ユータが首をかしげた。センセーはにやりとして、

「まあ、黙ってついてこい」

　露地を折れまがって、寝しずまった町屋を通りぬけ、大川端へ出たところで、お相撲竹と鉄坊主に追いついた。白っぽい月が、ちぎれ雲のあいだに、小さくかかっていて、大川の水は、つめたく光っている。なめくじ連が、影のように近づくと、お相撲竹は、鉄坊主の縄をといてやりながら、

「すまねえ。手首は痛まねえかえ。血が出ているが……」

「やつらのひとりに、嚙みつかれたのよ。狂犬《やまいぬ》みてえな野郎だ」

　と、鉄坊主は傷口に、脣をあてた。お相撲竹は、ふところから、十露盤《そろばん》しぼりの手ぬぐい

を出して、

「こいつで、縛っておいたほうがいい」

「ありがとうよ。両国の広小路で、お前にあったときは、おどろいたが、また助けてもらったねえ」

「姉さんのいどころを、豆蔵の仲間がつきとめたらしいんで、わざと逃がして、つけてきたんだ。そんなことより、どこへか行くところは、あるのかえ。まさかに、おいらのうちへ匿《かくま》うわけには、いかねえからな」

「心配はいらないよ。しばらくしたら、さっきの寺に戻らあね」

「大丈夫かえ、姉さん。米沢町の源七の子分としちゃあ、人ころしは見のがせねえ。下手人は、大道曲芸師じゃあねえ。坊主あたまの女だと、親分に話をする。そいつを逃がしたとなると、あす親分は、あの寺へいくぜ」

「源七なんぞに、つかまりゃあしないさ。それに、伊勢屋をやったのは、亭主の敵討《かたきうち》だ。人ころしとは、違うんだよ」

「露月町の兄貴を売ったのが、達磨伊勢屋だてえことは、おれも知っていたが……」

「だったら、教えてくれりゃあ、よかったのに――うちの人は、だれをゆすっていたのか、話してくれなかったのさ。お前が教えてくれていりゃあ、もっと早く、かたきが討てたんだ」

「そんなことをいったって、姉さんがどこにいるか、おいら、知らなかったものを」

「そうだったねえ。あたしが、こんなすがたをしていたんで、両国じゃあ、おどろいたろう」

「姉さん、おりゃあ、そろそろ行かざあならねえ。おいらの横っつらを、腫《は》れあがるほど、殴ってくんな」

「いいのかえ、竹」

坊主がいって、お相撲竹がうなずいたとき、センセーは声をかけた。

「なにも、痛いおもいをすることは、ないだろう。みんな、聞かせてもらったぜ。お鉄さんは、露月町の巳之助のおかみさんらしいね。投げ縄は、ご亭主から、教わったのかえ。しかし、達磨伊勢屋を、亭主のかたき呼ばわりするのは、筋ちげえだろう。逆うらみ、というものだ」

「お前さんなんぞに、あたしの気持が、わかるものかね」

鉄坊主の顔は、憎悪にゆがんでいた。センセーはうなずいて、

「憎むのも、殺すのも、お前さんの勝手かも知れねえが、なぜマメゾーを、巻きぞえにしたえ」

「あんまり芸が達者だから、やきもちが焼けて、ちょいと困らしてあげたくなったんですのさ。だれかが、投げ縄と気づいたら、露月町の巳之助が化けてでた、と思ってくれるかも知れない。そうも、思いましたねえ」

「それだけのことで、巻きぞえにされちゃあ、かなわねえ。竹さん、姉さんにもう一度、縄を打ってくれ。おれがこんどは、番屋まで送っていくぜ」

鉄坊主とお相撲竹は、逃げ場をもとめるように、あたりを見まわした。いつの間にか、前後左右をマメゾーが、カッパが、アラクマが、ガンニンが、ユータが、オヤマが、テンノーが取りかこんでいる。口をゆがめて、鉄坊主がうなずくと、お相撲竹はうなだれて、捕縄をとりだした。坊主は大川のほうをむいて、両手をうしろにまわした。右手に吾妻橋《あずまばし》が、大きく弧をえがいている。その下から、舟のあかりが出てきたのは、山谷堀からの猪牙《ちょき》だろう。月の光につめたく白い水の上を、夜鳥が鳴いて、かすめて行った。鉄坊主は縛られながら、センセーをふりかえって、

「あたしを源七に引きわたすとき、巳之助の女房だということ、竹が弟だということは、黙っていてもらえませんかねえ、旦那」

「番屋へ送っていったあとは、竹の才覚しでえだ。おれたちゃあ、マメゾーの濡衣《ぬれぎぬ》さえ、はれりゃあいい。なぜといえば……」

と、センセーはにこりとして、

「両国の広小路から、マメゾーが消えてみねえ。お江戸のみなさまに、おれがお叱りをうけるわな」

第三席　待《まつ》乳《ち》山《やま》怪談

その一

「ユータとカッパが、おかしな仕事を、ひきうけたとかで、ちょいと気になるんでげすがね、センセー」

と、マメゾーがうしろに来て、ぺんぺん草の花が白いあいだに、しゃがみこんだ。

「押しこみ盗っとの見はり役でも、ひきうけたかえ」

砂絵師はにやにやしながら、貧乏徳利に手をのばす。マメゾーは首をかしげて、

「そんなことなら、心配はしませんや。ユータは幽霊の役を、たのまれたんで」

「あたりめえのことのようだが、どこか妙だの」

ユータは薄汚れた経帷子《きようかたびら》に、おでこには三角紙、張りぼての墓石を、胸にかかえて歩く物もらいだ。芸人の言葉で、ユータとは幽霊のことだから、幽霊の役をたのまれるのも、当然だろう。けれど、大道曲芸師は眉をひそめて、

「ひとりあたま、一分《いちぶ》てえ礼で、百物語のしまいに出てくれ、とたのまれたんでさあ」

「そいつは、ちょいと奇妙だの」

現在の神田須田町、万世橋あたり、筋違御門のうちの八辻ガ原のすみで、センセーはいつ

ものように、砂絵をかいていた。春の日ざしが西にまわって、原のむこうの大名屋敷の高い瓦《かわら》屋根に、うらうらと陽炎《かげろう》が立っている。柳原堤の柳も、ふわりふわり柳絮《りゅうじょ》を飛ばして、火の見やぐらにとまった烏《からす》さえ、眠そうな日暮れがただ。水をうった地面を書場簾《かんばす》に、センセーがかきあげた砂絵も、『関《せき》の扉《と》』の傾城墨染《けいせいすみぞめ》、桜の精だった。

「百物語というのは、夏から秋、雨のそぼふる晩なんぞに、やるものだ」

センセーがひとくち飲んだ徳利を、マメゾーはうけとって、

「そこに、不思議はねえんでしてね。うすら淋しい晩に、怪談ばなしは、あたりめえすぎて、おもしろくねえ。変った趣向で、という能楽者《のうらくもの》が、あつまったらしい。いずれも、大家《たいけ》の若旦那で、川のむこうに、夜桜のかすむのを眺めながら、百物語をやろうてえんでさあ。場所は山之宿《やまのしゅく》の寮というんだが、はっきりはわからねえ」

「まさかに百人、あつまりはすめえが、よほど大きな寮なのかな」

「とにかく、行燈《あんどん》が消えて、座敷が暗くなったら、せいぜい物凄く、庭に出てきてくれ、といわれているんです、ユータは」

「カッパは、なにをするのだえ」

「ユータにくらべると、かわいそうでね。水のなかから、出てくるように、いわれているんで」

なめくじ長屋の面輩《めんばあ》は、だれも大道芸人か物もらいだが、カッパは夏でも、冬でも下帯一本、からだじゅうに鍋墨を塗って、なまの薩摩芋や、胡瓜をかじりながら、

「わたしゃ葛西の源兵衛堀、河童の倅《せがれ》でございます。けけけのけ」

と、踊ってあるく裸こじきだ。

「ユータは幽霊、カッパは河童。得意の役で一分なら、うまい仕事だろう」

と、センセーは笑った。マメゾーは徳利をおいて、

「ところは浅草、山之宿。目と鼻の奥山には、けれんが売りものの宮芝居の一座が、かかっておりやす。一分だしゃあ、衣裳もあり、化粧もうめえ役者が二、三人やとえる。のっぺらぼうの女でも、傘《からかさ》の一本足でも、おのぞみ次第。石燈籠《いしどうろう》の火ぶくろから、怪猫《ねこまた》が飛びだすなんてえ芸も、やってのけやす。遊びの金に、不自由しねえ若旦那がた、もっと手近な猿若町《さるわかまち》から、ほんものの若い役者を呼ぶことも、出来るじゃあごわせんか」

「そういわれると、なにかありそうな気もしてくるな」

「あとでばっさり、というような乱暴はしねえでしょうが……」

「そんな話が、どんな具合に、舞いこんだのだえ」

「ユータが往来で、声をかけられて、そういう話なら、カッパもお役に立ちますぜ、と売りこんだようで」

といってから、マメゾーは苦笑いして、

「ひと口のせろ、といわれたくねえのか、ユータめ、くわしいことを喋らねえ」

「一分の仕事だ。無理もなかろう。だが、おめえの心配も、無理はねえ。仕事を早じまいに

して、ここへ来たのだろう。ついでのことに、つけてみちゃあ、どうだえ。向島《むこうじま》の夜桜も、そろそろ見ごろだ」

と、大道砂絵師は、にこにこした。色さまざまな砂で、見事にかきあげた墨染桜も、立ちどまって、眺めていくひとがいないのは、日暮れが近いせいだろうか。馬にのった若ざむらいが、砂ぼこりを蹴立《けた》てて、帰りを急いでいる。日の沈みかけた空には、紫《むらさき》いろの雲が、ひろがりはじめていた。筋違御門の石垣のところに、宗匠頭巾《そうしようずきん》をかぶった老人が、立ちどまって、雲のひろがるのを、仰いでいる。花曇り、という題で一句、案じているのかも知れない。

その二

向島の土手に、桜はあらかた、咲きそろっていた。月さえあれば、朧《おぼ》ろにかすむ花の雲、山之宿の河岸からも、夢のように見えたことだろう。けれど、本物の雲のほうが、夜空いっぱいにひろがって、対岸はろくに見えない。それでも、隅田川には、水あかりが仄《ほの》かにあって、ゆたかな流れが、うかがえる。川端には大家の寮がならんで、人のきているところ、いないところ、まばらに燈火をこぼしていた。その一軒の庭のすみに、莫蓙を敷いて、ユータとカッパが、うずくまっている。折詰の煮染《にし》めを肴《さかな》に、徳利の酒を飲んで、出番のくるのを、待っているのだった。

「こいつは上野広小路、翁屋《おきなや》の煮染めだてえこったが、こう暗くっちゃあ、ありがたみが薄れる。味は舌だけじゃあねえ。目でもあじわうてえのは、ほんとうだの」

カッパが不服をとなえると、その耳に、ユータは口をよせて、

「静かにしねえ。座敷に、声がとどかあ。酒は内田の『宮戸川』、めったに飲めねえしろものだ。黙って、ありがたく頂戴しねえ。ただし、酔いすごして、きっかけを、とっちるめえよ」

ふたりのそばには、辛夷《こぶし》の木が白く、やわらかい花をつけて、甘くにおっている。障子をあけた座敷のなかでは、八人が膳《ぜん》を前に、百物語をはじめていた。きっちり百とは限らないが、大勢があつまって、順番に怪談をものがたる。ひとつ話がすむたびに、室内のあかりを暗くしていって、最後にまっ暗にするのが、百物語だ。完全に闇になったときに、怪異が起る、といわれている。座敷には、油皿に八本ずつ、燈芯《とうしん》を入れた行燈がふたつ、おいてあった。ひとりが二度、話をすることにしてあって、のべ十四人が、すんだところだった。燈芯は二本になっていて、室内はもう薄暗い。

「さあ、伊三郎《いさぶろう》さんの番だが、いまの佐七《さしち》さんのような、落しばなしじゃあいけないよ」

といったのは、島崎屋の芳太郎《よしたろう》。この宵の持ちぬし、日本橋の呉服屋の若旦那だ。その隣りで、落語家《はなしか》の林屋花輔《はやしやはなすけ》が扇子をぱちつかせて、

「さようさ。くろうとを前において、話に落ちをつけたりは、けしからねえ。大和屋の若旦那、真剣にねがいますぜ」

「こんどこそ、取っておきさ」

と、薬種問屋《やくしゅどんや》、大和屋の伊三郎は、手にした杯《さかずき》をほして、

「わたしが実際に、出あったことでね。わすれもしない去年の暮れ、おやじの名代《みょうだい》で、番《ばん》町《ちょう》のお医者さまのところへ、薬のお代をいただきにいったんだ。お酒の好きな先生で、まあ、相手をしていけ、といわれてね。ちょいとのつもりが、気がつくと、もう五つ（午後八時）近い。あわてて、おいとましたんだが、裏四番町の屋敷町だろう。暗くて、淋しくって、おまけに雪がふりだした」

「はてね。去年の十二月すえに、雪がふったかえ」

と、鼈甲《べっこう》問屋の若旦那で、友次郎《ともじろう》というのが、首をかしげた。伊三郎はこともなげに、

「日本橋はふらなかったが、麴町《こうじまち》、番町へんはふったのさ。神田へおりてきたら、やんでいたよ」

「そんなことは、どうでもいい。早くつづきを話さっしな」

芳太郎がせき立てると、伊三郎はうなずいて、

「だから、飯田町《いいだまち》へおりりゃあ、駕宿《かごやど》があるだろう。神田の大名小路を歩くのは、かなわないから、日本橋まで駕籠《かご》をしたてようと、急いだわけさ。提燈《ちょうちん》を袖《そで》でかこって、旗本屋敷の塀そとを歩いていくと、雪はますますふってくる。辻番《つじばん》もないから、辻行燈もない。提燈のてらす足もとが、だんだん白くなっていく。さあ、心細いっちゃあない」

「こいつあ、本物らしい。凄くなってきやがった」

関口屋という、きせる、筆、墨、すずり問屋の若旦那、万吉《まんきち》が膝をのりだした。伊三郎は声を落して、

「お前さんがたも知っていようが、あのへんは、旗本の小屋敷ばかり。門と塀、門と塀がつらなっている。背なかをまるめて、歩いていくと、ぴたぴた、ぴたぴた、足音が聞える。だれかが、ついてくるんだよ。やっと辻番があったから、通りすぎて、ふりかえるとね。辻行燈のあかりで、ちらつく雪のなかに見えたのが、女だった。わたし同様、傘もさしていない。おまけに、足音からすると、はだしらしい」

「いい女だったかえ」

と、ひとつ前に話をした佐七、鼠屋《ねずみや》という足袋《たび》屋の若旦那が、口をだした。伊三郎は顔をしかめて、

「雪の夜ふけに、辻行燈で見ただけだよ。そこまで、わかるものかね。とにかく、わたしは、ぞっとした。女のひとり歩きする場所でも、時刻でもないだろう。追いつかれちゃあ、かなわないから、せっせと歩いた」

「女に目のない大和屋さんが、逃げだすとはねえ。夜目、遠目にも、それとわかる。でくでくの大年増《おおどしま》だったんだ、きっと」

琴糸、三味線糸の老舗《しにせ》、布袋屋《ほていや》の若旦那、金五郎《きんごろう》が笑った。伊三郎は首をふって、

「とんでもない。髪のかたち、着物の柄《がら》なんぞは、雪で見さだめられなかったが、からだつ

きはすんなりと、若そうだったよ」

「それで、どうしました、若旦那」

若手のはなし家がせっつくと、薬種屋の倅らしくなく、顔も身なりも、いきな伊三郎はにやりとして、

「それっきりさ」

「それっきりは、ねえでがしょう。尻きれとんぼじゃあ、鼠屋の若旦那の落しばなしよりも、まだ悪い」

「いや、それっきりだから、怖いのさ。追いつかれちゃあ、けんのんだから、提燈を抱くようにして、急いだ、急いだ。だが、足音はぴたぴた、ぴたぴた、ぴたぴた、ついてくる。定火消屋敷《じょうびけしやしき》の近くまで、来たときだったよ。ふいに足音が、聞えなくなったから、ふりかえってみると……」

「どうしましたえ」

「いないんだよ、女が」

「いないって、消えちまったんですかえ」

「思わず、わたしゃあ、立ちすくんだ。とたんに風が起って、吹きつけてくる雪しまき。提燈の灯が消えちまったから、まっくら三宝《さんぼう》、走ったね。夢中で、走った。中坂の町屋の灯が見えたときには、ほっとしたよ。あんなに怖かったことはない。いまでも、夢に見るほどさ」

「怖がることはないやね、そんなものは」

といったのは、まだ無名の浮世絵師、菊川豊藤《きくかわとよふじ》だった。からになった吸いもの椀《わん》に、酒をついで、右手にささえながら、

「女は消えたんじゃあない。屋敷に入ったんですよ、伊三郎さん。貧乏旗本の娘が、内職の仕立物《したてもの》でも、届けにいった帰りなのさ」

「しかし、豊藤さん、はだしだったんだよ、その女は」

関口屋の万吉がいうと、浮世絵師は椀の酒を、ぐいっと呷《あお》ってから、

「伊三郎さんは、見ちゃあいないんだ。ちびた下駄《げた》をはいていて、ぺたぺた歩いていたから、はだしのように聞えたんだろう」

「それでも、きびのわりい話だったよ。さあ、燈芯をひいたり、ひいたり」

芳太郎が手をふると、林屋花輔はにじりよって、行燈の蓋《ふた》をあけた。油皿のなかで、燈芯が二本、燃えている。花輔は箸《はし》でつまんで、その一本の火を消して、ひきだすと、鼻紙にはさんで、屑籠《くずかご》にすてた。

「いよいよ暗くなって、島崎屋の若旦那の番でげすよ」

庭のむこうの大川に、猪牙舟《ちょきぶね》の艪《ろ》の音が聞える。山之宿は隅田川の川べりで、いまでいえば、台東区浅草七丁目だ。島崎屋の寮は、風雅なつくりの平屋で、生垣にかこまれていた。往来からは、少しひっこんでいて、柴折戸《しおりど》の前に立つと、右手に待乳山《まっちやま》が、聖天《しょうでん》さまのお

社をのせて、黒ぐろと高まっている。左手にそびえる浅草寺《せんそうじ》の五重塔さえ、かすかにしか見えない曇った夜だから、聖天社の屋根は、見わけられない。

「おい、カッパ、起きねえ。真打《しんうち》の話が、はじまったぜ」

庭のすみで、莫蓙に横になって、寝てしまったカッパを、ユータがゆり起している。

「やれやれ、川へ入って、出てこねえけりゃあ、ならねえのかえ。せっかく酔ったのが、さめてしまわあ」

鍋墨をぬった顔を、カッパがしかめると、ユータは小声で、

「なにも律義に、川へ入ることあねえがの。一分もらったのを、わすれめえよ。その金主のこの寮の若旦那が、いま身ぶり手ぶりで、喋っていらあ。そろそろ、舞台《いた》についていよう」

鼠いろに汚れた経帷子の襟をなおして、ユータは額に、シの字を書いた三角紙を、巻きつけた。それを、生垣の隙間《すきま》から、マメゾーがのぞいている。闇にきく目で、にやにやしながら、見まもっていたが、ひとの気配に、マメゾーはふりかえった。露地口に、貧乏徳利をぶらさげて、センセーが立っている。マメゾーは近づいていって、

「よくここが、わかりましたね」

「実はおめえを、つけてきた。寮のありかがわかったから、戸沢《とざわ》長屋の縄のれんで、一杯やっていたのよ」

戸沢長屋は花川戸《はなかわど》町《ちよう》、馬道よりの一郭《いつかく》の俗称で、むかし戸沢家六万余石の抱え屋敷があ

った跡だから、こう呼ばれている。

「百物語がおわるには、ひまがかかる、と思っての。ついでに、こいつに詰めてきた。ひと口、やらねえか」

と、センセーは徳利をさしだして、

「番屋へもよって、聞いてきた。ここは日本橋、本町三丁目、島崎屋という呉服屋の寮だぞうだ。若旦那の名前までは、わからねえ」

「芳太郎でしょう。しまいの話を、いましているのが、この寮の若旦那でね。ほかのものが、芳太郎さん、と呼んでいました」

といってから、マメゾーは徳利の酒を、ひと呷《あお》りして、

「おっつけ、あかりが消えるころですぜ」

「そいつは、いけねえ」

センセーは、生垣ぞいにすすんで、庭をのぞいた。ちょうど座敷の行燈が、まったく消えるところだった。灯の入った石燈籠のかげから、ユータがふらふら出ていった。胸のあたりに、両手をたらして、かぼそい声で、

「うらめしやあ」

カッパは頭に、水をかぶっただけらしい。ざんばら髪をふって、しずくを散らしながら、

「くぇっ、くぇっ」

と、奇声をあげる。幽霊と河童が、庭のまんなかに出ていくと、座敷のうちで、

「なんの真似《まね》だ、こりゃあ」

という声が起った。

「そんなことで、怯《おび》えやあしねえぞ」

声といっしょに、だれかが庭に、飛びだしてきた。

「化けものの、正体をあらわしゃあがれ」

ユータはあわてて、うしろへさがった。酔ったカッパが、足をもつれさせて、ユータとぶつかった。そのとき、

「ぎぇっ」

と、妙な声があがった。座敷から、飛びだしてきた男が、胸を押えて、よろめいた。石燈籠のおぼつかない灯に、男の胸に立った匕首《あいくち》が、ぎらりと光った。

「どうした、豊藤さん」

座敷のなかで、声が起った。

「行燈をつけろ。そいつらを、逃がすな。豊藤さんを、こっちへ……」

ばらばらと、座敷でひとが、立ちあがった。マメゾーはもう、生垣を乗りこえていた。

「ユータ、こっちへ来や」

立ちすくんでいたユータとカッパは、その声で、われに返った。

「六助《ろくすけ》、聖天下の親分を呼んでこい。お北《きた》、医者さまをたのむ。おい、聞えないのか」

座敷のなかで、どなっているのは、若旦那の芳太郎にちがいない。六助は寮番、お北は下女なのだろう。

「逃げるんだ、早く」

と、マメゾーがせき立てる。ユータとカッパは、センセーが押しひろげている生垣へ、よろめき走った。倒れた男は、俯伏《うつぶ》せになって、もがいている。抜けおちた匕首が、どす黒く刃を染めて、ころがっていた。ふたりの男が、座敷からおりてきて、倒れた男をかかえ起した。

「しっかりしな、豊藤さん。お医者さまが、すぐに来てくださる」

座敷のなかでは、じれったげな声が、

「花輔、なにをぐずぐずしているんだねえ。早く行燈に、灯を入れなな」

「それが、若旦那、手がふるえて、火うち鎌が打てねえ」

カッパとユータは、酔いもさめて、生垣から匍《は》いだした。センセーは手を貸してやりながら、声を低くして、

「ふたりは、おれがつれて帰る。マメゾー、おめえは残って、見とどけてくれ」

マメゾーの返事より先に、庭の声が追ってきた。

「幽霊と河童を逃がすな」

マメゾーは、にやりと笑って、庭木の枝に飛びついた。座敷では、ようやく行燈に灯が入った。

その三

現在の千代田区東神田一丁目へん、橋本町に名だたる巣乱《すらむ》、なめくじ長屋のセンセーの家に、マメゾーが戻ってきたのは、もう午前三時ちかいころだった。薄暗い行燈のそばに、あぐらをかいた砂絵師は、湯呑の酒を、大道曲芸師にすすめながら、

「曇ったせいか、冷えてきたの。ご苦労だった。刺された男は、どうなったえ」

「医者がくるめえに、死んじめえました。菊川豊藤という、まだ売れねえ浮世絵師でね」

と、湯呑をうけとって、マメゾーは答えた。センセーは首をひねって、

「そいつあ、奇妙《けぶ》だの。ユータもカッパも、おぼえがねえ、といっているぜ」

「そうでしょう。あのふたり、刃物なんぞ、持っていったはずがねえ」

「だが、おれたちの見ている前で、あの男は刺されたんだ。目には見えねえ人間が、あすこにいた、ということになる」

「ですから、ユータとカッパが、下手人てえことになっています」

「そうなるだろう、と思ったから、向両国の見世物小屋に、あずけてきた。ここにいたら、あすには捕まってしまう」

「あっしは、屋根庇《やねびさし》に張りついて、聞いていたんですがね。聖天下の藤兵衛も、そういっていましたよ。幽霊と河童の物もらいは、江戸にいくたりも、いやあしねえ。あすのうちに

は、捕まえてみせるって」

「ひとり一分に目がくれて、ひでえことになったものさ。聖天下の藤兵衛は、腕のいい御用聞だ。あすの朝、みんなに用心するように……」

センセーがいいおわらないうちに、壁の穴から、アラクマの声がして、

「みんな、ここで聞いていますぜ。ふところに、十手をつっぱらかして、だれが来たって、なんにも喋りゃあしませんや」

センセーはにやりとしてから、マメゾーにむかって、

「あの寮には、いくたり人がいたのだえ」

「座敷に八人、ほかに六助とお北という、寮番のじいさん、ばあさんがいました。センセーが番屋で、お聞きになったように、あの寮は日本橋、本町三丁目、島崎屋のものでね。ゆんべ、あつまった能楽者は——」

呉服屋、島崎屋の芳太郎。

足袋股引《ももひき》、鼠屋の佐七。

薬種問屋、大和屋の伊三郎。

鼈甲問屋、保根屋《ほねや》の友次郎。

きせる筆墨すずり、関口屋の万吉。

琴糸三弦糸問屋、布袋屋の金五郎。

浮世絵師、菊川豊藤。

落語家、林屋花輔。

「この八人でさあ。若旦那六人がつるんで、いつも遊んでいて、はなし家と絵師は、ご機嫌をとって、飲み食いをしていたようです。花輔は太鼓持みてえなものだが、豊藤てえ男は、茶番の趣向を立てたり、花見の手ぬぐいの意匠《いしょう》、祭のゆかたの柄を案じたりして、けっこう役に立っていたらしい」

「だれの弟子だえ、豊藤てえのは」

「歌川豊直《うたがわとよなお》の弟子だそうで、豊藤が死んだのを、師匠のところへ知らせるか、親のところへ知らせるか、若旦那連、迷っていました」

「親が江戸に、いねえのかえ」

「いいえ、豊藤は貧乏御家人の次男坊、刀をさしていても、どうせ一生、うだつはあがらねえ。思いきって、絵師の修業をはじめたらしいが、これもなかなか、ものにならねえ」

「そういう男かえ。それじゃあ、親の屋敷が、わからねえのだろう」

「そうかも知れやせん。あっしが引きあげてきたときには、寮のひと間に仏を寝かせて、ご検視を待っていました」

「芳太郎は寮へ泊ったろうが、ほかのものはどうしたえ」

「もともと、みんな、泊るつもりでいたようだ。だれも、帰らねえでしょう」

「おめえが見ているあいだに、だれか逃げだしたものはいねえか」

「気をつけていましたが、縁の下からも、石燈籠のかげからも、逃げだしたものはいませんや」

「だれかいねえと、理屈にあわねえがの。ユータとカッパは、むずかしいことになったものだ」

センセーがため息をつくと、壁の穴から、テンノーの声が、

「欲にころぶから、こういうことになる。あのふたりとも、これで懲《こ》りるだろう」

「だからといって、見ごろしにはできめえ」

と、願人坊主のガンニンの声がした。野天芝居の女形、オヤマの声も、

「そうさね。テンノーさんは薄情だよ。ほうっておいたら、ユータさんも、カッパさんも、下手人にされてしまう」

「いや、なにも見ごろしにするとは、わたしゃあ、いっちゃあいねえわな」

と、牛頭天王《ごずてんのう》のお札くばりは、あわてた声をだして、

「センセー、なんとかなりませんか」

「いま考えているところだ」

センセーが腕を組むと、壁の穴から、アラクマが間のぬけた顔をだして、

「まさかとは思うが、一分てえのは嘘、一両もつかまされて、ユータがやったんじゃあ、ね

えでしょうねえ」

「あのあわてようは、そうとも思えねえが、なんともいえねえ。オヤマ、あす食いものをとどけてやって、念を押してこい」

センセーがいうと、オヤマはアラクマの上に、おしろい焼けした顔をだして、

「あい、承知。ユータさんも、カッパさんも、あたしには嘘はつきません」

「ほかのものは手わけをして、八人の評判を聞きあるいてくれ。今夜はもう、なにも出来ねえ。みんな、寝てしまえ」

と、センセーは大あくびをした。

その四

あけがた、雨になったが、空はそれほど、暗くはない。九時すぎには、雲がきれて、小ぶりになってきた。雨や雪の日には、稼ぎに出られない連中が、ごろごろ、のたのたしているので、なめくじ長屋、と呼ばれるようになったのだけれど、きょうはみんな、出かけている。センセーとマメゾーだけが、残っていて、

「このぶんなら、あがりそうだの。そろそろ山之宿へ、様子を見にいくか」

「だれか長屋へ、入ってきましたぜ、センセー。木戸に蹴《け》つまずいて、どぶ板のわれ目に、踏みこみそうになって、ありゃあ、下駄常でさあ」

マメゾーが壁の穴に消えると、神田は、白壁町、下駄新道の御用聞、常五郎の顔が、戸口にのぞいた。

「センセー、いってえ、どういうこってす」

「藪《やぶ》から棒に、なんだねえ、親分」

「しらばっくれちゃあ、いけませんや。ユータとカッパが、人を殺したそうじゃあ、ありませんか」

「おどろかしてくれるな、親分。そういやあ、ゆんべっから、ユータも、カッパも見かけねえ。捕まえにきたのかえ、ふたりを」

センセーが聞くと、下駄常は首をふって、

「雨もあがったから、そこらへ出ようじゃあ、ありませんか。聖天下の藤兵衛がきたりすると、話ができなくなる」

「そうか、親分の縄張うちで、起ったことじゃあねえのか」

センセーは先に立って、露地へ出た。倒れかかった木戸をぬけて、往来に出ると、初音の馬場のほうへ歩きながら、

「聖天下の藤兵衛が、ユータとカッパを探しているとすると、親分、人ころしがあったのは、花川戸あたりかえ」

「山之宿でさあ。本町三丁目の島崎屋の寮が、あるんです。あっしも、よくは知らねえんで

すがね。そこで、なにかがあって、だれかが殺された。その下手人が、幽霊こじきに河童こじきだてえんで、藤兵衛が探している。そう聞いて、おどろいて飛んできたんでさあ。センセー、藤兵衛はがんこな年よりだが、間違ったことは、めったにしねえ。それだけに心配で……」

「すまねえな、親分」

と、センセーは頭をさげた。九段《くだん》のほうの空には、まだ薄黒い雲が残って、雨がふっているらしい。だが、頭上の雲は散って、春の日の光が、初音の馬場にふりそそいでいる。郡代屋敷の火の見やぐらに、羽をやすめていた鳶《とび》が舞いあがって、ひょろろろりるろ、と鳴きながら、大きく空に輪をえがいた。

「心配ついでに、浅草までいって、わたしを藤兵衛に、ひきあわしちゃあくれめえか、親分」

と、センセーは下駄常をふりかえって、

「ユータとカッパが、人ころしをしたとは、わたしには信じられねえ」

「そりゃあ、あっしも、おなじことさ」

「それゆえ、なにがあったのか、くわしく知りてえのだ」

「ようがす。さしあたって、急ぎの御用はねえ。行きやしょう」

ふたりは馬喰町《ばくろちょう》の通りを、両国の広小路に出て、浅草御門から、蔵前《くらまえ》へむかった。鳥越《とりこえ》橋《ばし》をわたって、蔵前の通りをまっすぐに、駒形《こまかた》から、並木へは入らずに材木町へ切れて、吾《あ》妻橋《ずまばし》の手前を左にすすむと、正面に待乳山、左に五重塔と観音堂の大屋根が、高だかと見える。待乳山の下の町屋が、聖天町だ。聖天下、と俗に呼ばれている。

「藤兵衛は、島崎屋の寮へ、いっているそうです。なんでも、仏の引きとり手がなくて、島崎屋が困っているとかでね」

と、御用聞のうちをたずねた下駄常が、おもてで待っていたセンセーに報告した。

「わたしたちには、好都合だの。するてえと、殺されたのは、島崎屋の若旦那じゃあ、ねえわけだ」

センセーがしらばっくれるのを、真《ま》にうけているのか、いないのか、白壁町の常五郎はうなずいて、

「御家人くずれの絵師だそうでさ。師匠は名の知れた歌川豊直だが、これがいま、旅に出ている。だから、絵師の親もとを、知るものがねえらしい。とにかく、寮へいってみやしょう」

下駄常が先に立って、山之宿のほうへ歩きだす。大川の見える横丁に入ると、対岸の向島に、土手いちめんの桜が白い。竹屋の渡し舟が、日ざしに光る川水を裂いて、ゆらゆらと進んでいく。

「センセー、ここですよ。話をつけるあいだ、まだ待っていておくんなさい」

柴折戸の前で、下駄常がいうと、砂絵師はうなずいて、

「仏を拝めるように、うまく話をしてくんねえよ」

御用聞が柴折戸を入っていくと、センセーはふりかえった。隣りの家の生垣のかげから、

マメゾーが出てきて、

「ちゃんと、来ていますぜ。なにをします」

「昼ひなかで、やりにくいだろうが、川っぷちを調べてくれ。だれかが隠れていて、匕首を投げたのかも知れねえ」

「そうだとしたら、ひとのいた跡が、残っているかも知れやせんねえ」

マメゾーはうなずいて、河岸にむかった。そのすがたが、生垣に隠れて間もなく、柴折戸から、下駄常が出てきて、

「あっさり、話はつきましたよ。センセーの噂を、藤兵衛は聞いていましてね。まあ、入っておくんなさい」

常五郎について、寮に入ると、ゆうべ百物語をやった八畳間に、菊川豊藤の死体が、北《きた》枕《まくら》に寝かしてあって、枕もとに線香の煙があがっていた。隣りの六畳に、聖天下の藤兵衛はすわっていて、

「砂絵の先生、お前さんの子分に、ユータとカッパてえのがいるそうですね」

「おなじ長屋に住んでいるだけで、子分でもなんでもない。しかし、親分、あのふたりは、人ころしなんぞ、できるやつらじゃあ、ありません。事情を聞かしてくれませんか」

藤兵衛は髪も半白で、五十に手がとどいているだろう。だが、小柄なからだは頑丈そうで、大きな目が光っている。いかにも、年期の入った御用聞だった。銀細工をあしらった黒塗の

たばこ盆に、きせるをはたいて、筒にしまってから、藤兵衛は話しはじめた。頭の働きもよさそうな、そつのない話しぶりで、センセーは内心、

「こりゃあ、納得させるのに、骨が折れそうだな」

と、思いながら、聞きおわった。

「なるほど、そのふたりが疑われるのは、無理もない。もしもユータとカッパだったら、逃げかくれしていては、疑いをますばかりだ。わたしが探しだして、親分にさしだそう。だが、どうも腑に落ちない。仏を拝ましてもらいたいが……」

「かまいませんよ、どうぞ」

八畳間には、男前の若旦那と、長羽織の芸人ふうが、すわっているだけだった。センセーは線香をあげて、死体に手をあわしてから、掛蒲団《かけぶとん》を剝《は》いで、仔細《しさい》にしらべた。

「この絵師どのは、武家の出だそうだが、あまり剣術《やっとう》はやらなかったようだの」

「御家人の次男だと、豊藤さん、自分でいっていましたが、ほんとうかどうか、だれも知りません」

芳太郎がいうと、センセーはそちらに向きなおって、

「お前さんが、こちらの若旦那かえ」

「はい、島崎屋の芳太郎と申します」

蓬髪《ほうはつ》に無腰の着流しで、得体の知れない人物だが、どうやら、お武家らしいので、芳太郎

はていねいに答えた。

「そちらは、はなし家の林屋花輔さんだね。ほかにまだ、ゆうべは五人いたそうだが、みなさん、おすまいは日本橋かえ」

「金五郎さんの布袋屋は、京橋中橋広小路ですが、ほかのものは日本橋で」

「みなさん、うちへお帰りですか」

「夕方には、またあつまるでしょう。なにしろ、豊藤さんはひとりもの。豊直師匠のおかみさんも、実家がどこか、ご存じないんです。ですから、今夜はここで、通夜をすることになっております」

「豊藤さんのすまいは、どちらだ。そこへいったら、実家の手がかりが、つかめやあしないかな」

「長谷川町の長屋で、鼠屋さんの家作なんです。それで、佐七さんが、見にいってくれましたから、わかるかも知れません」

「河童と幽霊をやとったのは、お前さんだそうだが……」

「河童のほうは、幽霊にすすめられたんですよ。往来で、幽霊を見かけまして、百物語の趣向に、持ってこいだ、と思って、声をかけたんでございます」

「そのことを、だれかに、話しゃあしませんでしたかえ」

「寮番の六助には、いっておきました。生垣のそとで待っていて、庭のすみに隠れさせておくようにと――莫蓙に酒、肴も、六助に運ばせておきました。ほかには、だれにも話しておりません。喋ってしまっちゃあ、趣向になりませんから」

「ですが、若旦那になにか、趣向があるらしいとは、みなさん、気づいていましたよ」

と、口をだしたのは、落語家の花輔で、

「聖天下の親分にも、申しあげたんですが、実は豊藤さん、『どんな趣向か知らないが、あたしがちゃちゃを入れてやる』といっていたんでございます」

「それで、幽霊が現れると、豊藤は庭へ出ていったのか」

と、センセーは納得した。落語家はうなずいて、

「あたしゃあ、制《いさ》めようとしたんでげすがねえ」

「手になにか、持っていなかったかえ、豊藤は」

「なにも持っちゃあ、いませんでしたよ」

「どうしてわかる。百物語がおわって、座敷はまっ暗だったんだろう」

「ですが、庭へ出ていったんですから、見えましたよ、どうやら」

「ふところに、匕首を入れていたかも知れねえな」

ひとりごとのように、センセーがいうと、芳太郎は首をかしげて、

「そんなことは、ございませんでしょう。もし匕首を持っていたなら、鞘《さや》があるはずです。豊藤さんのふところにも、座敷のなかにも、庭にもありませんでしたよ、匕首の鞘は――幽

霊か河童が、ふところに入れたまま、持って逃げたんでしょう」

「そりゃあ、若旦那のいう通りだ」

と、六畳から出てきて、藤兵衛が口をはさんだ。

「わっしゃあ、寮番に呼びにこられて、すぐにここに駈《か》けつけたが、匕首は庭に落ちていた。だが、鞘はなかったねえ」

「その匕首があったら、見せてもらえませんか、親分」

センセーがいうと、藤兵衛はふところから、山道に散り松葉の手ぬぐいに、つつんだものを取りだした。

「わっしが預かっている。ご覧なせえ」

手ぬぐいをひろげると、血にまみれた匕首が出てきた。センセーは顔をしかめて、つくづくと眺めてから、

「出来れば庇《かば》ってやりたかったが、これじゃあ、どうもしょうがねえ。ユータとカッパがどこにいるか、ほんとうに、わたしは知らないが、逃げたところを見ると、身におぼえがあるんだろう。わたしには、さがす手だてがある。聖天下の親分、あすまで待ってくれねえか」

「白壁町、このおひとは、信用できるかえ」

と、藤兵衛は下駄常をふりかえった。

「出来るとも。牡丹餅《ぼたもち》ほどの判を押すぜ」

常五郎がいうと、藤兵衛はうなずいて、

「それじゃあ、白壁町の顔を立てて、一日だけ待ちましょう。どうせ、あの連中は、江戸を出られねえ」

「ありがたい」

と、センセーは頭をさげてから、芳太郎にむきなおって、

「もう少しうかがいたいのだが、島崎屋の若旦那、今夜のお通夜に、大旦那はお見えになりますか」

「さあ、わかりません。なにしろ、こんな騒ぎを起したもので、わたしはおやじに、大目玉をくいました」

芳太郎は苦笑して、床の間に目をやった。そこには、ゆうべの趣向のひとつとして、掛けたままになっているのだろう。足がはえて、目をむいて、走りだしている角樽《つのだる》のおばけを、ろくろっ首の娘が首をのばして、とめようとしている絵の軸が、かかっていた。その下の地《じ》板《いた》には、置物のかわりに、凝った南蛮時計がおいてあって、時を刻む音を、静かにひびかせている。センセーは化物絵の掛軸に、顎をしゃくって、

「ひょっとして、そりゃあ、豊藤さんが書いたものかえ」

「いいえ、豊直先生に書いていただいたものです、豊藤さんに口をきいてもらって」

「それだけ書けりゃあ、売れるはずだ、と思ったが、お師匠さまの絵か。よく見りゃあ、落《らっ》

款《かん》に豊直とある。今夜、通夜をして、葬いはどうなさるね」

「わたしどもにも、責めのあることなので、うちの寺に、あす持っていこう、と父が申しておりました。仮埋葬をいたしまして、実家にお知らせできるまで、待つつもりで」

と、芳太郎はため息をついた。そこまで、面倒を見なければならなくなっては、父親に叱られるのも無理はない、とセンセーは腹のなかで、苦笑いした。

その五

「とんだことになりやしたね、センセー」

島崎屋の寮を出ると、顔をしかめて、下駄常がいった。砂絵かきはこともなげに、

「まあ、なんとかなるだろう。ふたりが下手人でねえことは、はっきりしたんだ」

「なんですって」

「親分も匕首を見たろう。血で汚れていたが、ありゃあ、新しいものだ」

「それが、どうかしましたか」

「つもっても見ねえ。ふたりは一分ずつ、前金でもらったんだぜ」

「ですから、匕首も買えたでしょう」

「ほかのものなら、ともかくも、親分がそういうとは、情けねえ。女を買いにいった、酒を買いにいった、というなら、不思議はねえがの。ひとを殺すためにしても、匕首なんざあ、

買やあしねえさ」

「こいつは、あやまった。どこかの水口から、出刃庖丁《でばぼうちょう》でも持ちだすか、竹槍《たけやり》でもつくるでしょうねえ」

「なによりも、菊川豊藤なんてえ絵かきを、ころす理由がねえ。絵師に知りあいがあるてえ話を、聞いたことはねえからの」

「ですが、センセー、七人のものが、豊藤の刺されるところを、見ていたんですぜ。寮番のじいさんも、庭で悲鳴のあがったのを、聞いている。ばか騒ぎのうちだ、と思って、出てみはしなかったらしいが……」

「ユータとカッパは、見ているよ。目の前で刺されたから、逃げだしたんだ」

「どうにも、わけがわからねえ」

「おれにも、まだわからねえ。だが、親分には迷惑はかけねえから、安心してくれ。おれは、ふたりを探しにいく。ここで、わかれよう」

吾妻橋の近くまで、ふたりは来ていた。下駄常が駒形のほうへ歩きだすと、センセーは橋の袂《たもと》を、川のふちへおりていった。芸者と客をのせた屋根舟が、橋間《はしま》をぬけて出てくるのを、うっそりと眺めていると、うしろにマメゾーがきて、

「河岸には、なにもありませんや。藤兵衛はうちへ、帰りましたよ。約束どおり、あすまで待ってくれそうでさあ」

「おれたちの話を、聞いていたのかえ」

「へえ、縁の下に匍いこんでね。センセーが帰ったあと、芳太郎は不服そうでしたぜ。下手人がつかまって、片がつかねえと、おやじに顔むけができねえんでしょう。それにしても、大丈夫ですかえ。ほんとうの下手人の見当は、もうついているんでがしょう」

と、マメゾーは心配そうだ。センセーは眉をひそめて、

「そいつが、つきそうで、つかねえから、弱っているんだ。ユータとカッパにあって、もう一度、聞いてみよう」

と、マメゾーをうながして、センセーは吾妻橋をわたった。本所中之郷《ほんじようなかのごう》から、埋堀《うめぼり》をわたって、お竹蔵。横網《よこあみ》をぬけて、東両国のさかり場に出ると、ろくろっ首の見世物小屋の裏にまわる。楽屋口を入ると、筵《むしろ》ばりのすみで、ユータとカッパが、オヤマと楽屋番を相手に、酒を飲んでいた。舞台からは、三味線の音といっしょに、

「さあ、ごろうじろ。花も恥じらう娘の首が、ひょろひょろのびる。またのびる。まだまだのびる。恐しや、恐しや」

口上役の声が聞える。マメゾーは舌うちして、

「あきれたものだぜ。おいらたちの心配も知らねえで、鮨《すし》をくらって、酒をくらって、天下泰平でいやがる」

「まあ、兄い、がみがみいいなさんな。鮨といっても、きざみ鯣《するめ》に豆腐滓《きらず》の握り。酒だっ

て、おごっちゃあいねえ」

と、カッパがにやにやする。オヤマも笑って、貧乏徳利をさしあげながら、

「マメゾーあにさん、おあがんなさい。あたしがちゃんと、念を押したから、大丈夫。カッパも、ユータも、ひとを刺しちゃあいませんよ」

「刺していなくても、下手人にはされるんだ。このまま、なにもつかめなかったら、おいらたちがあすの晩には、ユータとカッパ、聖天下の藤兵衛のところへ、つれていかにゃあならねえ」

マメゾーが苦い顔をすると、ユータは大きく手をふって、

「冗談じゃあねえぜ。おいらもカッパも、菊川なんとかなんてえ絵師とは、あったこともねえんだ。庭へ飛びだしてきた野郎だそうだが、いまになっても、つらも思い出せねえ。『きみは山谷《さんや》の三日月さまよ、宵にちらりと見たばかり』どころか、ろくすっぽ見てもいねえんだもの」

「もっともだ」

といったのは、センセーで、

「みんな、安心しねえ。目には見えねえ下手人を、とらめえる法が、わかったぜ」

そこへ舞台から、顔をまっしろに塗った首役の娘、ぴらぴらの裃《かみしも》をつけた胴体役の女がおりてきた。ゆかたの襟をはだけて、汗まみれの乳房を、のぞかせた首役の娘は、砂絵師のいるのに気づくと、

「わあ、センセー、あいたかったあ」

と、かじりついてきた。ろくろ首の首すじに見せかけて、のびちぢみさせる布ばりの蛇腹《じゃばら》を手に、おりてきた口上役が、

「こらこら、汗くせえからだで、こすりついちゃあ、センセーに嫌われるばかりだぞ。きのうまで、金花糖《きんかとう》の鳶口《とびぐち》をしゃぶって、よろこんでいた餓鬼が、なんのざまだ」

肉いろの蛇腹で、娘の頭を小づいたところを見ると、この口上役、父親なのだろう。

その六

巾着《きんちゃく》のかたちに重ねて×状に、二本の大根をえがいたのが、聖天さまの紋章だ。それを刻んだ御手洗《みたらし》のわきに、藤兵衛がしゃがんでいる。その夜もふけて、待乳山の聖天社。センセーにつれられてきて、多少の不安があるのだろう。

「砂絵の先生、ほんとうに、ユータとカッパがくるのかえ、ここへ」

「ほかのものも、来ますがね。わたしのやりかたは、親分には気に入らないかも知れねえが、ここに隠れて、聞いていておくんなさい。ほら、来たようだ」

石段をのぼってくる足音に、センセーは御手洗のかげから、出ていった。マメゾーに押されるようにして、あがってきたのは、島崎屋の芳太郎で、

「こんなところで、聖天下の親分が、ほんとうに待っているのかね」

「若旦那、すまないな。待っているのは、親分じゃあない。わたしなんだ」

と、センセーが立ちふさがった。芳太郎は提燈をあげて、

「お前さん、昼間のご浪人だね。くるか来ないか、わからなかったおやじが来て、ぬけられない通夜なんですよ。いったい、なんの用なんでございますか」

「腹を立てちゃあ、いけません。大事なことだ。実はわたしは、嘘をついていてね。ゆうべ、幽霊と河童の後見人役として、ついてきていたんだ。生垣のそとで、騒ぎを見ていたんですよ。だから、下手人を知っている。その話をしたい、と思いましてね」

「下手人なら、わたしだって、知っていますよ。見ていたのなら、わかるでしょう。わたしも、とんだ人たちを、雇ったものだ。お前さまが見た通り、あのふたりが、豊藤さんを刺したんじゃあ、ありませんか」

きっぱりと芳太郎がいうと、その手の提燈の光をあびて、センセーはにやりと笑った。

「わたしが見たのは、ひとが庭へ飛びだしてきて、胸に匕首をぎらつかせながら、倒れるところですぜ」

「それが、豊藤さんですのさ」

「お前さんがたが、そういうから、幽霊も、河童も、わたしも、寮番のじいさん、ばあさんも、そう思っただけさ。竹光《たけみつ》か刃びきか、匕首を胸にあてて、悲鳴をあげたのは、だれだろうね。そのとき、暗い座敷のなかで、お前さんがうしろから、豊藤を抱きすくめて、胸を匕首でえぐったんだ」

「ばかなことを、おっしゃっちゃあ、困りますねえ。あすこには大和屋さん、保根屋さん、鼠屋さん、五人も六人もいたんですよ。いくら、座敷が暗いからって、そんなことが出来るものですか」

「出来るさ、七人が気をそろえれば」

センセーがいうと、芳太郎はぽかんと口をあいて、立ちすくんだ。センセーはつづけて、

「作者は、お前さんかえ。よく書けた台本《しょうほん》だ。その場でつかまったら、幽霊も、河童も、いいぬけられなかったろう。逃げても、下手人にされてしまった。七人が気をそろえ、口をそろえて、聖天下の親分や、医者がくるまでに、小道具の匕首や、本物の鞘をしまつしたんだ。外で見ていたわたしさえ、ついさっきまで、庭で芝居、座敷で本物、同時にふたつの人ころしが行われたとは、考えもしなかったよ」

「そんな、そんなことがあるはずは、ないじゃあございませんか。取りまきの芸人までが気をそろえて、遊び仲間を殺すなんて」

芳太郎が口をとがらすと、センセーは眉をひそめて、

「さあ、そこだ。お前さんがた、菊川豊藤に、ゆすられていたんじゃあ、ねえのかえ。七人いっしょにやったことで、世間に知られたくねえなにかを、豊藤に握られていたんだろう。ご大家といっても、若旦那は若旦那、そうそう金は自由《まま》にならねえ。お前さんが立作者になって、七人そろって、思いきったことを、やったにちげえねえ」

「知りません。そんなことは、ありません。勝手なことをいって、お前さまこそ、ゆするつもりじゃあ、ないんですか」

と、芳太郎は声をふるわせた。センセーは笑って、

「ゆするつもりはないが、豊藤のゆすりかたも、こんなだったかえ。喋ってしまったほうが、いいんじゃあねえかな。ゆすりのねたは、なんだったのだ」

「知らない。わたしは知らない」

提燈が上下にゆれて、芳太郎のふるえぶりをしめした。センセーはその肩ごしに、

「島崎屋の大旦那、心あたりはありませんかえ。ご覧の通り、若旦那は泣きだしそうだ。きっかけを、つけてやっちゃあ、くださいませんか」

「おとっつぁん」

と、芳太郎はふりかえった。初老の男が、石段の上に出てきて、

「芳太郎、このひとのいうことは、どうやら事実のようだね。妙なひとに呼びだされて、半信半疑で出てきたんだが……」

「大旦那、悪いようにはしない」

と、センセーは声に力をこめて、

「わたしの相長屋のものが、大迷惑をしているので、事実をつきとめたいだけだ。この一年ばかり、若旦那の金づかいは、荒くなっているだろう。なにがきっかけか、思い出せませんかえ」

「去年の夏、芳町《よしちよう》の芸者屋の下地っ子が、急死したことがございました。かわいそうだから、葬いのたしに、とかいって、金を出してやったようで……」

「おとっつぁん、そんなことは、なんの関わりもありゃしない」

芳太郎がさえぎるのを、センセーは押しとどめて、

「もういい。わかった。そんなことだろう。お前さんがた七人が、その下地っ子に悪いたずらをして、殺してしまったんだ」

「わたしゃあ、知らない。わたしじゃあ、ないんですよ、おとっつぁん。あれは鼠屋の土蔵で、佐七っつぁんが……」

「芳さん、わたしひとりに、押っかぶせる気かえ。そりゃあ、ひどい」

という声が、木下闇《このしたやみ》にひびいた。センセーは笑って、

「足袋屋の若旦那も心配して、出てきたのかえ。こいつはいい。待乳山の暗闇で、百物語のおさらいを、はじめるか。佐七さん、お前さんのうちの土蔵に、下地っ子をつれこんで、念仏講でもやったんだろう」

信者の家の一軒にあつまって、百万べんのお題目をとなえるのが、念仏講だけれど、俗語では輪姦の意味がある。

「いいだしたのは、芳さんだ。豊藤さんから買った春画《まくらえ》に、小娘を裸にして、五つところ責めのがあって、こういうのはおもしろかろう、と芳さんが……」

「わたしゃあ、いってみただけじゃあないか。大和屋の伊三さんが、それにはいい薬がある、お武家のかたい妻女でも、たちまち淫乱《いんらん》、といったから……」

「いい加減にしねえか」

と、センセーは舌うちして、

「気をそろえて、豊藤を殺したのに、尻《し》っ腰《こし》のねえ。罪のなすりあいをして、なんのざまだ。ちょいと怯えると、餓鬼にもどりゃあがる。おとっつぁんは、苦労だのう。島崎屋さん、この始末はむずかしいぜ。いい若いものを七人、番屋へ送るつもりなら、わけはねえがの。それとも、はなし家に大金をやって、人身御供になってもらうかえ」

「それで、ことがすみましょうか」

恐るおそる、島崎屋のあるじがいうと、センセーは笑って、

「すむめえの、死罪になろうという貧乏くじを、だれがひくものか。だが、島崎屋さん、ここにひとつ、いいことがある。菊川豊藤は、武家の出だ。そして、お前さんは、寮の床の間の南蛮時計を見ても、わかる。裕福なおあきんどだ。大和屋も、保根屋も、鼠屋も、関口屋も、布袋屋も、聞えた大店《おおだな》だろう」

「仏さまがお武家ということと、わたくしどもが内福ということが、いい辻占《つじうら》になりましょうか」

「豊藤の実家は、やがてわかる。貧乏御家人でも、直参《じきさん》は直参。家を出て、絵師になった次

男坊でも、そいつが、ゆすりを働いたあげく、殺されたとあっちゃあ、申しわけが立つめえ。絵師としても、芽のでねえのを悲しんで、島崎屋の寮で自害した、ということで、仏をわたしてやりゃあ、親は病死の届けを出すだろうよ。葬い代をつけてやらざあ、なるめえがの」

センセーが脣をゆがめると、ほっとしたように、島崎屋はうなずいて、

「なるほど、なるほど、さようでございましょうな」

「だが、それだけじゃあ、すまねえよ。聖天下の藤兵衛親分にも、手間をかけさせた礼をしなきゃあ、いけねえ。わたしたちも、迷惑をこうむった。はなし家は同罪なんだから、わずかな祝儀で、口をつぐんでいるだろうがね。おろかな伜を持ったばかりに、大した損害《ついえ》、と思うだろうが、なあに六つに割るんだ。暖簾はびくともしねえはずだぜ。わかったら、日本橋へ帰って、ほかの旦那がたと、相談をするこったな」

「あらためて、挨拶に出ますが、どちらへうかがったら……」

「わたしかえ。天気さえよけりゃあ、神田の筋違御門うち、八辻ガ原のすみで、砂絵を書いて見せているよ」

「お名前をうかがえましょうか」

「とうに質において、流してしまった。みんなは、センセーと呼んでいる」

「今夜はこれで、失礼いたします。芳太郎、いっしょに来るんだ。鼠屋さん、お前さんも、早くうちへ帰って、親御に話をしなさることだね」

頭をさげると、島崎屋は伜の手から、提燈をひったくって、石段をおりていった。ふたりの若旦那が、肩を落して、あとに従う。

「センセー、あっしゃあ……」

と、小声でいって、マメゾーは、三人のあとを追った。ほかの四人の若旦那が、芳太郎の話に、どんな反応をしめすか、見とどけるつもりなのだ。

「こいつは、あきれましたぜ。あの若旦那連、茶番でもやるつもりで、人ころしの趣向を立てやあがったとはねえ」

御手洗のかげから出てきて、聖天下の藤兵衛が、ため息をついた。

「もっと、おどろいたのは、怪談じたての人ころしを、自害から病死へ持っていっちまったセンセーの弁舌だ。ゆうべの百物語より、このほうがよっぽど、怪談ですぜ」

「待乳山怪談、というところかの。気に入らねえかえ、親分」

センセーがにやにやすると、藤兵衛はふところから、たたんだ小田原提燈と、火うち袋を出して、

「気に入った、とはいえませんがね。幽霊こじきと河童こじき、お縄にするのは、わけがねえ。これが無実ときて、大家の若旦那六人に芸人ひとり、八丁堀の旦那にわたすとなると、正直なところ、気が重い。口がそろわなかったり、親たちがあちこち手をまわしたり、面倒なことが多いでしょうよ。あげくのはてに、うやむやになったりして、八丁堀の旦那に嫌味

でもいわれたら、こっちゃあ、目もあてられねえ」

藤兵衛はしゃがみこんで、火うち袋から、火うち鎌と火口《ほくち》をだすと、蠟燭に火をつけた。小田原提燈をのばして、立ちあがりながら、

「持ってまわったいいかたですが、こんな幕ぎれが、いいのかも知れません。なんといっても、一件の謎をといたのは、センセーだ。お見事でしたよ。ここは、センセーの顔を立てましょう」

「そういってくれると、ありがてえ」

と、砂絵師は頭をさげた。

「センセーも引きあいで、奉行所に呼ばれたりすると、困ることがあるんでしょう。そんな面倒よりも、おたがいに銭が入ったほうがいい」

と、藤兵衛は苦笑して、

「ですが、あの若旦那連、ちっとは懲りますかねえ」

「さあ、当座はおとなしくするだろう。日にちがたてば、なんともいえねえがの」

「金のあるのも、よし悪《あ》しだ。あっしらの伜は、毎晩ひとまわり、吉原《なか》をひやかして歩くぐれえでね。大したことは、できねえように、出来ていまさあ」

「あの親たちも、伜の金づかいに、気をつけるようになるだろうよ。親分の伜は、あとをついでくれそうかえ」

「あんまり、御用聞なんぞには、なってもらいたくありませんね。音曲が好きで、三味線をいじっていまさあ」

「そいつは、楽しみだの」

「どんなことになりますか。それじゃあ、ごめんくださいまし」

頭をさげて、老いた目あかしは、石段をおりはじめた。小田原提燈の灯が、ゆらゆらと、闇のなかにおりていく。空には月が、暖かい色にのぼって、足もとは木下闇だが、右手には猿若町の芝居小屋がまだ、華やかな灯のいろを残している。さらに遠くには、吉原の灯が、夢のように明るい。左手には、大川がひろがって、月にきらめく川水を、対岸の花の雪が、縁どっている。山谷堀へ入っていく猪牙。日本堤を飛んでいく駕籠。

「これじゃあ、若いものが、遊びたくなるのも、無理はねえ。おれだって、ふところに銭があまっていりゃあ、まっすぐは帰らねえだろう」

センセーはひとりごとをいいながら、石段をおりはじめた。

「おっと、下駄常のことを、わすれていたぜ。自害から病死で、片がつくだろう、というほかはねえが、おれが一杯おごるといったら、あいつ、目をまわしゃあしねえかな」

第四席 子をとろ子とろ

その一

「いやなものが、はやってね、センセー。どうにも、解《げ》せねえ。智恵を貸しちゃくれませんか」

「親分が眉をひそめて、いやなもの、というと、なんだろうな。猫つりが横行して、近所のおかこから、泣きつかれでもしたかえ」

猫つりは、三味線屋へ売るために、猫を盗んであるくこと。おかこのかこは、囲いもののかこ、お妾《めかけ》さんのことだ。

「そんな色気のある話なら、いいんですがねえ。まあ、女のことにはちげえねえが、『子をとろ子とろ』なんでさあ」

「子どもたちがつながって、往来でやる遊びかえ。『子をとろ子とろ。どの子を見いつけた』という」

「そうなんだが、こりゃあ、遊びじゃねえ。『子をとろ子とろ』の唄が聞えて、女の子がいなくなるんで」

「つまり、唄入りの人さらいかえ。そいつは確かに、いやな趣向だの」

と、センセーも眉をひそめた。筋違御門うちの八辻ガ原、いまの千代田区神田須田町の交叉点から、万世橋へかけての大きな原のすみで、センセーはいつものように、砂絵をかいている。梅雨《つゆ》もあがって、江戸はすっかり夏。まっさおに晴れた空に、お天道さまがぎらぎらと、原を横切っていく水売りの、足どりも早い。大きな松が、枝をひろげて、日ざしをさえぎっている土手の下、センセーのところに、智恵を借りにきたのは、いうまでもなく、神田白壁町の岡っ引、常五郎だ。額の汗を、手ぬぐいで拭いて、

「まったく、いやな趣向でねえ。外神田の明神下《みょうじんした》から湯島へかけて、子どもが『子をとろ子とろ』をはじめると、親たちゃあ、どなりつけるてえ有様だ」

と、常五郎はため息をついた。子をとろ子とろ、というのは、昭和になっても、戦前までは見かけた子どもの戸外遊戯だ。女の子が主になって、まず親と鬼をきめる。ほかの子どもたちは、一列縦隊になって、前のひとの帯のうしろをつかむ。先頭の親は、大手をひろげて、鬼の前に立つ。親の帯のうしろをつかんで、蛇みたいにつながった子の最後尾のひとりを、つかまえようとするわけだ。鬼がまず、

「子をとろ、子とろ」

と、唄いながら、右に左に動きはじめる。両手をひろげた親は、その前に立ちふさがって、

「どの子を、見いつけた」

と、唄う。

「ちょっと見ちゃあ、どの子」

鬼が唄うと、親はその動きを封じながら、

「さあ、とって見いしゃいな」

唄がおわると、鬼は右に左に、動きを早めて、最後尾の子どもを、つかまえようとする。親も機敏に、鬼の手をふせごうとするが、背後には、子どもたちがつながっている。早く移動しすぎると、うしろのほうの子が、ついていけない。最後尾の子が、ころがったりする。そこを狙って、鬼は親の手の下を、かいくぐるのだ。つかまった後尾の子は、離れて立って、やすみになる。

子をとろ子とろ
どの子を見いつけた
ちょっと見ちゃあどの子
さあ捕って見いしゃいな

唄がくりかえされて、ふたたび攻防になる。ひとり、またひとり、後尾の子をとられて、親だけになると、鬼の勝。こんどは鬼が親になり、親が鬼になって、遊戯はつづく。これが、子をとろ子とろ、という遊びなのだ。

「さらわれた子は、それっきりかえ」

センセーが聞くと、下駄新道の御用聞は、くちびるを歪めて、

「そこが、解せねえところなんでさあ。さらわれた女の子は、二日もすると、うちへ帰ってくるんです」

「なんにも、されずにかえ」

「そりゃあ、まあ、怯えちゃあおりますが、からだには、疵《きず》ひとつねえ。熱をだして、そのまま寝こんだ子もいるが、泣いただけで、落着いた子に聞くと、鬼にかこまれて、怖かったてえんです。蛇や蟇《がま》がえろが、畳に匍っていて、暗いところだったそうで」

「そんな道具立てで、嚇《おど》かしただけで、返してよこして、それぎりか。金をよこさねえと、また子をとるぞ、ともいってこねえのかえ」

「いってこねえ。じつは銭をとられていながら、親が口どめされているんじゃねえか、とも考えたんですがね。そうでもねえようだ。一朱の銭もだせねえような職人の子も、いなくなっていますから」

「もうちっと、くわしく話してみねえ。これまでに、いくたりの子が、とられているえ」

「五人もいるんで……」

「そいつあ、放っておけねえの」

「あきんどの娘がおもで、場所は明神下から、御成街道《おなりみち》、下谷《したや》広小路へかけて。小せえのは

六つ、大きいのは十四。手習いげえりに、いなくなったのもいりゃあ、飴屋の太鼓《たいこ》にさそわれて、うちから出ていったのもある。時刻はだいたい夕方だが、いついなくなったか、わからねえのもいましてね。それ、小せえ餓鬼なんてえのは、昼めしがしまやあ、あすびに出て、暗くならねえけりゃあ、けえらねえでがしょう。あすび相手の餓鬼どもに聞いても、いつまでいっしょで、いつごろ見えなくなったか、判然としねえんで」

下駄常がため息をつくと、砂絵師はにやにやして、

「ふところの十手を、つっぱらかしても、子どもにゃあ、効《き》くめえからの。第一、それじゃあ、おなじやつの仕業かどうかも、わからねえだろう」

「そこが、『子をとろ子とろ』なんで」

「そうだっけ。その唄はどんな具合に、聞えてくるのだえ」

「これもまた、時刻も場所も、べつっこでね。針仕事をしていたおふくろに、庭から聞えてきたてえのもあれば、店の暖簾のかげから聞えて、丁稚《でっち》が気づいたのもある。夜になって、店のものが『迷子《まいご》の迷子の三太郎やあい』で、探しにでた留守に、下女《げじょ》が勝手口で聞いた、というのもある」

江戸時代の人さらいは、身代金《みのしろきん》めあての、いまでいう営利誘拐よりも、かわいい子だから、うちで育てたいとか、地方へつれていって、売りとばそう、といった単純誘拐が多かった。だから、子どもの家へ、犯人から、なにかいってくることは、めったにない。したがって、

最初のうちは、迷子になったんだろう、と考えるのが、普通だった。迷子がでると、大家《たいけ》ならば店のもの、出入りの鳶職《とびしょく》たちに手つだってもらって、貧家《ひんけ》ならば長屋の隣人の協力をえて、提燈をふりかざし、ちゃんちきどんどん、鉦《かね》太鼓を鳴らしながら、声をそろえて、

「迷子の迷子のお竹やあい」

「迷子の迷子の長助やあい」

と、夜ふけの町を、探してあるく。おもて通りの商家は、どこも大戸をおろしているが、あわれに響くこの声を聞くと、力を貸してくれる。大戸の出入り口の部分には、臆病窓《おくびようまど》と呼ばれる小窓があるが、それをひらいて、物尺《ものさし》をさしだすのだ。なにも考えずに、物尺のどこかに、人さし指をあてがって、臆病窓から、無言でさしだす。迷子さがしの人たちは、提燈を近づけて、指が目盛のどこを、押しているかを確かめる。二寸ならば二丁か、二十丁か、二里以内、三寸ならば三丁、三十丁、三里のうちで、迷子は見つかるという、これが占いになるのだった。そんな気やすめまでを頼りに、白じらあけまで、探しても見つからないと、『まよひごのしるべ』石に紙を貼る。これは、高さ八十せんちめーとるばかり、四角四面の石柱で、日本橋の一石橋《いっこくばし》、神田の八辻ガ原、浅草寺《せんそうじ》仁王門《におうもん》まえに、設置されていた。一面には、

まよひごのしるべ

と、彫ってあって、その裏面に、寄贈者の名前。べつの一面には、

たづぬる方《かた》

とあって、上部に長方形の凹みが、彫ってある。その裏面には、

しらする方

と、彫ってあって、やはり上部に、長方形の凹みがある。迷子の親は、『たづぬる方』の上の凹みに、たとえば、

「千吉五才、目ぱっちり色白、鼻のきはにほくろ」

と、紙に書いて、貼っておくのだ。通りがかりにそれを読んで、心あたりのあるひとは、『しらする方』の凹みへ、

「神田橋本町なめくじ長屋に似た子あり」

なぞと書いた紙を、貼ってくれる。いく日たっても、その石にも応答がなければ、

「ひょっとすると、人さらいか、神かくしじゃあ、あるまいか」

と、思っていた不安が、現実のものとなる。白壁町、下駄新道の常五郎は、センセーの上に身をのりだして、

「それが、妙にしわがれた女の声で、『子をとろ子とろ。どの子を見いつけた』と、ゆっくり不気味に、聞えるんだそうですぜ」

その二

橋本町は現在の千代田区東神田一丁目あたり、いまは立派な問屋街の一郭だが、当時は芝の新網《しんあみ》、下谷の山崎町《やまざきちょう》、四谷の鮫《さめ》ガ橋《はし》とならんで、江戸でも知られた巣乱《すらむ》だった。センセーの長屋は、大道芸人ものもらいが住んでいるので、お天気の日には、だれもいない。だが、雨、雪、みぞれの日になると、大の男が昼間っから、のたのた、ごろごろしているので、ひと呼んで、なめくじ長屋。

「センセー、どちらへ」

砂絵の道具を、長屋にほうりこんで、センセーが下駄常といっしょに、柳原堤に出てくると、声をかけてきたのが、カッパだった。からだじゅうに、鍋墨をぬった裸こじきは、夏になって、いっそうの元気で、なまの胡瓜をふりまわしながら、

「こりゃあ、白壁町の親分も……八辻ガ原を通ったら、センセーのすがたが見えねえから、こんなこっちゃあねえか、と思いやした。首のねえ死骸が、天王寺《てんのうじ》の五重塔にでも、さがり

ましたかえ」

小ばかにしたように、けらけら笑った。センセーは真顔で、

「いいところであった、カッパ。両国のマメゾーなんぞに、つたえてくんねえ。『子をとろ子とろ』の唄にのせて、小むすめをさらうのが、上野にかけて、はやっているそうだ。噂《うわさ》をあつめるように、みんなにいってくれ」

「その話なら、聞いていますがね。二、三日すりゃあ、戻るてえこったから、気にしてもいなかったんで」

と、カッパも笑いをひっこめる。つまり、熱心になってみても、銭《ぜに》にはなるめえ、と思ったんだが、なりそうですかえ、という意味だ。センセーは眉をひそめて、

「返してよこしたところで、人さらいは人さらいだ。つづくようじゃあ、放っておけねえ、と親分がおっしゃる」

これは、下駄常には素補佐《すぽんさあ》がついている、という意味だった。下谷摩利支天横丁《したやまりしてんよこちょう》の呉服屋、讃岐屋《さぬきや》の十三になる娘が、『子をとろ子とろ』につれていかれて、もう四日になるのに戻ってこない。常五郎は、その讃岐屋の番頭から、探索をたのまれているのだった。摩利支天横丁というのは、いまの上野でいうと、広小路の大通りから、瓦煎餅《かわらせんべい》の亀井堂の角をまがって、アメヤ横丁に達する横丁だ。徳大寺《とくだいじ》という、摩利支天さまをまつった寺があるので、この名で呼ばれている。

「わかりやした、センセー。気を入れて、噂をかきあつめやしょう」

と、うなずいて、両国広小路のほうへ、カッパは歩きだす。砂絵師は下駄常をうながして、和泉橋《いずみばし》へかかりながら、

「親分、職人の娘で、さらわれたのがいる、といったな。その子は、いくつだえ」

「讃岐屋の娘とおなじで、十三ですよ、たしか……山本町代地《やまもとちょうだいち》の裏長屋、大工の兼吉《かねきち》てえのの娘でさあ。さあて、名はなんといいましたかねえ」

「その子にまず、あってみよう。長屋の娘で十三なら、ませていて、ものの役に立つかも知れねえ。おまけに、山本町代地なら、どうせ通り道だ」

橋をわたって、しばらく行くと、伊勢、津の藩主、藤堂和泉守《とうどういずみのかみ》の大きな上屋敷が、右がわにある。左は神田松永町《まつながちょう》、相生町《あいおいちょう》。そこを左に入っていくと、御成街道へでる手前が、山本町代地だ。そこまでくると、常五郎は露地へまがって、長屋の木戸をくぐった。間もなく戻ってきたときには、色の浅黒い娘をつれていて、

「かみさんが心配して、外にでるな、というもんで、この子、くさくさしていましてね。よろこんで、ついてきましたぜ。おやじはまだ、仕事から戻っていねえが、かみさんに、お上の御用、とことわってきました。人さらいと間違えられちゃあ、かないませんから」

「この先に、お稲荷さんがある。そこへ行って、話をしよう。ねえや、名はなんという」

歩きだしながら、センセーが聞くと、娘は怪訝《けげん》そうな顔つきで、

「お新《しん》です」

十手を持った男のつれにしては、センセーは得体が知れない。羊羹《ようかん》いろの素給《すあわせ》に、山の入った博多帯《はかたおび》、という恰好は、貧乏浪人だけれど、刀はさしていない。小むすめには、判断がつかないのだろう。

「旦那は八丁堀の、お役人かえ」

「そんなおっかねえものじゃあねえから、安心しな」

小さな稲荷の境内に入ると、センセーは賽銭《さいせん》箱の角に、腰をおろした。小さな赤い鳥居に、お新はよりかかって、

「おいら、おっかねえ思いは、もうたくさん」

十三にしては、背は高い。日やけして、色は浅黒いが、目鼻立ちもととのって、利発そうだ。おとなしく育って、いい世話女房になるか、色っぽやく育って、泥水に沈むか、親しだい、というところだろう。

「もうたくさんか。よくわかる。だが、もう一度だけ、思い出してみちゃあ、くれねえか。どんな具合に、おめえ、かどわかされたのだえ。そっくり話してくれたら、この親分が、好きなものを、食わしてくれるぜ」

「好きなのは、お汁粉《しろこ》だけど、きょうは暑いから、『ひあら、ひやっこい』がいい」

瀬戸の絵鉢に、つめたい水を入れ、紅白の白玉を浮かして、砂糖をかけて食べる。その白

玉屋が、屋台をかついで、売りあるくときの呼び声が、

「ひあら、ひやっこい。ひあら、ひやっこい」

という、威勢のいいものだ。

「白玉か。いいだろう。おめえをさらったのは、男かえ、女かえ」

「女なんぞに、さらわれるものか。むこうの往来で、『蝙蝠《こうもり》こうもり、山椒《さんしょ》の粉《こ》』をしていたんだが、おとっつぁんの帰るじぶんに、なったからね。みんなとわかれて、長屋に戻ろうとしたのさ」

江戸の夏の夕方に、蝙蝠はかかせないものだった。夕焼けの空に、胡麻《ごま》を散らしたごとく、蝙蝠が出てくると、子どもたちは、声をそろえて、

「蝙蝠こうもり、山椒くりょ。柳の下で、水のましょ」

と、唄いながら、馬の草鞋《わらじ》なんぞを、投げあげる。高くあがって、落ちてくるのに、さそわれて、蝙蝠が舞いおりてくるのを、興じるのだ。

「蝙蝠こうもり、山椒の粉」

と、お新のいったのは、

「山椒くりょ」

の小児なまりだった。センセーは微笑しながら、

「すると、夕方のまだ、あかるいうちだな」

「ああ。露地へ入ろうとしたら、手のごいを、すっとこかぶりにした男が、いやがってね。いきなり、おれの脾腹《ひばら》をついたんだよ」

女でも、職人の女房や娘には、自分のことを、おれ、というものが多い。

「当身をくわされたのか。かわいそうに……それじゃあ、気を失って、どこをどう、つれていかれたのか、わからねえな」

センセーが顔をしかめると、そのときの痛さを思い出したのか、お新は鳩尾《みぞおち》を、片手でさすりながら、

「気づいたときには、うすっ暗い座敷に、ころがされていたよ。人さらいに、さらわれたんだ、と思ったら、悲しくなってさ。泣きだしちまった」

「無理もない」

「でもね。縛られも、なにもされていねえのに、気づいてさ。逃げようとしたんだ。すると、手燭《てしょく》を持って、入ってきたのが、鬼なのさ。いまになると、お面をかむっていたに違いない、と思うよ。でも、そのときは、恐しかった。おまけに、ひょいと投げだしたのが、蛇なんだ。鬼がしゃがみこんで、手燭をさしつけると、のたくっている蛇の鱗《うろこ》が、ぎらっと光ってね。『わかるかな。こいつは、蝮《まむし》だぞ。仕込んであるから、けしかけなければ、嚙《か》みつきはしない』と、鬼がいうんだ。『おとなしくしないと、けしかけるぞ』って」

「そりゃあ、怖かったろう」

センセーがいうと、お新はうつむいて、

「おしっこを漏らしちまったよ、ちょびっとだけど」

「おとなだって、そうなるさ。嚇《おど》しに出てきた鬼は、一匹だけかえ」

「あくる日には、もうひとり出てきた」

「男かえ。女かえ」

「ひとっことも、口をきかなかったから、わからねえよ。ふたり揃って、出てこなかったら、前の晩のやつだ、と思ったね、きっと」

「おまんまは、ちゃんと食わしてくれたかえ」

「おむすびを、くれたよ。佃煮がついていて、おいしかった」

「おいしく食えたとは、気丈なものだ。えれえ。えれえ。それから、どうした。最初の鬼は、なにかいったかえ」

「ああ、『お閻魔《えんま》さまに、さしあげるのだから、瘠《や》せられては困る。たんと食え』といってね。竹の皮に握りめしを、四つも五つも、持ってきた。飴湯《あめゆ》を飲ませてくれたし、金玉糖《きんぎょくとう》もくれたよ」

飴を煮とかした湯は、夏の飲みものだった。寒天と餡《あん》を煮つめて、四角くかため、賽《さい》の目に切って、ざらめをまぶした金玉糖も、見た目のすずしさで、夏の菓子とされていた。

「うちにいるより、おいしいものは、食べられたんだが……」

と、お新は顔をしかめて、

「怯えさせて、血を凍らせておかないと、閻魔さまのお口に、あわないそうでね。日が暮れると、蛇や蟇がえろを持ってくるんだ。目をつぶると、怒ってね。『見ろ。よく見て、ふるえあがれ。目をあけないと、小蛇をいちどに、けしかけるぞ』というのさ。おいら、泣きだしちまった。そしたら、ほんとうに、飛びかかってきたんだよ、蛇がいちどに」

「どうした、それで」

「つべてえのが、にょろにょろ、首すじにかかったとたんに、気が遠くなった」

お新が身をふるわせると、下駄常は舌うちして、

「なんてえやつらだ。子どもをつかめえて、ひでえことをしやがる」

「気がついたときに、蛇や蛙は、まだいたかえ」

センセーが聞くと、お新は首をふって、

「いなかった。手燭をおいて、鬼がひとり、あぐらをかいていたよ。低い声で笑いながら、『だいぶ、血がつべたくなってきたはずだ。いい、いい。もっと怯えろ。腹はへっていないか』というんだが、おいら、返事ができなかった。ひもじいような気もしたけれど、怖くって、それどころじゃあ、なかったから」

「そういうことのくり返しで、ほかにゃあ、なにもいわれなかったかえ」

「いつの間にか、眠ってしまって、目がさめたら、おむすびを食わしてくれた。そして、

『寝ているうちに、閻魔さまに見てもらったら、面《つら》つきが気に入らぬ、こんな娘は食いたくない、とおっしゃる。だから、帰してやるぞ』というのさ。目かくしをされて、つれだされて、大八車《だいはちぐるま》に寝かされてね。莫蓙《ござ》をかぶせられて、ずいぶんと曳《ひ》かれていったっけ。おろされたのが、御成街道のむこう、酒井《さかい》さまと堀《ほり》さまのお屋敷のあいだの横丁だった」

御成街道は、もうすこしいくと、黒門町の手前まで、両がわともに、武家屋敷になる。上野にむかって、まず目立つのは、左がわに堀丹波守、酒井越前守の上屋敷、右がわに小笠原《おがさわら》左京大夫《さきょうだゆう》の中屋敷だ。

「大名屋敷の横丁なら、まっ昼間、荷車から人間をおろしても、目立つめえ」

と、感心したように、センセーはいって、

「車からおりて、目かくしをとったとき、男のつらは、見たのかえ。まさかに、もう鬼の面は、かぶっていなかったろう」

「手のごいはかぶっていたから、顔は見なかった。『いいか、親にはなんにも、喋るんじゃあないぞ』といって、さっさと車を曳《ひ》いていっちまったしね」

「それでお新ちゃんは、どうしたのだえ」

「うちへ帰ったよ。おとっつぁん、おれの顔を見たら、泣きだしてさ。あんなことは、生まれてこのかた、はじめてだ」

「それだけかえ」

「それだけさ、旦那。白玉を食べさせてくれるかえ。花房町《はなぶさちょう》の代地の角に、きょうは屋台が出ているよ」

「親分、ちょっと行って、買ってきてやんねえな」

砂絵師がいうと、御用聞は顔をしかめて、

「白玉の鉢を、あっしが持ってくるんですかえ、センセー」

「持ってくるのが、いやだったら、白玉屋をここへ、つれてきねえな」

「わかりやしたよ」

赤い鳥居をくぐって、下駄常が出ていくと、センセーはお新を見つめて、

「十手持ちはいってしまったよ、お新ちゃん。隠していることを、いってしまいねえ」

「なにも隠してなんぞ、いねえよう」

「嘘をつくと、それこそ、お閻魔さまに、舌をぬかれるぞ。うちへ返してやるから、なにをしろ、と鬼の面の男はいったはずだよ」

にやっとセンセーが笑うと、お新は口をとがらして、

「旦那、どうして、知ってるんだえ」

「おめえの顔に、書いてあるのさ」

「しょうがねえ。いいますよ、旦那。『いうことを聞かないと、寝ているところへ入っていって、お前ばかりじゃあない。おやじや、おふくろにも、小蛇をけしかけるぞ』と、鬼がい

うんだもの。つべてえのが、飛びかかってきたのを思いだすと、聞かねえわけにゃあ、いかねえや」

「うちへ帰ってから、なにをしろ、といわれたんだな」

「おもて通りの上州屋の黒に、饅頭《まんじゅう》を食わせろ、というんだ。わたされた饅頭には、なんとかいう薬が、入っているそうでね。黒に食わせたら、死んじまったよ」

「黒というのは、犬だな。薬は馬銭《まちん》だろう」

「そう。それだよ。犬でも殺せば、おれ、お縄になるのかえ。でも、蛇をほうりこむ、と嚇かされたんだ。それに、あの黒は、町内のものも、よそのものも、見さかいなしでさ。おれたち子どもにも、吠えるんだよ。旦那、あの親分には、内証にしておくんなよう」

と、お新は両手をあわせた。

その三

上野の黒門に達する広小路の大通りを、右に折れて、山下にぬける通りに入ると、勾配の急な瓦屋根の商家が、両がわにならんでいる。すこし行って、右に入る横丁が、摩利支天横丁で、讃岐屋は角店の大あきんどだ。といっても、おなじ呉服の松坂屋ほど、大きくはない。石の重しをつけて、ななめに張りだした紺の日よけ暖簾には、讃岐の金毘羅《こんぴら》さまの使わしめ、鰐鮫《わにざめ》をまるく転作印《でざいん》した商標が、白く染めぬいてある。その暖簾のわきに、センセーを待たしておいて、下駄常は讃岐屋へ入っていった。

「さあ、心太《ところてん》の曲突《きよくづき》だよ」

大きな声のしたほうを見ると、摩利支天さまのある徳大寺の角に、ところてん屋が、荷をおろしていた。天秤棒《てんびんぼう》をわたしたふたつの箱は、細い格子づくりで、なかの心太の桶、酢の徳利、辛子の壷などが、すけて見える。その格子のあちこちに、水をかけた杉の葉のさしてあるのが、涼しげだ。ところてん屋は、ねじり鉢巻、首ぬき模様のゆかた、紅だすきをした小いきな男で、

「肘《ひじ》にしようか、頭にしようか」

「肘でうけてごらんな」

客の娘がいうと、ところてん屋は、水を張った桶から、乳白色、半透明な心太をさらい出して、木製の長方形の函《はこ》のような、ところてん突に入れる。押しだす板のついた棒を、さしこんでから、

「おいきた」

裾をはしょった両足をひらいて、右手の肘に、皿を一枚のせる。ところてん突を上むけて、左手に函、右手に棒をつかむと、肘の皿が落ちかかるほど、両手をあげて、

「はっ」

ぐいっと棒を押すと、函の口の網に切られながら、押しだされた心太が、なんと三めーと

る近く、宙に飛びあがった。細く切れても、ひとかたまりになって、心太は落ちてくる。ところてん屋は右肘の皿で、それをあざやかに受けると、

「へい、お待ちどお」

ところてん突を、格子箱の棚においた左手で、右肘から皿をとると、もう右手は徳利をつかんでいて、さっと酢をかける。

「辛子はいかがで」

「すこし、ちょうだい」

皿をうけとった娘がいうと、ところてん屋は箸といっしょに、辛子の壺をさしだした。ところてん突に、心太を入れてから、ここまでが、ほんの数分間。

「見事なものだの」

遠くから見ていて、センセーがつぶやく。娘が皿を手に、露地へひっこむと、男の子が銭をさしだして、

「おいらには、頭でやってみせてくんな」

「おいきた」

心太を函に入れると、ところてん屋は、ねじり鉢巻の頭に、皿をのせた。こんどは、両手が自由だから、ところてん突を、高くあげられる。そのかわり、鉢巻のきわにのせてあっても、頭上には皿がある。顔を上へは、むけられない。落ちてくるのを、じゅうぶんに、見さ

だめられないのだ。だが、うわ目づかいの顔がおかしくて、男の子が笑ったときには、高くあがった心太が、見事に皿におさまっていた。ちょうど、そこへ暖簾から、下駄常が出てきたので、

「親分、ところてんを食わねえか。あざやかな曲突をするぜ」

センセーがいうと、常五郎は不機嫌に、

「それどころじゃあ、ありませんや。ここまで来たのが、むだ足になった」

「ひょっとして、娘が戻ってきたんじゃあねえかえ」

「ええ。つい一刻(二時間)ばかり前に、青い顔をして、戻ってきたそうで」

と、答えながら、下駄常は黒門町のほうへ、さっさと歩いていく。センセーはにやにやしながら、

「だったら、苦い顔をしねえで、よろこんでやりねえな。無事でもどって、めでてえじゃあねえか」

「無事だか、どうだか、わかるものですか。怯えていて、口もきけねえ。熱もあるから、医者を呼んだところだ、といっていましたっけ。どんな様子か、この目で見てえ、と思ったんだが、番頭のやつ、奥へも通しゃあがらねえ。ゆんべ、白壁町へ駈けこんできたときにゃあ、ぺこぺこ頭をさげて、なんとかしてくれ、といったくせに」

「ほかの子は二日、三日でもどったが、讃岐屋の子は、五日かかった。親とすりゃあ、無事

でよかった、ということに、まずなるだろうよ。無理にあったところで、しょうがなかろう。腹を立てることはねえ」

「でも、センセーにまで、むだ足させて、申しわけがねえ。いずれ、埋めあわせをしやすから、勘弁しておくんねえ」

きょうは、銭はださねえ、ということだろう。センセーは苦笑しながら、

「そんなことは、かまわねえ。だが、せっかく、ここまで来たんだ。もうひとり、あってみちゃあ、どうだえ」

「だれにですえ」

「さらわれた娘によ。いちばんの年かさが、十四だったの。そいつは、どこの娘だえ」

「天神下の北野屋てえ、紙屋の娘でさあ」

「そいつあ、近くていい。行ってみよう」

下駄常の返事も待たずに、センセーは松坂屋の角で、御成街道を横切った。正面には湯島天神の森、右手には上野のお山の森、あざやかな緑が、盛りあがっている。武家屋敷の大屋根から、鳶が舞いあがって、空に大きな輪をえがいた。目の前を若い燕が、さっとかすめて行く。天神下の町屋にくると、北野屋はすぐに目についた。梅鉢《うめばち》の紋を染めた暖簾を、下駄常はくぐると、番頭といっしょに、間もなく出てきて、

「お菊さんはいま、手習いにいっているそうでね、センセー」

「ご案内もうしあげます。ご苦労さまでございます」

番頭は頭をさげて、先に立った。書道指南所は、裏通りの大きな平屋で、大勢の男の子、女の子が机をならべていた。

「お師匠さまが、座敷を貸してくださるそうで……どうぞ」

下駄常とセンセーが、番頭にみちびかれて、奥の小座敷へ通ると、中年の浪人が少女をつれて入ってきた。

「手習いを教えている寺田次郎右衛門《てらだじろうえもん》、お見知りおきください。こちらが、北野屋の娘御。親御から、お預りしている手前、わたくしも立ちあいたいが、よろしいかな」

なかなかに、厳格な師匠と見える。常五郎が口をひらこうとすると、センセーは大きな声で、

「かまいませんとも、子どもを預るのだから、それでなくてはいけません」

「かどわかされたのが、ここの帰りだもので、わたしも申しわけなく思っています」

と、次郎右衛門は切長の目を伏せた。四十前後か、瘠せた長身で、髭の剃りあとが青い。

センセーはうなずいて、

「ほう、ここの帰りにね。お菊《きく》さん、手ぬぐいで、頬かむりをした男に、つれていかれたのかえ」

「ええ、お屋敷のかげから、いきなり出てきて……」

このへんは、町屋と旗本屋敷が、入りくんでいる。

「顔に袋をかむせられて、荷車にのせられたんです。口のところを、手ぬぐいでしばられたので、声もだせませんでした。口がきけても、怖くって声はでなかったでしょうけれども」

お菊は小肥りで、あまり背は高くない。さすがに十四で、話しぶりは、しっかりしている。センセーはやさしく、

「いやだろうが、思い出してくれ。やはり暗い座敷で、蛇や蛙でおどかされたのかえ」

「年のいかぬ女子《おなご》を、そんなもので、嚇すのですか。けしからぬ話だ」

と、手習い師匠は膝の上で、両の手をにぎりしめた。青ひげに似あわず、蛇がきらいなのかも知れない。けれど、お菊はゆたかな頰に、笑窪《えくぼ》をきざんで、

「でも、あれは蝮じゃあ、ありませんでしたよ。うちの庭に、いつか出たのと、おなじでした。あたいが大声をあげたら、権助《ごんすけ》が教えてくれたんです、こりゃあ、縞蛇だから、ほうっておきゃあ、なにもしないって……蛙や小蛇のほうが、怖かった。こんな大きなひきがえろ」

両手の指で、お菊は大きな輪をこしらえた。

「疣《いぼ》いぼが、いっぱいあって、目がぎょろっとしているのですもの。それから、小蛇はいちどきに、たくさん飛びかかってくるんです。あたい、気が遠くなりました」

「男は鬼の面を、かぶっていたかえ」

「ええ、ふたりとも……ひとりは、女かも知れません。猫なぜ声で、おとっつぁんや、おっかさんのことを、聞いたりしましたから」

「どんなことをだえ」

「おとっつぁんは、土産《みやげ》をくれるか、碁将棋で夜ふかしをして、おっかさんがこぼすかえとか、あたいがどの部屋で遊ぶのか、寝るのかとか……たいてい、おむすびをくれるとき、そばにいて、話しかけるの。『柏屋《かしわや》伊勢《いせ》の鎌《かま》○の落雁《らくがん》に、船橋屋《ふなばしや》織江《おりえ》の干菓子《ひがし》かえ。うらやましいねえ。あたしゃあ、子どものころ、そんな土産をもらったことは、なかったよ。いちどだけ、竹村伊勢《たけむらいせ》の巻煎餅《まきせんべい》をもらったのを、おぼえているけどね、ちゃんが朝げえりのときで、あとは夫婦げんかさ』って、いっていました。お煎餅がなぜ、喧嘩のたねになるんでしょう」

巻煎餅の竹村伊勢は、吉原仲《よしわらなか》之《の》丁《ちょう》の有名な菓子屋だが、子どもが知るはずもない。

「煎餅のせいではなくて、うちをあけたから、喧嘩になったのだろう」

苦笑している次郎右衛門を、横目で見ながら、センセーはごまかして、

「するてえと、女かも知れねえ鬼はやさしくて、男の鬼が怖かったわけだな」

「話をするとき、やさしかっただけです。女みたいな鬼も、蛇をぶらさげて、あたいの膝にのせたりしました。『泣いてばかりいると、こいつを股倉に、餇いこませるよ』って――あたい、そのとき、うちへ帰りたいって、泣いたんです」

「三日目の朝、戻ってきたんだそうだね、お菊ちゃん。やはり車で、近くまでつれてこられたのかえ」

「寝ているあいだに、返されたんで、よくわかりません」

「なにかいいつけられたことは、なかったかえ、帰りぎわに」

「ありません。『どうせ返せば、御用のやつらが、くどくど聞くだろうが、おれたちのことを、ひどくいうなよ。怖かったろうが、からだには疵ひとつ、つけちゃあいない』といっただけです、前の晩に」

「ほんとうかえ」

センセーが念を押すと、青ひげの師匠は、切長の目を見ひらいて、

「菊、怖がることはないぞ。親分さんがたや、わたしがまもってやる。かどわかされる恐れは、二度とないから、正直にいいなさい」

「でも、ほんとうに、それだけなんです。ほかに、おぼえているのは、ひもじかったことだけ」

「握りめしをくれたんじゃあ、なかったかえ」

センセーが首をかしげると、小肥りの娘は口をとがらして、

「はなの晩に、ひとつでしょう。次の朝が、またひとつ。あとは晩まで、おむすびは、くれなかったんです。晩にはふたつ、くれたけれど、梅干が入っているっきりで、お香《こう》こもつい

てないの。水だって、生ぬるい湯ざましで……」

「そいつは、かわいそうだった。もう聞くことはない。手習いの邪魔をして、すまなかったね。先生にも、お手間をとらして、申しわけない」

砂絵師は頭をさげて、腰を浮かした。おもてへ出て、北野屋の番頭とわかれると、センセーは下駄常に笑いかけた。

「親分、この人さらいをつかめえるのは、むずかしいぜ。いまのお菊なんざあ、もうけろりとしている。北野屋じゃあ、稽古ごとの送りむかえには、気をつけるだろうがの。下手人をぜひ、つかめえてえ、と思っちゃあ、いなかろう。ほかの親たちも、おっつかっつのはずだ」

「そうでしょうねえ。ですが、この騒ぎがつづけば、八丁堀の旦那からも、つつかれるにきまっている。どうも、困ったものでさあ」

と、常五郎は顔をしかめた。御成街道を歩いていくふたりの前を、定斎屋《じょさいや》が薬簞笥《くすりだんす》を鳴らしていく。定斎は暑気ばらいの薬で、引出しのたくさんある螺鈿《らでん》の薬簞笥をふたつ、天秤棒でかついでいる。暑気にあたらない、ということを、かたちでしめすために、売子は笠も、手ぬぐいもかぶらない。売り声もあげない。調子をとって、すたすた歩くと、薬簞笥のたくさんの引出しの鐶《かん》が、かったかった、かったかった、かったかった、と鳴って、それが呼び声のかわりになるのだった。戦後の東京にも二、三人、定斎屋は残っていたそうで、作者《わたくし》も昭和二十年代末、早稲田大学正門前の通りで、螺鈿のかがやきも失《う》せた薬簞笥を、白髪あたまの売子がかついでいるのに、出あったおぼえがある。紺の腹掛《はらがけ》、股引《ももひき》に草鞋《わらじ》ばき、簞笥の螺鈿をきらめかして、買った買った、かったかった、と急ぐ定斎屋は、ところてん屋、白玉屋とならんで、江戸の夏の風物詩だった。

その四

「下駄常からは、銭は出そうもなくなったがの。あきらめたものでも、ねえような気がする。あすも、みんなで、聞きあるいてくんねえな」

その晩、なめくじ長屋のすまいで、センセーがいうと、壁の穴から、幽霊こじきのユータが、首をのぞかして、

「いたずらにしちゃあ、あくどすぎるが、どういうつもりなんでしょうねえ」

「いまのセンセーの話じゃあ――」

と、願人坊主のガンニンも眉をひそめて、

「大工の娘は、近所の犬を殺せといわれて、毒饅頭をわたされた。ほかの子も、やはり犬を殺しているんじゃあ、ありませんかねえ」

「いや、紙屋の娘はなにもしていねえ。十四といっても、女の子だ。帰ってすぐで、怯えきっているときならば、ともかくも、嘘をつきゃあ、様子に現れるだろう。あの子はどうやら、

大工の子ほど、怖い思いはしてなかったらしい」

「そのくせ、紙屋の娘のほうが、ひもじい思いをしているんでがしょう」

と、アラクマが口をだした。カッパ同様、下帯ひとつのからだに、鍋墨をぬって、熊のまねをしてあるく物もらいだ。この男の話は、とかく食い気になりやすい。センセーはうなずいて、

「そこが、おもしれえところさ。おそらく、この人さらいは、裕福な家に、怨みを持っているのだろうよ」

「それにしても、みんな話したがらねえ。もうすぎたこと、悪い夢を見たようなもので、思い出したくねえ、というんでしょうか」

と、カッパが顔をしかめて、

「まあ、『子をとろ子とろ』の唄は、子をとられたうちのものだけじゃあねえ。まわりのものの耳にも、入っていますから、話が聞けましたがね。もっとも、ばばあの声だてえのもいれば、小娘の声だった、というやつもいて、まちまちだ」

「しかし、女の声というところは、おなじだろう」

といったのは、牛頭天王《ごずてんのう》のお札くばりのテンノーで、

「なかには、幽霊の声だ、というものもいるな。子ども同士の喧嘩がもとで、出入りの大店《おおだな》から断られ、心中をした職人一家が、黒門町へんにあったそうでの。その母親の幽霊が、子

をとってあるいているんだ、というわけさ。だから、『子をとろ子とろ』の唄を聞いて、すぐに外へ出てみても、だれもいないのだそうだよ」

とたんに、どこかで低い声が、

子をとろ子とろ
どの子を見いつけた
ちょっと見ちゃあどの子
さあ捕って見いしゃいな

地の底から、聞えてくるような女の声だった。アラクマが首をすくめて、ユータと顔を見あわせる。すると、カッパがにやにやして、

「オヤマめ、悪いいたずらをしやがる。どこにいるんだ。出てこい。出てこい」

やぶれた戸口から、大道芝居の女形、オヤマが顔をだして、

「やっぱり、あにさん、わかりますかねえ」

「ここにゃあ、子どもはいねえから、本物がくるはずはねえ。すぐわからあな」

と、いままで黙っていた大道曲芸のマメゾーが、にやにやしながら、口をだして、

「けれど、下谷上野のへんに行きゃあ、本物で通るかも知れねえぜ」

「そうだ、マメゾー。下谷上野のへんで、ところてんの曲突を、やっている男を知らねえかえ」

と、センセーが思い出したように、

「昼間、摩利支天横丁で見たのだが、なかなかの業《わざ》だった。宙天たかく突きあげて、肘や頭にのせた皿で、ところてんを受けてみせるのだが……」

「以前にも、ひとりいたんですが、腕の力がいりますんでね。もう隠居して、いま上野へんでやっているのは、留吉《とめきち》という男でさあ。もとは猿若町《さるわかまち》で、けれんをやっていた役者でして」

と、マメゾーは微笑した。センセーは腕を組んで、

「役者くずれか。どこに住んでいるか、知っているかえ」

「たしか、山崎町の長屋にいるはずですぜ」

「かかあはどんなか、知らねえかな。ひょっとして、評判のよくねえ女じゃあねえかえ」

「いいえ、あの男は、ひとりものですぜ」

「それでも、気になる。とっぴな思いつきのようだが、行ってみよう。マメゾー、ついてきてくれ」

「なんだか、わからねえが、あっしらも行きますぜ」

と、カッパやユータが腰をあげる。センセーはうなずいて、

「そうさの。とっぴな思いつきが、あたっていると、おめえたちも、いたほうがいいかも知れねえ。だが、この夜ふけに、大勢つながって歩いちゃあ、目立っていけねえよ。おめえたち、相談ずくで三人ばかり、そっとおれたちについて来ねえ」

空には雲がひろがって、月を隠している。初音の馬場の火の見やぐらも、闇にまぎれているが、センセーとマメゾーには、かえって都合がいい。柳原堤から、新し橋《あたらしばし》をわたって向柳原、三味線堀《しゃみせんぼり》から下谷の広徳寺《こうとくじ》前。武家屋敷が多いので、ひと通りはすくないが、町の番屋よりも、辻番所の目はうるさい。

夏のことだから、まだ障子をあけている辻番があると、無提燈のふたりは、まわり道をしたり、ときには海鼠塀《なまこべい》の上をわたったりして、山崎町の貧乏長屋についた。露地の木戸はしまっていたが、なめくじ長屋とおんなじで、こわれている。音のしないように、斜めにして、ふたりは入った。

六軒長屋のどんじりの軒下に、ところてんの屋台がおいてあるのを、闇に目のきくマメゾーが、見とどける。ひと足さきに、そこまでいくと、遅れてきたセンセーの耳に、

「いませんぜ、留吉は……夜鷹でも、買いにいったかね」

「むこうは、寺じゃあねえか」

露地のつきあたり、共同便所《そうごうか》のむこうに、くずれかかった竹垣があって、藪がしげっている。それを、センセーは指さしたのだ。

「行ってみよう。おまえは、あとのやつらが来るまで……」

「もう来てまさあ」

追ってきたのはユータ、カッパ、ガンニンの三人だった。センセーは先に立って、臭気のひどい総雪隠《そうせっちん》のわきをぬけると、竹垣に手をかけた。ちょいと押すと、あいだがあいて、人がしじゅう通っているらしい。竹やぶをくぐっていくと、思ったとおりの寺で、庫裡《くり》に灯のいろが見えた。

このへんは、東は田原町《たわらまち》へかけて、北は坂本町《さかもとちょう》へかけて、大小の寺が多い。なかでも、この寺は小さいほうで、荒れているのが、夜目にもわかる。センセーは、いつぞやの本所《ほんじょう》の蛇寺を、思い出した。

その五

庫裡の窓があいていて、蚊いぶしの煙が、もれている。灯のいろが、ちらちらするのは、行燈ではなく、裸蠟燭《はだかろうそく》だからだろう。センセーが近づいて、のぞいてみると、なかの人物も裸で、

「あれさ。そんなにされると、あたしゃあもう、よくって、よくって、日本じゅうが、ひとつところへ寄るようだよ」

と、あやしげな声が聞えた。手燭が畳においてあって、からみあったひとりは町人髷《まげ》。蠟

燭のゆらぐ灯をあびて、異様に見えるが、ところてん屋の顔だった。もうひとりは、坊主あたまで、尼さんか、と思ったけれど、四つん匍いになった両足のあいだに、そり返ったものが、どす黒く見える。そばで、のぞいていたユータが、低い声をもらして、

「なんだろう。まさかに野郎のが、突きぬけたのじゃあ、あるめえの」

「しっ、よく見ろ、あいつも、男だあな」

　と、ガンニンがささやき返す。すり鉢に杉の葉を入れて、火をつけた蚊やりの煙が、ふたつの裸身の上に、渦をまいている。けれん役者くずれだけに、ところてん屋の留吉のからだは、柔かい。片膝を立てて、坊主の背におおいかぶさっていたのが、そり返ったと思うと、相手の足のあいだに、自分の両足を、すべりこませた。その足で、あぐらをかきながら、坊主を腿に抱きあげると、両膝の動きで、相手のからだを、激しく揺すりあげる。留吉が唸りはじめたとき、マメゾーはセンセーの袖をひいた。もとの竹藪まで、さがったところで、

「坊主のほうにも、見おぼえがありますぜ、センセー。あれも、猿若町の下っぱ役者だ」

「おんな方《がた》だな。思った通りだ。『子をとろ子とろ』の人さらいは、あのふたりだよ。大八車をひいたのは留吉、『どの子を見いつけた』と、唄ったのは坊主だ。小蛇が飛びかかってきた、という話を聞いたあとで、ところてんの曲突を見て、とっぴな思いつきだが、もしや、これが……と考えたやつさ。そいつが、あたったようだぜ」

「なるほど。さんざ嚇されたあげく、うすっ暗えところで、ところてんを飛ばされたら、子

どもは蛇と思いやしょう。ですが、いってえ、なんのために……」

「盗っとの下ごしらえ――邪魔な犬のしまつをしたり、うちの間どりを聞きだすため、と睨んだのだが……それなら、今夜あたり、とち狂っていねえで、押しだすはずだの」

センセーが腕を組むと、小男の曲芸師は、首をかしげて、

「そりゃあ、違いましょう。やつら、ふたりとも、ばくちに狂って悪い借金をこさえたのが、破門のたねでね。どっちも銭はほしいだろうし、留吉は動作《こや》が軽い。忍びこみぐれえはやりそうだが、そんな度胸は、ねえやつらでさあ。小娘をかっさらって、潮来《いたこ》あたりへ売りとばした、というのなら、まだ話はわかりますがねえ」

「しかし、いやがらせだけで、ここまでのことは、やるめえ。もの持ち連中への腹立ちから、銭もうけをしようとして……」

と、センセーがいいかけたとき、庫裡の窓で、物音がした。

「このばか、夢中になりやがって――」

というユータの声につづいて、

「なんだ、てめえたちゃあ」

ところてん屋の声がして、庫裡のなかが、暗くなった。蠟燭の灯を、吹きけしたのだ。雲のどこかに、月があって、空は薄墨いろだが、竹やぶは闇で、寺の本堂、庫裡も黒ぐろとしている。

「ふたりを逃すな」

と、センセーは一足飛びに、庫裡の窓へいった。カッパやユータは、もう窓がまちを、のりこえていた。ガンニンの悲鳴があがった。

「わっ、蛇がいっぱい」

「あわてるな心太だ」

と、窓をのりこえたセンセーの顔に、ぐにゃっとしたものが、飛んできた。はっと顔をそらしたから、目はふさがれなかったが、頰にあたった。横っつらを、張りたおされたような気がした。大した力だった。よろめいたとたん、倒れていたガンニンに、足をとられて、センセーはつんのめった。顔の心太をはらいのけながら、起きあがろうとしていたガンニンは、げっといって平たくなった。

「本物だ。こいつあ、蛇だ」

と、ユータの声がした。

「怖がるな。縞蛇だ」

と、センセーは起きあがって、闇のなかで、とっ組みあっているふたりに、手をのばした。それは、カッパと坊主だった。すり鉢の蚊いぶしが、ぼうっと火のいろを、見せている。だれかが、そいつを蹴とばした。もうもうと煙が立って、あちこちで咳こむ声がした。畳にこぼれて、まだ燃えている杉の葉を、踏んづけたのだろう。

「あちちっちっち」

と、ユータの声があがった。センセーが坊主の首を押えつけると、カッパは大きく息をついて、

「裸の坊主は、つかめえにくいや。どこが尻やら、頭やら……」

「ところてん屋はどうした」

センセーが見まわすと、ユータとガンニンが、折りかさなっていて、

「マメゾー兄貴がつかめえて、あっしらが押えてますぜ」

ユータの声といっしょに、火うち鎌の音がして、手燭の蠟燭に灯がともった。羊羹紙《ようかんがみ》という、厚手の油紙でつくった火うち袋を、マメゾーは帯にはさみながら、

「留吉さん、こんなところで、なにをしているえ」

「なんだ、両国のマメゾーか。いきなり飛びこんできやがって、お前さんがたこそ、なにをしているんだえ」

と、くずれた髷に手をやりながら、留吉は口もとを歪めた。マメゾーはにやりとして、

「葬式をたのみにきたのよ。庫裡をのぞいたら、顔見知りの役者が、濡れ場のまっさいちゅう。つい見物させていただいたのさ」

「ふん、役者だろうと、なんだろうと、頭をまるめて、寺へ入りゃあ、ご住職さまだ。文句がおありかえ」

センセーの手を、ふりはらって、坊主がいうと、マメゾーは大笑いして、

「無住の寺に入りこんで、ご住職もすさまじい。尼寺のほうが、似あいだぜ。ところで、葬式のことなんだが、こりゃあ、センセーから、話してもらいやしょう」

「さて、ご住職」

と、砂絵師は大まじめな顔をして、

「ぜひ、引きうけていただきたい。ただし、人間ではないんだ。山本町代地、上州屋の黒という飼犬でね。馬銭をかわれて、死んでしもうた。まことに、哀れだによって、手あつく葬ってやりたい。百《ひゃっ》カ日《にち》しきりで、天保銭《てんぽうせん》一枚で、いかがかな」

はっとして、留吉がうつむいた。

「いかがかな」

センセーがくりかえすと、坊主はようやく首をふって、

「いくら犬でも、百カ日の経をあげて、百文はひどい。いや、なによりも、ここには墓地がないから……」

「墓地があったら、てめえなんぞは、入りこめめえ。ずぶとい坊主だ」

と、センセーは嘲笑って、

「てめえが案じて、留吉をそそのかしたんだろう。怪談狂言もどきの人さらいで、うるせえ犬をしまつしたり、うちの間どりを聞きだしたりして、どこの泥坊に、いくらで売りつけた。

さっさと、吐いてしまいねえ」

「知らないよ。なんのことだか、さっぱりわからねえ」

と、坊主は裸の身をすくめて、大きく首をふった。ところてん突が、畳に投げだしてあるのを、センセーはとりあげて、

「そこの土間に、桶があるの。心太がまだ、入っているだろう。持ってこい、ガンニン。カッパは、坊主の口をあけてやれ。ユータは留吉の口だ。思いっきり、大きくあけろよ」

「ようがす。あけてやって、なにをするんですえ」

ユータが聞くと、センセーは、ところてん突を、マメゾーにさしだして、

「売れのこりの商売もの、てめえらで始末させるのさ。マメゾー、腕の力なら、留吉に負けめえ。ふたりの口に、かわるがわる、心太をつきだしてやれ」

「がってん」

マメゾーが立ちあがると、センセーは坊主の頭に手をかけて、顔を上むかせながら、

「胃ぶくろへ、たたっこむつもりで、やってくんねえ。心太が喉につまって、あの世へいこうが、かまうこたあねえ。こんなもので、女こどもを脅《おびや》かした罰《ばち》だ。おれもさっきは、頬骨がまがるか、と思ったぜ」

「そうだ。そうだ。おいらあ、まだ目がよく見えねえ。さあ、やってくんねえ」

と、ガンニンが桶に手をつっこんだ。センセーはうなずいて、

「寺で死にゃあ、迷わず地獄へいけるだろう」

ところてん突に心太を入れると、マメゾーは腕まくりをした。

「待ってくれ。待ってくんねえ。いうよ。いうよ」

と、留吉はユータの手を押しのけて、

「お見とおしだ。恐れいったよ。いかにも、そいつの発案《はつあん》で、宗源寺《そうげんじ》門前の仁兵衛《にへえ》——閻魔の仁兵衛というやつに、売りつけた」

「一軒につき、いくらの値だえ」

センセーが聞くと、留吉は小声で、

「一両だ。わかってくんねえ。てめえで盗みを働くほど、おれたちゃあ、度胸もなけりゃあ、業もねえ。だが、大きな暖簾をぶらさげて、大きなつらをしているやつらが、憎くてならねえ。だから、こんな真似をしたんだが、娘たちは嚇しただけだぜ。疵ひとつ、つけちゃいねえ」

「大工の娘も、さらったじゃねえか。当身をくらわして、つれてきたろう」

センセーがいうと、留吉は首をすくめて、

「あの子は、おれの酢のかげんに、けちをつけやがったから……それによ。黒犬に吠えられても、棒っきれで立ちむかっていた。それを見て、この子なら、毒饅頭をかわせられる、と思ったんだ。だから、聞いてみねえ。菓子をやったりして、いたわっているぜ」

「一軒一両とすると、五両かせいだわけだの。ここに隠してあるんだろう。出しねえよ」

「もうみんな、つかっちまったい」

「よっぽど、心太が食いてえらしいな」

「わかったよ。一両はつかったが、残りはそこにある」

留吉は片足をのばして、とんと畳の一枚を踏んだ。ガンニンが飛びついて、その畳をあげた。蠟燭の灯に一分金、二分銀がならんで、きらきら光る。

「閻魔の仁兵衛は、いつ仕事にかかるのだえ」

センセーが聞くと、留吉は首をふって、

「知らねえが、間もなくだろう。上州屋へは、もう忍んだはずだが、店じゃあ、気づいていねえらしい。『子をとろ子とろ』は、しばらく休んで、場所を変ることになっている」

「そうは行かねえぜ。今夜で、千秋楽だ」

センセーはガンニンから、金をうけとると、額《がく》や小粒《こつぶ》で一両、留吉の足もとに投げてやって、

「こいつを旅費《ろぎん》に、江戸を逃《ふ》けろ」

「三両、ぴんをはねるのかえ。そいつは、ひでえや」

「いやなら、神田の下駄常親分に、ひきわたすぜ。門前町は寺社奉行のご支配で、手つづきがいる、というのは、十手持ちの話での。仁兵衛はおれたちが見はって、仕事に入るところ

を、お縄にしてもらやあいい。そのときに、おめえたちがまだ、お江戸にいると、めんどうなことになる、と思うがねえ」

「留さん、しかたがないよ」

と、坊主がため息をついて、

「一両あれば、とうぶん遊べる。旅まわりの一座に入っても、大きな顔ができるだろうよ」

「ばくちにさえ、手を出さなけりゃあな」

と、マメゾーが笑う。センセーは立ちあがって、

「邪魔したな。しかし、お前さんの心太をつく腕には、感服したぜ。欲をださずに、あれに精をだしていりゃあ、お江戸の名物になったろう。惜しいことをしたよ」

「こいつのせいでさあ。あっしも、とんだ男に、かかわりあった」

留吉がうつむくと、センセーは苦笑して、

「仲間われをしちゃあいけねえ。いなかの子どもに、あの業を見せてやりゃあいい。あばよ」

小さな寺の門を出て、センセーが歩きだすと、ついてくる連中のなかから、ガンニンがおずおずと、

「センセー、さっきいったことは、本気ですかえ」

「なんのことだ」

「いえさ。閻魔の仁兵衛とやらを、あっしらで見はって、下駄常にお縄にさせる、ということですが……」

「うむ、あすの晩からで、いいだろう。交替で、見はってくれ」

「なにもセンセー、そこまでやってやることたあ、ねえでしょう」

カッパが文句をいうと、マメゾーはその肩をたたいて、

「三両かせいだ申しわけさ」

第五席　二十六夜待

その一

「センセー、今夜は二十六夜待《やまち》だが、湯島の料理屋でいっぺえやりながら、月見をしませんかえ」

と、下駄常が前に立った。なめくじ長屋のセンセーは、いつものように、神田筋違御門うち、八辻ガ原のすみで、砂絵をかいている。松の大木が落すかげのなかで、白壁町の御用聞の汗ばんだ顔を見あげて、

「馳走《ちそう》になるのは、けっこうだがね。夜なかの月を見るような風流心が、親分にあるはずはない。魂胆《こんたん》があってのことだろう」

と、砂絵師はにやりとした。江戸の月見は、三度ある。七月二十六日と八月十五日、それに九月十三日だ。八月十五日は、いまのひとも知っている。中秋名月、十五夜で、だんごや薄《すすき》といっしょに、芋をそなえるので、芋名月ともいう。それと、対《つい》になっているのが、九月十三日で、のちの月、十三夜だ。枝豆をそなえるので、豆名月ともいう。十五夜の月見をしたら、翌月十三夜の月見も、しなければいけない。片月見《かたつきみ》はいけない、といわれている。

ことに遊廓の女たちは、それをいい立てて、十五夜にきた客を、のちの月見にも、呼んだ

ものだった。

七月二十六日の月見がすたれたのは、時間の関係だろう。十五夜、十三夜のまるい月は、暗くなればもう、のぼっているけれども、二十六夜は午前零時前後になって、ようやく細い月が出る。

もともとは、この夜の月がさしはじめるとき、その光のなかに、三尊《さんぞん》の弥陀《みだ》のすがたが浮かぶ、という信仰からきた月見なのだが、いまの暦で八月のすえか、九月のはじめ、残暑のさかりだ。

だから、江戸の人びとは、すずみがてらに品川の海辺、洲崎《すさき》の海辺、九段坂上、湯島の台、高輪台《たかなわだい》にあつまって、夜半の月ののぼるのを待つ。それで、二十六夜待と呼ばれるのだった。

「魂胆あり、といわれても、しょうがねえ。実はひとに、たのまれましてね」

と、常五郎もにやりとして、

「弓張月《ゆみはりづき》にあたって、壺屋丹波《つぼやたんば》の旦那が、消えてしまうといけねえ。目を光らしていてくれと、あっしが頼まれたんでさあ」

「壺屋てえと、そこの須田町の有名《なだい》の菓子屋かえ、親分」

「水戸さま、田安さま御用、壺屋丹波掾藤原与兵衛晴久《たんばのじようふじわらのよへえはるひさ》。ごたいそうな名めえの老舗《しにせ》でさあ」

「長い名めえに、恐入ることはねえ。京の公卿衆《くげしゆう》は金はねえが、国なのりをゆるす力は、持っている。蒔絵《まきえ》の盆にのせられるような菓子を、毎とし献上すれば、黙っていても、くださらあね。恐入るのは、地所もち、家作もち、というこったろう」

「ちげえねえ。当代の与兵衛は若くて、風流人で、まだひとりものだ。神田から日本橋へかけて、娘を持つ親は、目のいろを変えている」

「親は目のいろを変え、親分は目を光らせにゃあ、ならねえ。その仔細《しさい》はいかに、と聞くところだな、ここは」

からかい口調で、センセーがいうと、下駄常はわきにまわって、土手にしゃがみこみながら、

「実はおかしな話が、ございしてね」

「長ばなしになるようなら、松の木かげに、隠れてくれねえかえ、親分。ふところを、十手でつっぱらかしたのが、わきにいたんじゃあ、見物人が立ちどまってくれねえわな」

「そうつれなくしなさんな、センセー。あっしが見物人になりゃあ、ようがしょう」

と、砂絵師の前の盆に、岡っ引は銭をほうりこんで、

「おかしな話てえのは、先代の与兵衛のことなんです。これも風流人だったんだが、去年の九月十三日、のちの月見の酒もりのさいちゅうに、消えてしまったんで……」

「消えた、といっても、まさかに、みなの見ている前で、影がうすくなって、いなくなってしまったわけじゃあ、あるめえ」

センセーが口もとを歪めると、常五郎はうなずいて、

「出入り屋敷のお留守居役の妾宅が、今戸の河岸にあって、そこの十三夜に、呼ばれたんでさあ。二階建ての豪勢な寮で、そこの二階の広間の障子をあけはなって、山谷堀《ほり》の芸者や幇間《たいこ》をあつめて、にぎやかな月見だったそうです。そのとちゅう、厠《かわや》へおりたあとで、ちょっと風にあたる、といって、与兵衛は庭へ出た。それきり、いなくなってしまったてえんでさあ」

「それきり、といっても、死骸は出てきたんだろう」

「ええ、あくる朝、大川橋の橋杭に、土左衛門になって、ひっかかっていたそうですよ」

大川橋は、吾妻橋のことだ。センセーはこともなげに、

「それじゃあ、気にすることも、ねえのじゃあねえか。与兵衛は酔って、風にあたりたくなった。花川戸や今戸の寮は、庭が川にのぞんでいるのが、ふつうだろう」

「ええ、ですから、川っぷちへ出て、足をすべらしたんだろう、ということに、なったんですがね」

「だが、そうとばかりもいえない、というわけかえ」

「その通りで——四代まえとかいうが、壺屋のあるじは、月見の晩に、行きがた知れずになっているんだそうです」

「それは、行きがた知れずのままなのかえ」

「くわしいことは、わからねえ。死骸はみつかって、葬いはだせたらしいんだが……」

「そんなことがあっちゃあ、当代の与兵衛は、まだひとり身。気にするのも、むりはねえ。おふくろは、達者なんだろう」

「あっしのところへ、相談にきたのは、番頭の喜右衛門《きえもん》ですがね。心配しているのは、おふくろでさあ」

「当人は、どういっているのだえ」

「人づきあいが好きなのに、おやじは酒が弱かった。だから、川に落ちたんだろう。わたしは酔っても、外へは出ないから、大丈夫だって、いっているそうですよ。まあ、場所が湯島の料理屋だ。心配はねえでしょうがね」

「男坂の石段から、ころげ落ちることは、あるだろうがの。消えるおそれは、ねえかも知れねえ。そういうことなら、行ってもいいな、親分」

「飲みくいだけのつもりで、行かれても困りますが、まあ、ありがてえ。時刻になったら、迎えにきますよ」

と、下駄常は立ちあがった。盆がすぎたところなので、センセーの前には、居眠りをしている閻魔《えんま》さまが、五彩の砂でかいてある。砂絵師は腰を浮かすと、小箒《こぼうき》をつかって、その閻魔像を、思いきりよく消しながら、

「そんな楽しみが控えているのに、ここにぶっつわって、暑い思いはしていられねえ。親分、迎えは長屋にきてくんなよ」

その二

壺屋は須田町一丁目と、二丁目のあいだの角にあった。角地面は高価だから、そこに店があるというだけでも、裕福な老舗とわかる。軒庇《のきびさし》の上には、

津保也

と、螺鈿《らでん》の文字をきらめかして、壺のかたちをした看板が、小屋根をいただいて、立っていた。軒下には暖簾《のれん》のわきに、

壺屋丹波掾

と、かろうじて読める縦長の古看板が、木目を浮かして、さがっている。看板はもうひとつ、

茶壺もなか
初雪楽賀舞
絹まんぢう

と、書いた行燈《あんどん》がたのものが、店さきに出してあった。楽賀舞というのは、らくがんの宛《あて》字《じ》だろう。センセーはいつもなら、柳原堤《やなぎわらどて》づたいに、橋本町のなめくじ長屋に帰るのだが、まわり道をして、この店にやってきた。貧乏長屋の住人に、こういう上等の菓子屋は縁がない。砂の袋や小箒、徳利や盆をひとまとめに、風呂敷づつみにしたのを、センセーが片手にさげて、店の前までくると、ちょうど客が出てきた。羽織袴のりっぱな武士で、買ったばかりの大きな菓子折を、中間《ちゅうげん》に持たしている。古あわせの小脇に、巻いた莫蓙《ござ》をかかえたセンセーと、あやうく鉢あわせをしそうになって、顔をしかめて、武士は飛びのいた。

「これは、ご無礼をつかまつった」

と、わびをいいながら、センセーは軒下にさがって、店内をのぞく。青あおとした畳のまんなかに、見事な螺鈿の菓子櫃《かしびつ》がすえてあって、大輪の牡丹《ぼたん》の鉢が、その上にのっている。牡丹の季節ではないから、菓子でつくった花なのだろう。番頭、手代が三人、店さきの客の相手をしていた。壺をならべ、箱を重ねた奥の棚を背にして、身なりのよい客に、茶をすすめているのが、大番頭だ。下駄常のところに、今夜のことを頼みにいったのは、この男にちがいない。

「おや、センセー、どちらへ行かれる」

声にふりかえると、薄よごれた白袴に、足駄をはいて、天狗の面をかぶった男が、立っている。この恰好で、

「わいわい天王、囃すがお好き。囃したものには、お札《ふだ》をやろう。それ、まくよ。それ、ま

くよ」

と、うたいながら、小さな紅刷《べにずり》の牛頭天王《ごずてんのう》のお札をくばって、銭をもらって歩く乞食神官だった。

「下駄新道から、頼まれごとがあっての。いいところであったぜ、テンノー」

小声でいって、センセーが歩き出すと、テンノーも声をひそめて、

「壺屋にからんだことですかな」

「うむ、月見の晩に、あるじが消える、という話を、聞いているかえ」

「はて、そういえば、先代の死んだのが、たしか去年の十三夜だ」

「そのへんのところを、探ってくれねえか。ユータやガンニンにあったら、手つだわせてもいいが、銭になるかどうかは、まだわからねえ」

「承知、承知、今夜は二十六夜待だが、なにかありそうですか」

「後家は心配しているらしいぜ」

いいすてて、テンノーとわかれると、センセーは小柳町から、岩本町の通りへでた。橋本町の長屋に、砂絵の道具をほうりこんで、両国の広小路へいくと、橋番小屋の近くで、大道曲芸師のマメゾーが、往来のひとの足をとめていた。右手の細い棒で、大きな丼《どんぶり》をまわしながら、左手ではなんと、蒟蒻《こんにゃく》と出刃庖丁を、手玉にとっている。

「お立ちあい、よく見てくんねえよ。日本ひろしといえども、蒟蒻と庖丁なんという、柔か

いものと堅いものを、手玉にとるのは、おいらひとりだ」

と、マメゾーは大声だ。そばの女かるわざ一座の小屋から、にぎやかなお囃しが、ひびいてくるから、声を張らないと、聞えないのだった。

「頭の悪そうな顔がそろっているから、いって聞かせるがね。この庖丁は、よく切れる。さつき芋を切ってみせたから、見なかったおひとは、隣りに聞いてみな。さて、蒟蒻はにちゃっとしてえて、濡れている。それをつかめば、手が濡れる。濡れた手で、庖丁の柄《え》をつかめば、つるっとすべる。手がすべれば、刃にさわる。刃にさわれば、手が切れる。手が切れれば、曲芸はできなくなる。これだけいやあ、おいらのやっていることが、どれほど大した芸か、わかるだろう。わかったら、遠慮はいらねえ。銭を投げてくんねえ」

蒟蒻がにぶく光り、庖丁がぎらぎら光って、飛びかっている足もとに、ぱらぱらと銭が散った。マメゾーは舌うちして、

「これっぱかりじゃあ、濁酒《しろうま》も飲めねえ。芸のわからねえやつばかりだぜ。それとも、きびしい残暑で、ぼうっとしていやがるのか。だったら、夕立ちをふらしてやるが、よしかね、お立ちあい。こいつを見たら、ただは帰れねえぜ。最初《はな》から見ているおひとは、わかっているだろう。この丼には、水が入っているんだ」

いいおわると同時に、右手をふるわせる。棒がしなって、丼の廻転が早くなって、すこし傾いたと思うと、丼のなかの水が、さあっと四方に飛びちった。まるで、水車のような仕掛

があって、水をまいているみたいだった。思わず、見物が手をたたく。銭が次つぎに落ちると、霧のようにふりそそぐ水が、それを黒く濡らした。

「どうだえ、お立ちあい。こんな芸は、見たことがねえだろう。丼の水には、かぎりがある。夕立ちはそろそろ、おしめえだよ」

霧がうすれると、左手の蒟蒻が、うしろに飛んだ。うしろに伏せてある桶の上に、蒟蒻が落ちると、つづいて庖丁が飛んだ。蒟蒻を刺しつらぬいて、庖丁はぐさっと、桶の底につきささった。そのときにはもう、棒のさきから丼は落ちて、マメゾーの左手に、おさまってぃた。右手の棒を地について、左手の丼が、からになっていることを見せながら、マメゾーは頭をさげた。

「ここで、ひと休みさしてくんねえ。これだけの芸をやると、馴れちゃあいても、くたぶれらあね」

見物が散ると、マメゾーは桶をさげて、橋番小屋のうら手にひっこんだ。センセーがついていくと、

「おかけなせえ」

マメゾーは桶をさししめして、自分は川ばたの石に、腰をおろしながら、

「なにかありましたかえ、センセー」

「うむ。下駄常がきてな」

と、センセーは手短かに、壺屋の月見の話をして、

「どうも、裏がありそうで、うっかり馳走になっていると、小股をすくわれるかも知れねえ。下駄常の顔がつぶれるのは、かまったこっちゃあねえがの。とばっちりが、こっちへ来ちゃあ、かなわねえ」

「そうですねえ。なにが起るか知らねえが、起ってしまっちゃあ、手おくれだ」

と、マメゾーは腕を組んだ。横手の見世物小屋のそとに、床几がだしてあって、若い女芸人が、赤ん坊に乳をやっていた。壁のように白粉《おしろい》をぬった顔は、無表情だったが、ほつれ毛をかきあげもしない様子に、疲れが見える。色さまざまな手ぬぐいを、つなぎあわした洗いざらしのゆかたたから、大きくのぞいた乳房は、汗で光っていた。乳の出がよくないのか、赤ん坊はぐずっている。

「あたるよお」

柳橋の桟橋《がんぎ》に、猪牙《ちょき》がつこうとして、船頭が声をあげた。舟宿の障子があいて、客を迎えに、おかみが出てくる。夏にもどったように、空は晴れあがって、大川の水は、まぶしく光っていた。

「このぶんじゃあ、今夜の月は、きれいでしょうね」

と、マメゾーが目を細めて、川水を眺めた。センセーはうなずいて、

「だが、飲みながら、夜なかまで待っていたんじゃあ、寝てしまうものも、いるだろう」

「あっしも、湯島へいきましょうか」

「そのほうが、いいようだな」

「歯ぎれが悪いね、センセー。なにを、気にしていなさるんで」

マメゾーが眉をひそめると、砂絵師は苦笑いして、

「さっきテンノーにあって、壺屋のことを調べるようにいっておいたんだが、むだになりそうな気がしての」

「なぜですえ」

「つもってもみねえ。壺屋のあるじが、月見の晩に消えるという、後家が心配するほどの事実があるなら、噂にもなりそうなものだろう。また気にするほどのことがありゃあ、いくら若いといっても、いまは壺屋与兵衛だ。当代も、ばかな真似はするめえ」

「でも、去年の十三夜に、先代が死んだてえのは、事実でがしょう」

「だからよ。まだ一周忌も、すまねえのだぜ。風流人の考えることは、わからねえ」

と、センセーは顔をしかめたが、その晩、なめくじ長屋へ、下駄新道の常五郎が迎えにきたときには、行くのはいやだ、とはいわなかった。小田原提燈をさげた下駄常と、センセーは肩をならべて、柳原堤へ出た。残暑の熱気が、夜まで残っているせいで、ひとの往来は多い。古着屋が帰ったあとの床店《とこみせ》に、手ぬぐいをかぶって立っている夜鷹を、中間ふうの男や、職人ふうの男が、からかっている。センセーと下駄常は、和泉橋《いずみばし》をわたって、神田八軒町の

大通りから、御成街道に出て、湯島にむかった。湯島天神の境内には、二十六夜待を当てこんで、茶屋がまだひらいていたが、ひとは大して出ていない。これから、集ってくるのだろう。門前にならんだ料理茶屋のうち、崖のはしの梅栖屋《うめのや》というのへ、下駄常はセンセーを案内した。

「こりゃあ、白壁町の親分さん、よくおいでくださいました。お世話さまでございます。こちらが、砂絵の先生で——わたくし、番頭の喜右衛門でございます。お見知りおき、くださいまし」

梯子段《はしご》下の小部屋で、ふたりに頭をさげたのは、センセーが昼間、壺屋をのぞいたときに、店の奥にいた中年男だった。

「まことに申しわけございませんが、おふたりには、ここにいていただきたいので——月見の席は二階でございますが、あがりおりは、そこの梯子だけでいたします」

「襖をすこしあけておけば、出入りがぜんぶ、わかりますね。ここで、けっこうですよ。番頭さん」

と、下駄常がいっているところへ、羽織すがたの若い男が、入ってきた。きちんとすわって、頭をさげたところは、いかにも腰が低いようだが、のっぺりした長い顔に、薄笑いが浮かんでいて、お前たちとは身分がちがうんだよ、といっている。それが、与兵衛で、

「おふくろが、いやに心配するものだから、番頭がむりなお願いをして、申しわけありません。砂絵の先生、親分のかげの知恵ぶくろだ、という噂を聞いていますよ。八辻ガ原で、砂

絵を見せてもらったこともある。ひとつ、よろしく願います。なあに、月の光をあびたからって、人間が溶けるはずはない。おやじがたまたま、そうだったというだけで、まわりが気にしているんです。窮屈でしょうが、飲んでいてください」

「すると、旦那はまったく、気にしてはいなさらないんですか」

と、センセーが聞いた。壺屋のあるじは、きれいに剃刀をあてた頬に、ちょっと手をやって、

「気にしていたら、このような月見は、いたしませんよ。でも、ひょっとすると、胸のうちのどこかで、怯えているから、みんなを呼んだのかも知れません。にぎやかにしているほうが、気がまぎれましょう」

「それならば、月がのぼらないうちに、早寝をしたら、どうですえ」

「今夜はいいが、十五夜、十三夜にも、早寝をするんじゃあ、かないません」

「それも、そうですねえ」

センセーが微笑したとき、あけっぱなしの襖のそとに、初老の男が立ちどまった。

「与兵衛、こんなところで、なにをしておいでだえ」

「ああ、叔父さん、いらっしゃい。二階にもう、お客はあらかた、そろっています。いっしょに、あがりましょうか。先生、親分、お願いいたしますよ」

と、挨拶して、若い丹波掾藤原晴久は、初老の男を、二階へつれていった。常五郎は番頭にむかって、

「いまのは、向柳原の布袋屋《ほていや》の旦那じゃあ、ござんせんかえ、宝せんべい、七福神せんべいの」

「はい、さようで」

「お前さんのところの旦那が、おじさん、と呼んでいたようだが……」

「布袋屋の半次郎《はんじろう》旦那は、手まえどもの先代の弟御でして」

「なるほど、兄《あに》さんに遠慮して、菓子屋でなく、煎餅屋をはじめなすったのか」

「それもございましょうが、半次郎旦那は、菓子の味の工夫より、型の工夫が得意《えて》でございました。絵ごころが、おありなんでしょうな。手まえどもの落雁の型も、あのかたの考案だそうで……」

「するてえと、大黒さまや、弁天さまの煎餅も、いまの旦那の絵がたかえ」

「さようでございます。お店をお持ちになるとき、よい菓子職人がみつからず、煎餅職人ならいたそうで……」

「お公卿さまは、煎餅はかじるめえが、繁盛しているんだから、けっこうだろう」

下駄常がいうと、センセーは天井を見あげて、

「布袋屋さんのほかに、どんなお客がきているのか、見ておいたほうがよくはないかえ、親分」

「そうだ、番頭さん、ちょいと二階をのぞかしておくんなさい」

と、常五郎は腰を浮かした。

その三

食いあらした料理の膳を前にして、センセーは肘を枕に、横になっている。下駄常は顔をしかめて、壁によりかかっていた。酒はまだあるのだが、眠くなっては困るので、我慢しているのだった。二階の広間からも、近くの座敷からも、三味線の音や、笑い声が聞える。

「あれじゃあ、月がのぼっても、わからねえだろう。おれにも、わからねえが……」

と、植込みの葉かげに、おおわれた小窓を見あげたとき、梯子段に足音がした。岡っ引が立ちあがって、半分あけてあった襖を、いっぱいにひらくと、おりてきたのは、与兵衛で、酔った笑顔をむけた。

「そろそろ、お月さまがのぼるというんで、その前に便所《はばかり》へいこうとしたらね。親分、このありさまさ。お前さんまで、ついてくるとは、いわないでおくれよ」

与兵衛のすぐうしろには、太鼓持の桜川蝶七《さくらがわちょうしち》と、おなじく三八《さんぱち》が、扇子をぱちつかせながら、従っていた。そのうしろから、風流仲間もふたり、笑いながら、おりてきていた。多《た》町《ちょう》の青物問屋、万亀《まんかめ》の若旦那の由太郎《よしたろう》と、新石町《しんこくちょう》の琴糸三弦糸問屋、丁字屋《ちょうじや》の若旦那、佐吉《さきち》だった。桜川蝶七は、半びらきにした扇子を、額にかざして、

「親分さん、ご苦労さまでございます。芸者衆まで、ついてくるという騒ぎでげしてね。旦那、いささか閉口のひと幕で……」

一同が廊下をすすむと、まだあとから、踊りの師匠の西川扇之助《にしかわせんのすけ》も、おりてきた。それでおわり、と思っていると、間をおいて、小柳町《こやなぎちょう》の箪笥長持商《たんすながもちしょう》、唐木屋《からきや》の若旦那の小三郎《こさぶろう》がおりてきた。

「お前さんが、下駄新道の親分さんですね」

「そうでございますよ、唐木屋の若旦那」

「どう思います、親分。もう月がのぼるんだが、与兵衛さんは大丈夫かねえ」

「わっしにもわかりませんが、いまは心配ありますまい。あの通り、五人もついているんです。あの目の前で消えてしまったら、人間わざじゃあ、どうしょうもない」

「だから、心配しているんだよ、親分。じつは先代が消えた去年の十三夜、今戸の寮へ、わたしのおやじも呼ばれていてね。おなじ思いはしたくないから、今夜はやめてくれ、と口を酸《すっぱ》くして、与兵衛さんをとめたんだが……とにかく、わたしも、そばについていますよ」

と、唐木屋小三郎は廊下をすすんで、手水場《ちょうずば》へいく角を曲った。

「親分」

声にふりかえると、いつの間にか、センセーが起きていて、

「酒がすっかり、さめてしまった。熱いのを持ってくるように、いってくれねえか」

「まだ飲むつもりかね、センセー。壺屋の旦那が、手水にいったんで、みんなが心配していますぜ」

下駄常が口をとがらすと、センセーはにやにやして、

「聞いていたよ。それより、こっちを聞きねえ。二階が静かになったせいか、すいっちょが鳴きだしたぜ」

小座敷のすみに、朱塗細骨、角がたの行燈がおいてある。その灯を慕って、入ってきたらしい馬追《うまおい》が、かすかな声で、鳴きはじめたのだった。常五郎は声をひそめて、

「まあ、六人もついているんだから、なにごともねえでしょうが……」

「おちおち、小便もできねえだろう。唐木屋の若旦那なんざあ、やたら声をかけて、返事をしねえと、戸をあけるんじゃあねえか」

「さっきの様子じゃあ、やりかねねえ」

と、下駄常も苦笑した。センセーは椀の蓋に、冷えた酒をついで、ぐっと呷《あお》ってから、

「しかし、油断は禁物だ。親分、様子を見にいったほうが、いいかも知れねえぜ。廊下の角まででも、いってみねえ」

「そうですねえ。ちいっとばかり、長いようだ」

常五郎が出ていくと、センセーは立ちあがって、小窓に近よった。竹の格子のそとに、マメゾーの顔がのぞく。センセーは格子のあいだに、燗徳利《かんどっくり》をさしだして、

「ご苦労だの。燗ざましだが、ひと口やんねえ。なにかあったか」

下駄常は曲り角へいって、のぞいてみると、つきあたりが手水場で、半月形の掛行燈が、

柱にかかっている。その手前に、六人の背なかが、黒ぐろと見えた。左がわは庭で、月がのぼりはじめたらしい。植込みのかたちが、はっきりと見えて、石燈籠の苔《こけ》が濡れたようだ。羽織の背なかのいちばん手前が、唐木屋の小三郎で、

「蝶七、三八、あけてみたほうが、いいんじゃあないか」

といっているのが、聞えた。常五郎がためらっていると、センセーがうしろへ来て、

「どうしたえ、親分」

「唐木屋の若旦那が、じれているようでね」

「行ってみようか」

下駄常の背を押して、センセーは縁がわをすすんだ。庭はいよいよ明るくなって、太い木の根の上にのせた手水鉢の水が、きらきら光っている。ふたりの足音に、唐木屋はふりかえって、

「親分、戸をあけるように、いってくださいよ。いましがたまでは、声をかけると、なかで返事があったんだが、急になんにもいわなくなった」

「でも、壺屋さん、うるさがっていたからねえ」

と、万亀の由太郎が、眉をひそめた。万屋《よろずや》亀蔵《かめぞう》をちぢめて、万亀。ほかの業種でも、こうした略称は、話の上ではもちいられるが、青物問屋では正式の場合まで、つかわれることがある。

「そうはいっても、万亀の若旦那、長すぎやあしませんかえ」

下駄常がいうと、琴糸、三味線糸の店の若旦那は、首をかしげて、

「長いことはたしかだね、由太郎さん」

「佐吉さん、もう一度、呼んでみて、返事がなかったら、あけてみるか」

と、由太郎はささやいてから、声をたかめて、

「壺屋さん、与兵衛さん、どうかしたのかえ。返事をしてくれないかね」

答えはなかった。太鼓持の蝶七は、便所の戸に手をかけて、

「旦那、みなさまが、ご心配でげすよ。月の出を見そこなって、丁字屋さんなんぞは、ご機嫌ななめで……」

「なにをいっているんだよ。早くおあけ」

佐吉にいわれて、桜川蝶七は戸の桟を動かした。

「あけますよ、壺屋の旦那。いいですね」

戸をあけたが、なかには、だれもいなかった。桜川三八が、とんきょうな声で、

「消えちまった。消えちまったよ、壺屋の旦那が」

「間違いじゃあねえか。隣りじゃあ、ねえのかえ」

便所はふたつ、ならんでいる。下駄常は三八を押しのけて、隣りの戸に、手をのばした。戸はひらいたが、そこにも、だれもいなかった。壺屋丹波の若い当主は、月光をあびて、消えてしまったのだ。先代の与兵衛藤原晴久と、おなじように。

その四

「どこにもいないのかえ。庭じゅう探したんだろうね、あなたがた」

と、布袋屋半次郎は、酔いが一時にさめたらしく、白茶けた顔で、一同を見まわした。二階の広間はもう、月見どころではない。上野、下谷の町を見はらす窓の障子をしめて、あかりも増やして、男たちは額をつきあわしている。芸者たちは怯えたように、座敷のすみによりあつまっていた。

「庭だけじゃあ、ありません。ほかの客のいる座敷は、店のものに、のぞいてもらいました」

と、唐木屋小三郎は沈んだ声で、

「おかみの部屋や板場は、わたしが見せてもらったが、どこにもいなかった。こりゃあ、ただごとじゃあ、ありませんよ。与兵衛さんが手水場から、『大丈夫だよ。せっつくものだから、とまっちまった』というのを、聞いたんです。『うるさいねえ。もうちっと、待ってくれなね』というのも――それが、返事がなくなった、と思ったら……」

「まったく、信じられませんこって、布袋屋の旦那」

桜川三八が、大げさに顔をしかめると、蝶七も肩を落して、

「唐木屋の若旦那は、あとからいらしたんで、どうかわかりませんが、万亀さんも、丁字屋さんも、わたくしどもも、壺屋の旦那がお入りになるのを、ちゃんと見たんでございますからねえ」

「まったく、不思議ですよ」

と、丁字屋の佐吉は首をかしげて、

「窓はやっと顔をだせるか、出せないか。下の壺に、落ちてもいなかったし……」

万亀の由太郎もうなずいて、

「庭は塀でかこまれていて、あいているほうは、崖なんですからね。いったい、どこへ消えてしまったんだろう」

「ずっと二階にいて、大きなことはいえないが、どうも信じられないな、わたしは」

といったのは、もうひとりの風流仲間で、明神下の葉茶屋、松風堂《しょうふうどう》の若旦那の友《とも》四郎《しろう》だった。隣りにいたのが、踊りの師匠の西川扇之助で、

「わたしだって、信じられませんよ。でも、この目で見たんですからねえ。壺屋の旦那がなかに入って、板戸がしまるのを」

「どうやって、抜けだしたかは、わからないけれど、いまごろ与兵衛さん、駕籠にゆられているんじゃあ、ないのかねえ。須田町のお店に、帰るためにさ」

松風堂の友四郎がいうと、煎餅屋の半次郎はうなずいて、

「そうだ。須田町へ、だれかやったほうが、いいかも知れない」

「では、わたくしめが、ひと走り」

と、太鼓持の三八が腰を浮かす。布袋屋のあるじは口もとを歪めて、

「お前さんじゃあ、夜があけてしまいそうだよ。やはり、下駄新道の親分にいってもらおう。なにかの役に立たないと、親分もつらいだろうから」

この皮肉に、下駄常はうつむいた。

「へえ、行ってまいりましょう」

と、うつむいたまま、立ちあがろうとしたときだ。センセーが低く笑って、

「むだだから、よしたがいいぜ、親分。壺屋の旦那は、間もなくここへ、現れるさ。窓の障子をあけたほうが、いいかも知れないな。おりからさしこむ、二十六夜の月、その光のなかへ忽然《こつぜん》と、浮びあがるだろう」

「そんなばかな」

布袋屋半次郎が眉をつりあげると、センセーは平然として、

「七福神せんべいの旦那も、ご存じと思ったが、お仲間ではなかったかえ。万亀さん、丁字屋さんは、ご存じですよ。蝶七、三八の両師匠、扇之助師匠も知っている。知らぬは、唐木屋さんばかり、と思っていたんですがね、わたしゃあ」

「なんのことです、それは」

小三郎が聞くと、センセーは気の毒そうに、

「お前さんをかついで、笑おうという趣向なんです。二十六夜待をしよう、と与兵衛さんにいわれたときに、唐木屋さん、本気でとめやしませんでしたかえ。去年、あんなことがあっ

たばかりなのだから、月見はよくない、といって」

「ええ、今夜のことを相談されたときに、やめたほうがいい、といいました。なにか起ったら、どうするつもりなんだ、といって」

「与兵衛さんは、聞いてくれなかったろう。大まじめなお前さんを、からかう手立てを、思いついたからだ」

と、センセーは間をおいてから、

「お前さんの心配どおり、消えてみせてやろう、と考えた。そこで、壺屋の旦那は、青物屋、琴糸屋、葉茶屋に加勢をたのんで、ひと狂言かいたんですよ」

「どうして出来るんです、そんなことが」

と、唐木屋が聞く。センセーはこともなげに、

「壺屋さんのすぐあとに、蝶七さん、三八さん、万亀さん、丁字屋さんが、梯子段をおりる。ちょいと間をおいて、扇之助さんがおりる。お前さんが、廊下を曲ったときには、壺屋の旦那はもう、庭におりていたんですよ。お前さんの目には、蝶七さんか、三八さんが、『旦那、どうぞごゆっくり』なんぞといいながら、雪隠《せっちん》の戸をしめるところしか、見えなかったはずだ」

「そりゃあ、そうだが、わたしはなんども、声をかけた。ちゃんとなかから、返事がありましたよ。子どものころから、いっしょに遊んで、手ならい師匠のところでは、机をならべた仲だ。声いろなんぞじゃ、ごまかされない。蝶七も、三八も、声いろは得手じゃあないしね」

小三郎がいいかえすと、センセーはにやりとして、

「雪隠のうしろへまわって、壺屋さん、窓から返事をしたんです。踏み台がわりの箱か、石が用意してあったんでしょうよ。それに乗って、窓に首をつっこんだのかも知れない。窓から抜けだせない、とだれかがいったが、顔だけ入れることができればなかで喋っているように、聞えるでしょう」

「蝶七、三八、扇之助、このひとのいうことはほんとうかえ」

唐木屋小三郎が、芸人たちを見まわすと、三人は顔をふせた。小三郎はさらに、

「丁字屋さん、万亀さん、どうなんだえ」

と、佐吉、由太郎の顔を見くらべた。ふたりがなにもいわないうちに、布袋屋半次郎が声を荒くして、

「お前さんがた、なぜ黙っている。ほかにもだれか、知っているものは、いないのかえ。与兵衛から、なにか聞いているものは、いないのかえ。いまどこにいるか、だれか知らないのかね」

芸者たちのなかから、おどろきの声があがった。障子がひらいて、窓の手すりの上に、ひとの顔がつきでたからだ。ほっとしたように、万亀の由太郎が、

「壺屋さん、わたしゃあもう、しら……」

しらを切ってはいられないよ、といおうとしたのか、しらばっくれていられない、といおうとしたのか、言葉はとちゅうで、呑みこまれた。手すりの上にでた顔が、与兵衛ではなか

ったからだ。梯子もかけずに、あがってきた男は、手すりに身をのりだして、

「親分、須田町から、急なつかいですぜ」

いうまでもなく、これはマメゾーで、

「壺屋の後家が、殺されたそうで……」

「げっ」

煎餅屋のあるじが、おかしな声をあげた。畳に手をついて、座敷じゅうを見まわしながら、

「与兵衛は、どこにいるんだ。お前さんがた、ぐずぐずしていないで、与兵衛をつれておいでな。ばからしい。どこに隠れているのか、だれかいったらどうだ」

それに答えたのも、マメゾーだった。

「壺屋の旦那は、庭のはずれの崖の下にいるが、あがっちゃあ来られません。庭から、突きおとされたんでしょうか。首の骨が、折れているらしい」

その五

与兵衛の母のお滝は、壺屋の奥の座敷で、絞めころされていた。発見したのは、女中だった。旦那は帰りが遅くなるので、寝てしまってもいい、といわれていた女中が、寝じたくをする前に、もう用はないかと、後家の部屋に聞きにいって、死体をみつけたのだった。腰をぬかすほど、おどろいた女中は、匍うように店へいって、番頭に知らせた。二十六夜待で、

人通りが多いので、壺屋はいつもより、遅くまで店をあけていた。死体が発見されたときには、もう大戸をおろしていたが、主人も、大番頭もまだ帰らない。店では二番番頭が、帳づけをしていた。ほかの番頭手代は、小僧に手つだわせて、店内の整理をしていた。そこへ、女中が匍ってきて、大さわぎになった。手代が医者に走る。番屋へ走る。センセーのいいつけで、店を見はっていたなめくじ連が、番頭に声をかけて、湯島へのつかいを、買って出たのだった。

「店から奥へ、通った客はありません。女どもも、お客はなかった、といっているんですがね」

と、知らせに飛んできたカッパは、センセーに囁いた。

「でも、横丁の格子戸から、すまいのほうへ入れるように、なっているんですよ。うちの様子にくわしいものなら、ひと目のねえのをうかがって、後家さんの部屋へ、出入りできねえこともねえ」

与兵衛は便所のうしろから、出たところで、崖から落ちたらしかった。便所の窓の下には、踏み台がわりに、あき樽を伏せたのが、そのままになっていた。与兵衛のいたずらを知らなかったのは、唐木屋の小三郎ひとりぐらいで、芸者たちまで、壺屋の旦那がなにかをやるらしい、と察していた。

「遊びずきの甥《おい》のことだから、なにか趣向があるのだろう、とは思っていましたよ、正直なところ」

と、布袋屋半次郎もみとめた。

「しかし、兄の死にようを、いたずらの種にしたらしい、とわかって、腹が立ちましてねえ。おまけに、すぐ出てこないので、心配にもなってきた。それで、いらいらしたようなわけで……」

布袋屋の店は、向柳原の大通りにある。軒庇には、打出《うちで》の小槌《こづち》のかたちに切りぬいて、金泥や朱で彩色した上に、

ほていや

と、銀泥で書いた看板が、まだ新しく、小屋根の下にさがっている。円のなかに、布袋さまを転作印《でざいん》した暖簾をかけて、店の間口はひろくない。けれど、出入り口のわきの格子窓から、煎餅を焼いているところが、のぞけるようになっている。醬油《しょうゆ》のこげる香ばしい匂いが、往来にただよいだして、格子窓によって見ると、職人の手ぎわと、煎餅のかたちのおもしろさに、誘われる。大小の壺をならべた店に、入ってみたくなる、という工夫だった。

「ご主人は、おいでかえ」

壺屋の葬式がすんだ翌日の午後、まるい布袋の暖簾を、センセーがくぐると、店さきには、実直そうな若い男がすわっていて、

「あるじはただいま、出かけております。わたくしは倅《せがれ》でございますが、手前ではお役に立ちませんでしょうか」

「若旦那のご存じないことでね。すると、旦那は須田町の壺屋さんに、きょうもおいでですか」

「はい、あすこは親戚でございまして、ちょいと取りこみがございます。あちらへおいでいただいても、お目にかかれますかどうか……」

「まあ、行ってみましょう。あきないの邪魔をして、申しわけないな」

センセーは店を出て、新《あたら》し橋《ばし》のほうに、歩きだした。川風に秋の深まりは、感じられるけれども、きょうも空は青く、日ざしは強い。茹《ゆ》であずきの荷をかついだ行商人が、

「金ちゃん、甘いよ」

と、大声をあげていく。その声におどろいたように、うつむいて歩いていた男が、顔をあげた。布袋屋の半次郎だったが、頬がこけて、髪まで白さをましたように見える。

「布袋屋の旦那、どうなさった。具合でも、お悪いか」

センセーが声をかけると、布袋屋は微笑をつくって、

「砂絵の先生でしたか。いや、疲れました。一度にふたつも葬式をだして、それがどちらも、変死ときている。親戚がみな尻ごみして、なにからなにまで、わたしに押しつけるのでね。まあ、いちばん近い血すじだから、しかたがない、といえば、しかたがないようなものの……」

「そりゃあ、大変ですね」

「きょうはまだ、下駄新道の親分に、お目にかかっていないが、どうなんでしょう。下手人の目ぐしは、いくらか、ついたのでしょうかねえ」

「そのことで、話があって、いまお店にうかがったところだ」

「ちょうど、よかった。わたしも店が心配で、ちょいと帰ってみよう、と思いましてね。須田町のほうに、まだ用はあるんだが……」

「若旦那が、お店はちゃんと、やっていましたよ。いい跡とりがいて、あきないもうまく行っているのに、満足していられなかったんですかえ」

神田川ぞいに歩きだしながら、センセーは顔をしかめた。半次郎はついてきながら、

「どこへ行くんです。先生」

「川風に吹かれながらのほうが、話がしやすいでしょう。あとでわかるにしても、いま若旦那には、聞かせたくない」

「なぜですね、また」

「この一件の下手人が、お前さんだという話だぜ。聞かせたくねえじゃあねえか」

「冗談じゃあない。わたしにどうして、与兵衛が殺せました。ずっと二階に、いたんですよ。松風堂の若旦那にでも、芸者にでも、聞いてみなさるがいい」

と、布袋屋は手をふった。センセーは首をふって、

「壺屋の旦那は、だれに殺されたわけでもねえ。酔って、樽の上にのって、お芝居をして、あぶなっかしい恰好をしていたのが、悪かったんだろう。庭にもどるときに、よろけたに違いない。崖から落ちて、首の骨を折ったんだよ」

「それなら、なんにも……」

「あるさ。お前さんは、湯島にくる前に、須田町へいって、壺屋の後家を殺したんだ。そんな馴れないことをしなくったって、与兵衛は先代どうよう、酔って、落ちて、死んでくれたのにな。さぞかし、お前さん、しまった、と思ったろうね」

「壺屋の後家は、義理の仲とはいっても、わたしの姉だよ。それを、殺すなんて……」

「理由かえ。お前さんが入るか、伜を入れるつもりか、とにかく壺屋を、自分のものにするためだろう」

「姉を殺しても、甥《おい》がいる。なんにも、ならないじゃありませんか」

「そこが、お前さんと与兵衛さんの違うところさ。与兵衛さんは、しゃれにやることだから、ほんとうの噂なんぞは、なくってもいい。去年のことをいい立てておいて、月の出に消えてみせる。すぐに出てきて、ご趣向、ご趣向ですみゃあ、だれもなんともいわねえわさ。だが、お前さんは違う。ほんとうに月見の晩に、壺屋の人間が死んでいかにゃあ、ならねえのだ。数代まえの話なんざあ、ひともわすれ、手めえもわすれているから、頼りになるのは、兄貴のことだけ。ひとつきりじゃあ、不安心だから、与兵衛の趣向にのって、後家を殺した。十五夜か、十三夜に、こんどは与兵衛を殺すつもりだったのだろう」

センセーが言葉を切ると、半次郎の肩が、びくっとふるえた。

「凝っては思案にあたわず、とはこのことだの、布袋屋。湯島で与兵衛を殺しては、まっさきに手めえが、疑われる。知恵をしぼったつもりだろうが、須田町で殺しても、さほどに変りはありゃあしねえ。なかの勝手を知っていて、後家と親しいものでなけりゃあ、殺すことは出来はしねえさ。幸いだれにも、見られなかったから、きょうまで、お前さん、助かっているのだぜ」

「壺屋の近くで顔見知りにあったり、うちに入ってから、女中や店のものに出くわしたら、やめるつもりでしたよ。姉にあって、与兵衛の悪じゃれを、意見するようにいって、それで帰ろう、と思っていたんです。ところが、運よく……ははは、湯島では与兵衛が死ぬ。わたしは運がよすぎて、ばかを見たんですねえ。なにもしないでいれば、運のよさを、よろこべたのに」

「それほどまでに、どこのなにがし藤原のだれそれが、ありがてえものかね」

「倅に壺屋を、やらせたかったんです。兄の代につくって、評判になった菓子は、みんなわたしが、絵がたを書いたものなんですよ。それなのに、わたしが店を持とうとしたとき、兄はひとりも、職人をまわしてくれなかった。その兄が死んで、ほっといたんじゃあ、甥の代で、壺屋は傾くぞ、と思ったんです」

「与兵衛はお前さんに、なにも相談をしなかったのかえ」

「煎餅屋に相談しても、しょうがない、と思ったんでしょう。大番頭にさえ相談しないで、新しい菓子をつくろうとしておりました」

「だから、殺すつもりになったのかえ」

「はい」

半次郎がうなずくと、離れてつけてきていて、いまは近くの塀のかげで、聞き耳を立てていた下駄常が、

「もういい。布袋屋さん、番屋まできてくんねえ」

ついと出てきて、手をつかんだ。ふたりが立ちさるのを、センセーが見おくっていると、かたわらの塀の上から、マメゾーが飛びおりて、

「いっていた通りになりましたねえ、センセー。動きまわって、稼ぎにならねえ。下駄常がよこす酒代だけじゃあ、カッパやテンノーが、文句をいうでしょう」

「しかたがねえ。壺屋の番頭に、かけあうか。あの喜右衛門という男、ぞんがい話がわかりそうだぜ」

センセーがいうと、マメゾーは首をかしげて、

「はて、なんと持ちかけますね」

「壺屋を手めえのものにする妙案でも、さずけてやるかの。布袋屋の話じゃあ、ほかの親戚は、尻《し》っ腰《こし》がなさそうだ」

センセーは笑って、秋のいろの神田川ぞいに、歩きだした。

第六席●水見舞

その一

台風や大雨のために、河川が氾濫《はんらん》することを、出水《でみず》という。出水のあった地域の知りびとの家に、様子をたずねにいくのが、水見舞《みずみまい》だ。八月すえの晴れた日、神田白壁町の御用聞、常五郎が東橋《あずまばし》をわたったのも、水見舞のためだった。きのうの嵐で、向島に水が出た、というので、小梅《こうめ》で植木屋をやっている親戚の様子を、見にいくところなのだった。ゆうべの雨が嘘のように、秋の空は澄みわたっていたが、大川の水は濁って、いろいろなものを、押しながしている。木の枝や藁束《わらたば》、小桶や盥《たらい》。雨戸までが、くるくるまわりながら、流れてくる。女ものの袷《あわせ》も一枚、色あざやかな袖をひろげて、まるで土左衛門《どざえもん》が浮きあがったみたいに、流れてきた。土手にちかい料理屋からでも、漂いだしたものだろう。

「ひでえことになっていそうだぜ、この塩梅《あんばい》じゃあ」

顔をしかめながら、源兵衛堀《げんべえぼり》の枕橋《まくらばし》をわたって、下駄常が水戸さま下屋敷の塀そとにかかると、袢纏《はんてん》に下帯ひとつの男がひとり、ぬかるみを蹴立てて、前から走ってきた。

「松公じゃあねえか。あわをくって、どうしたえ」

男は松吉《まつきち》といって、山谷堀《さんやぼり》の舟宿、笹屋の船頭だった。以前は柳橋の舟宿にいたので、常五郎はよく知っている。

「神田の親分か。ちょうど、よかった。原庭《はらにわ》の佐兵衛《さへえ》親分を、呼びにいくところなんで」

「なにがあった」

「堀の小芳《こよし》ねえさんが、死んでいたんでさあ、平岩《ひらいわ》の庭で」

平岩は名高い料理屋で、三囲稲荷《みめぐりいなり》のそばにある。為永春水《ためながしゅんすい》の恋愛小説《にんじょうぼん》『春色梅児誉《しゅんしょくうめごよ》美《み》』の第三編にも、出てくるくらい有名で、葛西太郎《かさいたろう》とも呼ばれていた。向島いちばん、という意味で、葛西太郎の洗鯉《あらいごい》、と唄の文句にもある。秋葉《あきば》神社のそばの武蔵屋《むさしや》、大七《だいしち》、木母寺《もくぼじ》の植半《うえはん》、向島の料理屋は、どこも鯉料理を、売りものにしていたのだ。

「小芳は平岩にとまって、出水に溺《おぼ》れたのかえ」

常五郎が聞くと、松吉は首をかしげて、

「どうも、そうじゃあねえらしい」

「おれが行ってやろう。歩きながら、話をしねえ。それにしても、ぬかるみだ。こんなこともあろうと、股引《ぱっち》をはかずにはきたが、浅草までの道中、足駄じゃあ間がぬける。日和下駄できたのが、間違いだった。これじゃあ、とても歩かれねえ」

「はだしになったほうが、ようがすぜ。先へいくほど、水が深くなる。これでも、だいぶ引いたんで」

土手の道は、水をかぶって、泥沼のようになっていた。常五郎は裾を高くはしょると、下

駄と足袋《たび》をぬいで、歩きだした。たちまち泥水に、足首までうまりながら、

「小梅のほうも、水はひどいのかえ。じつは親戚があって、水見舞にいくところだった」

「百姓家で、床の上まで、水があがったところが、多いそうです。あっという間に、泥水が押しよせてきたらしい」

と、松吉は顔をしかめて、

「親戚がおありじゃあ、心配だね、親分」

「御用のほうが、大切だ。佐兵衛を呼びにいくくれえだから、小芳はただの死にようじゃあ、あるめえ」

「殺されたらしいんで……」

「親戚の様子は、店のものにでも、見にいってもらおう。小芳は水見舞にきたのかえ、こっちへ」

「そりゃあ、あっしで——平岩の旦那には、世話になっていますんでね。うちのおかみさんにもいわれて、朝から手つだいにきていたんです。ねえさんがいつ、なにをしに来たのか、だれも知らねえ。いましがた、庭のはずれで、死んでいるのが、見つかったんです」

三囲稲荷の長い参道も、どぶ川のようになっていた。若い女が手桶をさげて、こちらへ歩いてくる。手拭で仕立てた半襦袢《じゅばん》から、ふくらんだ乳房を、片方のぞかして腰巻《ゆもじ》を下帯みたいに、きゅっとからげている。両足は太腿のなかばまで、泥だらけだ。けれど、重そうな手

桶に、からだを斜めにして、急ぎあしでくるすがたは、色っぽかった。若い船頭は、通りすぎながら、ふりかえって、

「出水も悪くねえね、親分。あんな恰好《かっこう》は、めったに見られませんぜ」

「あの娘の身にも、なってやれ。飲み水をもらいに、来たにちげえねえ。ひと目なんぞ、気にしちゃあいられねえんだ」

といいながらも、下駄常は女をふりかえった。水びたしの畑をはさんで、稲荷の鳥居のとなりが、平岩だった。いくつもの棟にわかれていて、奥の高い屋根は瓦葺《かわらぶき》、手前の低い屋根は藁葺《わらぶき》になっている。瓦屋根のあちこちは、瓦が飛んで、風のすさまじさを、物語っていた。水びたしの土間へ、松吉が入っていこうとすると、下駄常は呼びとめて、

「仏はまだ、庭かえ」

「へえ、そのはずで」

「じゃあ、あんよを洗って、あがったところで、すぐに泥ぼっけだ。旦那への挨拶はあとにして、庭へまわろう」

「こっちです、親分」

太い榎《えのき》のわきを通って、庭へ出ると、せっかくの配置が、植込みは倒れ、池はあふれだして、さんざんのていたらくだった。さすがに石燈籠は倒れないで、泥水のなかに、ふんばっている。庭石も頭をだしていて、そのなかの上が平らなひとつに、濡れ筵《むしろ》がかぶせてあ

って、盛りあがっていた。

「水につけておいちゃあ、かわいそうだから、ここへ移したんでしょう」

と、松吉にいわれて、常五郎は手をのばした。筵をもちあげてみると、下にも筵を敷いて、女の死体が横たえてある。堀の小芳——山谷堀の売れっこ芸者で、下駄常も顔だけは知っていた。おしろいっ気のないその顔は、美しいままだったが、自慢の黒髪を、ざっくり切られて、左肩に大きく、紫いろの痣《あざ》がある。おまけに、すっ裸で、湯巻《ゆもじ》もつけていない。小ぶりな乳房の上に、紅葉《もみじ》の葉が濡れて、貼りついているのが、血のように無残だった。神田白壁町の岡っ引は、死体に手をかけて、頭を持ちあげてみながら、

「このままのすがたで、死んでいたのかえ」

「へえ、あっちのすみで、俯伏《うつぶ》せになっておりやした」

と、庭の横手おくを、船頭はゆびさした。そちらがわの庭の外には、牛《うし》の御前《ごぜん》の社《やしろ》とのあいだに、道があって武蔵屋、大七、秋葉権現のある請地《うけじ》に通じている。

「生垣が吹きたおされたんで、そこから入ってきたところを、やられたんでがしょう」

「うしろから、頭を殴られて、死んだようだの、こりゃあ」

「嵐のさなかにやってきて、小芳ねえさん、水塚《みずづか》へいこうとしたのかも知れねえ。母屋《おもや》のうしろですから、水塚は」

水塚というのは、向島に特有なもので、出水のときの避難場所だ。かなりの氾濫があって

も、水をかぶらないように、土盛りをした一郭が、地所うちにつくってある。石で畳んで、建物もりっぱに、離室《はなれ》にしてあるところもあれば、小屋を建てて、ふだんは小舟を、おさめていることもあった。水塚の盛土《もりつち》は六尺――およそ二めーとる、とされていて、これが水戸屋敷、将軍おなり座敷の床の高さ。それ以上は遠慮した、というのだが、ほんとうかどうかは、わからない。

「親分をおつれしたのかえ、松さん」

という声に、船頭はふりかえって、

「旦那、枕橋で、神田の親分にお目にかかって、来ていただきました。小梅へ水見舞に、いくところだとかで……」

「そりゃあ、申しわけございません」

と、平岩のあるじは縁がわで、ていねいに頭をさげた。常五郎は手をふって、

「御用とありゃあ、身うちのことは、あとまわしでさあ」

「ご心配でございましょう。店のものに、様子を見にいかせましょうか」

「そうしてもらえると、ありがてえ。小梅の植徳《うえとく》という植木屋が、親戚でしてね」

「植徳さんなら、知っております」

「御用がすみしだい、顔をだすから、といってやっておくんなさい。水が出た上に、こんなことが持ちあがって、こちらも災難でございますね。お察しいたします」

「床上までは、水があがらなかったので、ほっとしたんでございますが、この有様で……小芳さんがどうして、ここで死んでいたのか、わけがわかりません」

「山谷へはもう、知らせたんでございますかえ、旦那」

「ただの死にようではございませんので、村役人には、お届けいたしましたが、山谷へはまだ——原庭の親分をお呼びしてから、松さんに行ってもらおう、と思っておりました」

「それがいい。松さん、行ってくんねえ。舟は持ってきているのかえ」

下駄常が聞くと、船頭は首をふって、

「わっしが来たときにゃあ、水量《みずかさ》がありすぎて、猪牙《ちょき》は出せませんでした」

「竹屋《たけや》の渡しも、まだ出ていねえようだ。ご苦労だが、たのむぜ」

三囲稲荷の前から、今戸への渡し舟は、山谷堀の出口の舟宿、竹屋がはじめたものなので、竹屋の渡し、といった。時間外でも、呼べばきてくれるので、

「竹屋さん、お客だよ」

と、川を越えて、声がとどかなければ、平岩の女中は一人前ではない、といわれたものだ。ただ甲《かん》だかく張りあげただけでは、声が割れて、川むこうまでは聞えない。水にのせて、すべらせるように、細い声を押しだすのだ、という。川面にひびいてくる声は、堀の小料理屋なぞで聞いていると、なんともいえない情緒があった。

「小芳ねえさんが殺された、と大声で、竹屋にいって、堀へ知らせてもらうわけにも、行か

ねえでしょう。ひとっ走り、わっしが行ってきやす」

と、松吉は旦那と下駄常に頭をさげて、庭から出ていった。

その二

庭のはずれの生垣は、大きな手で押したおされたように、斜めになって、ひとの入れるほどの隙間が、あちこちに出来ている。外は弘福寺から、請地村へいく道で、水びたし。庭のなかも水びたしで、合歓《ねむ》や白膠木《ぬるで》、櫨《はぜ》や柏《かしわ》の紅葉が黄いろく、赤く散っているのが、泥水に古い血、新しい血が浮いているように見えた。露出した庭石にも、紅葉は風で、貼りついている。

「このへんに、俯伏《うつぶ》せになっていたんです」

と、板前の勝次《かつじ》は足もとを指さして、

「尻を見りゃあ女だが、あの髪でがしょう。剃刀《かみそり》でざくざくと、ありゃあ、そぎ切ったんでしょうねえ。願人坊主を見るようで、肩に手をかけて、顔をのぞくまで、小芳ねえさんとは、わかりませんでした」

「着ていたものは、どこにも見あたらなかったのかえ」

下駄常が聞くと、勝次はうなずいて、

「外の道にも、ありませんでしたねえ」

「仏を見つけたのは、いつごろだね」

「六つ半（午前七時）ころでしたろう。もう水がふえる恐れはねえてんで、店を片づけおわって、庭を見まわりに出て、見つけたんですから」

「それまでは、だれもこのへんにゃあ、近づかなかったのかえ」

「へえ、夜があけてからも、ときどき、ざあっと雨がふったから、庭へは出ませんでしたねえ」

「すると、小芳は夜のうちに、ここへ来たのかも知れねえの」

「そりゃあ、なんともいえませんが、堀からくるのは、無理だったでしょう。あの吹きぶりだ。舟はだせねえ。嘘か、ほんとうか知らねえが、嵐のさなかに、東橋をわたろうとして、吹きとばされた人がいたてえます。女の身で、橋を渡ってきたとは、思えねえ。よんどのことが、ありゃあとにかく……」

「そのよんどのことが、あったのかも知れねえぜ」

といいながら、脛《すね》のなかばまでくる水を、足でかきわけるようにして、常五郎は生垣に近づいた。勝次はうしろにしたがって、

「まあ、贔屓《ひいき》のお客が、ゆうべ来てはいましたが……あぶのうがすぜ、親分。垣根のところは、土がえぐれているから」

「贔屓の客、といったな」

　と、下駄常はふりかえって、

「そいつはいつごろ、帰ったのだえ」

「まだおいでであ。きのうの昼すぎ、雨のなかをお見えになって、風はひどくなるばかり。水塚で夜をあかすのも、話のたねだと、お泊りになったんです」

「どなただね、そりゃあ」

「木場の和国屋《わこくや》の藤左衛門《とうざえもん》旦那で」

「材木問屋の和国屋か。遊びじょうずな旦那だそうだが、芸者や幇間《たいこ》も、つれているのかえ」

「おんなっ気はぬきで、きのうのお供は、桜川《さくらがわ》の銀八《ぎんぱち》師匠ひとりでした」

「柳橋の太鼓持を、ひとりつれて、雨かぜを肴《さかな》に、酒を飲んでいたわけか。いつもは小芳を、呼んでいたのかえ」

「しょっちゅうでしたねえ」

「すると、もう知っているんだろう、小芳が死んでいたことを」

「親分が見えたから、いまごろ、話しているかも知れません。ここまでは、屋根瓦は飛んでこねえ。大きな木も、倒れちゃあいねえ。頭を打たれて、死んだらしいのは、わっしらにもわかりましたからね。勝手なことはしないがいいと、うちの旦那が……」

「店のものに、口どめをしたのか。行きとどいたことだったの、そいつは」

と、もう一度、あたりを見まわしてから、下駄常は母屋のほうへ、戻っていった。小芳の死体をのせた庭石のそばには、男がふたり立っていた。ひとりは、でっぷり肥って、眉《まゆ》の濃い大男で、和国屋の藤左衛門だろう。

眉を細く剃りこんで、つるりと顔の長いほうは、常五郎も見知っている。役者の身ぶり、もの真似の名手、太鼓持の桜川銀八だ。ふたりとも、裾を高くはしょって、足首まで水につかっている。

「白壁町の親分、ご苦労さまでございます」

と、桜川銀八は頭をさげた。大男は眉をしかめて、

「わたしは木場の和国屋だが、親分、小芳はひとに殺《あや》められたのかえ」

「どうも、そうらしゅうございますね。あやまちで死んだのなら、髪の毛がこんなになっちゃあ、おりませんでしょう」

下駄常が答えると、藤左衛門はため息をついて、

「かわいそうに……親分、敵《かたき》をとってやってくださいよ。それに、この有様では、あわれすぎる。座敷へあげては、いけますまいか」

「さあ、どうでございましょう。ここは三囲さまの隣りで、お寺社の領分ですのでね。実はわっしがこうしているのも、遠慮がありますんで……」

「しかし、もう村役人には、とどけたんでしょう。お寺社から、お町に依頼があって、ご検

視がおりる」

「そうなりましょう」

「すると、かなり手間がかかりますね。そのあいだ、このままにしておくのは、いかにも不《ふ》憫《びん》だよ、親分」

「そうでございますね。こちらの旦那から、村役さんにお断りすりゃあ、いいんじゃあないでしょうか」

「そうしてもらおう」

和国屋がふりかえると、縁さきにすわっていた平岩のあるじは、うなずいて、立ちあがった。藤左衛門は筵にまた手をかけて、死顔をのぞいてから、

「自慢の髪をこんなにされて、さぞくやしかったろう」

「嵐のなかを、なにしに来たか、心あたりはございませんか、旦那」

常五郎が聞くと、木場の大通人は首をかしげて、

「きのう、わたしがここへ来たことは、小芳は知らないはずですよ。ずっと贔屓にはしてきたが、嵐のなかをあいに来るほど、惚《ほ》れられていた、とは思えない。鐙《あぶみ》ふんばり精いっぱい、うぬぼれてみてもねえ」

「師匠にも、心あたりはござんせんかえ」

常五郎が太鼓持を見かえると、いかにも芸人らしく、桜川銀八は大げさに腕をくんだ。う

しろの池で、ばしゃっと音がしたのは、鯉でも、はねたのだろう。その水音で、心がきまったのか、はらりと銀八は腕をといて、

「実はひとつだけ、ございます。このことを知っているのは、わたしのほかに、ふたりか三人。旦那にも内証にしてきましたが、小芳ねえさんはもう……」

「おい、銀八、もったいぶっていないで、早くいいねえ」

藤左衛門がじれったげにいうと、太鼓持はうなずいて、

「ひょっとしたら、ねえさんは父親《てておや》が心配で、ゆうべ来たのかも知れません、こっちへ」

「父親てえと、実のおやじかえ」

下駄常が聞くと、和国屋も同時に、

「このへんにいるのか。ちっとも、知らなかった」

「請地のあたりと、聞いております。名前は知りませんが、お百姓で……」

銀八がいうと、藤左衛門は眉をひそめて、

「それをなんで、内証にしていたんだね」

「実はふた子の妹が、いるんだそうで……」

「妹かえ。だったら、畜生腹《ちくしょうばら》というわけじゃあなし、隠さなくっても、よかりそうなものだ。ねえ、親分」

相続問題が起りがちな大名の家では、双生児をきらうことがあった。だが、この時代でも、

下級の武士や町人の家では、隠すほどのことはない。ただ男と女の双生児は、犬や猫のようだ、と蔑視《べっし》されて、畜生腹なぞと、ひどいことをいわれる。だから、生れるとすぐ片方を、ひとにやったりして、隠すことがあったのだ。

「ですから、ねえさんも、ひとに話すこともあったんですよ。ただ大川をはさんで、瓜《うり》ふたつの姉妹が、ひとりは三味線をひき、ひとりは畑仕事をしている。そんなことが評判になったんじゃ、ちゃんや妹が、かわいそうだ、というんでね。それに、堀の養父のこともある。一人前の芸者に、しこんでもらった義理が、ありますから……」

「なかなか、欲のふかいおやじだそうだが、そう聞けば、内証にしていたわけもわかる。なるほど、実家が心配で、隅田川を越えてきたのか」

と、藤左衛門はうなずいて、

「だったら、おやじさんにあったかどうか、確かめなけりゃあ、いけないだろう。殺された、とは夢にも知るまい。かわいそうだが、そいつも知らしてやらなけりゃあ……」

「ですが、請地村というだけで、名前もわかりませんのでねえ」

と、太鼓持は首をかしげた。常五郎は口をだして、

「そりゃあ、わっしが探しましょう。小芳にそっくりな娘のいる家を、たずねあてりゃあ、いいわけだ」

「ご苦労だが、そうしてください、親分」

と、和国屋は軽く頭をさげた。下駄常は手をふって、

「これも、御用のうちでござんすよ」

と、泥水のなかを、出ていった。榎の大木のわきから、おもてへ出ようとすると、平岩の若い者が、声をかけてきて、

「親分、小梅の植徳さんへ、行ってきました。植溜《うえだめ》の植木はだいぶ、やられたようですが、家は床までは水があがらなかった。心配にはおよばない。御用をしっかり、つとめておくんなさい、ということで……」

「そりゃあ、すまなかった。すくねえが、こりゃあ、泥のなかを歩かせたつぐないだ」

と、常五郎は若い者に、小銭をつかませてから、

「旦那にも、よろしくいってくんねえよ。ご検視のお役人が見えたら、神田の常五郎が通りあわせて、仏を拝ませていただいたと、わすれずにいっておくんなさい、とそこをよっく、旦那につたえてくんなよ」

「わかりやした、親分」

と、頭をさげる若い者にわかれて、下駄常は往来に出た。平岩のわきの道は、くねくね曲って、請地村、中の郷村に通じている。

さらに小梅、押上《おしあげ》、小村井《こむらい》。葛飾郡《かつしかごおり》の村むらは、源兵衛堀、大横川《おおよこがわ》、北十間川《きたじっけんがわ》、曳舟堀《ひきふねぼり》、梅若堀《うめわかぼり》、荒川と、大小の河川にかこまれている。秋葉権現の森を目ざして、歩いていくと、

泥水はたちまち、脛のなかばをまた越えた。

その三

小芳のふた子の妹は、お君《きみ》といった。江戸前の面長《おもなが》な目鼻立ちも、拭《ふ》きこんだ格子戸みたいに浅黒い肌も、小芳そのままだった。あっという間に、畳まで浮きあがって、家財を濡らしてしまったそうで、湯巻《ゆもじ》を短くからげた恰好で、ついてきた。裸の上半身には、父親のものなのだろう、袖なしのちゃんちゃんこを羽織って、色あせた扱帯《しごき》をむすんでいる。足はもちろん、膝のあたりまで汚れていたが、髪にも泥がこびりついていた。ひっつめて、うしろでまるめた髪は、泥水をかぶって、ごわごわだった。庭に面した平岩の座敷に、横たえてある小芳の死体を、見つめる目には、涙が光っている。合掌した両手の右のほうが、汚れた布でつつまれて、赤黒いしみを、いたいたしく見せているのは、ゆうべ怪我《けが》をしたのだろう。

「わたしたちに、あいたがらないのも、無理はない。あのすがたじゃあ、かわいそうだ。主人にいって、女中の着がえでも、譲ってもらってやっておくれな、銀八」

襖《ふすま》のあいだから、様子を見ていた和国屋藤左衛門は、立ちあがってから、小声で幇間にいいつけた。桜川銀八がうなずいて、廊下を去っていくと、和国屋は下駄常にむかって、

「ご苦労さまでした、親分。実のおとっつぁんは、よっぽど具合が悪いようかえ」

「出水にやられて、ゆうべはろくに、眠れなかったんでしょう。そこへ持ってきて、娘が殺

された、といわれたんですからねえ。腰がぬけたように、なってしまいましたよ」

と、常五郎は顔をしかめた。藤左衛門は首をふって、

「あわれな話だ。力になってやりたいねえ。ああ、親分、この座敷だよ」

雲が厚いせいもあって、屋内はもう暗くなっていて、座敷には行燈がともっていた。どうせ今夜は客もないだろうから、みんなで小芳の通夜をしてやろう、といって、和国屋は残っていたのだ。常五郎をつれこんだ部屋には、芸者屋のあるじの新兵衛《しんべえ》、小芳の妹芸者のお品《しな》、舟宿笹屋のおかみ、船頭の松吉が、沈んだ顔をならべていた。

「旦那、妹というのは、小芳ねえさんに似ていますかえ、よっぽど」

と、松吉が藤左衛門に聞いた。木場の旦那はうなずいて、

「化粧をして、お座敷着をきせたら、見わけがつかないだろう。それだけに、かわいそうで、見ちゃあいられない」

和国屋がため息をつくと、小芳の養父の新兵衛は、膳《ぜん》の上に身をのりだして、

「昔いちど、あっただけですが、いい娘になったでしょう。しこむのは大変だが、小芳のかわりが、つとまるかも知れませんねえ」

「おいおい、新兵衛さん、妹をひきとるつもりかね」

藤左衛門が、太い眉をひそめると、芸者屋のあるじは真顔で、

「だって、旦那、小芳には金がかかっております。いま死なれちゃあ、もとも子もありませ

ん。さるお大名のお留守居役から、けっこうなお話も、あることだし……」

　下駄常は内心、舌うちをしてから、新兵衛の話をさえぎって、

「とっつぁん、おめえに聞きてえのだが、小芳は実父のところへ、水見舞にいく、といって、出たのだろうね」

「いえ、黙って出たんですよ、親分。わたしがまだ、寝ているうちにね。観音さまにおまいりにでも、行ったのかと思っていました。松さんの知らせを聞いてから、この子を」

　と、瘠《や》せて、目ばかり大きな芸者屋のあるじは、お品に顎《あご》をしゃくって、

「問いつめたら、請地に水見舞にいく、と耳うちしていったてえんで、怒りましたね、わたしゃあ――実父との縁は切らせたが、ここ何年にもない大出水。心配なのは、よくわかる。わたしだって、鬼でも蛇でもない。いってくれりゃあ、出してやったんです。それを暗いうちに、そっと出ていったりするから、こんな目にあうんだ」

　下駄常が請地村で、探しあてた実父と双生児のきょうだいは、小芳が殺されたことはもちろん、向島へきたことも知らなかった。死体が平岩にあることを、告げられたとたん、父親はへたへたと、泥水のなかに、すわりこんでしまった。

「暗いうちに出かけたのかえ、小芳ねえさんは」

　と、常五郎はお品に聞いた。妹芸者は涙のあふれる目を、しばたたいてから、下ぶくれの顔をうなずかせて、

「ええ。あたしも寝ぼけまなこでしたから、よくわからないんですけど、提燈がいるほどじゃあ、なかったようです。でも、出かけたあとで、ざあっと雨の音がしたんで、心配でした」

障子があいて、そのとき、銀八が顔をのぞかせた。

「おかみさん、ちょいと手を貸しちゃあ、くれませんか。和国屋の旦那にいわれて、お君という子に、着るものを調達したんだが、わるく遠慮をしてね。お前さんがいい聞かせて、着せてやってくれないか」

「あいよ。いいともさ」

舟宿のおかみが、気軽に立ちあがって、出ていこうとすると、店のあるじが廊下を急いできて、

「笹屋さん、ちょっと見てくれないか。お品ちゃんも、見ておくれ。この帯だ。小芳さんのものじゃあないかえ」

さしだしたのは、腹あわせの帯だった。ずっぷり濡れて、平岩のあるじの両手の上で、それは大蛇の死骸《しがい》のようだった。おかみは首をかしげたが、お品は目をまるくして、

「ねえさんが、ふだんにしめている帯です、それは――けさ、しめていたかどうか、あたし、半分ねていたし、暗かったから、わかりませんけれど」

「どこにありましたえ、こいつは」

下駄常が聞くと、主人は帯を持ちあつかいながら、

『店のものが、使いのかえりに、いましがた、見つけたんです。三囲さまとのあいだの畑に、落ちていたそうでしてね。水がひいてきたので、見えたんでしょう。道からすぐのところに、うねっていて、提燈のあかりで、すぐに目についたようです。蟒蛇《うわばみ》かと思って、びっくりしたそうですが……』

「そうすると、着ていたものも、そのへんにあるかも知れませんね」

と、桜川銀八が口をだした。平岩のあるじはうなずいて、

「店のものにいいつけて、もっと探させましょう」

と、廊下をもどっていった。笹屋のおかみも、お君のところにいったあと、和国屋藤左衛門は、深ぶかと息をついて、

「小芳はやっぱり、請地へいくとちゅう、殺されたようだねえ。牛の御前さまの林のなかへでも、ひきずりこまれたのだろうか。かわいそうに」

「追剝《おいは》ぎみてえなやつに、やられたんですかね。着ているものを、剝がれたのだから」

と、くやしげに銀八がつぶやいた。下駄常はひとりごとのように、

「それにしちゃあ、髪を切ったのが、わからねえ」

「湯巻《ゆもじ》まで、剝いでいったやつですぜ、親分」

と、新兵衛がいまいましげに、

「かもじ屋に売るつもりで、髪を切ったんじゃあ、ありませんかえ」

「売ろうという、切りかたじゃあねえが……とにかく、刃物を持っていたわけだ。それなのに、殴りころしているのも、わからねえ。ざくりざくり、髪の切れる刃物があるなら、ずぶりとやりそうなものだぜ」

「いやですよ、親分、そんな怖い話」

と、お品が耳をふさいだ。新兵衛は首をふって、

「いやいや、だいじな話だ。下手人をとっつかめえて、つぐないをさせなけりゃあ、腹が癒《い》えねえ」

つぐないというのは、一生、ただ働きをさせて、こきつかうことだろう、といいたげに、銀八は口もとを歪《ゆが》めて、

「刃物でやったのでは、着物に血がつくからじゃあ、ござんせんかね。血で汚れちゃあ、売りものにならねえ」

「殴られた頭からも、血が出ていましたぜ」

「下手人は小芳ねえさんを、知っているやつじゃあ、ごわせんかねえ」

と、松吉が口をだして、

「いきなりうしろから、殴ったのかも知れやせんぜ。刃物をちらつかせて、嚇《おどか》されたくらいで、ふるえあがるような小芳ねえさんじゃあねえ」

「心あたりがあるのかえ、小芳がだれかに、怨まれていたという」

常五郎が聞くと、松吉は手をふって、

「いえ、なんにも、あるわけじゃあ、ござんせんが……」

「とっつぁんは、どうだえ」

「なにも……なにも、ございませんねえ、心あたりというほどのものは」

新兵衛の返事には、奥歯にものの挟まったようなところがあった。なにかを、隠しているのだろう。だが、いまは口をこじあけることは、出来そうもない。

「旦那、通夜なら坊さまが、いりゃあしませんか。お経をあげないと……」

桜川銀八がいうと、和国屋藤左衛門は首をふって、

「水がひいたら、仏は堀へはこんで、新兵衛さんが、ほんとうの通夜をするだろう。今夜は仮通夜だよ。師匠。にぎやかなことが、小芳は好きだった。酒をそなえて、淋しくないようにしてやろうよ。お前さんが、役者の声色で、お経のまねをしておやり。お品は清元《きよもと》でも、歌沢《うたざわ》でも、小芳の好きだったものを、唄っておくれ」

しんみりいわれて、妹芸者は、こくりとうなずいた。そこへ、舟宿のおかみが戻ってきて、

「着物をきせたら、小芳さんそっくりで、泣けましたよ、和国屋の旦那」

と、目がしらを、指でおさえた。それを見たとたん、下駄常は思いだした。けさがた、東橋をわたってきたときに、見たものを思いだしたのだ。女ものの袷《あわせ》が、袖をひろげて、ま

るで土左衛門のように、流れていた。ひょっとすると、あれが、小芳の着ていたものなのかも知れない。

その四

「着ていたものは、長襦袢だけが、見つかりましたよ。道に落ちていたのを、近所のお百姓が、ひろっていたんです。ですから、わっしが流れていたのを見たのが、ほんとうに、小芳の袷だったのかも知れねえ」

と、下駄常はため息をついて、

「こんどはセンセーに、智恵を借りることもねえ。あっさり片がつく、と思ったんですがねえ」

出水の日から、もう五日たっている。向島の水はひいたのに、神田橋本町のなめくじ長屋の露地には、どぶからあふれた泥水が、まだ溜っていて、異臭をはなっていた。神田川からは、柳原堤でまもられているし、大川からは離れている。だから、出水がひかずにいるのではない。江戸でも指折りのこの巣乱《すらむ》では、季節にかかわりなく、雨さえふれば、露地のまんなかのどぶが、あふれるのだ。きょうも朝から、びしょびしょ雨がふっている。

「新兵衛が隠していたことは、わかったのかえ、親分」

と、砂絵のセンセーは、下駄常が持ってきた徳利の酒を、ぐいと呷《あお》った。

「わかりましたよ。和国屋の前なんで、口をにごしていただけでね。あくる日、山谷堀へいったら、ぺらぺら喋りました」

と、下駄常はにやりとして、

「稼ぎ手をなくして、よっぽど悔しかったんでしょう。金をつかって、養女にして、芸をしこんだのだから、もとでが確かに、かかっている。でも、じゅうぶんに稼いだはずだが、まだ足りないんですかねえ。さるお大名の留守居役から、お囲いものにしたい、という話があって、十露盤《そろばん》をはじいていたところらしい。このまま稼がせておいたほうが得か、まとまった金を握ったほうが得か、秤《はかり》にかけていたんでしょう」

「それが、死んでしまったんじゃあ、口惜しかろう」

「ですから、あいつの仕業じゃあねえか、というんです。田町に為吉《ためきち》という、遊び人がいましてね、こいつが、小芳を追いまわしていた。お留守居役に、金でさらわれるくらいなら、いっそ殺して、てめえのものにしよう、と考えたんじゃあねえかと……」

「新兵衛がいうのかえ」

「そうなんで——まんざら、根のねえことでもねえ。為吉てえ野郎は、ひところ小芳と出来た、といいふらして、得意がっていたんです。船頭の松公の話じゃあ、蕎麦屋《そばや》の二階かなんかで、一度ぐれえは、小芳となにかあったかも知れねえ、というんです」

「そんな色っぽやい女なのかえ」

「そうじゃあねえが、一年ばかり前、おやじと喧嘩をして、やけ酒を飲んでいたことがある。そのとき、為吉と間違いがあったんじゃあねえか、というんでさあ。小芳はかたい女だが、猿若町の三味線ひきに、惚れたんです。こりゃあ、真剣なものだったらしいが、新兵衛が気づいて、仲を裂いた」

「それで、やけ酒かえ。つまみ食いなら、目をつぶるが、夫婦になろうなんぞと、思っちゃあいけねえ、とでもいわれたんだろう、おやじに」

「センセー、よっくご存じだ。だが、為吉にいい気になられて、懲《こ》りたらしい。『つまらないことを、いいふらしておくれでないよ』と、奴床《やっこどこ》で為吉をつかまえて、横っつらをひっぱたいたそうで……」

江戸の理髪店《かみゆいどこ》は、暖簾《のれん》の図柄に凝ったもので、福禄寿《ふくろくじゅ》の長い頭に、唐子《からこ》が梯子《はしご》をかけて、髪を剃っている絵とか、達磨《だるま》が鏡を見ている図とか、さまざまに工夫をきそった。浅草の田町には、奴《やっこ》が尻をつきだして、花見の幔幕《まんまく》にもぐりこもうとしている絵を、暖簾にした床屋があって、有名だった。

「その為吉てえのも、思いきりの悪いやつだの。そういう野郎は、女を殺しかねねえ」

「わっしも、そう思ってね、嚇しつけてみたんだが、知らぬ、ぞんぜぬで、埒《らち》があきません」

と、下駄常は顔をしかめて、

「嵐の晩は、花川戸の知りあいのうちで、酒を飲んでいた、というんでさあ、雨かぜの音が耳について、あけがたまで、寝られなかったてえが、手なぐさみを、やっていたのかも知れねえ」

「すると、夜があけてから、寝たんだろうよ。為吉がぬけだしたのを、気づいたものは、いねえのかえ」

「いねえから、苦労をしているんでさあ。二階の窓から、小芳の通るのを見て、追いかけた、ということは、考えられる。ですが、それなら、水が出ている向島までいかねえうちに、東橋の上でも、殺せるでしょう。枕橋から、突きおとしてもいい」

「親分、近ごろは、なかなか頭が働くの」

と、センセーはにやにやして、

「だが、最初から、殺すつもりは、なかったのかも知れねえぜ。どこへ行くのか、聞いたりしているうちに、しつっこい、とかなんとかいわれて、かっとなったんじゃあねえか」

「そりゃあ、まあ、そういうことも、ありましょう」

「首をかしげているよりも、当人に聞いてみるのが、いちばんだぜ。番屋につれていって、ふたっつ、みっつ、ひっぱたきゃあ、口をひらくだろう」

「そうしてみても、いいんだが……」

「親分、なにを気にしている」

「髪の毛でさあ」

「小芳の頭のことかえ」

「ありゃあ、殺してから、切ったものにちげえねえ。女の髪をあんなふうに切るには、両手をつかわなけりゃあならねえ」

「なるほど」

「ですから、生きているうちに切ろうとしたら、小芳はあばれたでしょう」

「気をうしなっているところを、ざくざくやったのかも知れねえぜ」

「どっちにしても、おなじことでさあ。わっしの見るところ、為吉はそれほど、度胸のすわったやつじゃあねえ。かっとして、殺すかも知れねえが、そのあとで髪を切ったり、着物をぬがしたりは、出来そうもねえ。気をうしなったところを、やったとすると、髪を切るか、着物をぬがすのが、精いっぱい。殺すことは、出来なかったでしょうよ」

「親分の気にしていることは、よくわかる。だが、ひとは見かけに、よらねえものだ」

「センセー、そんなことより、考えちゃあ、くれませんかねえ。なぜ髪の毛を切ったのか、どうも、わっしゃあ、腑《ふ》に落ちねえ」

「こっちこそ、腑に落ちねえぜ、親分。縄ばりうちなら、ともかくも、なんでそう、一所懸命になるのだえ」

「縄ばりうちのことじゃあねえが、わっしが通りあわせたのも、縁でござんすから」

「それだけじゃあ、あるめえ。下手人をつきとめると、木場の和国屋から、ご褒美がでるのだろう」

「そんなことは、ありません」

「まあ、いい。小芳の実のおふくろは、もうこの世にいねえのかえ」

「二年まえ、病気で死んだそうです」

「実のおやじも、病気かえ」

「そんなことは、ありません。出水にはあうわ、娘は死ぬわで、あの日は病人でしたがね。その後は、気をとりなおしたと見えて、葬いには出てきましたぜ、山谷堀へ」

「こういう人ころしは、始末にこまるな、親分。雲をつかむようだ。通りすがりのやつが、ふらふらと殺したのかも知れねえだろう」

「ふらふらと殺したやつが、着物を剝ぐ、ということは、あるかも知れねえ。ですが、その上に、髪を切るてえのは、解《げ》せませんや」

「そうでも、なかろう。去年の夏、通りすがりに、女の髪を切るのが、はやったことがある」

「ありゃあ、髪を切るというよりも、髷《まげ》を切ったんでしょう。ざっくり髷を切って、ざんばら髪にして、よろこんでいたんで」

　と、下駄常はくちびるを歪めて、

「いが栗あたま、といってもいいような、ありさまでね、小芳のは」

「いやに髪にこだわるが、着物のほうは、気にならねえのかえ」

「着物は金にする気で、剝いだんでしょう。だが、殴りたおして、剝いだんだから、濡れている。帯から湯巻《ゆもじ》までとなりゃあ、けっこう重い。もう明るくなっていて、抱えてあるくのが、怖くなったかも知れねえ。だから、棄《す》てちまったんでしょう」

「かもじ屋に売るような、切りかたじゃあねえ、といったな」

「ええ、ありゃあ、怨みで切ったんでさあ」

「親分は知らねえのかえ。かもじといっても、長い毛ばかりが、いるわけじゃあねえ。無毛《かわらけ》の女が、下のほうにつけるかもじは、短い毛でつくるんだぜ。夜の花なんぞといってね。だから、かもじ屋は、乱暴に切った毛でも、買ってくれるよ」

「そいつは、気がつかなかった」

「まじない、ということも、ありゃあしねえかえ」

「なんのまじないですえ」

「それぞれに、かける願《がん》は、ちがうのだろうよ。神社の木の枝に、よく髪の毛がむすんである。あの伝さ。少しばかりを、紙につつんで、賽銭箱《さいせんばこ》に入れることもある。なんでも、百軒の神社に髪をささげると、願いがかなうんだそうだ」

「ほんとうですかえ」

「嘘かも知れねえ」

と、センセーは笑って、

「親分があんまり、髪の毛にこだわるから、いってみたまでさ。髪を切ったからって、怨みとは限らねえ。いろいろなことが、あるだろう。ひとつところに、気をとられると、ほかが見えなくなるものだぜ」

「もっと大事なことが、ありますかえ」

「たしかに、髪の毛を切ったことも、大事だろう。だが、着物を剝いだことも、刃物をもっていたのに、殴りころしたことも、死骸を平岩の庭に押しこんだことも、みんな大事なのさ。嵐のあくる朝だった、ということも、わすれちゃあいけねえ」

「そりゃあ、まあ、嵐で水が出なかったら、小芳は向島へは、行かなかったでしょうからねえ」

「そこまで行ってしまうと、底をのぞくことは、できねえぜ。親分、この一件は、あきらめたほうが、よさそうだ」

と、センセーは徳利をころがした。ちょうど、酒がなくなったのだ。下駄常はため息をついて、

「つれねえことはいわねえで、センセー、もうちっと智恵を出しておくんなせえ」

その五

和国屋藤左衛門は、柳橋の料亭、亀清《かめせい》をでると、芸者たちに見おくられて、駕籠《かご》にのった。

木場のうちへ、帰るようにいって、駕籠があがると、酔ったからだを、くつろがせた。太鼓持をつれて、舟で帰ったほうが、退屈しないですむけれど、あまり口をききたくなかった。冷たくなりはじめた川風も、いとわしかった。柳橋をわたった駕籠が、左へまがって、両国橋へかかると、水をかすめて、夜鳥の鳴くのが、わびしく聞えた。藤左衛門は目をとじて、

「神田の岡っ引は、なにもいって来ないが、小芳の一件は、どうなっているんだろう」

と、考えているうちに、うとうとと眠ってしまった。とんと駕籠が地面におりて、はっと目をさました。

「もうついたのかえ、駕籠屋さん」

「まだでございます。猫の死骸が、ほうりだしてありやしてね。つまずくところでげした。すいません」

駕籠はあがって、前よりも急ぎはじめた。いつもの揺れかたでないので、藤左衛門は、垂れをわずかに、あげてみた。先棒の提燈のあかりで、駕籠かきの足もとが、ぼんやり見える。それでも、ひやめし草履《ぞうり》が、目に入った。駕籠かきならば、草鞋《わらじ》をはいている。和国屋は腹に力を入れて、

「お前さんがた、駕籠屋じゃあないね。いったい、なんの真似だえ」

「さすがは、木場の大通人、わかりましたか」

駕籠のわきで、低い声が笑った。

「まさかに駕籠屋さんを、殺《あや》めたんじゃあ、あるまいねえ」

藤左衛門が聞くと、駕籠のわきの声は、すぐに答えて、

「恐入った。まず駕籠かきの心配を、なさるとはね。ご安心なさい。ちょいと、眠ってもらっただけだ。威勢のいい兄いたちだから、気がついても、しばらくは騒げないように、させてもらいましたが……」

「こりゃあ、誘拐《かどわかし》かね。命をねらわれるほど、ひとさまに怨まれている、とは思えない。金はいくらも、持っちゃあいないが、まだ二両や三両は、入っているだろう。これをあげるから、ここでおろしてくれないかえ」

藤左衛門は垂れの隙間から、紙入れをさしだした。毬《まり》にたわむれる親猫、子猫が、縫いつぶしにしてある豪奢《ごうしゃ》なもので、捨売りにしても、一両、二両にはなる。だが、駕籠のそとの声は、

「和国屋の旦那、そいつを出すのは、まだ早い。お話があるだけです。堀の小芳ねえさんが、あんなことになって、旦那はその下手人を、つきとめたがっておいでだろう」

「知っているのかえ、お前さんがたは、下手人を」

「さあ、知っているような、知らないような……」

「でも、話というのは、そのことだろう」

「まあ、あわてずに、ゆっくりすわって、話しましょう。もうじき、つきます」

「どこへ、つれていく気だね」

「深川西町《ふかがわにしまち》、横川すじに近い旗本屋敷です。ずっと空屋敷になっているから、ゆっくり話ができる。黴《かび》くさいところは、ご容赦ください」

やがて、駕籠がおろされて、垂れがあがった。提燈は消してあって、暗いなかに四、五人、ひとが立っている。藤左衛門は手をとられて、玄関の式台にあがった。

「つごうがあって、くらやみ問答になるが、ごめんなさいよ。いちおう座敷は、掃いておいたから、お召しものを汚すことは、ないでしょう」

さっきから、喋っているのは、おなじ落着いた声だった。声のぬしは、うしろから、ついてくる。座敷に入って、襖《ふすま》がしまると、鼻をつままれても、わからないほどの闇。藤左衛門は肩を押えられて、その場にすわった。声のぬしは、前にまわって、

「ふるえておられるようですな」

「こんなところに、つれこまれると、怖くもなりましょう。もともと、それほど度胸のある人間じゃあ、ないのでね」

「こちらにしても、酒でも飲みながら、話したいところだ。ですが、亀清にまかりでても、相手にしてはいただけなかったでしょう」

「とにかく、お話をうかがおうじゃあ、ありませんか」

いくらか、闇に目が馴《な》れてきて、がらんとした広間に、どれも男らしい人影が、遠巻きに

しているのがわかった。前にすわった黒い影は、ゆっくりとうなずいて、

「そのこと、そのこと。さて、和国屋さん、どうお思いですかな。小芳ねえさんは、なぜ裸にむかれていたか。なぜ髪の毛を、切られていたか。なぜ平岩の庭に、仏が投げだされていたか」

「さあ、わたしには、よくわからない。着物は、金にしようとしたんだろうが……」

「平岩の庭に、仏を投げこんだのを、おかしいとは思いませんか」

「おかしいかねえ。道にほうり出しておくよりも、いくらか見つかるのが、遅くなるだろう。それだけ、下手人は遠くまで、逃げられるから」

「ごもっとも。だが、それならば、もうひと踏んばりして、なぜ大川まで、行かなかったんでしょう。大川へ流せば、あの水かさだ。海へまで押しながされて、それっきり、仏は見つからないかも知れない。下手人は、安泰ですよ」

「なにか都合があって、大川へは棄てられなかったんだろう」

「さよう、さよう。都合があったにちがいない。それで、平岩の庭で、間にあわせたんでしょうか」

「そうでしょうよ」

「しかし、平岩へは旦那がよく、小芳ねえさんを、つれていっていたんでしょう。ほかの客にも、呼ばれていたかも知れない」

「そりゃあ、あたり前だよ。小芳を贔屓にしていたのは、わたしだけじゃあないんだ」

「だから、勝次という板前は、仏の顔を見てすぐ、こりゃあ、小芳ねえさんだ、と騒ぎだした。見つけたのが、ほかのものでも、おなじことだったに違いない」

と、前にすわった影は、言葉を切った。藤左衛門は、ちょっと口ごもってから、

「それじゃあ、お前さんは……すぐに身もとがわかるように、平岩の庭に仏をおいた、といいなさるのかえ」

「そうだったら、どうなりますね」

「わからないな、わたしにゃあ」

「裸にむかれたあわれなすがた。おまけに髪の毛まで、切られている。堀で知られた小芳が、かわいそうに……まず、そう思ったから、ふた子の妹がいる、と聞いても、それじゃあ、知らせてやれ、ということになったんでしょう。仏を見ていないで、話だけ聞いたら、どうでしたかな」

「どうといって、別になにも……」

といいかけてから、和国屋は息をのんで、

「まさか、お前さん、殺されたのは、小芳じゃあない、お君のほうだ、というんじゃあ、ないだろうね」

「お君という名前でしたな、妹のほうは」

「ああ、そうだ。そりゃあ、たしかに瓜ふたつだが……」

「話を聞くと、わたしはすぐ、姉が死んだか、妹が死んだか、こりゃあ、わかったものじゃあないな、と思いましたよ」

「そんなばかな――それじゃあ、小芳が妹を殺したってことに、なるじゃあないか。お前さんは、あの子を知らないから、そんなことがいえるんだ」

「そうでしょうか」

「そうだとも。小芳はね、出水があった、と聞いたら、じっとしていられずに、堀のうちをぬけだして、水見舞にいこうとしたほどの親おもい、妹おもいの子だよ。それが、たとえなにがあろうと、ふた子の妹を殺すなんてことが……」

「旦那、わたしがいったのは、姉が死んだか、妹が死んだか、わかったものじゃあない、ということでね。殺された、とはいっていないし、殺した、ともいっていませんよ」

「なんだって？」

と、藤左衛門は口をあいて、言葉をつづけられなくなった。

「わたしは話を聞いただけで、向島へいってみたわけじゃあない。請地へも、いったわけじゃあない。しかし、小芳という芸者の人となりを聞いて、たいがいの見当はついた。間違いということは、百にひとつも、ないはずですよ」

「それじゃあ、小芳はとちゅうで殺されたんじゃあ、ないというのかえ」

「ちゃんと、請地へいったはずです。そうしたら、実の父親が、泥水のなかで、茫然《ぼうぜん》としていたんでしょう。妹は死んでいた。木が倒れて、頭をうったのかも知れない。あるいは、水に足をすくわれて、倒れるはずみに、石にぶつかったか、そこまではわかりません。その有様を目にして、小芳ねえさんは、考えたんでしょうよ」

「新兵衛から、逃げることをかえ。そりゃあ、おかしい。新兵衛はたしかに、欲のふかい男だが、鬼や蛇じゃあないんだ」

「しかし、実の母親は死んでいる。妹がいなくなったら、実父はひとりになるんです。病気にでもなったら、面倒をみるものはいない。おまけに、さる大名家のお留守居役が、囲いものにしたい、といってきて、養父はこころを、動かしている」

「そうだったな。お囲いものになるにしろ、芸者をつづけるにしろ、気ままに親にあいにく、ということは出来なかろう」

と、藤左衛門は腕を組んで、

「わたしに相談してくれたら、なんとか出来たかも知れないが……」

「それだって、縛られることに、変りはないでしょう。ご存じですか。小芳は惚れた男との仲を、養父に裂かれたことがある」

「そりゃあ、初耳だ」

「妹が死んで、実父が茫然としているのを見たときに、ここで大芝居をうてば、親孝行もできるし、自由にひとも好きになれる、と思ったんですよ、小芳は」

「ふた子で、瓜ふたつだから、出来ないことはなかろうが……」

「大芝居をうたなけりゃあ、ならなかったんですのさ、それだから」

と、影は間をおいて、

「妹は芸者島田のゆえるような髪でもないし、からだも畑仕事でかたい。けれども、いっそ髪を切って、裸にして、いかにも派手な殺されように見せかけて、顔見知りのいる場所におけば、と考えたんです」

「なるほど、その大芝居は、うまく行ったわけだが……」

と、和国屋は吐息をもらして、

「お前さん、いったい、なにがいいたいのだね。そいつが、どうもわからない」

「いまのところ、うまく行っていますがね。旦那はどうでも、下手人をつきとめろ、とおっしゃる。白壁町の親分は、お望みをかなえようと、車輪になっていますぜ」

「それを、やめさせろ、というのかえ」

「思ってみておやんなさい。小芳は自分の髪も切って、手足も泥まみれにして、裸どうようの恰好で、平岩にきたそうだ。三味線の撥《ばち》だこを、見とがめられちゃあ、ぶちこわしだと、右手に傷をつけてまで、妹になりすましていた、と聞きましたがね」

「そういやあ、右手に布をまいて、血をにじませていたっけ」

つぶやくように、藤左衛門がいうと、影もしんみりと、

「それだけ、必死になっていたんですな」

「どうすれば、神田の親分に、手をひかせられましょう」

「八丁堀のお声がかり、というわけじゃあない。お寺社の仕事だ。堀の小芳が、殺されたんだ。下手人をあげれば、顔がよくなる。そう思って、自分から首をつっこんだんですぜ、あの親分は」

「そりゃあ、そうでしょうが……」

「そこへ持ってきて、木場の和国屋さんが熱心だ。下手人をあげれば、ご祝儀にもありつける。そう踏んで、車輪になっているんでさあ、あの親分は」

「すると、金を握らせれば、手をひいてくれましょうか」

「田町の為吉という、遊び人に目をつけたものの、手証がなくて、弱っている。これ幸いと、手をひくでしょうよ。面目はつぶれても、縄ばりうちのことじゃあなし、それほど気にはしませんさ。あの親分、つらの皮は千枚ばりでね」

と、低い声で、影は笑った。

「そりゃあ、わかりましたが、わからないことがありますよ」

と、藤左衛門も低く笑って、

「お前さんがたは、なんですね。どうして、小芳に肩入れをなさる」

「それがどうも、おれたちにもよくわからねえ。おやじと娘が、たぶん筵にでもつつんで、引きずっていったんだろう。身内の死骸を、泥水に脛までつかって、平岩へはこんでいくさまを思ったら、助太刀をしたくなったやつさね」

「わかりました。深いことは、聞かずにおきましょう。それじゃあ、これで帰っても、ようございますか」

藤左衛門が立とうとすると、影も腰を浮かして、

「はい、さようならでは、仏つくって、魂いれずだ。木場まで、駕籠で送りますよ」

「そりゃあ、どうも……しかし、さっきの駕籠のかきようは、ちと乱暴でした。あの調子で、木場までいって、尻をすりむいたんじゃあ、かないません」

「ありゃあ、急いでいたからだ。こんどは大丈夫」

影は立ちあがって、襖をひらいた。玄関まで出ると、駕籠はさっきのまんま、おいてあった。和国屋がのりこんで、男のひとりが、垂れをおろすと、提燈に灯を入れるのだろう。火うち鎌の音が、かちかちっと聞えた。駕籠があがったとたん、さっきから喋りつづけた男の声が、

「てめえたち、大事なお客だ。気をつけて、お送りするんだぞ。和国屋の旦那、えりぬきの裸虫が、おともいたします。お酒手をよろしく」

芝居がかった口調に、藤左衛門は苦笑しながら、調子をあわせて、

「はいはい、心得ておりますよ。それでは、おやすみ」

雲が厚く空をおおって、暗い晩秋の夜のなかに、提燈の灯が、人魂《ひとだま》みたいに揺れた。アラクマとカッパのかついだ駕籠が、門を出ていくと、オヤマ、ガンニン、テンノー三人が、すこし遅れて、ついていった。センセーはマメゾーをふりかえって、

「あとを頼むぜ」

砂絵かきが外へでると、マメゾーは扉をしめて、貫木《かんぬき》をさす音を、なかで聞かした。ほとんど間をおかずに、小がらな影が、雑草のはえた門の屋根から、飛びおりてきた。

「急ぎましょう。センセー。駕籠かきの見張りに残されて、ユータがぼやいているにちげえねえ」

ふたりの駕籠かきは、手足をしばって、猿ぐつわをかけて、五間堀の小舟のなかに、おいてきた。それを、ユータが見張っているのだった。

「あれで、和国屋はおさまるでしょうが、下駄常はひっこみますかね、センセー」

武家屋敷のならんだ道を、さっさと歩きながら、マメゾーが眉をしかめた。センセーはにやにやして、

「そんなことより、和国屋がいくら酒手をよこすか、おれはそっちが気になるぜ」

第七席●雪達磨おとし

その一

「見てやっておくんねえ、センセー。ひでえことをするじゃあ、ありませんか」

大道曲芸師のマメゾーが指さしたのは、初音《はつね》の馬場の片すみに、つくりあげられた雪達磨《ゆきだるま》だ。それを見あげて、五つ六つの男の子が泣いている。雪達磨の首が落ちて、大きな胴体だけになっていた。おまけに、その首が血を流しているのだった。

「糊紅《のりべに》だろうが、こりゃあ、手がこみすぎている。子どものいたずらじゃあ、なさそうだの」

と、砂絵師はうなずいて、足もとに手をのばした。雪達磨の胴のすそに、首は炭団《たどん》の目をむいて、ころがっている。切口にあたるところに、ねっとりと赤いものが、なすりつけてあった。芝居の殺し場につかう血で、食紅を糊で溶いたものだ。達磨の首は、炭団の目の上に、切炭《きりずみ》の眉を逆立てて、おなじ切炭の口を、への字にむすんでいる。しかも、門松《かどまつ》の小枝を髭にして、威張りかえっているのだから、いっそう不気味だった。

「子どものいたずらでねえとすると、なんのつもりでしょうね、いったい」

マメゾーが眉をひそめると、首の下の雪にまで、にじんだ糊紅を、センセーは指でなぜてみながら、

「もう凍りついて、手にはつかねえ。夜のあけがたにやったらしいが、まったく、なんのつもりかの」

小春日和《びより》がつづいて、おだやかな年の暮れだと思ったら、正月そうそう大雪で、江戸の街が、まっ白になった。あちこちに雪達磨ができて、現在の千代田区東神田二丁目、馬喰町の初音の馬場には、大小、六つ七つもできていた。なかでも大きく、馬場の柵ぎわに、そっくりかえった達磨が、首を落されていたのだった。

「やいやい、餓鬼《がき》を泣かして、なんてえことをしやがるんでえ」

と、袖をまくりあげて、走ってきた男が、マメゾーにくってかかった。

「この雪達磨はな。餓鬼を手つだって、おれたちがつくったものだ。それを承知で、こんないたずらをしやがったか」

もうひとり、職人ふうの男が、駈けよってきた。どちらも、手さきが、藍《あい》いろに染っている。紺屋《こうや》の職人にちがいない。初音の馬場といっても、江戸も末のころには、おもに紺屋の干し場につかわれていた。

「てめえ、広小路の豆蔵だな。雪で稼ぎに出られねえから、達磨に八つあたりかえ」

あとからきた職人は、マメゾーの顔を、見知っていた。両国広小路の曲芸師は、苦笑しながら、

「早合点をしちゃあ、困ります。この子に、聞いておくんなさい。わっちじゃあござんせん

ぜ、首を落したのは」

「わたしでもないよ」

と、センセーも笑って、

「よく見てくれ。こりゃあ、鉈《なた》か斧《おの》で切りおとして、糊紅をなすりつけたものだ。わたしたちは刃物も、紅の壺も持っちゃあいねえ」

「そういやあそうだが、暗いうちにやって、様子を見にきたのかも知れねえ」

と、最初の男が、袖まくりをした肩を、そびやかした。雀の巣のような頭に、センセーは手をやって、

「そうまで疑われては、恐入るぜ。様子を見るなら、もっと人がたかってから、うしろのほうへやってきて、にやにやしているさ」

「それじゃあ、ここで、なにをしていなさるえ。どこかで見たようなご浪人だが……」

もうひとりの職人が、胡散《うさん》くさげな顔をすると、センセーは古袷の両袖をひろげて、

「安心しねえ。この通り、人きり庖丁はとうに売って、飲んでしまった。そこの橋本町の長屋にいる砂絵かきですよ」

「見たようなはずだ。八辻ガ原の先生か」

「雪のあとで、商売はできないから、朝寝をきめこんでいるところを、このマメゾーに起されての。雪達磨の斬首とは、前代未聞だから、見にきたのだが、お前がた、いつこれをつく

りなすったえ」

「きのうの午前《ひるまえ》、子どもたちがつくっているのを見て、手つだってやったんでさあ。あっしらも、この天気で、染物がほせねえ。きのうは、遊んでおりましたんでね」

馬場の外には、火の見櫓《やぐら》がそびえている。屋根の片はしに、ぶらさがっている半鐘も、寒さにちぢみあがっているようだった。その上にきょうも、雪もよいの空が暗くのしかかって、正月だというのに、やっこ凧《だこ》ひとつ、あがっていない。

「この大雪で、稼ぎに出られねえものは、大勢いる」

と、センセーは腕を組んで、

「雪達磨に八つあたりをするやつが、いねえとはかぎらねえ。だが、こいつは手間をかけすぎて、もっと根が深そうだ。お前がたに、なにか心あたりはねえかえ」

「ありませんねえ。あっしら、怨《うら》みをうけるおぼえはねえし……」

と、紺屋職人のひとりが、首をかしげたところへ、

「いた、いた。センセー、おかしなことがありやして……」

からっ脛を雪にうずめて、よたよたと走ってきたのは、いがぐり頭に、古綿入れの裾をはしょった願人坊主だ。

「どうした、ガンニン」

センセーがふりかえると、ガンニンは小さな目をむいて、

「これ、これ、これ……」

歯のかけた口を、ぱくぱくさせながら、雪達磨の首を指さした。センセーは眉に皺をよせて、

「これが、どうした、ガンニン」

「これ、これ、これ、これだよ、センセー。長屋へいったら、マメゾーが馬場へ、センセーをつれていったてえから……」

「そんなことは、どうでもいい。おめえ、どこかで、これとおなじものを、見たんじゃあねえか、ガンニン」

「へえ、へえ、へえ、そうなんで、そうなんで、首をすっぱり落されて、血を流していやがるんでさあ」

「落着け、ガンニン」

「落着いていたんですよ。変っているから、センセーに見せよう、と思って、飛んできたんだが、こいつで、おいら、びっくりしちまった」

と、願人坊主は肩を落して、足もとを指さした。松葉の髭を逆立てて、雪達磨の首は、炭団のまるい目で、一同をにらんでいる。

「無理もねえが、ガンニン、もうひとつの首きられた達磨は、どこにあるんだえ」

マメゾーが背なかをたたくと、ガンニンはあわてて、

「薬研堀《やげんぼり》の明石屋《あかしや》の横丁よ」

「行ってみやしょうか、センセー」

マメゾーが聞くと、大道絵師はうなずいてから、紺屋の職人たちにむかって、

「達磨の首を、すげなおしてやってくれねえか。このままじゃあ、子どもたちが、おさまるめえ」

泣きやんで、おとなたちを見あげている子どもの頭を、軽くたたいてから、センセーは歩きだした。岩本町から、両国橋へ通じる大通りは、雪がかいてあって、道ばたに積みあげてある。商家のわきには、雪達磨もできていた。どの家の屋根も、白く雪をかぶって、重たげだった。大きな荷物をかついだり、風呂敷づつみをかかえた男たちが、足駄をはいて、忙しげに往来している。

「明石屋てえのは、呉服屋だったなあ」

両国の大通りを横ぎってから、センセーが聞くと、マメゾーはうなずいて、

「そうですよ。角店《かどみせ》の大身代《おおしんだい》で、矢之倉《やのくら》小町といわれる娘がいる」

「その娘が、怯《おび》えているんだ。なんとかしてやって、おくんなせえ。さあ、急いで……」

と、ガンニンが足を早める。美しい娘のこととなると、この男、やたらに力瘤《ちからこぶ》を入れるのだ。両国の大川ぞいに、むかしは米蔵がならんでいて、舟を入れるための堀があった。いまは埋立てられて、わずかに残っている。それが、薬研堀だ。米蔵のあとは、町屋になって、米沢町《よねざわちょう》一丁目、二丁目、三丁目。俗に矢之倉とも、呼ばれている。有名な淫薬性具の店で、

川柳のたねになった四つ目屋は、米沢二丁目にある。だが、ほかにも、薬の大木五臓圓《おおきごぞうえん》や芭蕉膏《ばしょうこう》、接骨の名倉《なぐら》、食べものでは蕎麦の加賀屋、外郎《ういろう》の虎屋と、名の知れた店があって、呉服の明石屋もそのひとつ、米沢町三丁目の角にあった。

「なるほど、女こどもは怯えるな、これじゃあ」

と、センセーは顔をしかめた。土蔵づくりの角店から、薬研堀ぞいに板塀がつづいて、そこに大きな雪達磨がある。これも、首を落されていて、切口は赤く塗られていた。それだけではない。胸から腹へも、ひとすじ、ふたすじ、糊紅がなすりつけてある。首を切られても、死にきれずに、胴から血を噴きあげて、達磨が苦しんだかのようだ。

「こうなると、いやがらせですね。おもしろ半分のいたずらたあ、思えねえ」

と、マメゾーが、舌うちをした。

「そうだとすると、馬場の達磨も、いやがらせてえことになる。やったやつは、おなじだろう」

センセーが首をかしげると、うしろから、声がかかって、

「ほかにも、こんな達磨があるんですかえ」

ふりかえると、神田白壁町の岡っ引、下駄常が立っていた。いつもは頭をさげて、センセーに智恵を借りているのだが、いまはまわりに、やじ馬がいる。

「御用で、聞くんだ。知っていることがあるなら、話しておくんなせえ」

と、そっくりかえって、問いかけた。

その二

初音の馬場にちかい神田の橋本町は、芝の新網《しんあみ》、下谷の山崎町、四谷の鮫《さめ》ガ橋《はし》とならんで、江戸で知られた巣乱《すらむ》だった。その橋本町のなめくじ長屋に、熊や河童《かっぱ》、亡者のかっこうをした物貰い、願人坊主、砂絵かき、野天芝居の女形、こじき神官、大道曲芸師なんぞが、住んでいる。いずれも、戸外でかせぐ連中だ。たとえばセンセーは、いまの万世橋あたり、筋違御門うちの八辻ガ原の片すみで、砂絵をかいている。水をうった地面を、書場簾《かんばす》がわりに、色さまざまの砂を右手に握って、指のあいだから、あるいは太く、あるいは細く振りおとし、文字でも絵でも、自在にかいてみせる。前においた盆に、見物料を投げてもらって、暮しを立てているのだが、お天気がよくなければ、砂絵はかけない。ほかのものも同様だから、晴れたり、曇ったりした日には、長屋にはだれもいない。けれども、雨、雪、みぞれの日となると、大の男がごろごろのたのた、身を持てあましている。そのさまが似ている、というので、人がいつしか呼びならわして、なめくじ長屋。

「明石屋の娘のおゆうというのが、達磨の首の落ちたのに、ひどく怯えるので、あるじが下駄常を呼んだ。おかげで、この一件、金になりそうだ」

と、センセーは笑いながら、みんなの顔を見まわした。まだ午《ひる》をすぎたばかりだが、なめくじ連、貧乏徳利をまわして、酒を飲んでいる。下駄新道の御用聞が、わかれぎわに、センセーの袂に入れた金で、買ったものだ。センセーは浪人らしいが、刀は大小とも、持っていない。ほんとうの名も、生国もわからない。ないないづくしだが、智恵だけは、ありあまるほど持っている。ひと来たって、酒や金をさしだすときには、出しおしみをしない。マメゾーやカッパ、ユータたちを駈けまわらせて、材料をあつめると、たちまち推理の冴えを見せる。この探偵しごとが、なめくじ連中の有配当《あるばいと》なのだった。

「おゆうさんは、おめえたちも知っているだろう。矢之倉小町だ」

と、願人坊主のガンニンが、身をのりだして、

「雪達磨の首が落ちたのは、ひとの首の落ちる前知らせじゃあないか、といって、怯えているそうだ。下駄常にたのまれなくても、おいらは、あの娘をまもってやる」

「あの美しい首が落ちちゃあ、てえへんだ。今夜から、おいら、明石屋の縁の下にもぐりこんで、見張ってくれべえ」

と、力んでみせたのは、アラクマだった。年じゅう裸で、下帯ひとつのからだに、鍋墨をぬりたくって、四つん匍い。

「丹波の山奥でとれましたる荒熊でございい。ひとつ、鳴いてお目にかけます。とぅるるるるるる」

奇声を発して、一文二文をもらってあるく物貰いだ。こちらも裸に鍋墨をぬって、なま芋や胡瓜をかじりながら、

「わたしゃ、葛西の源兵衛堀、河童のせがれでございます。けけけのけ」

踊ってあるくカッパが、口をだした。

「アラクマ、おめえが縁の下にいたら、怪しいものは近づかねえだろうよ。だが、おゆうさんが怯えることには、変りはねえぜ。床下に、化物がいるってな」

「ちげえねえ」

と、ガンニンが膝をうったとき、軒のつららに首をすくめながら、マメゾーが入ってきた。

「センセー、ちょいと駈けまわっただけで、ほかにもふたつ、ありましたぜ」

「おお、いやだ。やっぱり、雪達磨の首が、落されていましたかえ」

と、オヤマが身をふるわした。袖は滝水《たきすい》、身ごろは剣菱《けんびし》、酒薦《さかごも》をつづりあわした振袖をきて、麦藁細工のかつら、ひとり芝居を大道で見せる女形だ。もちろん、いまは衣裳はつけていない。片袖のとれた縕袍《どてら》に、縄の帯をしめて、横すわりしている。

「ああ、血糊もたっぷりだ」

と、マメゾーは顔をしかめて、

「ひとつは日本橋村松町、旗本屋敷の門わきの雪達磨。もうひとつは、浜町川を越えた河岸っぷち、富沢町の大達磨です」

「その旗本は、御大身《ごたいしん》かえ」

と、センセーが聞いた。御大身とは、千石以上の旗本のことだ。大道曲芸師は首をふって、

「いいえ、小旗本ですが、まん前の村松町の商家は、大身代ですぜ。味噌醤油の大島屋でさあ」

「浜町河岸のほうは、どうだえ」

「鉄物問屋《かなものどんや》の南部屋の若い者が、こさえた雪達磨です」

「これも、大身代だの。するてえと、初音の馬場は別として、あとの三つは、大あきんどの店のそばか」

「ゆうべから、けさにかけて、順ぐりに首を落していったようで……」

「その三軒の店に、脅迫がましいことは、だれもいってきていねえかえ」

「わっちの聞いたところじゃあ、そんなことはねえようで」

「いずれ、なにかあるだろう。さもねえことにゃあ、わけがわからねえ」

と、センセーは腕を組んで、

「どう思う、マメゾー。こいつは、ひとりでやったことか」

「夜あけ前にやったんでしょうから、ふたりでがしょうねえ」

「どうして、そう思う」

「壺に入れてか、鍋に入れてか、糊紅を持っている。あっしらのように、夜目のきくやつなら、ともかくも、雪あかりだけじゃあ、おぼつかねえ。提燈もいりやしょう。糊紅のいれものは、地べたにおくとしても、提燈を片手に、片手で達磨の首を落すなあ、ちょいと骨ですからね」

「そうさの。馬場の首も、明石屋の首も、手ぎわよく、切ってあった。糊紅も、ところかまわず、塗ったものじゃあねえ。やはり、ふたりがかりか。するてえと、まだほかにも、首の落ちた達磨が、あるかも知れねえ。手わけをして、神田から日本橋、もっと調べてみろ。早いほうがいい」

センセーがいうと、オヤマやアラクマは、さっそくに腰を浮かした。カッパはのみこみ顔で、

「ユータとテンノーも探して、手つだわせやしょう」

「なんだえ。稼ぎにならねえから、帰ってくりゃあ、用が待っていやあがったか」

声がして、灰いろの墓石が、戸口をのぞいた。紙で貼って、泥えのぐを塗った張りぼての石塔で、戒名のかわりに、商売繁昌、と書いてある。それが、ぱたりと前に倒れると、額に三角の紙、汚れた経かたびらのユータが顔をしかめて、

「まったく、うらめしやあだ。近ごろのあきんどは、しゃれがわからねえ。松の内は遠慮して、もういいころと思ったに、『ええ、商売繁昌、大評判、大仕掛の幽霊でござい』といったら、塩をまくやつがいる。凶は吉にかえる、ということを、知らねえらしいや」

紐をひくと、倒れたり、起きたりする張りぼての墓石が、腰にむすびつけてあるのを、はずしながら、ユータは愚痴をいった。

その三

地べたをひきずる薦《こも》の衣裳のオヤマや、裸のアラクマ、カッパとちがって、雪道ものかはと、もうひとり稼業にでていたのが、テンノーだ。亡者の扮装のユータよりも、もっと都合のいいことに、ふだんも足駄をはいている。白の筒袖に白袴、猿田彦の赤い面をかぶって、

「わいわい天王、囃《はや》すがお好き。囃したものには、お札《ふだ》をやろう。それ、まくよ。それそれ、まくよ」

と、うたいながら、紅刷の牛頭《ごず》天王のお札をくばって、銭をもらってあるく、そのテンノーが、夕方、なめくじ長屋にもどってくると、センセーのうちをのぞいて、

「ガンニンに聞いて、気をつけて歩いたが、もうわかっている四つのほかに、首の落ちた達磨は、ないようですな。いましがた、馬場をのぞいてみたら、あすこのは、首をすげなおして、もと通りになっていました」

「ほかのも、もうつくりなおしたろうよ。今夜また、首を落されるかな」

センセーが微笑すると、テンノーは鼻の高い面をとって、あまり代りばえのしない顔を現しながら、

「ところで、下駄常が馬場のそばで、待っていますぜ。ろくに雪のかいてないこの長屋へは、うかつに入ると、どぶに落ちるとでも思ったのか、わたしにことづけをしましてな。センセ

ー、ちょいと出てきておくんなさい、という」

「しょうがねえ。いってやるか。徳利に酒が残っているぜ」

と、センセーは立ちあがった。倒れかかった木戸を出ると、空はいくらか雲が切れて、その裂け目を、夕日が薄紅く、いろどっている。だが、地上にはもう宵闇がせまって、汚れた雪が、灰いろに見えた。一杯のみ屋の障子には、早ばやと灯がともって、瓢箪《ひょうたん》がたのなかに、居酒、と書いた太い文字を、暖かく浮かびあがらせている。現在の国電神田駅あたり、白壁町の下駄新道にすむ常五郎は、羽織の背を寒そうにまるめて、馬場の入口で、待っていた。

「どうしたえ、親分。浮かない顔をしているな。また達磨の首が、落ちたかえ」

センセーが声をかけると、下駄常は飛びあがって、

「もう知っているんですか、センセー。おどろきましたね、たったいまのことなのに」

「おどろいたのは、わたしだよ。ほんとうかえ。どこの達磨だ」

「どこのって、ここのでさあ。見ておくんねえ、センセー」

と、下駄常はせかせか、馬場へ入っていった。センセーがついていくと、けさとおなじ雪達磨が、首を落されている。暗さにつよいセンセーの目には、首に糊紅のついているのが、見てとれた。

「親分、いつ気がついたえ、これに」

「そこでテンノーにあって、ことづてを頼んでから、こっちへ入ってみたんです。まだこい

つを、見ていなかったものでね」

「まだ明るいうちに、やったのか。せっかちなことだの、親分。薬研堀へいってみたほうが、いいかも知れねえな。このぶんじゃあ」

「明石屋の娘が、うるさくてしょうがねえ。こんどは、自分の首がとられるといって、午すぎから、蔵屋敷にとじこもってしまったそうでさあ」

大あきんどの土蔵には、贅沢な座敷が、こしらえてあることが多い。厚い壁にかこまれて、夏はすずしく、冬あたたかい。ひとに見せる部屋ではないから、おごった道具を、おくこともできる。年よりの隠居部屋や、回復期の病人につかわれていた。

「籠城《ろうじよう》とは、いささか大げさだな。まあ、そのほうが、親分のためには、なるだろう」

苦笑しながら、大道絵師が歩きだすと、常五郎はあとを追いながら、

「どうしてですえ、センセー」

「娘が親を困らせれば、困らせるほど、親分への礼がふえるだろう、いたずらものを捕えたときに」

馬場のうしろから出て、旅籠屋《はたごや》のならぶ馬喰町をぬけると、横山町。米沢町一丁目とのあいだの露地は、虎屋横丁と呼ばれている。横山町の角に、菓子の虎屋があって、木彫の虎が、軒看板になっていたからだ。次の二丁目の露地は、角に加賀屋という蕎麦屋があって、加賀屋横丁。四つ目屋はこの横丁のなかにあって、長命丸《ちようめいがん》やら女悦丸《によえつがん》、帆柱丸《ほばしらがん》の強精薬、擬製《はり》

男根《がた》、擬製女陰《あずまがた》、りんの玉なぞの性具を、あきなっていた。四つ目結《ゆ》いという、口を四つ、菱がたにならべた紋じるしの行燈看板をすえて、腰高障子をしめているが、恥ずかしがりの客のために、ひとこま、障子に紙が貼ってない。そこから手をさしこんで、買えるようになっているのだ。加賀屋横丁をすぎて、米沢町三丁目のはずれ、薬研堀にのぞむ角に、明石屋はある。

「ひと目があるせいか、ここはまだだの」

灯のいろの明るい店の角をまがって、薬研堀ぞいに歩きながら、センセーは顎をしゃくった。けさ首を落された雪達磨が、もと通りになって、塀を背に、胸をはっている。堀のおもては暗く、水あかりも見えないが、提燈のあかりは、遠く近くにあって、ひとの往来はまだ激しい。

「するてえと、いたずらものは、馬場の首を落しただけで、巣へもどったんでしょうか」

と、下駄常は腕をこまねいた。センセーが目をあげると、達磨の上の忍びがえしのあいだに、マメゾーの顔がのぞいている。センセーはうなずいてから、岡っ引にむかって、

「大番頭にあって、娘の様子を聞いてみちゃあ、どうだえ、親分」

「そうですねえ。センセーはどうします」

「わたしは、ここで待っているよ。できるだけ、くわしく聞いてくんねえ」

「そうしやしょう」

下駄常が店のほうに戻っていくと、塀のうちから、マメゾーの顔がのぞいて、

「センセー、娘はまだ、蔵屋敷にこもっていますよ。ちょいと聞きたいことがあるんですが……」

いいかけて、マメゾーは庭をかえりみた。松の枝かげに、からだを隠しながら、

「あるじが、下駄常を呼んだようだ。どんな話をするか、縁の下へもぐりこんでみましょうか」

「それもいいが、聞きこんだことてえのは、なんだえ、いってえ」

センセーが眉をあげると、マメゾーは塀のむこうで、

「ちょうど、ユータがきました。あいつに、聞いておくんなせえ」

村松町の武家屋敷のほうから、ゆらゆらと石塔が近づいてくる。ユータはまだ、幽霊のすがたで、うわさをひろい歩いていたのだ。センセーに気づくと、大股によってきて、

「マメゾーから、嚇しのことを聞きましたかえ、センセー」

「おめえに聞けといって、縁の下にもぐったよ。嚇されたのかえ、どこかの店が」

センセーが小声になると、ユータも声をひそめて、

「富沢町の南部屋の小僧から、聞きだしたんでさあ。ひとの首を落されたくなかったら、二十両、雪達磨の上にのせておけ、という文が、店に投げこまれたそうで」

「やはり、そう出たかえ。二十両は、いいところだの。大身代が怯えたら、だす気になる金高だ」

「ところが、南部屋のあるじは、出さねえそうですぜ。道ばたの達磨なら、夜ふけに首も落せよう。だが、家のなかに入りこんで、ひとの首を落すのは、めったに出来ることじゃない。こんな嚇しにのって、金をだしたら、あとでお咎《とが》めをうける、といってね」

「もっともだ。大島屋も、嚇されたのかえ」

「南部屋の小僧は、ほかの店にも、投げ文があったそうだ、というんだが、これがおかしい。村松町の味噌屋で聞くと、小僧や下女は知らねえんで、なんにも」

「あるじと大番頭だけで相談して、うわさにならねえようにしているのかも知れねえ」

「この明石屋でも、さっきマメゾーが、手代の若いのに聞いたんですがね。やはり、なにも知らねえんです」

「下駄常が、あるじの部屋に呼ばれたのは、その話かな。南部屋のいう通り、お上にとどけずに、金をだしたことがわかったら、お咎めをうける。マメゾーをもぐりこませて、よかったぜ」

「お娘《むす》が怯えるから、内証で金をだそう、ということになりますかえ」

「うむ、そうなると、下駄常は、おれたちを追いはらうだろう。きょう一日、おめえたちは、ただ働きになる」

と、センセーは苦笑して、

「コータ、もっと大島屋をさぐってみろ。鉄物問屋と醬油の店じゃあ、つきあいもなさそうだが、嚇されたもの同士。大島屋のあるじは、そっと南部屋に、相談にいったかも知れねえ。そうだとすりゃあ、南部屋の小僧が、知っていたのも、うなずける」

「なるほど、ありそうなこった。じゃあ、さっそく」

と、ユータは立ちさった。やがて、明石屋から出てきた下駄常は、妙にうれしそうな顔つきだった。

「センセー、すまねえ。この一件、思いのほかにあっさりと、埒《らち》があいちまった。いずれ埋めあわせをするから、勘弁してくんねえ」

「いたずらものが、知れたかえ。そいつは、けっこうだ。埋めあわせを、楽しみにしているよ」

センセーがいうと、白壁町の御用聞は、

「楽しみにされても困るが、いまは急いでいる。ごめんねえよ」

と、背をむけた。それを見おくるセンセーの前に、塀の上から、ひらりとマメゾーが飛びおりて、

「下駄常のやつ、明石屋の旦那にいわれて、話をつけにいったんですよ。横山町に佐七《さしち》という、鼈甲細工《べっこうざいく》の職人がいるそうでね。そいつが、ここの娘とおなじ師匠に、常磐津《ときわず》をならっている。ときどき顔があううちに……」

「出来あったかえ。佐七とは、色男らしい名だ。鼈甲細工をするなら、櫛《くし》こうがいをつくるだろう。ここは呉服屋、まんざら縁がなくもねえが、職人じゃあ、親はゆるすめえ」

センセーが眉をひそめると、マメゾーはにやにやして、

「そいつが実は、髪かざりをつくるより、ほかのものをつくる腕で、知られている」

「はてな」

「へっへ、四つ目屋へおさめているんで、品物を——張形《はりがた》でさあ。ありゃあ、ふつう水牛の角でつくるそうだが、極上品は鼈甲だというんです。暖まると、柔かくなって、ことに佐七の作は、なんとも具合がいいそうで」

張形はいまでいう、おとなの玩具《おもちゃ》だ。男根そっくりにつくってあって、空洞になっている。使用するときには、真綿に湯をしみこませ、空洞に入れて、栓をしてから、片足の踵《かかと》に、紐でくくりつける。足をまげて、さしこんで、前後に動かすわけだ。上質のものは、湯のぬくもりで、柔かくなって、本物とかわらないという。

「やれやれ、いくら細工の名人でも、それじゃあ、どうしようもねえ」

センセーが苦笑すると、マメゾーは顔をしかめて、

「仲をさかれて、娘はあきらめたそうですが……」

「そりゃあ、聞きわけのいいことだ。だが、佐七のほうがあきらめねえで、いやがらせをした、と見ているのだな、ここのあるじは」

「そうなんですが、センセー、どう思いますね」

「そいつの仕業とすると、ほかの達磨が、げせねえだろう。ご苦労だが、マメゾー、このま

ま娘を見ていてくれ、また雪になりそうな空あいだが……」

センセーが夜空をあおぐと、マメゾーはにやりと笑って、

「なあに、わっちゃあ、餓鬼のじぶん、吹きっつぁらしの差しかけ小屋で、夜をあかしたことが、いくらもありやす」

その四

母屋《おもや》のあかりが、消えて間もなく、土蔵の戸があいて、ゆうが出てきた。矢之倉小町といわれるだけに、瓜ざね顔が美しい。細長い函を、袂で隠すようにかかえて、母屋のほうを気にしながら、塀に近づいてきた。裏木戸のかんぬきを、かじかむ手で、あけているのを見さだめてから、マメゾーは松の枝を離れた。塀の外へおりると、ちょうど木戸があいて、白い顔がのぞいた。

「佐七さんかえ」

塀ぎわに影になって、マメゾーが黙っていると、娘はうしろ手に木戸をしめて、

「待っていろといわれても、我慢がなりません。佐七さん、このまま、連れてにげてください。これは雪舟《せっしゅう》とやらの掛軸《かけじく》で、うちの宝というから、売れば金になりましょう。むかしの乳母が、成田にいるから、ひとまずそこへ……」

早口にいいかけて、はっとしたように、娘はマメゾーをのぞきこんだ。

「だれ、お前さんは」

マメゾーが口をひらこうとすると、雪達磨のかげから、センセーが出てきた。やぶれかけた番傘を、すこしひらいたなかに、顔を隠して、木戸に歩みよりながら、マメゾーに小声で、

「堀のむこうのふたりをつけろ。こっちへ来ようとして、おれたちに気づいたらしい。あわてて、元柳橋へもどりやがった」

マメゾーはうなずいて、薬研堀のむこうを見た。対岸は武家屋敷だが、雪がちらつきはじめている。塀の白いのが、わずかに見えるばかりだ。けれども、マメゾーは目をこらして、なにかの動きを、見てとったらしい。にやりと笑って、村松町のほうへ足を早めた。センセーは娘にむかって、

「おゆうさん、出やすいように、蔵屋敷へこもって、小僧に文づかいを頼んだらしいが、番頭さんにみつかったよ。佐七さんはこない」

「じゃあ、おっかさんがいったのは、ほんとうのことだったの。あてずっぽうだろう、と思ったのに……」

と、娘はため息をついた。その手から、掛軸の函をとりあげて、

「江戸にある雪舟は、まず偽物だということを、ご存じかえ」

と、センセーは微笑して、

「蔵にしまっておいて、たまに客に見せるぶんにゃあ、宝で通るが、道具屋なんぞには、持

っていかねえほうがいい。これは、わたしから、おとっつぁんに返そう。まだ持っているの。なんだえ、そりゃあ」

とろうとすると、娘は袖でかかえこむ。つぼめた傘を、塀に立てかけて、センセーは袖のかげから、小函をとりあげた。娘は恥ずかしげに、顔を伏せて、

「お前さまは、どこのどなたでございます」

「通りがかりのお切匙屋《せつかいや》さ。娘をひとりで、この雪のなかに、おっぱなすのが、心配で、ねえ」

いいながら、函の蓋をひらくと、ちらつく雪に、根もとに黒く、斑《ふ》の入った黄鼈甲の笥が、かすかに見えた。センセーは函に蓋をしながら、

「あんまり見事で、てめえのものが、恥ずかしくなる。こいつは、返そう。見るのは、はじめてだが、佐七さんはいい仕事をする。けれど、張形の職人じゃあ、おとっつぁんが、承知するはずはない。金にはなるのか知らねえが、そういう仕事はたんとはなかろうから、なかばは好きでやっているのだろう。そこが、むずかしい。お前さんからも、櫛こうがいの細工でもしろ、というがいい」

「そういったら、佐七さんといっしょに、なれますかえ」

「お前さんは、ひとり娘かね」

「妹がございます」

「だったら、話の持っていきようがあるぜ。さばけた親戚のひとりや、ふたりはいるだろう。

妹に聟《むこ》をとって、お前さんが、佐七と添えるよう、頼んでみねえ」

「おとつぁんのことを、野暮で困る、という叔父さんがいます。ばかっ堅くては、呉服あきないはできないって……」

「そいつはいい。しかし、張形つくりをやめさせるのが、先ですよ、おゆうさん。髪かざりと呉服なら、縁があらあ。矢之倉小町が、小間物の店をひらいて、亭主のつくった櫛を売る。評判になって、繁昌するだろう」

「そうなれば、死んでもいい」

「だが、おゆうさん、わたしは佐七にあったこともない。お前さんに、男を見る目があるか、どうかも知らない。佐七が結句《けっく》、ろくでもねえやつであっても、悔やまねえ覚悟があるなら、やってみねえ。勇気をだして、叔父御に相談するんだ」

「わかりました」

「わかったら、蔵屋敷にもどりねえ」

「こんなに親身に話してくれたのは、お前さまがはじめてです。ありがとう」

「早くもどらねえと、風邪をひくぜ。木戸にしっかり、かんぬきをかけるのを、わすれなさんなよ」

「あい」

娘がうなずいて、木戸にひっこむと、センセーは苦笑して、

「うわついてはいねえようだが、まだ子どもだの。掛軸をとりもどさねえとは、ひとを信じすぎるぜ。しかし、こいつがねえと、おとっつぁんに、あした、掛けあうきっかけがつかねえ。勘弁しなよ」

函をかかえて、傘を半びらきにすると、センセーは雪のなかを、村松町のほうへ走りだした。場所と季節を間違えた定九郎《さだくろう》、という恰好で。

その五

「センセー、わっちがいるのに、気づきゃあがって、ここはあきらめましたぜ」

村松町の大島屋の前で、カッパが待っていた。大戸はおろした店のまむこう、武家屋敷の塀ぎわに、ふんぞりかえった雪達磨は、ちゃんと炭団《たどん》の目をむいている。アラクマもそばへよってきて、

「そのかわり、久松町のかどの達磨が、首を落された。どうします、センセー」

「明石屋もあきらめたのだから、あそこでなくてもいい。この大島屋でなくても、いいということだろう」

にやりと笑うと、センセーは掛軸の函を、カッパにわたして、

「おめえはもういい。こいつを長屋へ、持ってかえってくれ。大事なものだ。そのつもりでな」

「がってん」

と、カッパは函をかかえて、もう雪のなかを、走りだした。センセーは、アラクマにむきなおって、

「ほかのものは、どこにいる」

「オヤマとガンニンは、久松町にいます。達磨の首を、なおしにかかっているでしょうよ。やつらが戻りに見たら、びっくりするだろうてえんでね。いけなかったかね」

「いけねえどころか、よく気がついた」

「ユータとテンノーは、富沢町の南部屋を、見はっているはずで」

「よし、行こう」

アラクマをうながして、センセーが足を早めると、足駄で雪を踏みしだく音を、前ぶれにして、テンノーがやってきた。

「南部屋の達磨は、首を落されましたぜ。やってきたふたり、マメゾーのいうには、両国のおででこ芝居の役者だそうで」

「糊紅をつかっているんで、そんなことだろう、と思っていたよ。マメゾーは、そのふたりを、追っているのかえ」

いいながら、久松町のかどへくると、オヤマとガンニンは、せっせと雪の玉をつくっている。

「やたらに紅をつかやあがって、もとの首はつかえねえ」

と、ガンニンは顔をしかめて、

「アラクマ、おめえも手つだいねえ。もとの首は、炭団と切炭をとって、川へ流した。新しいのを、こしらえるんだ」

前は浜町川で、水の上に雪が舞っている。オヤマが紅で染った手を、雪でもみながら、戻ってきた。

「センセー、夜ふけの達磨つくりも、乙《おつ》なものですよ」

「寒いのに、ご苦労だの。テンノーもアラクマも手つだって、ここがすんだら、南部屋のをなおしてくれ。おれはマメゾーを追う」

斜めむこうに、栄橋という橋がある。センセーがそこを渡りかかると、ユータがやってきて、

「間にあいましたね、センセー。あのふたりは、大きな達磨を物色して、河岸っぷちを、元浜町のほうへいきましたぜ。マメゾーがつけていやす」

「そうか。おめえはガンニンたちを手つだって、達磨の首をすげなおしてくれ」

いいすてて、栄橋をわたると、むこう河岸を急ぐ。久松町、富沢町の町名は、いまでも中央区に残っている。浜町という名も、残っているが、その名の川は、とうに埋められてしまった。河岸っぷちの元浜町、通油町《とおりあぶらちょう》といった町は現在、日本橋富沢町、大伝馬町に吸収されている。有名な出版屋、蔦屋《つたや》のある通油町まで、片がわ町の軒下づたいに、センセーがやってくると、天水桶のかげから、マメゾーが立ちあがった。

「この先で、やつら、やってますぜ」

「広小路の役者だそうだの」

「糊紅だくさんの立ちまわりで、売っている一座でさあ。ばくち打ちも同然のやつらで、評判はよくありません」

「おめえは、ここで見ていてくれ」

センセーは傘をひらいて、河岸っぷちへ出ると、ゆっくりと歩きだした。枯れた柳が、川ばたで、細い枝をふるわしている。羽をむしったようだった雪が、花びらほどの大きさになって、川の水に消えていく。首の落ちた大達磨は、葉茶屋の老舗のまえの川べりに、あわれな姿をさらしていた。そこから、立ちさろうとするふたりに、センセーは声をかけた。

「今夜も四つで、おしまいかえ。用意の糊紅が、なくなったか」

ふたりがふりかえって、ひとりがいった。

「なんのことでございましょう。わたくしどもは、怪しいものではございません。両国広小路の小屋がけ芝居の役者でして、金主のところへ、挨拶にいった帰りでございます」

「ふるまい酒に酔って、雪達磨の首を落したのかえ」

センセーは傘をすぼめて、背後の達磨をさししめした。背の高いほうの役者が、そばへよってきて、

「そりゃあ、まあ、酔っているかも知れませんが、この雪だ。ほうっておいても、達磨の目鼻は、見えなくなりましょう。首が落ちたら、つくりなおせばいい。それとも、お咎めをう

けますかえ、雪の達磨でも首を落すと」

「気がるに考えて、ひきうけたな。糊紅をつけたくらいなら、悪いいたずらですむが、嚇しの文を投げこんじゃあ、いけねえよ。金をとらなくても、罪になる」

「なんといったえ。暗くって、よく見えねえが、ご浪人さんらしいね」

「おたがいに、提燈を持っていねえのは、まともな人間でねえからだろう。おまけに、お前たちは、南部屋を嚇して、二十両という金を、とろうとしている」

「嘘をつけ。おれたちは、そんなことはしていねえ」

もうひとりの小柄なほうが、片手にさげた鍋を、雪の地面においた。

「お縄にされてから、白状しても、信じちゃあ、もらえねえぞ」

と、センセーがいいおわらないうちに、ふたりが飛びかかってきた。背の高いほうは、右手に鉈《なた》をにぎっていた。小柄なほうの手には、匕首《あいくち》があるのを、センセーは見てとっていた。役者たちは、はげしくなった雪のなかに、センセーの影をみとめて、襲いかかったのだった。その影がひらり、ひらりと動いたと思うと、つぼめた番傘が、風を起して、左右に流れる。ふたりの男は、刃物をたたき落されて、地面に匍《は》いつくばっていた。

「舞台の立ちまわりとは、だいぶ違うぜ。むだに汗をかくと、あとで風邪をひくよ。吐いちまいな」

と、逆さに持った番傘の柄で、センセーはひとりの肩を、ぐいと突きながら、

「わかっているんだ。ほかの三つは、どこでもいいんだろう。嚇しの文がきたのは、南部屋だけ。小僧までが、それを知っている。南部屋のだれかに、頼まれたにちげえねえ」

「お見それいたしました。勘弁しておくんなさい。この雪で、小屋がけ芝居は、客がこねえ。ただのいたずらだ、といわれたもので、ついひきうけたんでございます」

と、背の高いほうが、音をあげた。

「早くいやあ、つらを雪にうめなくても、すんだのに」

と、センセーはくちびるを歪めて、

「南部屋のだれに頼まれたのだ」

「若旦那でさあ。二分の約束で、きのう、やったんですが、大してきき目がなかったそうで、きょう、また頼まれたんで」

「金はもう、もらったかえ」

「さっき、二日分もらいました。しめて、一両てえわけで」

「ひとり二分は、悪くねえ。だが、脅迫の罪人《とがにん》にされて、一日一分じゃあ、ひきあうめえ」

「まったくで」

と、おしろい焼けした顔をあげて、両国の役者は頭に手をやった。センセーは傘に力をこめて、

「念を押すが、明石屋にも、大島屋にも、嚇しの文を、投げこんだおぼえはねえな」

「ございません」

「すると、南部屋の若旦那が、投げこんだことになるわけだ。二十両もなんでいるのか、知っているかえ」

「存じません。ほんとうに、いたずらの片棒を、かついでいるつもりで……」

背の高いのがいうと、小柄なほうもうなずいて、

「まったく、兄貴のいう通りでさあ。かつぎ屋の大番頭がいて、そいつがうるさくてしょうがない。だから、ちょいと嚇してやりたいんだ、といっていました」

「よかろう。手鍋をさげて、早くいってしまえ。糊紅のついた鍋なんぞ持って、つかまったら、おしめえだぜ」

「見のがしてくださるんで……ありがとうございます」

ふたりは頭をさげて、緑橋のほうへ、走っていった。それを渡れば、馬喰町と横山町のあいだの通りだ。まっすぐ行けば、両国へ出る。ふたりの影が、雪のなかに消えると、センセーは傘をひろげた。マメゾーが近づいてきて、

「センセー、若旦那が黒幕でしたか。南部屋の雪達磨は、どうしますえ」

「首のすげなおしは、取りやめだ」

と、センセーは大股に、富沢町へひっかえしながら、

「また首が落ちていて、南部屋になにが起るか、見てやろう。おれは明石屋のあと始末があ

るから、そいつはお前にまかす」

「若旦那がなんで、二十両の金がいるか、探ってみましょうか。ばくちか、女か、どちらかに、きまっています」

「いまのやつらの話を、うのみにするなよ。若旦那とは、かぎらねえぜ。二番番頭か、三番番頭が、店の金をつかいこんだのかも、知れねえぞ。若旦那のまねぐらい、わけなく出来るだろう」

「どちらにしても、一軒だけじゃあ、怪しまれる、と思って、ほかでも達磨の首を落したんでしょうが、おどろきますぜ。あすの朝、てめえのところだけだ、とわかったら」

「いけねえ。馬場の達磨をわすれていた。みんな、ここをひきあげて、あっちの首をすげなおしてくれ」

と、センセーは鉄物問屋の前の河岸へ、あつまっているユータたちに、声をかけた。

その六

「ご主人、そういうわけで、下駄新道の親分には申しわけないが、佐七は雪達磨の一件とは、なんの関わりもない」

胡散くさげな顔つきで、そばに控えている番頭を無視して、センセーは明石屋のあるじの前に、掛軸の函をさしだした。

「他人のいたずらを、娘御が利用しただけでね。佐七と約束した刻限に、こいつを塀ごしに投げた。わたしがひろって、よかったよ。駈落ちの費用に、売ろうという気で、おゆうさんは持ちだしたのだが、叱るばかりが能ではないぜ、ご主人」

「さようでございましょうか……大事なものを、届けていただいたことには、お礼を申しあげます。ですが、娘のことは、親におまかせくださいまし」

明石屋のあるじが苦笑の顔で、頭をさげると、センセーは眉をあげて、

「礼をいわれたくて、押しかけたんじゃあないんだ、ご主人。お前さんは頭から、張形の細工師ときめこんで、佐七の腕も人がらも、調べていないんじゃあ、ありませんかえ」

「櫛こうがいの仕事なぞ、出来ないから、あんなものをつくっているに、きまっておりますよ。それでなくとも、職人風情を、明石屋の聟にできますものか」

「先先代の明石屋さんは、かつぎ呉服から、このお店を盛りあげたんじゃあ、なかったかな。行商人も職人も、おなじようなものだろう。腕も人がらも、だめだとなったら、娘を叱るもいい。人のいたずらを、利用するほど真剣に、頭を働かしている娘御だ。てっぺんから押しつけると、家をぬけだして、心中するかも知れねえぜ。心中ならまだしも、佐七とあえずに、張形を抱いて、薬研堀に身投げでもしてごらんなさい。娘の話もきき、親戚とも相談してから、とっくり考えなすったほうが、いいでしょうよ。では、ごめん」

と、センセーは立ちあがった。あっけにとられている主人、番頭を尻目に、廊下から店さ

きへ、暖簾をくぐって、おもてに出た。雲間から落ちる日ざしが、雪をきらめかしている通りを、ゆっくり歩きはじめたが、だれも追ってくるものはない。

「こいつは、しまった」

苦笑いをしながら、センセーが薬研堀ぞいに、道をまがると、足早にやってきたのが、マメゾーで、

「センセー、なにを笑っていなさるね」

「職人風情と頭から、明石屋がいうのに、つい言葉をかえしてな。威勢よく座を立ったものだから、礼金にありつきそこねた」

「大丈夫、南部屋のほうで、埋めあわせがつきそうだ。たちの悪い女師匠にくらいつかれて、あすこの若旦那、金が入用なんでさあ」

「あっさりと、若旦那だったかえ、それじゃあ、金を持ちださねえうちに、南部屋にのりこむか。ひょっとすると、女師匠の始末もひきうけることに、なるかも知れねえがの。そのほうが、礼金はふえるだろう」

と、元気づいて、センセーが足を早めるのを、首を落されずにすんだ雪達磨が、大きな目玉で、見おくった。

なめくじ長屋捕物さわぎ

いなずま砂絵

第一席●鶴かめ鶴かめ

その一

日本橋の大通りを、大きな飾りものを押したてて、華やかな行列がすすんでいく。折烏帽子《おりえぼし》に直垂《ひたたれ》の先頭の男は、長い角材をかついでいる。材木のさきには、大きな日の丸の扇子《せんす》を三本、ひろげて、円形にとりつけて、そのまんなかに、まるい鏡が一面、とりつけてある。円形のこの飾りの上に、幣《ぬさ》が三本、角《つの》のように立ててあって、下端には櫛《くし》、髷《まげ》につける手絡《てがら》、髢《かもじ》がつけてある。五色の布が、その下に長くさがっていて、これは昔、建物をたてるとき、女性を人柱《ひとばしら》にしたのを、かたどったものだという。

五色の布をなびかせて、三本扇の円を、高くかかげていく男のうしろには、上下《かみしも》に袴《はかま》の町人ふたりが、鶴と亀との飾りをかついで、したがっている。どちらの飾りも、長い角材で、その根もとには、矢羽《やばね》がついている。先には、円形の上がとがった蕪《かぶ》のかたち——鏑矢《かぶらや》の鳴りかぶらのかたちが、雲形の模様を入れて、とりつけてある。その鳴りかぶらの下端にかさねて、一本には雲にのって、翼《つばさ》をひろげた鶴。もう一本には、波の上で、甲にはえた藻《も》をなびかせた蓑亀《みのがめ》が、手のこんだ細工で、とりつけてあった。

この鶴と亀とは魔よけで、それをかついだふたりのあとに、まだ上下に袴の町人が、いくたりもついていく。これは、棟《むね》あげ式がおわって、大工の棟梁《とうりゅう》を、家まで送っていく儀式——棟梁おくり、と呼ばれるものだった。

『東海道五十三次』で有名な浮世絵師、一立斎広重《いちりゅうさいひろしげ》も、『名所江戸百景』のなかの「大伝馬《おおてんま》町《ちょう》ごふく店」の図に、この棟梁おくりの一行が、通旅籠町《とおりはたごちょう》の角、大丸《だいまる》呉服店の前を、通っていくところをえがいている。

　二月はじめの晴れた日の午後、日本橋の大通りを、京橋のほうへすすむ行列は、飾りものの立派さ、人かずの多さで、大あきんどの家の建前《たてまえ》とわかる。通二丁目の紙問屋、藤倉屋の上棟式《じょうとうしき》がすんだところで、送られてかえる棟梁は、政五郎《まさごろう》といった。大鋸町のはずれの、横丁に住んでいる。大鋸町は、いまの京橋一丁目の一部で、おおがちょうと読む。おがちょうと詰めて、発音するひとも多い。一立斎、安藤広重も、ここに住んでいた。

　大通りから、大鋸町の通りに折れて、まっすぐに行くと、日本橋川と京橋川をつなぐ運河に、つきあたる。楓川《もみじがわ》、あるいは紅葉川と呼ばれていたが、昭和三十年代に埋立てられて、首都高速一号道路になった。いまは、首都高速都心環状線、と呼ばれている。紅葉川の岸は、材木河岸という。もうそこに近い横丁に、政五郎のすまいはあった。家までくると、入口の障子をあけて、棟梁をさきに、一同、木やりを唄いながら、土間に入る。政五郎の家族が、待ちかまえて、酒をだす。扇面と鶴かめの飾りを、土間に立てかけて、棟梁おくりの儀式は、無事におわった。

「ところが、あとが事ありでね。その晩、政五郎が殺されやした」

と、下駄常《げたつね》がいった。現在の国電神田駅あたり、白壁町《しらかべちょう》の下駄新道《げたじんみち》にすむ岡っ引の常五郎《つねごろう》は、郡代屋敷の木戸うちの居酒屋に、腰をおろしている。俗に、大ろじ、と呼ばれているところだ。

「その晩というと、ゆうべのことだの」

と、聞いたのは、なめくじ長屋のセンセーだった。大ろじを出るとすぐ、橋本町で、いまは商業地区の東神田一丁目だが、当時は貧乏長屋がならんでいた。なめくじ長屋も、ご存じの通り、そのひとつ。

「へえ、棟梁は夜になってから、用事を思い出したといって、出かけたんだそうだが、間もなく帰ってきた。それが、ただの帰りようじゃあねえ。血だらけで、土間へころげこんできた、というんでさあ」

下駄常が声をひそめると、砂絵のセンセーはこともなげに、

「それで、おっちんじまったのかえ」

「そうなんですよ。外でだれかに、刺されたらしい」

「そりゃあ、気の毒だが、どうせ、喧嘩《けんか》あげくの刃傷沙汰《にんじょうざた》だろう。親分ひとりで、埒《らち》があくのじゃあねえか。なにも、おれのところへ来るがものは、あるめえに」

と、大道絵師は顔をしかめた。いまの神田須田町の交叉点あたり、筋違御門《すじかいごもん》うちの八辻《やつじ》ガ

原《はら》のすみで、砂絵をかいて見せているセンセーは、ふしぎな推理の才を持っている。白壁町の常五郎にとっては、かけがえのない知恵ぶくろだ。だが、センセーにしてみれば、わずかな酒ぐらいで、そうそう手助けをさせられては、かなわない。

「ところが、ただの喧嘩とは、思えねえんでさあ。うちのものが、物音に出てみると、政五郎は血だらけの手で、魔よけを倒していたてえんです。それも、苦しまぎれじゃあ、ねえらしい。若いものが、抱きおこそうとすると、その手をふりはらいましてね。魔よけの鶴と亀とを、もぎとったんだそうです、政五郎は」

と、下駄常は眉をひそめて、

「天下の一大事みてえに、とめる手をふりきって、鶴をもぎはなし、亀をもぎはなしかけて、息がたえたてえことでね。なにを聞いても、返事もしねえ。いや、口がきけなかったらしいんだ。ものをいうか、手を動かすか、どっちかひとつ、という様子だったそうでさあ。魔よけをこわされて、藤倉屋さんも、気にしましてねえ」

「するてえと、藤倉屋の旦那にたのまれなすったのかえ、親分は」

と、センセーは微笑して、からになった湯呑に、酒をみたした。なかばひらいた障子の外を、初午《はつうま》の太鼓売りが、天秤棒《てんびんぼう》に大小の太鼓をさげて、どんどこ、小さな太鼓をたたきながら、歩いていく。春の午後の日ざしが、大太鼓の胴を光らしていた。

「ええ、まあ、旦那が気にやむのも、無理はねえ。もらい火で店が焼けて、せっかく建前をしたら、棟梁が殺される。踏んだり蹴ったり、というのは、このことでしょう」

と、岡っ引は顔をしかめた。砂絵かきはにやにやしながら、

「そこで、白壁町の親分のもとへ、藤倉屋の番頭が、出かけたというわけか。そりゃあ、無理もねえ、親分が力を入れるのも」

「番頭がきたことは、きましたがね。政五郎とは、顔見知りなんでさあ。ですから、なんとか下手人を、つきとめてやりてえんだが、まだ手がかりがねえ」

「刺された、といったの。どこを刺されたのだえ」

「腹と乳《ち》の下でしてね。切出し小刀で、えぐられたらしい」

「それじゃあ、血みどろのはずだ。このところ、雨はふらねえから、血のあとがたどれたろう。どこで刺されたか、わかるはずだぜ」

「材木河岸で、刺されたにちげえねえ。越中橋《えっちゅうばし》のちかくですがね。やられた場所がわかっても、下手人の手がかりは、なにもねえ」

「そうあっさり、あきらめねえで、探してみねえな。河岸で棟梁を見かけたものが、いねえとは限らねえだろう」

「ぬかりなく、そっちもやっていますがね。下手人がわかっても、鶴かめをこわしたわけが、わからなくちゃあ、藤倉屋は安心しません。えっへっへ、そこがつらいところなんでさあ」

「魔よけがきかなかったんで、腹を立てたんだろう」

「魔よけがきかなかったには、ちげえがねえが、死にかかっていたんです。助けようというものの手まで、ふりきりますかねえ」

「そういやあ、そうだの」

「いやですぜ、センセー。政五郎は苦しくって、口がきけねえ。魔よけをこわして、だれに刺されたのか、みんなに知らせようとしたんじゃあ、ありませんかねえ」

下駄常が目を光らせると、センセーは顔をひきしめて、

「するてえと、下手人は鶴屋の亀吉かな」

「そんなやつが、あの近所にいましたかえ」

「いねえか。それじゃあ、相手はふたりで、大工の鶴松に亀造だろう。いや、芸者の鶴八に、亀次かも知れねえ。それとも、こんな目には、二度とあいたくねえ、鶴かめ鶴かめ、というだけのことかな」

いやなことを聞いたときや、見たときに、昔のひとは、鶴かめ鶴かめ、と口のなかで、となえたものだ。常五郎はため息をついて、

「ちゃかさねえでおくんなせえよ」

「親分は真剣だろうが、思ってもみねえな。『ひとつ長屋の佐次兵衛どん、四国をまわって、猿となる。亀山ちょん兵衛、飛んだり跳ねたりのお化《ばけ》だよ』なんてえ長口上《ながこうじょう》なら、ともかくもさ。鶴屋や亀屋ぐれえのことなら、いえるだろう。建前の飾りものを、こわすほどの力

「があれば」

「そういやあ、そうですがね。相手の名前だけじゃあねえ。もっとたくさん、いいたいことがあったのかも知れねえでしょう」

「だったら、鶴かめをこさえたやつを、調べてみるこった。わかっているのかえ」

「藤倉屋へいきゃあ、すぐわかります。ああいうものも、祭りの行燈《あんどん》とおんなじで、提燈《ちょうちん》屋《や》にあつらえるんでしょう。つくったところがわかったら、なにを聞きゃあいいんで」

「そりゃあ、出たとこ勝負だ。おれがついていこう」

と、酒を飲みほして、センセーは立ちあがった。

その二

日本橋東急は以前、白木屋《しろきや》といって、江戸時代から、現在の場所にある。呉服橋からくる通りは、いまほど広くはなくて、昭和通りを越した左右を、佐内町《さないちょう》といった。昭和通りもむろん狭くて、東中通《ひがしなかどお》り、とそのころは呼ばれている。岡っ引と大道絵師が、佐内町の裏通りに入っていくと、提燈屋があって、小ぶりの行燈がいくつも、店さきに乾してあった。初午の地口《じぐち》行燈に、ちがいない。

「藤倉屋で聞いてきたんだが、建前の魔よけをつくったのは、お前さんだそうだね」

店へ入って、常五郎が声をかけると、高張り提燈を膝に、太い筆で紋を書いていた親方が、顔をあげた。

「こりゃあ、白壁町の親分、大鋸町の棟梁のことで、お調べでございますか」

「うむ、魔よけの鶴かめを書いたのは、お前さんかえ」

「ありゃあ、手がこんでおりますんで、絵師のおひとに頼みましたが……」

「どこのひとだえ」

「ちょうど、いま来ていますよ。地口行燈をせかされているもんで、ここで書いてもらっているんでさあ。ふつうは、書いてもらった絵を、行燈に貼るんですがね。どうぞ、おあがりなすって」

親方がいうと、行燈に地模様を書いていた職人が、立ちあがって、奥の障子をあけた。下駄常とセンセーが入ってみると、八畳の座敷が、行燈で埋っていた。行燈には上のほうに、地模様だけが書いてある。波を逆さにしたような、というか、雲がたれさがったような模様で、甕《かめ》だれ霞《がすみ》という。それが、赤と紫で二段、ざっと刷毛《はけ》でなすってあって、もう乾いていた。

畳のあいているところには、赤い毛氈《もうせん》が敷いてあって、二十五、六の女がその上で、墨と朱と緑の皿をわきに、行燈を前において、絵を書いている。墨の筆で、いま書きおわったのは、大きな口をあいて、だんごを食っている男の絵だった。顔じゅう口のようで、だんごがひとつ残った串のさきが、頬をつらぬいている。次に余白に、

だんご食ふ口に串の槍

と、女は書いた。センセーは微笑して、

「ふむ、『三国一の富士の山』か。ちと苦しいが、絵はおもしろいな。ひと筆がきのような略画なのに、ちゃんと動きがある」

二月最初の午の日に、稲荷のやしろで行われる初午まつりには、こうした漫画の行燈を飾るのが、江戸の習慣だった。稲荷のやしろは、大家《たいけ》の庭や露地のおくにある。だから、塀の外や露地の左右に、いくつも掛けならべるのだ。行燈は縦三十せんちめーとるちょっと、横は二十五せんちめーとるくらい。大きくないから、長屋の稲荷なんぞでは、子どもたちがつくる。初午がちかくなると、荒物屋や駄菓子屋で、地口の漫画を刷った紙を、一枚四文ぐらいで売っているから、それを貼るのだ。けれど、裕福な町内では、ありふれたものを嫌って、提燈屋にあつらえる。

「はて、『夢はさめたが枕はどこぢゃいな』か。『梅は咲いたが桜はまだかいな』だな。こっちのほうが、地口はうまい」

と、もう書きあげてある行燈を、センセーはとりあげた。坊主まくらに腰をかけて、男の子が大あくびをしている絵が、のびのびと書いてある。女は墨の筆をおいて、朱筆をとりあ

げると、だんごを食っている男の口を、薄くいろどりながら、

「ありがとうございます。地口の案じが、なかなかつかなかったものですから、うちでゆっくり、書いていられなくなっちまったんです。こうして書きながら、次の地口を、案じている始末でしてね」

「そりゃあ、つらいな」

「いえ、なまけもので、身からでた錆《さび》なんですよ」

「それをつかって、『荷から出た蛇』というのは、どうだえ」

「いただきましょう。おかたじけ」

「なんの。男のうしろに化物が出て、『胆《きも》の冷えるの御存じないか』というのは、絵がむずかしいな」

「ああ、『芋の煮えたの御存じないか』ですね。それも、いただきます」

「まだあるぜ。『雪見にきたか旦那さま』はどうだ。『一富士二鷹三なすび』さ。『いまの細工をごらうじろ』で、『縞の財布に五十両』は、苦しい上に、絵にしにくいかえ」

「定九郎《さだくろう》の傘の見得《みえ》を書いて、そばに口上役をすわらせれば、なんとかなりましょう」

「武蔵坊《むさしぼう》がなにか食っていて、『弁慶《べんけい》食ふは寒《かん》の煮こごり』『錦鶏鳥《きんけいちょう》は唐《から》のにはとり』てえのも思いついたが、こりゃあ、くだらねえだろう」

「いいえ、いただきます。あたくし、女だてらに、武者絵をかくのが、大好きなんです」

「するてえと、歌川国芳《うたがわくによし》さんのお弟子ででもあるのかえ」

「女の絵師はむりだからと、まだ弟子にはしてもらえません。でも、あきらめずに、玄冶店《げんやだな》にかよっております」

与三郎《よさぶろう》とお富《とみ》の芝居でも有名な玄冶店は、人形町通りの横丁で、浮世絵師の国芳も、そこに住んでいた。センセーはうなずいて、

「お前さんの名は」

「菊《きく》と申します」

「お菊さん、藤倉屋の棟あげにつかった魔よけの鶴と亀は、お前さんが書いたものだそうだの」

「はい」

「仕事の手をとめて、すまねえが、あのことで聞きにきた」

やっとセンセーが本題に入ったので、うしろの下駄常は、ほっと息をついた。お菊は絵筆をおいて、

「どうぞ、お聞きください。その代りといっちゃあ、なんでございますが、あとでもすこし、地口を案じてくださいましな。ご覧の通り、なまけた罰があたって、たんと書かねばなりません」

と、笑った顔がやや長すぎるが、浅黒く鼻すじが通って、美しい。

「いいとも。へたでよけりゃあ、絵も手つだおう」

といった顔を、お菊は切長の目で、じっと見つめて、

「八丁堀の旦那にしては、ちと妙だと思ったら、わかりました。八辻ガ原の砂絵の先生でございますね。なにをお話ししたら、いいのでしょう」

「あの魔よけの鶴かめには、なにか特別のあつらえはなかったかえ。裏に願文《がんもん》を書いてくれとか、小判を封じこめてくれとか、あるいは、さようさ、鶴の羽の数をなん枚にしてくれとか、亀の甲を一カ所、三重にしろとか、どんなことでもいいんだが……」

「ございませんでしたよ、なんにも」

きっぱりと女絵師がいうと、センセーのうしろで、がっかりしたように、岡っ引は舌うちをした。だが、センセーはにこにこして、

「なんにもなしか。お菊さんは、どこにお住いだえ」

「三光新道《さんこうじんみち》の裏店《うらだな》におります」

三光新道というのは、国芳のすむ玄冶店から、北へふたつ目の横丁だ。

「そりゃあ、師匠のうちへも、近くていい。鶴かめは、そこで書いたのかえ」

「やっぱり、ここで書きました。まだ裏うちのしていない紙へ、書いたんですけどね。鳴りかぶらの矢尻が二枚、矢羽が二枚、鶴と亀に雲と波、つごう八枚でございます」

「鶴と雲とは、別べつに書くのかえ」

「建前の飾りを手つだったのは、はじめてですから、どこでもそうなのかどうか、わかりません。藤倉屋さんの魔よけは、鶴かめを裏うちして、竹ひごでまるみをつけて、雲と波にのせたんです」

「そりゃあ、手がこんでいるの。お菊さん、藤倉屋さんのどなたかを、知っていなさるのかえ」

「番頭の利兵衛《りへえ》さんに、ここでお目にかかって、お話をいたしました。紙を買いにいきますから、お店のひとの顔は、ひと通り知っています。旦那にお目にかかったことは、ございませんが……棟梁が亡くなって、建前はどうなるんでしょう」

「どうなるんだえ、親分」

センセーが見かえると、常五郎は顔をしかめて、

「あすこにすぐ、新しい棟梁ができりゃあ、それにまかせるんでしょうが、どうなりますかねえ。ほかの棟梁にまかせるとなると、大きな普請《ふしん》だ。引きうけたがるのは、大勢いるでしょう。ですが、頼みたいような棟梁は、心よく引きうけるかどうか……他人《ひと》の引いた図面で、仕事をするわけですからねえ」

「政五郎には、あとつぎがいねえのかえ」

「子どもはまだ、小せえんです。清七《せいしち》という若いのが、いちばん腕はいいらしい。だが、こいつを棟梁にすると、おさまらねえ兄弟子が、いるてえことでね。なかなか、むずかしいよ

うでさあ」

「お菊さん、政五郎を知っていなさるかえ」

と、センセーが聞いた。女絵師は行燈を前において、蓋のわずかに持ちあがった葛籠《つづら》から、大蛇が首をだしている絵を、さらさらと書きながら、

「あたくしが子どものころ、近所に仕事にきていましたから、知っています。でも、もうわすれているようですよ。いつぞや、和国橋《わこくばし》のところで、すれちがったんですが、知らん顔をしていましたもの。男の子にまじって、仕事の邪魔をしたんですから、おぼえていなくて、あたり前でしょう」

「それじゃあ、わすれられないように、邪魔はこれくらいにして、手つだうか。親分、わたしはここに残るぜ。お菊さん、筆を貸してくんねえ」

センセーはすわりなおして、筆をうけとると、行燈をひきよせた。扉をひらいた土蔵のなかに、大きな独楽《こま》を押しこんでいる絵を、さらさらと書いて、余白に達筆で、
　あいたお倉になぜ独楽つめる
「こんなものでいいかえ。『咲いた桜になぜ駒つなぐ』だ」

「助かります。お礼はあんまり、できませんが……」

お菊がいうと、センセーは朱筆をとって、独楽の胴をいろどりながら、
「なあに、礼なんざあ、いらねえよ。邪魔をした埋めあわせさ」

その三

天秤棒の前後にさげた竹かごに、張りこの面をたくさんかけて、行商人が八辻ガ原を横ぎっていく。天狗やひょっとこ、鬼やおかめもあるけれど、初午をひかえているだけに、狐の面が多い。きょうも空は晴れて、春の日ざしが暖かい。原を通るひとはたくさんいるが、子どもは遊んでいないから、面売りはとっとと、須田町のほうへ曲っていった。なめくじ長屋のセンセーは、いつものように、土手の松の大木の下で、砂絵をかいている。軽く水をうった地面に、右手に握った砂を、指のあいだから振りおとして、絵をかくのだ。黄いろい砂の細い線で、大きな狐をかきあげて、いまはその片手に、赤い宝珠《ほうしゅ》の玉《たま》を、つかませているところだった。

「政五郎には、刃物ざんまいになっても、おかしくねえ相手が、やはりいましたぜ」

うしろで、マメゾーの声がした。両国の広小路で、大道曲芸を見せているマメゾーは、きょうは稼業をやすんで、聞きこみに歩いている。センセーはふりかえりもしないで、
「同業かえ」
「へえ、茅場町の富造《とみぞう》という棟梁でさあ。もとは、きょうだい弟子でね」

「政五郎のほうが、おとうと弟子だろう」

「その通り。藤倉屋の普請は最初《はな》、富造のほうに、話があったらしいんです」

「すると、富造のところに、普請がまわるかも知れねえな。おとうと弟子の図面で、平気で仕事をするやつかえ、富造は」

「どうですかねえ。政五郎の腕を、けなしているそうですが……」

「だったら、棟あげをしねえうちに、殺しそうなものだ。ほかにゃあ、ねえかえ」

「まだまだ、ありやす」

「まだある、まだあるか。とんだ、安達《あだち》の元右衛門《もとえもん》だの」

「政五郎は腕はいいし、人づかいもうまかった。ですが、ちょいとした道楽者だそうで、おかみさんを追いだしたばかりだった、といいます。去年の九月に離縁して、十二月にはもう、『暮れをひかえて、女手がねえと、しまりがつかねえ』とかいってね。若い女を入れている」

「いくつだったのだえ、政五郎は」

「三十九で――後妻《のちぞい》は二十二で、もとは柳橋の芸者だそうです」

「追いだしたかみさんの名は、聞いたかえ」

「鶴にも、亀にも、縁はありません。お俊《しゅん》というんでさあ。後妻になったほうは、おせんといいます」

「お俊のほうが、政五郎をうらんで、刺したんじゃあねえか、というわけかえ」

「そんなかげ口を、きくやつがいるようなんです」

「そんなことじゃあ、藤倉屋に売りこめねえぜ。鶴かめにつながることは、出てこねえかえ。政五郎には子どもがいて、まだ小せえということだが、名はなんという」

「兼松《かねまつ》といって、六つでさあ。二十年ちかくつれそって、なかなか子ができねえ、というのも、離縁の理由でしてね」

「できねえ前ならとにかく、ひとりは出来たんだ。理由にはなるめえ。腕のいい棟梁だから、はたも黙っているんだろうが……」

「やっと出来た子だけに、政五郎、兼松をかわいがっていたそうです。おせんも継母《ままはは》らしくなく、兼松をかわいがっていたてえが、政五郎が死んだとたんに、本性を現したという話で」

「子どもを邪険にしはじめたのかえ」

「寝しょんべんをしたって、叱りつけていたそうですよ」

「それだけじゃあ、本性を現した、とはいえねえだろうぜ。六つになっても、寝しょんべんをする子はいるが、笑ってすます親はあるめえ」

　黒い砂をちょいとつまんで、狐に目を入れながら、センセーがいうと、マメゾーは小鬢《こびん》をかいて、

「そういやあ、そうですね。どのみち、これじゃあ、金になりそうもねえ。もっと探ってみやす」

下駄常はうまくごまかして、事件解決の礼金を、じかに藤倉屋から、いただこうというのが、なめくじ連の考えなのだ。

「きのうのきょうだ。おめえだから、それだけわかったんだろう。あせることはねえ」

と、センセーはいったが、返事はない。ふりかえると、もうマメゾーのすがたはなかった。センセーはにやりとして、わきにおいた貧乏徳利に、手をのばした。酒をあおってから、砂絵のしあげにかかると、見物が立ちどまった。

「どうだな、見料《けんりょう》をはずめば、なんでも好みのものを、かいてご覧に入れるよ」

一時間ばかりして、見物がとだえたところへ、牛頭天王《ごずてんのう》のお札くばりが、やってきた。かぶっていた天狗の面をとると、土手の草に腰をおろして、

「センセー、藤倉屋の旦那は、大したかつぎ屋らしい。家を建てるよりさきに、庭のお稲荷さんを、再建したというくらいでの」

「いまはどこに、住んでいるんだえ、テンノー、あの一家は」

「奉公人は家作の長屋にすまわせて、家族は土蔵で暮しているよ。差しかけ小屋のような仮《かり》店《みせ》を、倉の前につくって、稼業はそこでやっている。土蔵は三戸前《みとまえ》あって、目ぬりが行きとどいたものだから、いずれも焼けのこった。わしらなら、それで御《おん》の字だが、あるじの多左《たざ》

衛門《えもん》は、政五郎が魔よけをこわして死んだことを、ひどく気にしているそうでな、センセー」

と、テンノーは眉をひそめて、

「しかし、棟梁ころしと藤倉屋とは、なんの関わりも、なさそうですよ。ここへ来るとちゅう、今川橋でカッパとガンニンにあったんだが、ふたりもそういっていました」

「それならそれで、関わりはないと、納得させてやりゃあ、いいわけだが……」

「なんの役にも立たないかも知れないが、利兵衛という番頭がいる。これが政五郎と、それから、魔よけをつくった提燈屋の亭主、徳次郎《とくじろう》という、このふたりと幼な馴染《なじみ》だそうです。紅葉川の河岸っぷちで、竿をふりまわして、赤とんぼや蝙蝠《こうもり》を、追いかけまわした仲らしいて」

「それで、魔よけをあつらえるのに、徳次郎の店をえらんだのか。提燈屋のことは、カッパに頼んでおいたが、なにかわかったかな」

「聞いてきましたよ。徳次郎は腕のいい提燈屋で、店も繁盛している。ですが、去年の夏のはやり病いで、おかみさんに死なれて、以来、深酒をしているということでの。幼な馴染の腕のいい職人が、ふたりとも、おなじころに、妻女をうしなうとは、なにかの因縁でもあろうか。まあ、生きわかれ、死にわかれの違いは、あるにしてもです」

もっともらしくいうと、テンノーは立ちあがって、

「もっとなにか、探ることがありますかえ、センセー」

「政五郎に離縁されたお俊という女、いまはどうしているか、調べてみてくれ。行きがけに、ひと口やっていかねえか」

センセーが徳利に手をのばすと、テンノーは首をふって、

「我慢しましょう。下駄常がせかせか、やってくる。おんぼろ袴をはいていても、神官は神官。徳利の口のみをしているところを、岡っ引に見せては、まずいて」

天狗の面をかぶって、足駄《あしだ》をからから鳴らしながら、

「わいわい天王、囃《はや》すがお好き。囃したものには、お札をとらしょ」

と、唄うような声をあげあげ、テンノーは立ちさった。そのあとへ、やってきたのが、白壁町の常五郎。

「センセー、おかしなことになりやした。政五郎の弟子に、清七てえのがいるんだが、こいつが土地の御用聞に、あげられたんです。政五郎ころしの下手人として……」

「若いが、腕はいいそうだの、清七は」

「知っているとは、おどろいた。おぼえはねえ、と清七はいっているが、見ていたものがいる」

「清七が政五郎を、刺すところをかえ」

と、砂絵師は眉をあげた。下駄常は顔をしかめて、

「たしかに見たてえんだから、かなわねえ。下手人がだれで、だれがお縄にしようが、かま

いませんがね。清七じゃあ、鶴かめをこわした仔細《しさい》が、わからねえ。困るんですよ、それじゃあ」

「見ていたもの、というのは、やはり政五郎の弟子じゃあねえか」

「そうですが……」

「あに弟子だろう、清七の」

「そうです。そうです」

「だったら、十のうち九まで、清七は下手人じゃあねえ」

「しかし、あに弟子は越中橋のそばで、棟梁と清七が話をしているのを、たしかに見た、というんでさあ。なにを話しているのか、耳に入るほど、近くにはよらなかった。なぜかてえと、ふたりの様子が、どうもおかしい。いいあらそいをしているようだった、というんです」

「刺したところも、見ているのかえ」

「そりゃあ、見ていねえんだが、清七の申したても、あいまいでしてね。棟あげの酒に酔ったから、長屋へもどって、寝てしまった、といっているそうです。でも、隣りの左官屋の話じゃあ、四つ(午後十時)前に、炭を借りにいったら、清七はいなかった、といっている」

と、常五郎はため息をついた。

その四

なか一日おいて、次の日の午後、なめくじ長屋のセンセーは、人形町の通りを歩いていた。箱崎にむかっていくと、長谷川町《はせがわちょう》と新和泉町《しんいずみちょう》とのあいだの横丁から、太鼓の音が聞えた。いまでいえば、中央区日本橋人形町二丁目六番あたりだろう。横丁のとちゅうに、三光稲荷という、稲荷がある。それで、三光新道と呼ばれているのだった。長谷川町の角をまがると、男の子ふたりが、棒をかついで、まんなかにつるした太鼓を、別の男の子がたたきながら、近づいてきた。三人とも、狐の面をかぶっている。道ばたには、花笠をのせた棒を立てて、地口行燈が、掛けならべてあった。

「いろは派手だが、案じも絵も、おれよりまずいな」

と、ひとりごとをいいながら、赤い鳥居の前を通りすぎて、飴屋《あめや》の屋台に立っていた女の子に、センセーは声をかけた。

「このへんの露地のなかに、絵をかく女のひとがいるはずだが、知っているかえ」

「ああ。そこの三軒目さ」

指さされた露地を入ると、裏店とはいっても、小ぎれいな格子づくりの二階屋が、ならんでいた。三軒目をたずねると、お菊がでてきて、

「おや、砂絵の先生じゃございませんか。このあいだは、ありがとうございました」

「こりゃあ、悪いところへ来たようだの」

「あら、どうしてでしょう」

「出かけるんじゃあ、ないのかえ」

「大した用じゃあ、ないんです。ここのじゃなくても、地口行燈で、お宝をいただいて、申しわけないんですが、きょうは一日、どんどこ、どんどこ、うるさいでしょう。逃げだそうか、と思っただけですから、どうぞ、おあがりくださいまし」

通された六畳には、長火鉢の猫板《ねこいた》の上に、銚子がおいてあった。長火鉢のはしには、小引出しが重なっていて、火鉢のへりより、その上部はすこし、低くなっている。熱いものをおいてもいいように、その高低の差の厚みの長方形の板を、一枚のせておく。それが、猫板と呼ばれていた。

「お菊さん、いい顔いろをしている、と思ったら、一杯やっていたのかえ」

「相手ほしやで、いたんですよ。先生、つきあっていただけませんか」

「こいつは、悪いところじゃなくて、いいところへ来たようだな、わたしにとっちゃあ」

長火鉢の前に、センセーがすわると、お菊は銚子を手にして、六畳を出ていきながら、

「すぐしたくをします。なんにもありませんが、勘弁しておくんなさいよ」

「塩をつまんでも、味噌をなめても、五合くれえは、片づけるやつさ。心配してくんなさるな」

といいながら、センセーは室内を見まわした。壁には柱絵や三味線がかかっていて、神棚

には御神燈がともっている。国芳の猫の絵を貼った小屏風《こびょうぶ》のかげから、大きな白猫が、のっそりと出てきた。国芳の猫に、魂が入って、屏風をぬけでたみたいだった。猫は様子を見るように、しばらく隅をつたい歩いてから、センセーに近づいてきた。そこへ、お菊がもどってきて、鉄の銚子を、長火鉢の五徳《ごとく》にかけながら、

「玉、二階へいってらっしゃい」

叱っておいて、勝手にいくと、こんどは盆を持ってきて、センセーの膝もとにおいた。盆の上には、染めつけの小鉢が、佃煮や煮豆を入れて、ならんでいる。大きめの猪口《ちょく》と、箸《はし》もあった。

「肴《さかな》はお粗末ですけど、お酒はいいのを、貰ったばかりなんですよ、藤倉屋さんから」

と、お菊は銚子を持ちあげて、炭をつぎたした。センセーはにこにこして、

「そいつは、燗《かん》のつくのが、待ちきれねえ。安酒ばかり飲んでいるんでの。この佃煮も、うまそうだ。湯呑の酒のまわし飲み、というのなら、お前さんにも見当がつこうが、沢庵《たくあん》のまわし齧《かじ》りをするのさ、わたしたちは」

「嘘《うそ》ばっかり」

「嘘じゃあねえ。いい酒を飲んで、すぐに酔ってしまうといけねえから、しらふのうちに話しておこう。政五郎に離縁されたお俊さんに、ゆうべ、あっての」

これは、嘘だった。お俊が本所横網《ほんじょうよこあみ》の裏長屋で、仕立物をして暮している、と聞いて、

あいにいったのはマメゾーだ。小男の大道曲芸師は、橋本町の長屋へ、夜がふけてから、興奮ぎみで戻ってきたのだった。

「いま思うと、しつこすぎて、気の毒だったがね。とんだことを、聞きだしてきたぜ。兼松というのは、政五郎の子ではあっても、お俊の子じゃあねえそうだ」

「ほんとうですか」

「お前さんの子だよ」

「そんな……」

「生れるとすぐ引きとって、実子として育てたそうだの。いまじゃあ、真実、わが子のような心持ちがして、家をだされてからも、気がかりでならねえ、といっている。弟子を呼びだして、兼松の様子を聞いたり、菓子やおもちゃを買ってやってくれ、と銭をわたしたりしていたそうだ。政五郎が刺された晩も、お俊は両国まで、清七というのにきてもらって、金をわたしている。清七は子どもが、大好きだといって、この正月にも、兼松に凧《たこ》や独楽《こま》を買ってやっているが、実はお俊の銭だったわけさ。清七は怪しまれているのに、おせんの手前があるから、お俊に呼びだされたことを、いわねえでいる」

「怪しまれているって、なにをです」

「政五郎を刺したのじゃあねえかとさ」

「政五郎さんのお弟子が、お縄になったというのは、それじゃあ、ほんとうなんですね」

「それが、清七だ。腕のいいのを妬《ねた》まれて、あに弟子につげ口をされたのさ。大番屋に送られて、お調べをうけているが、間もなく帰されるだろう。いまの話を、白壁町の親分にしておいたから——だが、安心しねえ。兼松が、お前さんの子だてえことは、話していねえ。お俊さんにも、口どめしておいた」

と、おだやかにいって、センセーは猪口をほした。五徳からおろして、猫板においた銚子の弦《つる》に、お菊は手をかけながら、

「お俊さんはどうして、そんなことを喋《しゃべ》ったんだろう」

ひとりごとのようにいって、銚子をとりあげると、センセーに酌をしてから、自分の猪口もみたした。それを、ぐっと飲みほすと、またついでから、お菊はため息をついて、

「隠しごとはしましたが、嘘はつきませんでしたよ。お俊さんにあの子をわたしてから、棟梁とはあっていないんです。往来で出あっても、むこうは知らん顔ですのさ。あたしもあの子のことは、わすれましたしね」

「そうかな。清七がお縄になったことが、耳に入っているのなら、おせんが子どもを、邪険にしはじめた、という話も聞いているだろう。ひる酒を飲んで、出かけようとしていたのは、大鋸町に文句をいいにいくつもりだったんだろう、酔ったいきおいで」

「なにを、いいにでしょう」

「邪魔にするなら、あたしが預かる、とでもいうつもりじゃあねえか、お菊さん。だが、も

うすこし様子を見たほうがいい。へたをすると、おせんとお俊と、お前さんと三人で、わずか六つの兼松を、とりあうようなことになる。落着くんだ」

「親切でいってくださるんでしょうが、ほうっておいてくんなさい。あんな話を聞いちゃあ、また仕事ができなくなります」

「やっぱり、そうか。暮れからこっち、お前さんが仕事ができなかったわけが、わかったよ。お俊を離縁した政五郎が、おせんを家に入れたからだね。兼松を生んだのが、お前さんだと、すると、子ができないから、出すといわれて、お俊は納得するより、しょうがなかったろう。そのあとへ、お前さんは、自分が入れるんじゃないか、と思ったんじゃねえかえ。ところが、政五郎は、おせんをつれこんだ。お前さんより、若い女をね」

「政五郎はあたしの、はじめての男なんですよ。そのうちには、はじめて生んだ子が、いるんです。お俊さんがいるあいだは、じっと我慢をしていましたが……」

お菊はうつむいて、猪口の酒をすすった。センセーも猪口をあけて、手酌で酒をついでから、

「まだ政五郎に惚れているのかえ、お前さんは」

「自分でも、よくわかりませんのさ。男に生れたような気で、武者絵をひき写したりしていたところに、嫁にいけ、と親にいわれましてね。その相手というのが、もっと小さいじぶん、あたしがいじめて、泣かしていた男の子なんです。とんでもないおてんば娘で、隣りの町内の子たちと喧嘩がはじまると、長屋の男の子が、あたしを呼びにくるほどだったんですよ」

と、お菊は苦笑して、

「お嫁にいくのは嫌だ、といって、うちをとびだしたその日に、政五郎にあいました。千住のおばさんのところへでも、行こうかと思って、蔵前の通りを歩いていたときに、出あったんです。普請場に邪魔にきたおてんば娘を、政五郎はおぼえていてくれて、その晩、あたし、女にされました。惚れたのなんのということじゃあ、なかったんです。でも、あのひとのおかげで、絵の修業をはじめられたのは、うれしかったし、子を生むのも、嫌じゃあなかった。兼松をお傻さんにわたして、はっきり政五郎とは切れたんですが……」

ふいに、声がふるえた。長火鉢に隠れた膝の上で、手をにぎりしめたのが、肩に力が入ったので、センセーにもわかった。苦いくすりを飲むみたいに、お菊は猪口をあおってから、

「お傻さんを追いだして、柳橋の芸者を入れた、と聞いたときには、腹が立ちましたよ。『三年そって、子なきは去るべし。その四倍も、我慢をしたんだ』と、政五郎はお傻さんにいったそうです」

いつまでも子ができない、ということが、離婚のりっぱな理由になった時代だった。

「なにをいっていやがる、と思いました」

と、お菊はつづけて、

「兼松はだれの子だと、思っているんだ。ほんとうの父親を、教えてやろうか。そういったら、政五郎、どんな顔をするだろう、と思いましてね」

「そんなことがあるのかえ、お菊さん」

「さあ、どうでしょう」

と、女絵師は目だけで笑って、

「そういう手があるんですよ、女には」

「いい手だの。ぐさり匕首《あいくち》で、えぐられたような思いがするだろう、男は」

「徳さんとお酒を飲んでいたときに、『鶴か亀の内がわに、ほんとうの親の名前を、書いておいてやろうかしら』といいましたよ。魔よけの鶴かめは、棟梁のところへいって、いつかはこわれるでしょう。鶴かめが剝《は》がれたときに、それを読んだら、政五郎がおどろくだろうって……」

「徳さんというのは、提燈屋の徳次郎かえ」

「ええ。お俊さんを追いだしたことで、徳さんも、怒っていましてね。政五郎と徳さんとは、子どものころからの友だちなんです」

「ああ、知っている」

「しばらくのあいだ、あたし、提燈屋の二階にいたんですよ。政五郎の世話になって、絵の修業をはじめたときに――兼松を生むのには、すぐに渡すという約束で、お俊さんの親戚の本所の家に、預けられましたけれど」

「それで、ほんとうに書いたのかえ、鶴か亀かのうらに、兼松のほんとうの親の名を」

「願文かなにか書かなかったか、と先生に聞かれたときには、どきりとしました」

といってから、お菊は酔いの発した声で、くすくす笑って、

「でも、そんな真似をするはず、ないでしょう。そりゃあ、まあ、口でいうよりは、いくらか本気にするかも知れませんが……」

「本気にしたよ。政五郎はその話を、だれかに聞いて、本気にしたんだ。そりゃあ、そうだろう。子ができないのは、お俊のせいじゃあねえ。てめえのせいだ、ということになるんだもの。死にかかっていても、鶴と亀とを剝ぎとって、たしかめようとしたのさ。お前さんの字で、男の名前が書いてあるかどうかを」

センセーがいいおわらないうちに、お菊は凍りついたようになった。砂絵師の言葉は、高い高いところから、細い砂の糸が落ちるみたいに、お菊のあたまに入るまでの時間が、大そうかかるみたいだった。

「それじゃあ、政さんは……政さんは……」

と、お菊は低い声を押しだして、

「でも、だれがそんなことをいったんでしょう、政さんに」

「兼松のほんとうの親てえのは、提燈屋の徳次郎じゃあ、あるめえの」

「いやだ、先生。政さんと切れてからは、男と遊んだことが、ないとはいいませんさ。でも、あの子の親は、政さんですよ。ほかの人の子のように、いったら応えるだろうと、意地わる

く考えただけで……」

「お前さん、徳次郎にくどかれたことが、ありゃあしねえかえ」

「提燈屋の二階にいたときに、一度だけありますよ。蹴とばしてやりました。懲《こ》りたんでしよう。それ以来、おかしなそぶりも、見せません」

「ほかのだれかに、その話をしたこたあねえかえ」

「いいえ。兼松があたしの子と知っているのは、お俊さんと政さんのほかに、徳さんがいるだけですもの――本所のお俊さんの親戚のひとは、亡くなったそうですから、一、二年まえに」

　といってから、お菊は息をのんで、

「それじゃあ、徳さんが下手人……」

「そうかも知れねえが……あれから、提燈屋にあったかえ」

「おととい、お葬式であいました」

「政五郎を見送ったのか、お菊さん」

「先生のおかげで、地口行燈が片づきましたから」

「徳次郎が下手人かどうか、知りてえのなら、いっしょに来るがいい。わたしゃあ、いまから、提燈屋にあいにいく。馳走になったな」

　と、センセーは立ちあがった。

その五

女絵師といっしょに、センセーが格子戸をでると、露地口を入ってくるマメゾーのすがたが見えた。

「間にあって、よかった。白壁町が、かんかんになっていますぜ」

マメゾーが近づいて、小声でいうと、センセーはにやにやして、

「なんでだえ、いってえ」

「清七を大番屋から出したんだが、やっぱり下手人かも知れねえ、ということになりやしてね」

「そいつは、おもしれえ。どうしてだえ」

「清七はあの晩、お俊にもあったが、その帰りに、おせんにもあった。材木河岸であっているところを、政五郎に見つかって、殺したんじゃあねえか、というんです。清七はおせんに惚れている、というものがいましてね。あの晩、政五郎が出かけたあとで、おせんも裏から、出ていったようだった、と下女が口をすべらせたもので……」

「親分が信じたわけか、清七がおせんに惚れている、というつげ口を」

センセーがいうと、マメゾーは顔をしかめて、

「おせんと清七が、出来ているはずがねえ。あのひとは、身ごもっていますぜ。まだ目立た

ねえが、間違いねえ。政五郎はそれがわかったんで、あのひとを、うちへ入れたんでしょう。女房の腹が大きいんで、浮気をする男は多いが、腹に子ができてすぐ、浮気をする女は、まずいませんぜ」

「常五郎親分は、どこにいる」

「センセーを探してこい、といって、政五郎のうちにいます」

「しょうがねえ。いやな役だが、つとめざあなるめえ。行って、なだめてやるか。マメゾー、おめえは佐内町へいって、提燈屋の徳次郎を、ひっぱってこい。嫌がるだろうが、かまうことはねえ。下駄新道の親分が呼んでいる、と嚇《おど》しつけて、つれてこい」

といってから、センセーはお菊をふりかえって、

「お前さん、兼松の顔を見ることになるかも知れねえが、落着いていられるかえ」

「大丈夫です。つれていっておくんなさい」

「行こうか。役者は揃っていたほうがいい」

と、きびしい顔になって、センセーは大股に歩きだした。太鼓の音でにぎおう三光新道を、まっすぐ西に、東堀留川を親父橋《おやじばし》でわたって、西堀留川を荒和布橋《あらめばし》でわたると、もう江戸橋だ。日本橋川をわたって、紅葉川ぞいにすすむと、右がわが提燈屋のある佐内町だが、足の早いマメゾーのすがたは、とうに見えない。大鋸町の政五郎のうちにつくまで、センセーはひとことも、口をきかなかった。紅葉川の水の上を、川ばたの柳から、絮《わた》がふわふわ飛んで

いく。それを、西にまわった日ざしが、おだやかに照らしているのに、ふたりは背をむけて、横丁に入っていった。

「弱ったぜ、センセー。旦那の手前、あっしゃあ、どうすりゃあいいんだ」

政五郎のうちのあがりはなに、下駄常は腰をおろしていた。旦那というのは、八丁堀の同心のことだ。

「困ることは、ねえだろう。さすがは、親分だ。だれも気がつかねえところへ、よく目ぐしをさした、と思っての。マメゾーから聞いて、感服したぜ」

と、センセーはにこにこして、あがりはなの畳に、きちんと膝をそろえている若い男にむかって、

「お前さんが、清七さんだね。おかみさんにいってくれねえか。棟梁の位牌《いはい》の前で、話したいことがある」

「へえ、しばらくお待ちなすって」

と、清七は奥へ入っていった。それが、まだ戻ってこないうちに、おもての障子があいて、マメゾーの声がした。

「親分、提燈屋をつれてきましたぜ」

「どんなご用でございますえ」

徳次郎が入ってくると、下駄常はめんくらって、センセーの顔を見た。砂絵師はもっとも

らしく、

「親分、あの晩、棟梁があいにいったのは、ほんとうにこいつなのかえ」

「いや、うむ、そうにちげえねえ。わかっているんだ」

常五郎があわてて調子をあわせると、センセーは眉をひそめて、

「するてえと、この提燈屋の徳次郎が、下手人てえことになるな。政五郎の幼な馴染だというのに、ふてえやつだ」

「とんでもない」

と、提燈屋は手をふって、

「わっしは、人ころしのできるような人間じゃあ、ございませんよ」

そこへ、清七がもどってきた。センセーは下駄常、徳次郎、お菊をうながして、奥へ通った。マメゾーだけは、土間へも入らずに、どこへか行ってしまった。仏壇のある八畳間は、ささやかな庭に面していた。茶をはこんできたおせんは、きりっとした面長《おもなが》で、やつれた感じが、かえって色っぽい。お俊もたぶん、お菊ほどでなくとも、面長な女なのだろう、とセンセーは思った。庭には連翹《れんぎよう》が黄いろい花を、いっぱいひらいている下に、茣蓙《ござ》が敷いてあって、大小の独楽がころがっている。センセーはそれを眺めながら、

「おかみさん、坊やは遊びにいったのかえ」

「はい、若いものがお稲荷さんへ、つれていきました。そろそろ、帰ってくるころですが……」

「それじゃあ、坊やが戻っても、おっかさんのところに、来ないようにしなけりゃあ、いけねえな。親分、清七さんは、ここにいなくてもいいだろう」

センセーが見かえると、下駄常はめんくらいながら、

「そうさの。そうしょう。清七さん、お前さんにたのむ」

「おかみさんは、ここにいてくれ。徳次郎さんは、さっきのつづきだ。仏の前だから、正直になってくれねえじゃあ、いけねえ」

と、センセーにいわれて、提燈屋はお菊を気にしながら、

「でも、ほんとうに、わっしじゃあねえ。政さんを、わっしが殺すはずがねえ。まあ、たしかに昼のうちに、約束をしておいて、あの晩、政さんにあいましたよ」

「どこでだ、おい」

と、下駄常がのりだした。

「新場橋まで、来てもらったんでさあ。くだらねえ話で、政さんを怒らしてしまったが、刺したりゃあしません」

「くだらなくはねえだろう。兼松の親が政五郎じゃあねえ、というんだ。大ごとじゃあねえか」

と、センセーは顔をしかめて、

「鶴かめのうらに、親の名が書いてある、というんだから、怒らあな。急いでもどって、見

ようとしたはずだ」

「それだけで、刺したりはしません」

「刺さなくても、話したのは、それだけじゃあるめえ」

「子ができねえのは、お俊さんのせいじゃあないんだから、呼びもどしてやれ、といったんです。それだけでさあ、ほんとうに」

「まだあるだろう。お俊さんをもどすには、おせんさんを離縁しなきゃならねえ。目あてはそれで、提燈屋、おせんさんに惚れているな。以前から、政五郎の惚れた女に、おめえは惚れるくせがあったようだの」

徳次郎はうつむいて、答えなかった。センセーは下駄常にむかって、

「親分、これで藤倉屋も、安心するんじゃあねえかえ。魔よけをこわしたのは、名前が見たかったからだ。提燈屋のうそで、そんなものは、書いてなかったんだが……」

「わっしが嘘をついたわけじゃあ、ありませんよ。それはこの――」

「黙んねえ、提燈屋。書いてないのを、知っていたじゃあねえか。そういうのを、嘘というんだ。おせんさんに惚れているだけじゃなくて、お俊さんがあわれだ、という心もあったろう。そこだけは、ほめてやってもいい。離縁の話を聞いてすぐ、政五郎に意見すりゃあ、もっとほめてやるんだがの。嫉妬《やきもち》はんぶん、いまごろ嘘でなんとかしようとは、あさはかな野郎だ。そのために、政五郎は死んだんだぜ」

「そこだあな、センセー。鶴かめをこわしたわけは、よくわかったが……」

と、下駄常は身をのりだして、

「下手人はだれなんだえ」

「親分がちゃんと、目ぐしをさしたろう」

といってから、センセーはおせんにむかって、

「おかみさん、親分は気づいていなさる。ぶちまけてしまったほうがいい。お前さん、身ごもっているね。だれの子だえ、と聞くまでもねえ。政五郎の子だ。それだけに、亭主の気の多いのが、心配だろう。だから、どこへともいわずに、出かけたのが気がかりで、あの晩、ご亭主のあとを追ったんだ。そうでしょう、おかみさん」

返事はなかった。センセーはつづけて、

「すぐには出られなくて、お前さんは政五郎を見うしなった。河岸っぷちを探しているところを、ご亭主に見つかったんでしょう。見てきたようにいうが、間違ってはいないはずだよ。くどくもいう通り、政五郎は提燈屋の話で、頭がこんぐらかっていた。お前さんは、身ごもっている。ほんとうは、だれの子なんだ、と聞いたろう。それから、いったい、なにがあったか、おかみさん、話しちゃあくれないか」

センセーがいいおわったとたん、おせんは畳につっぷして、肩をふるわした。顔の下から、泣声がもれた。

「泣いたところで、ご亭主は生きかえりゃあしない。おかみさん、話してしまいな」

「ほかの男の子だろう、というんです。越中橋のそばで出あったら」

と、おせんは涙といっしょに、声をしぼりだして、

「お前さんの子にきまっている、といくらいっても、真実じゃあるまいって、信用しません。しまいに、刃物をとりだして、首すじにあてようとするじゃあ、ありませんか。切りだしのようでしたが、どうして、あんなものを持っていたんですか……」

はっとしたように、提燈屋が息をのんで、

「わすれていた。そりゃあ、わっしの竹を削る小刀でさあ。人形町のうぶけやに、政さんがあつらえてくれたんです」

うぶけやは刃物の老舗《しにせ》で、いまも人形町二丁目にある。

「出来てきた、といっていたから、渡すつもりで、持って出たんでしょう」

「おめえの話に、かっとなって、渡すのをわすれて、帰ったんだな。悪いときには、悪いことが、重なるものよ。それから、どうしたえ、おかみさん」

センセーがうながすと、身おもの女はしゃくりあげながら、

「わたし、おどろいて、押しかえしたんでしょうが、しかとはわかりません。揉《も》みあったような気がしますが……気がついたら、あのひと、ふらふら歩いていくところでした。切りだしが落ちていたんで、また嚇されちゃあいけない、と思って……」

「もうすこしだ。話してしまいねえ。切りだしを、どうしたえ」

「ひろって、川へほうりこんで、うちへ帰ったんです。水口から入って……どうしたんでしょう。ふるえだして、立てなくなったようでした。でも、おもてで音がしたんで、気をとりなおして、出ていってみると……うちのひとが血だらけになって、若いものが抱きおこそうとするのに……」

「ふりはらって、魔よけの鶴かめを、こわしていたのか。もういい。わかった」

「うちのひとを刺したのは、わたしです。いおうと思った……いわなきゃいけない、と思ったんです。でも。おなかの子のことを思うと、つい……政さんの子ですから……」

「親分、こういうわけだ。これ以上、わたしは関わりたくない。帰るぜ。お菊さんは、ここに残ってやりねえ。おかみさんが、番屋につれていかれるとなると、女がいたほうがいい、兼松のために」

お菊は黙って、うなずいた。その頬を、もらい泣きの涙が、つたい落ちた。下駄常はため息をついて、

「提燈屋、おめえもいっしょに、番屋へきてくれ」

重苦しい雰囲気の座敷をあとに、センセーは土間におりた。扇面の飾りだけが、壁に立てかけてあって、まんなかの鏡が、にぶく光っている。

「魔よけも人柱も、政五郎には、きき目がなかったようだな。鶴かめ鶴かめ」

つぶやいて、障子をあけると、マメゾーが立っていた。

「庭に隠れて、聞いていやしたが、あわれなことになりやしたねえ」

「庭にいたとは、すばやいの。ちっとも気づかなかったぜ」

「決着をつけても、これじゃあ、藤倉屋から礼金は、とれそうもありやせんね。カッパやテンノーが、文句をいいやしょう」

「なあに、下駄常はおせんを番屋にしょびいていって、旦那がたの出役を待たなけりゃあならねえ。ひと足さきに、藤倉屋へいきの、ことの仔細を弁じて、安心させてやりゃあ、手ぶらでは帰すめえよ」

センセーはにやりと笑って、大通りのほうへ、歩きだした。歩きながら、お菊から聞いた話をしてやると、大道曲芸師は首をすくめて、

「そうするてえと、兼松はお菊がひきとることに、なりましょうね。もののはずみとはいいながら、おせんは亭主を殺したんだ。軽くても、島おくりにゃあ、なるにちげえねえ」

「お俊もひきとりたがるんじゃあねえかの。おれはもう知らねえよ」

と、センセーは顔をしかめた。

第二席●幽霊床《どこ》

その一

江戸後期の理髪店は、店主の名前で、次郎床《じろうどこ》とか、与五郎床《よごろうどこ》とか、呼ばれることもあったけれど、多くは障子の絵から、恵比寿床《えびすどこ》、松茸床《まつたけどこ》、蘇鉄床《そてつどこ》、鯰床《なまずどこ》なぞと呼ばれた。床はいうまでもなく、髪結床《かみいどこ》の床だ。数寄屋橋見附《すきやばしみつけ》にあって、障子に松茸をえがいていた髪結床は、幕末に店主が変って、絵も松と竹に変え、松竹床《まつたけどこ》になって、日本の理容史に、名を残している。明治初年の東京で、西洋ふうの散髪《さんぱつ》を、ごく早くにおこなったからだ。なかには奇抜な絵で、有名になった髪結床もある。裾《すそ》をはしょった奴《やっこ》さんが、下帯の尻をむきだして、花見幕に匍《は》いこもうとしている絵を、暖簾《のれん》にかいた奴床。これは浅草の田《た》町《まち》――いまでいえば、台東区浅草五丁目の東南端にあった。場所が日本堤《にほんづつみ》の下で、上半身が隠れているところから、

胴切りになつた奴は土手の下

と、川柳《せんりゅう》にも詠《よ》まれている。現在の千代田区東神田二丁目へん、豊島町《としまちょう》二丁目と三丁目

のあいだの鬼熊横丁《おにくまよこちょう》にあって、

鬼熊にでて幽霊は笑はれる

と、詠まれたのが、幽霊床《ゆうれいどこ》。ここの油障子には、白衣《びゃくえ》の裾を、鬼にまくられて、恥ずかしがっている女の幽霊が、かいてあった。この絵をかいたのが、近くの橋本町に名だたる巣乱《すらむ》、なめくじ長屋にすむ砂絵のセンセーなのだった。なめくじ長屋の住人で、ちゃんと髪結床にいくのは、曲芸師のマメゾーぐらいのもので、センセーもたまにしか行かない。幽霊床は以前、鬼の念仏の絵が、障子にかいてあって、鬼床《おにどこ》と呼ばれていた。

「親方が中風《ちゅうぶう》で、床をとじますんで、わっちが株《かぶ》をあずかって、あとをやることになったんです。センセー、障子の絵をかいてやっておくんなさい」

と、ある日、マメゾーの口ききで、民五郎《たみごろう》という、職人がやってきた。橋本稲荷のそばのマメゾーのいく床で、中床《なかどこ》をつとめていた男だった。中床は顔ともいって、三番ともいう下剃《したぞり》が、月代《さかやき》を剃《そ》ったあと、親方が髷《まげ》をゆう前に、顔を剃る職人だ。

「あすこの鬼の念仏は、なかなかいい。なにも、変えることはねえだろう。それに、わたしゃあ、筆と墨で絵をかくのは、苦手でね」

センセーがいうと、民五郎は手をふって、

「鬼熊横丁で、鬼床というのは、つきすぎまさあ。田町の奴の尻《けつ》は、江戸じゅうに知れている。それを見ならって、奇抜なところで、落《おち》をとろう、と思いやしてね。幽霊の絵を、かいておもらい申してえんで……」

「鬼熊に幽霊は、おもしれえ。看板かきに書かしたら、よかろう」

筆、墨えのぐ、紙や糊《のり》を入れた箱をかついで、髪結床の障子や、料理屋の行燈を、かいてあるく職人が、当時はいたのだ。

「いえ、いつぞや、センセーが八辻ガ原で、かいていた砂絵が、気に入ったんです。幽霊の裾を、折助《おりすけ》がまくっている絵」

「そういやあ、あのとき、お前さんが見ていたの」

「あの折助を、鬼にしたら、どうでしょう。鬼床の親方も、きっとそれならば、よろこんでおくんなさる」

といった経過で、砂絵のセンセーが、髪結床の障子の絵をかいたのだった。民五郎の期待どおり、この絵は江戸の話題になった。だからといって、客が諸方から、殺到したわけではない。一町内に、湯屋《ゆうや》と髪結床は、一軒ずつ。ほかの町内から、客がくることは、あまりないのだ。ただ民五郎をひいきの客が、前の床からついてきたし、豊島町のひとたちからも、すんなり受入れられたので、開店そうそう、繁昌したのだった。その幽霊床で、まっ昼間に人が殺されて、

「センセー、民五郎を助けてやっておくんねえ。まごまごすると、下駄新道のに、ひっくくられる」

と、マメゾーが飛んできたのは、桜の花もすっかり散って、空も曇りがちな四月のすえだった。いまの神田須田町、万世橋へん、筋違御門うちの八辻ガ原のすみで、なめくじ長屋のセンセーは、いつも砂絵をかいている。いまも空模様をにらんで、傘《からかさ》の一本足をかきあげて、お化《ばけ》づくしにするつもりか、ひとつ目小僧にとりかかったところだった。軽くにぎった右の手から、黒い砂を細く落して、小坊主の顔に目をひとつ、かこうとしている。センセーはその手をとめて、

「殺されたのは、客だといったの」

「へえ、そうです」

「その客と民五郎のほかに、だれもいなかったのかえ」

「どうも、そうじゃあねえらしい。下剃やっこが、広小路に飛んできて、わっしも知ったばかりなんです。センセー、腰をあげておくんなさい」

両国広小路の橋番小屋のそばで、マメゾーは毎日、曲芸を見せているのだった。センセーは空をあおいで、

「こりゃあ、雨になるかも知れねえ。店じまいして、行くとするか」

かきかけの絵を、思いきりよく、砂絵師は小箒《こぼうき》で消しはじめた。その頭上を、巣へいそ

ぐ燕《つばめ》が、さっとかすめていく。

その二

江戸の髪結床は、露地の角にあって、ならびには湯屋があるのが、ふつうだった。幽霊床も、鬼熊横丁のなかほど、長屋の木戸口にあって、一軒おいた隣りが、湯屋だった。二間間口《にけんまぐち》に、腰高の油障子が四枚。それが、いつもあけてあって、外がわの二枚に、センセーの絵がかいてある。柳の下に、美女の幽霊が出ていて、その白衣の裾を、赤鬼がうしろから、まくりあげようとしているところだ。二枚とも、おなじ図がらだが、むかって左の幽霊は右むき、右の幽霊は左むきで、障子をしめると、ふたりが向いあう。両はじの障子には、柳が枝をたらしている。むかって左のはしには、そのほかに、あるじの民五郎の名が、かいてあった。

なかは土間で、一方のはしが、流しになっている。寒いじぶんには、火鉢がおいてあって、銅《あかがね》の大薬罐《おおやかん》がかかっていた。暖かいころには、水甕《みずがめ》だ。湯のためには、真鍮《しんちゅう》たがの木の小盥《こだらい》、水のためには真鍮の金盥が、流しにおいてある。客はまず元結《もっとい》をといて、この流しで、月代《さかやき》を冬は湯、夏は水でしめして、指でもみながら、下剃の前に腰をおろす。あがり端《はな》は、板の間だ。下剃は尻敷《しりしき》の板を、ぴたっと音をさせて、客の尻の下にあててから、毛受《けうけ》板《いた》をわたす。文字どおり、剃った毛をうける板で、長方形の裏がわに、桟《さん》がついている。客はその桟を持って、板を顔の下にささえるのだ。下剃は月代を剃って、髪を梳《す》く。客はこんどは、流しで顔をしめして、大きな床なら、中床あるいは顔という、職人の前にすわるのだが、幽霊床は親方と下剃しかいない。下剃がまた額、眉の下、頰、顎の下を剃る。細い剃刀《かみそり》をさしこんで、くるくるまわしながら、鼻の穴の毛まで剃る。それから、客は親方の前にすわって、髪をゆってもらうのだった。

親方と下剃のあいだには、欅材《けやきざい》、木地蠟色塗《きじろいろぬり》、引出しのたくさんついた台箱がおいてあって、上には櫛《くし》や剃刀、手鏡がのせてある。親方のわきの板羽目《いたばめ》には、棚があって、歯の細かい唐櫛《とうぐし》、中くらいの間歯櫛《あいはぐし》、荒い梳櫛《すきぐし》、鋏《はさみ》、大小の剃刀、砥石《といし》、鬢《びん》つけ油の鉢がならべてある。その上の折釘《おれくぎ》には、輪にした元結が、かけてあった。紋章みたいなしるしを、さまざまに書いた紙袋も、ずらりとかけならべてある。床でつかう並みの鬢つけをきらって、大《おお》店《だな》の旦那や鳶《とび》職の頭《かしら》、大工の棟梁《とうりゅう》なぞが、おのおのの好みで、上製の練油をあずけておく。それが、紙袋に入っているのだ。

式亭三馬《しきていさんば》の滑稽小説、『柳髪新話浮世床《りゅうはっしんわうきよどこ》』を読んでも、それをもとにした落語の『浮世床』を聞いても、様子がわかるように、当時の髪結床は、町内の倶楽部《くらぶ》だった。板の間のうしろは、畳の座敷で、たばこ盆や本、将棋盤、冬は火鉢がおいてある。壁には芝居、相撲《すもう》の番付《ばんづけ》、寄席のびらが貼《は》ってある。順番をまつ客は、ここにあがりこんで、本を読んだり、将棋をさしたり、お喋《しゃべ》りをするわけだ。髪をゆいおわっても、すぐには帰らずに、遊んでいくものもある。殺されたのも、そうした暇人《ひまじん》のひとりだった。

「こりゃあ、センセー、耳が早い」

鬼熊横丁をふさぐほど、幽霊床の前には、ひとがたかっている。それをかきわけて、砂絵師が前にでると、神田白壁町の御用聞、常五郎が声をかけた。いまの神田駅あたりで、常五郎のすまいのまわりは、下駄屋が多い。下駄新道と呼ばれていて、岡っ引も下駄常で通っている。

「そうだっけ。この障子は、センセーの筆だったの。安心なせえ。障子はよごされちゃあいねえ」

「そんなことより、いってえ、親分、なにがあったのだえ」

店内をのぞくと、むかって左の棚のあるすみに、親方の民五郎と、新吉《しんきち》という下剃が、台箱をひきよせて、すわっていた。左おくの壁には、柱に木鉤《きかぎ》がつけてあって、鉄棒《かなぼう》、長手鉤《ながてかぎ》の火消道具《ひけしどうぐ》が、横にしてかけてある。これは、御番所駈付《ごばんしょかけつけ》といって、髪結人鑑札料のかわりに、町奉行所近辺の火事には、駈けつけるという、義務があるので、そのための道具だった。親方のうしろから、火消道具の壁にかけて、客が六人ばかり、青ざめた顔で、よりあつまっている。

壁の右すみには、すまいへの戸口があって、長暖簾《ながのれん》がさがっていた。番傘をななめに背負って、胸には鉦《かね》、手には奉賀帳《ほうがちょう》をさげた大津絵《おおつえ》の鬼が、色あざやかに、大きく染めてある。

先の親方からゆずられた暖簾を、そのまま、つかっているのだろう。その手前の畳に、男がひとり、倒れている。小弁慶《こべんけい》の下馬《したうま》に、藍微塵《あいみじん》の袷《あわせ》という身なりは、堅気《かたぎ》ではなさそうだ。ななめ俯伏《うつぶ》せになっているので、顔は見えない。

「だれだえ、親分、やられたなあ」

センセーが聞くと、下駄常は口もとをゆがめて、

「つらあ見りゃあ、センセーも知っていようぜ。この裏の長屋にいる与吉《よきち》という、あまり評判のよくねえやつさ」

「ここで、暴《あた》けでもしたのかえ」

「ここにゃあ、入りびたっていたから、おとなしかったそうだがの。なあに、かげにまわりゃあ、なにをしていたか、知れたものじゃあねえ」

「ご検視はすんだのかえ」

「すんだばかりよ。仏を見てえなら、見てもいいぜ。だが、下手人の目ぐしは、もうついている」

難事件をかかえこむと、八辻ガ原にやってきて、砂絵師に頭をさげる常五郎だが、きょうは人がまわりに多いせいもあって、横柄にかまえている。センセーは苦笑しながら、マメゾーをうながして、座敷にあがった。貸本屋ものの実録の写本や、将棋の駒が、畳にちらばっている。その畳にも、寄席のびらを貼った壁にも、血がしぶいていた。

「なるほど、こいつなら、知っている。与吉というのか。ひでえ有様だの」

死体をかかえ起こして、センセーは顔をしかめた。首がかたむくほど、喉を切りさかれていて、藍いろの袷の胸が、黒ずんでいる。下馬《したうま》という、襦袢《じゅばん》がわりに遊び人がきるゆかたの襟は、まっ赤だった。くつろげた胸も、懸守《かけまもり》の銀鎖《ぎんぐさり》も、血に汚れている。

「与吉が殺《あや》められたとき、お前さんがたも、ここにいなすったのかえ」

センセーが客たちをふりかえると、下駄常は板の間に腰をおろして、

「いたから、足どめをしてあるのさ。あっという間のできごとだそうで、みんな、なんにも見ていねえ、というんだが……」

「そうなんでさあ。ほんのこった。わっちゃあ、勝《かつ》んべと将棋をさしていたんだが、うしろで、ぎゃあっと声がして……」

といったのは、職人ふうの男だった。大きな黒子《ほくろ》が、おでこにあって、愛嬌《あいきょう》のある顔立ちだ。センセーは御用聞をかえりみて、

「ぎゃあっと声がしたときに、みんながどこで、どちらをむいていたか、その場にすわってもらったかえ」

「いいや、これからだ。ちょうどいいから、いますわってもらおう。若旦那もすみませんが、さっきいたところへ、すわっておくんなさい」

若旦那と呼ばれたのは、眉を細く剃りこんで、ぞろりと羽織をきた若者だが、髷《まげ》がまだゆ

いかけだった。

「そりゃあいいが、親分、この髪をなんとかしてもらっちゃあ、いけないかねえ。こんなところを、新道の師匠にでも見られたら、末代までの笑いばなしの種だ」

「もうすこし、辛抱しておくんなさい」

下駄常がいうと、若旦那は顔をしかめながら、民五郎の前に出てきて、

「わたしゃあ、親方に髪をゆってもらっていたんだ」

「表通りの米屋の倅《せがれ》ですよ」

と、大道曲芸師はセンセーの耳に口をよせて、

「越後屋の清太郎《せいたろう》といいましてね。もうひとりの若旦那は、越後屋のならびの足袋股引問屋《たびももひきどんや》、茗荷屋《みようがや》の善次郎《ぜんじろう》で」

その若旦那は、火消道具の下の壁によりかかった。

「わたしはここで、清さんと親方の話に、相《あい》の手《て》を入れておりました」

「わっちゃあ、さっきもいった通り、ここで将棋をはじめたところで」

と、最初に口をきいた職人は、おそるおそる死体のほうへずりよって、

「与吉っつぁんの近くにはいたが、背をむけていましたんで、なんにもわかりやせん」

「仏とは相長屋で、源八《げんぱち》という屋根職人だ」

と、下駄常が注を入れた。屋根屋は首をすくめて、

「みんなには、源パと呼ばれています。与吉っつぁんの隣りに、住んじゃあおりますが、さほどに親しかったわけじゃあねえ」

「将棋の相手は、勝さんだったの」

センセーが聞くと、顔も手足も長い男が、源八の前にすわって、

「わっちも相長屋で、勝太郎《かつたろう》てえ大工でござんす。このところ、源パには負けつづけで、くやしいものだから、将棋盤を睨《にら》んでおりやした。だから、なんにも見ちゃあいねえんでさあ、ほんとうに」

「わっしゃあ、錺屋《かざりや》の金次《きんじ》と申します。この町内にはおりますが、相長屋じゃあござんせん。与吉さんとは、ここでの顔馴染というだけで」

と、残ったふたりのうち、いなせな若い男が頭をさげた。もうひとりは、髭《ひげ》の濃い三十男で、

「あたしゃあここで、貸本を読んでおりました。重松《しげまつ》という版木彫《はんぎぼり》で、金さんとは相長屋のものでして」

その男が、足袋屋の若旦那と将棋のふたりのあいだに、座をしめると、錺職人はその横で、壁によりかかって、

「重さんに声をだして、読んでもらって、わっしは聞いておりました。講釈が好きなものですから」

むかって右から、遊び人の与吉、屋根職人の源八、大工の勝太郎、彫師の重松、錺職の金次、足袋屋の善次郎の順で、座敷にいたことになる。茗荷屋の若旦那の前に、親方の民五郎が、裁着袴《たつけばかま》に襷《たすき》がけで立っていて、そのまた前に米屋の若旦那、越後屋清太郎が腰をおろしている。金次と重松の前の板の間に、尻敷板がおいてあって、そこが下剃のいる場所だ。親方とのあいだには、大きな台箱がおいてある。だが、下剃の新吉は、そこには立たずに、尻をはしょった股引すがたで、土間におりて、

「おいら、おもての掃除をしていたんです。順番は重松さんだったんですが、『佐賀怪猫《かいびょう》伝《でん》』の切りのいいところまで、待ってくれって、金さんがいうものですから……」

版木彫が読んでいたのは、講談では『佐賀の夜桜』、鍋島《なべしま》の猫騒動の実録本だったらしい。親方の民五郎は口をそえて、

「ちょうど、手ならい師匠のところから、女こどもが帰ってきましてね。この前を通りがかりに、切りこまざいた行成紙《こうぜいがみ》なんぞを、ばらまいていきましたんで、新コに掃かせたんです」

むかって右の土間のすみに、流しがある。その下に塵《ちり》とり、わきに竹ぼうきが、おいてあった。行成紙というのは、鳥の子に雲母《きらら》で模様をおいた紙で、歌俳諧を書くにも、むろん用いるけれど、子どもが紙人形の着せかえなぞ、遊びにつかうことも多い。掃きのこした三角の切れはしが、センセーの足もとで、きらっと光った。それを見ながら、

「なるほど。するてえと、与吉だけがひとりぼっちで、居眠りでもしていたのかえ」

センセーが聞くと、源八が口をひらいて、

「いいえ。すこし前まで、与吉っつぁんの友だちがいたんでさあ、なにか小声で、話しておりやした」

「そのひとが帰ったあとで、与吉さんは大あくびをしていましたがね」

と、大工の勝んべがひきとって、

「ですが、眠っちゃあいなかったようで」

「なんてえやつだえ、そりゃあ」

と、下駄常が聞いた。勝太郎は源八と、顔を見あわせて、

「なんどか見かけちゃあおりますが、名前は知りやせん」

「ほかのものも、知らねえかえ」

岡っ引が見まわすと、四人の客は首をふった。民五郎は板の間に、紺の裁着袴の膝をついて、

「わっちも、名前は知りません。与吉さんがいるのを見て、入ってきたことは、前にもあるんですが、髪をゆったことはねえ。きょうも、そうでしたよ。ですから、口をきいたことも、ろくにねえんでさ。『親方、邪魔をしたな』くれえなもので」

「親方、一度だけ、髭をあたっていきましたよ。二度だったかな」

と、新吉が口をだした。まだ十五か、六だろうが、からだは大きく、きかぬ気らしい顔をしている。民五郎はうなずいて、

「そうだっけ。おめえ、話をしたかえ」

「いいえ。痛い、と小言をいわれたことが、あるだけです。顔をあたっているときには、みんな黙っていますから」

「ちげえねえ。与吉さんよりは、年上のようでしたね。見るからに、剛《こわ》そうな髭だった。新コでなくても、あれじゃあ、てこずりましょう」

親方がいうと、屋根職人がうなずいて、

「からだも、与吉っつぁんより、でかかったねえ。いつかの晩、うちで口げんかをしていたのが、あいつじゃあねえか、と思うんだが……」

「与吉のうちは、おめえの隣りだったの。いつのことで、どんな喧嘩《けんか》だったえ」

と、下駄常が聞いた。源八は眉をよせて、

「さあて、いつだったか……四、五日めえでしたよ、たしか――なんで口あらそいをしていたのか、わっちも耳をすましていたわけじゃあねえ。だから、わかりませんが、ひとことだけ、『鏡を見てから、ものをいえ』というのが聞えましたねえ、はっきりと」

「それだけかえ」

「与吉っつぁんは、笑っていたようですが、あとはよくわかりません。ですが、あの男だて

えかなにかを、おぼえていねえかえ」

「与吉は笑っていたか。髭の濃い大きな男てえほかに、だれかなにかを、おぼえていねえかえ」

「眉毛も濃くて、目がぎょろりとしていましたねえ。あれで、髯をはやしゃあ、鍾馗《しょうき》さまだ」

　足袋屋の若旦那がいうと、米屋の若旦那はにやりとして、

「でも、目じりがさがっていたじゃないか。笑い鍾馗だよ、あれは」

「もすこし、なにかわからねえかな。この近所に住んでいるようだとか、名めえにこんな字があったとか……」

　じれったげに、常五郎がいったとき、勝太郎が膝をたたいて、

「そういやあ、たきさんといっていなかったかえ、源パ、与吉っつぁんがよ」

「そうだ、勝んべ、そういっていたっけ。滝造《たきぞう》か、滝次郎《たきじろう》か、それとも多吉《たきち》か、よくはわかりませんが、親分、たきさんといっていましたぜ」

　と、屋根職人も膝をたたいた。

その三

　幽霊床の右がわは、長屋の木戸で、忍びがえしのついた屋根の下に、左右の柱、上の鴨居《かもい》、

下の敷居だけがある。夜になると、板戸をはめて、錠をおろすのだ。幽霊床のわきの下見板の、地上六十せんちめーとるほどのところに、棚があって、それを戸揚《とあげ》という。朝になると、はずした板戸を、そこにあげて、立てかけておくからだ。木戸の鴨居には、長屋にすむ産婆、易者、謡曲指南の名札や、井戸のあることをしめす井桁《いげた》のしるしなぞが、ずらりと打ちつけてあった。木戸を入ると、露地のまんなかに、下水溝があって、どぶ板でおおってある。戸揚の板壁につづいては、幽霊床の勝手口。その前に、長屋の女房が顔をよせて、ひそひそ話しあっていた。中心になっているのは、とうぜん親方、民五郎のおかみさんだ。

「お前さんはなにか、気づいたことがなかったかえ」

下駄常が声をかけると、親方の女房は首をふって、

「あたしはそのとき、井戸ばたにいましたんで、なんにも知らないんですよ、親分」

勝手口の障子のなかは、せまい土間で、水甕《みずがめ》がおいてある。あがり端《はな》の板の間には、ふたつ竈《へっつい》が台にのせて、右のすみに据えてあった。火を焚くところが、ふたつある竈《かまど》で、古瓦を塗りこめて、漆喰《しっくい》でかたちをととのえ、黒くみがきあげてある。台は欅《けやき》で、その下は、薪《まき》がつんであった。板の間の左手は、店への出入口で、鬼の念仏の暖簾がさがっている。奥は座敷で、簞笥《たんす》や二階への梯子《はしご》が見える。取りはずしのできる木の梯子だ。

「するてえと、ここにゃあ、だれもいなかったわけか」

座敷をのぞきこみながら、下駄常がつぶやくと、センセーは民五郎の女房にむかって、

「ここの障子は、しめていったかえ」

「いえ、あけっぱなしでした」

「下手人はここから、入ったんじゃねえかの、親分」

と、センセーにいわれて、

「おかしなやつが、出入りするのを見なかったかえ、だれか」

常五郎が見まわすと、女房のひとりが口をひらいて、

「そういえば、騒ぎになったとき、荒熊がいましたねえ、木戸のところに」

「裸こじきのアラクマですかえ、『丹波の山おくでとれましたる荒熊でござい、ひとつ、鳴いてお目にかけます』という」

マメゾーが聞くと、女房はうなずいて、

「ええ、橋本町から出てくる荒熊ですよ」

「あいつ、なにか見ているかも知れねえ。探してきましょう」

マメゾーはそそくさと、木戸から出ていった。下駄常はセンセーをかえりみて、

「与吉のうちは、いちばん奥だそうだ」

「のぞいてみるか、親分」

長屋のつきあたりは、黒板塀で、その手前に共同便所《そうせっちん》と、掃溜《はきだめ》がある。総雪隠《そうせっちん》の板羽目には、朔日丸《ついたちがん》、月水早流《がっすいはやながし》の薬、せうかちの薬の小さな広告が、貼ってあった。朔日丸は一日

に飲むと、ひと月きくという経口避妊薬、月水早流は妊娠中絶、せうかちは消渇《しょうかち》で、淋病のことだ。大家が気にして剝《は》がしても、いつの間にか、貼っていく。いまの世の公衆電話に、性産業の広告が、貼ってあるようなものだろう。といっても、臆面《おくめん》もなく貼りならべてもいないし、はでな色刷《いろずり》でもない。墨一色の粗末な刷りで、唯一の色どりは、朔日丸の上の欠けたきの字の商標が、朱の丸でかこんであるくらいのものだ。二本の横棒の上に、斜めの棒が、突きでていないきの字は、きにならない——これを飲んでいれば、気にならない、というしゃれらしい。四角い囲いだけで、蓋《ふた》のない掃溜の手前の左がわが、与吉のうちだった。

「手がかりになるものが、なにかあるといいんですがね」

といいながら、下駄常は油障子をあけた。六畳ひと間で、押入もない。ひとつ竈がすみにあって、大風呂敷でおおった夜具蒲団、膳箱、行燈。壁のおちかけたところが、瓦版を貼って、つくろってある。

「なんにもなさそうだぜ、こりゃあ」

舌うちをしながら、下駄常が座敷にあがると、センセーはにやにやして、

「見えるようなところにありゃあ、世話はねえだろう、親分。この竈なんぞも、まるでつかっていねえようだ。台の下に、薪がねえ」

「ほんとうだ。灰のなかに、小判でも隠してあるかね」

台の上の灰を、下駄常は火箸《ひばし》でかきまわした。かちりと音がして、火箸をあげると、薄暗

いなかに、小判が光った。

「いいあてちまったよ、センセー」

「ほかには、ねえかかえ」

「一枚だけだが、それにしたって、与吉には不相応だ。しかも、隠してあったのが、おかしいや」

「ほかにも、おかしいところがあるぜ。ひとりもので、不精に暮していたことは、夜具を見ればわかる。風呂敷につつまずに、かけてあるだけだ。それなのに、梯子がはずしてあるぜ」

と、土間のすみに、センセーは顎をしゃくった。そこに、梯子が立てかけてある。常五郎は天井を見あげて、

「二階にだれか、いるんですかね」

「あがってみりゃあ、わかるだろう」

「そりゃあ、そうだが……」

「おっかねえかえ、親分」

「怖えわけじゃねえが、戸をあけたとたんに、殴られでもしたら、ふせぎようがねえ」

「一杯買うなら、おれがあがってやるぜ」

「たのまあ、センセー」

下駄常が首をすくめると、センセーは笑いながら、梯子をとって、座敷へあがった。二階

の口は、揚戸でふさがれている。梯子をかけると、無造作にあがっていって、センセーは戸を押しあげた。天井の低い四畳半で、片がわに押入がある。その前に、襦袢一枚で、腰巻《ゆもじ》をみだした女が、うなだれていた。扱帯《しごき》でうしろ手にしばられて、口は手ぬぐいで、ふさがれている。センセーは二階座敷に匍《は》いこみながら、

「親分、あがってきねえ。怖いことはねえ。女がいるだけだ」

下駄常があがったときには、センセーは女のいましめを、ほどいていた。ぐったりした女の様子に、岡っ引は顔をしかめて、

「死んでいるんじゃあ、ありゃせんかえ、センセー」

「怯《おび》えて、口がきけねえだけだ。だが、手あてはしたほうがいいな。親分、だれかを医者に走らせろ」

うなずいて、下駄常が梯子をおりていく。口の手ぬぐいをはずしてやって、女を畳に横たえると、センセーは押入をあけた。女の着物が、まるめてあるのを、センセーはひきだして、

「聞えるかえ。安心しねえ。もう大丈夫だ」

髷のくずれた女を起して、肩に着物をかけてやる。女は薄目をあけたが、身をふるわして、なにもいわない。眉も剃らず、歯も染めていなかった。着物から見て、商家の娘らしい。かたわらの畳に、竹の皮が投げだしてあって、めし粒がこびりついている。すこし離して、貧乏徳利がおいてあって、異臭がただよっていた。

「めしは食わしてくれたが、小便《ちょうず》はあれにさせられていたのか。かわいそうに」

と、砂絵師は顔をしかめて、

「ここに人をあげたのじゃあ、恥ずかしかろう。医者がくるんだが、おりられるかえ。おれの肩につかまりねえ」

女がかすかにうなずくと、センセーはそのからだに、腕をまわしながら、

「お前さん、どこの娘だ」

女は口をひらいたが、声はでない。そのかわり、両の目にいちどに、涙があふれた。

その四

「アラクマのやつ、おかしなことをいって、疑われやあしませんかねえ」

と、マメゾーが眉をひそめた。与吉の死体をはこびだし、客も帰ったあとの幽霊床で、おもての障子はしめてある。火消道具のかかった壁の前に、民五郎と砂絵のセンセー、大道曲芸師がすわっていて、暖簾の前では、おかみさんが、畳の血を拭いていた。下剃の新吉は、井戸ばたへ水をくみにいっている。

「お前さん、どうしよう。いくら拭いたっても、落ちやしねえわな」

おかみさんが愚痴をいうと、民五郎は口もとを歪めて、

「あきらめろ。落ちたところで、縁起でもねえ。畳がえをしにゃあ、ならねえんだ。いいか

ら、奥へひっこんでいろ」

「親方、マメゾーの話じゃあ、最初《はな》はお前さんが、下駄常に疑われたてえこったが、どうしてだえ」

と、センセーが聞いた。民五郎は苦笑いをして、

「先の親方から、ここを引きついだ当座、だいぶいじめられましてね、与吉さんに」

「金をとられたことでも、あるのかえ」

「髪ゆい賃をもらえなかったことが二、三度あっただけでさあ。わっちが、先の親方をだまくらかして、ここの株をとりあげた、と与吉さんは思ったらしい」

「いまは、なんでもねえわけだな」

「へえ。それをどうしてか、白壁町の親分はご存じでね。根ほり葉ほり、問いつめられました。ですが、わっちの手は、そんなに長かあねえ」

預かりの鬢《びん》つけ油の袋が、丸にサの字や、山がたに越の字、抱茗荷《だきみようが》の紋なぞを書いて、ぶらさがっている道具棚の下から、民五郎は反対がわの壁に、右手をのばして見せた。センセーは笑って、

「与吉がおかしな声をあげたとき、親方がまず飛んでいったんじゃあ、ねえのかえ」

「そりゃあ、客がどうかしたんだから、抱きおこすのは、あたり前でしょう」

「そのときに、喉をかき切ったんだ、と考えたのさ、下駄常は」

「ぎゃっと与吉がいったのは――」

と、マメゾーが口をだして、

「なにか別のことだった、というわけですかえ。おどろいたとか、怯えたとか……」

「うむ、そうだ」

「ですが、センセー」

と、民五郎は手をふって、

「客の喉をかっつぁばくのに、商売ものの剃刀は、つかいませんや。それじゃあ、まるで手めえの仕業と、ひろめているようなものですぜ」

凶器は剃刀で、土間の流しの下に、血あぶらにまみれて、投げだしてあったのだ。センセーはうなずいて、

「それもそうだから、下駄常も疑いをといたんだろう。まあ、大難が小難ですんで、よかった」

「そのかわり、長屋のアラクマさんが、疑われるんじゃあ、ありませんかえ」

民五郎が眉をひそめると、マメゾーはくちびるを噛みしめてから、

「まったく、あの野郎、おかしなことをいやがる。まあ、もっともといやあ、もっともなんだが……」

マメゾーが探してきたアラクマは、豊島町の番屋で、下駄常に聞かれて、

「へえ、幽霊床のさわぎは、知っておりやすよ。あすこの木戸のところを、匍《は》っていました

から」

と、答えたのだった。下帯ひとつのからだに、鍋墨《なべずみ》を塗って、熊のまねをしてあるくのが、アラクマの稼業だから、餇っていても、不思議はない。

「勝手口から、だれか駈けだしてこなかったかえ、アラクマ」

「勝手口からかどうか、わかりませんがね。木戸から出ていったのは、いましたよ」

「だれだ、そいつは」

「聞いたって、むりだ、親分。わっちゃあ、餇ってあるいていたんですぜ、麻裏をはいた足しか、見ていませんや」

「なにをいやあがる。おめえ、なにか隠しているな」

「隠してなんぞ、いませんよ。聞きゃあ、やられたのは、与吉だってえじゃあ、ありやせんか。ああいうやつは、まともな死にかたはしねえ、きっと鎌いたちに、やられたんでしょう」

と、にたにたアラクマは笑ったのだ。

「足もとしか見なかった、というのは、もっともだが、鎌いたちはいけねえ。下駄常を怒らしちまったんですぜ、アラクマは」

マメゾーがいうと、センセーは首をかしげて、

「あいつ、悪さをされたことがあるのかな、与吉に」

「そうかも知れませんねえ。思いのほかの悪のようだ。あんな娘を、かどわかすとは、ひで

え話ですぜ」

「どこの娘なんでしょう」

民五郎がいうと、センセーは腕を組んで、

「だれも知らねえのだから、この近所の娘じゃあ、ねえのだろう。医者がついて、番屋へいったから、落着けばわかる。口がきけねえわけじゃあ、ねえんだから」

「源八さんも、隣りにいながら、まったく知らなかった、といっています。かかあに聞いても、だれも噂はしていなかった、という。いつ、つれこんだんでしょうか、いってえ」

「暗くなってから、木戸のしまるちょいと前に、つれこんだんだろう。与吉ひとりじゃなくて、相棒がいたにちげえねえ」

「そいつともめて、殺されたんですかね」

「そうだろうな。越後屋と茗荷屋の若旦那、神妙な顔をしていたが、けっこう道楽をするんじゃあねえかえ」

「大店《おおだな》の娘らしいから、あのふたりが、つれだしたんじゃねえか、というんで……」

と、民五郎は目をまるくした。センセーは首をふって、

「そうと、きめつけるわけじゃあねえ。ただ聞いてみたまでさ」

「清太郎さんも、善次郎さんも、しょっちゅうお見えになりますがね。与吉さんと、顔はあわすが、めったに口はききません」

「たまには、口をきいた、ということだの、それじゃあ」

「与吉さんのほうから、話しかけるんです。広小路の茶屋女のこととか、見世物のこととか……若旦那がたは、相手になることもありゃあ、ならないこともある、という塩梅《あんばい》でしたよ」

「錺屋の金次と版木彫の重松が、与吉とはさほど、親しくなかったてえなあ、ほんとうだろうか」

「金さんは近所の煮売屋《にうりや》で、与吉さんと酒を飲んだことも、あるようです。重松さんは、ほんとうに、ここだけのつきあいでしょう。あのひとは寝酒は飲むが、まじめなひとですから」

「すると、やはり多吉か、滝蔵かのたきさんが、怪しいということに、なりそうだの」

「いっぺん外へ出て、勝手口から入ったんですかねえ」

マメゾーが障子を見かえると、民五郎は下剃に声をかけた。

「新コ、あのひとがどっちへ行ったか、おぼえていねえか」

おかみさんの手つだいをおわって、新吉は土間の流しで、剃刀をといでいた。

「わっちは掃溜へ、ごみを棄てにいっていたんです。だから、どっちへ行ったか、知らないんですよ、親方」

「それじゃあ、与吉のうちへ、そいつが行ったら、お前さん、気づいたはずだの」

と、センセーが聞いた。新吉は剃刀をぬぐいながら、

「そのはずですが、来ませんでした。おかみさんも、そういうでしょう、井戸ばたにいましたから」

「井戸ばたには、ここのおかみさん、ひとりだけだったかえ」

「いえ、勝さんのおかみさんも、いました」

「長屋のものでないのは、いなかったかえ」

「酒屋の小僧が、あき徳利をあつめにきていましたけど、すぐ帰りましたね。あっ」

「どうした、新コ」

民五郎が声をかけると、新吉は顔をしかめて、

「すいません、親方。とぎあがりをためそうとして……」

「間ぬけめえ、指を切りゃあがったな」

「へえ」

と、新吉は首をすくめて、右手の親指を口にふくんだ。民五郎は舌うちして、

「おくに金創膏《きんそうこう》があるから、早くつけておきねえ。とがめでもしたら、仕事にさわらあ」

その五

「下駄常は、困っていますぜ、あの娘はまだ口をきかねえし、たきさんなるものが、滝蔵とわかったものの、ゆくえが知れねえ」

　と、マメゾーが眉をひそめた。あくる日の午後、橋本町のなめくじ長屋のセンセーのうちだ。ゆうべまで持った空が、あけがたから雨をふらして、まだ降りつづいている。大道かせぎの連中が否応《いやおう》なく、長屋にこもって、ごろごろのたのた、なめくじの如くになる梅雨の季節が、近づいているのだ。

「滝蔵というのは、どんなやつだえ」

　かけ茶碗に、貧乏徳利の酒をつぎながら、センセーが聞いた。酒の湯呑を片手に、カッパが口をひらいて、

「巣は向柳原《むこうやなぎわら》、女衒《ぜげん》のまねごとから、高利貸の取りたての手つだいまで、いろいろとやっている。なあに、小悪党でござんすがね。ゆうべは、長屋に帰っていねえ。どこへか、逃《ふ》けたんでしょう。下駄常が、やつを下手人ときめこんで、探していますから」

　いま一同が飲んでいる酒は、カッパが滝蔵を知っていたので、それをきのう、常五郎に教えてやって、せしめた礼だった。そのときに、番屋から帰されたアラクマは、

「滝蔵は下手人じゃあ、ありませんぜ」

　といって、かけ丼から、きざみ鯣《するめ》をつまみあげた。カッパはうなずいて、

「そうだろうな。しかし、娘が口をきかねえのは、おかしいぜ。与吉は死んで、もう心配はねえのに、まだ怯えているんですかね、センセー」

「うちを教えたくねえのだろう。怯えているふりをしているんだ。家出むすめに、ちげえね

え。まだ番屋にいるのかえ、マメゾー」

「あのへんの大家が、預かっていますがね。どういうつもりだろう。黙っていたって、うちでも心配しているんだ。じきに知れるのに、きまっていましょう。ガンニンが大家のところ、テンノーが下駄常のところを、張りこんでいますから、なにかわかりゃあ、飛んできまさあ」

と、マメゾーがいったとき、やぶれ障子をあけて、やぶれ傘をつぼめながら、ユータが入ってきた。稼ぎに出ていたわけではないから、額に三角紙はつけていない。張りぼての墓石も、かかえていない。

「知れやしたぜ、センセー、娘の身もとが」

すわると同時に、湯呑と徳利に両手をのばしながら、ユータは得意げに鼻をうごめかした。アラクマが身をのりだして、

「下駄常にも、わかったのかえ」

「いや、まだだろうよ。浅草は田原町、蛇骨長屋《じゃこつながや》の近くに、阿波屋《あわや》という老舗《しにせ》の呉服屋がある。そこの娘で、お光《みつ》というのが、三日まえからいなくなって、騒いでいるんだ」

「なんで、いなくなったか、わかっているのかえ」

マメゾーが聞くと、ユータは湯呑の酒をあおってから、

「親たちは知らねえが、おいらは探りだしてきた。お光さんには、嫁入りばなしがきまっている。親のきめたその話が、お光さんにゃあ、気に入らねえ。それというのも……」

「なんでえ、ありふれた話じゃねえか。色おとこの手代がいて、とっくにそいつと出来ているんだろう。知らぬは亭主ばかりなり、じゃあなくて、知らぬは双親ばかりなり。小僧からでも、聞きだしたかえ、ユータ」

「手代の小三郎《こさぶろう》てえのと、出来ているのは、マメゾーの見こみ通りだが、知らぬは双親ばかりなりじゃあねえ。店のものも、知らねえんだ。探りだすのに、苦労したぜ」

「阿波屋には、いくたり子がいるね」

センセーが聞くと、片手の指を三本、ユータは立ててみせて、

「三人います。上と下が男で、まんなかが、お光さん」

「小三郎という手代と、しめしあわせて、駈落ちをしようとしたわけかえ」

「そんなところでしょう。そいつを横あいから、与吉のやつが、かっさらったにちげえねえ。ひとりでやったか、棒組みがいたか、わかりませんが……」

「滝蔵は女衒《ぜげん》まがいのこともやる。あの野郎が、片棒かついだんだぜ、きっと」

と、カッパが口をだした。センセーは顎《あご》をなでて、

「そいつは、どうかな。滝蔵はあとから、割りこんだのかも知れねえ。だから、喧嘩をしたり、きのうも幽霊床に、あいにきたんだろう。阿波屋の若い番頭——小三郎か、そいつはどうしているえ、ユータ」

「大番頭のいいつけで、どこかへ探しにいきましたよ。オヤマにあとを、つけさせています。

ですが、センセー、こんなことをしていて、金になりますかねえ」

「そうさの。与吉ころしの下手人を、つきとめたところで、大したことはなさそうだ。阿波屋のほうを、早幕に近づけりゃあ、金になるかも知れねえ。ユータ、帰ったばかりを気の毒だが、もう一度、田原町へいってくれ。大番頭を呼びだして、豊島町の大家のところへ、つれてくるんだ」

センセーがいうと、ユータはにやっと笑って、

「金になるなら、雨ぐれえ、なんでもありやせん。お光さんのいどころがわかったから、来てくれといやあ、いいんでしょう」

「ああ、そうだ。マメゾー、アラクマ、おれといっしょに、豊島町へあゆんでくんねえ」

と、センセーは立ちあがった。やぶれ傘をひろげて、露地へでると、雨は弱まっていたが、空は暗い。こわれかかった木戸をぬけると、野良犬が濡れながら、猫を追いかけていた。横丁をでると、そこが豊島町の大通りだった。鬼熊横丁とは反対がわへ、ちょっと入ったところに、大家のすまいはある。センセーが格子戸をあけて、来意をつげると、白髪の大家はよろこんで、

「そうか、そうか、砂絵のセンセー、あの娘の身もとを、つきとめてくれたか。ありがたい。下駄新道の親分にたのまれて、預かったものの、頭をかかえているんだ。口はきいてくれないし、ろくすっぽ、ものも食ってくれないし……」

「そりゃあ、困りましたね。わたしが、話をしてみましょう。マメゾー、アラクマ、お前たちはここで、待っていてくれ」

ふたりを残して、センセーは大家のあとにしたがった。小庭にむかった奥座敷に、寝床がのべてある。娘は起きなおって、庭の青葉にそぼふる雨を、じっと眺めていた。

「あの有様でね。声をかけても、こちらをむきもしない。センセー、お願いしますよ。わたしは、あちらにおりますから」

襖《ふすま》ぎわで、大家はささやいて、戻っていった。センセーは座敷に入って、うしろの襖をしめると、夜具のわきにすわった。

「まだ具合が、悪いのかえ」

返事はない。隣家の土蔵が、塀の上に白いのを、見まもっている。娘のその横顔に、センセーは笑いかけて、

「しかし、顔いろは悪くないな。浅草は田原町、阿波屋のお光さん。そんなに無愛想じゃあ、小三郎にきらわれるよ。やがて、迎えがくるはずだ」

「ほんとうに、小三郎がくるのですか」

と、声をはずませて、娘は顔をむけた。センセーはうなずいて、

「間違いなく、阿波屋のお光さんだ。やっぱり、うちへ連れもどされるのがいやで、口をきかずに、いたんだね。お光さん、わたしをおぼえているかえ」

「はい、きのう助けてくださったお方。ありがとうございます。小三郎に知らしてくだすったんですか、あたしがここにいることを」

「よく聞きなさい、お光さん。一度うちへ帰らなければ、おさまりはつかないよ。親御に嫁入りばなしを持ちだされたとき、小三郎のことを、いわなかったんだろう」

「そんな話をしたら、小三郎が店を追いだされます」

「そうかも知れないな。女の身で、いいだすことも、確かにむずかしかったろう。小三郎から、話すわけにもいくめえし、駈落ちしようとしたのは、無理もねえ。だが、いまは事情がちがう」

「あたし、うちへ帰れません」

「どうしてだえ」

「あの二階で、あのひとに、ひどいことをされたんですもの。死のうか、と思いましたけど、もういちど小三郎にあいたくて……恥ずかしいことを、我慢したんです」

娘は両手で、顔をおおった。かすかに肩がふるえて、指のあいだから、嗚咽《おえつ》がもれた。センセーは静かな声で、

「我慢をすると、ひとは強くなるものだ。そんな怖いおもいをしたのなら、親御に話をするくらい、もう怖くねえだろう。はっきり、いうことさ」

「でも、小三郎の耳に入ったら、きらわれてしまいます」

「駈落ちをしそこなって、あんな毒蜘蛛《どくぐも》につかまったのは、お前さんひとりのせいじゃあなかろう。さだめた場所にこられなかったとか、約束の刻限におくれたとか、小三郎にも罪があるはずだ。お前さんがつらい思いをしたのを聞いて、あやまりこそすれ、嫌いはしねえわさ」

「そうでしょうか」

「万が一、嫌ったりするようなら、そんな男は、亭主にしたって、たよりにはならねえ。そのへんは、親御の判断にまかすことだ。洗いざらい話をすりゃあ、おとっつぁんもあきらめて、小三郎が見どころのある男なら、いっしょにしてくれらあな」

「でも、おとっつぁんは、頑固なひとですから……」

「頑固なひとでも、あきんどだろう。先を見る目は、あるはずだ。お前さんが行方知れずになって、嫁入りばなしは、もうこわれかかっている」

「それなら、いいけれど……」

「行方知れずが、かどわかしで、しかも、それにからんで、ひとが殺された。そんなことが、先方に知れたら、話はこわれる。お光さんは、ひとりっ子じゃあない。店が左前で、先方の金が目あてという、話でもないのだろう」

「ええ、芝神明の小間物屋で、由緒のあるお店だそうです。けれど、うちのほうが、お金はあるでしょう」

「だったら、あとは小三郎しでえさ。しっかりした男なら、お前さんと夫婦《みょうと》にして、店のひとつも持たそうと、おとっつぁんは考えるはずだよ」

「あたし、おとっつぁんに話します。小三郎が死ぬほど好きだって」

と、お光は低い声でいって、膝の両手をにぎりしめた。センセーはうなずいて、

「それがいい」

「小三郎といっしょにしてくれなければ、こんどは心中する、といってやります」

「あんがい、気のつよい娘さんだ。まあ、いいだろう」

と、苦笑いしながら、センセーは立ちあがって、

「番頭さんが、間もなく迎えにくる、きょうのところは、おとなしく、田原町にお帰りなさい」

その六

「本所《ほんじよう》の知りあいの二階に、隠れているというのを、聞きこんでね。横網《よこあみ》の長屋にふんごんだまでは、よかったんですが、滝蔵め、手なぐさみをやっていやがった。ほかのやつらとごっちゃになって、二階から飛びおりるのもいりゃあ、屋根に逃げるのもいる。ひと汗かかされましたぜ」

と、下駄常はため息をついて、

「おまけに、つかまえたのは別人で、滝蔵はどこへ行ったか、わからねえ。腹いせに、つかまえた別人をひっぱたいたら、とんでもねえことを、吐きゃあがった。ふた月めえ、日本橋

室町の薬種問屋へ、押しこみに入った盗っとだったんです」

「そりゃあ、怪我の功名だの」

センセーがにやにやすると、白壁町の御用聞は小鬢をかいて、

「旦那がたから、思いがけねえおほめに預かりやした。しかし、与吉ころしの下手人は、滝蔵ときわまったね。下手人でなけりゃあ、ああまで懸命に、逃げるはずがねえ。お江戸にいるなら、きっとそのうち、つかめえてやりますよ」

「こんどはなにも、手つだいができなかったのに、こんな馳走になっちゃあ、申しわけないな、親分。おればかりか、マメゾーまで」
四、五日たった夕方で、きょうも雨がふっている。なめくじ長屋の近く、初音《はつね》の馬場そとの横丁の居酒屋に、常五郎は砂絵師と大道曲芸師をつれこんでいた。
「馳走てえほどのものじゃあねえ。娘の身もともわかったし、まあ、幽霊床の一件は、片がついたわけだから、ちょいと知らせておこう、と思っただけでさあ。わっしゃあ、まだ野暮用がありますんで、これで失礼いたしますよ」

と、下駄常は腰をあげて、

「おやじ、勘定はここへおくぜ」

番傘をひろげて、出ていった。マメゾーは膳の上を見て、

「あの野郎、いままでのぶんしか、払っていきませんぜ。これっぱかしの酒さかな、礼をい

うこともなかったね、センセー。わっちらが阿波屋から、礼金をせしめたことを、勘づいているんでしょうか」

「そうじゃ、あるめえ。おれがつむじを曲げていやあしねえか、様子をうかがいにきただけだろう」

「はなはひょっとして、文句をいいにきたのか、と思いましたぜ。ほれ、阿波屋の小三郎と、幽霊床の新吉が、おなじ町内で育ったてえことを、カッパが聞きこんできた。あの話を、内証にしておいたでしょう。下駄常もそれを聞きこんで、なにかいいにきたんじゃあねえかとね」

「そんなことぐれえで、文句をいわれるせきはねえやな」

「それにしても、センセー、こんどの一件、どうもすっきりしませんねえ。下手人が滝蔵にしろ、だれにしろ、与吉のようなけちな野郎が、なぜ殺されたか、それがそもそも、わからねえ」

と、マメゾーは声をひそめて、

「お光さんの話じゃあ、おもちゃにされて、宿場女郎に売られるところだった、というんでしょう」

「与吉がそういっていたそうだ」

「滝蔵てえのは、それくれえのことはしそうだが、与吉はねえ。小ばくち打ちが、かどわかしとは、一世一代のつもりだったんでしょうか」

「そう思うかえ」

「思いまさあ。身のほども知らずに、でけえことをやろうとしたから、殺されたんじゃあごわせんかえ」

「違うな。けちな野郎だから、殺されたのさね。悪党がっていても、おひとよし。民五郎が、いっていたろう。先の親方をだまして、株をとったと思いこんで、いやがらせをしたって」

「いっていましたね。そうじゃあねえと、わかったら、おとなしくなったって」

「与吉はそういうやつさ。小ばくち打ちで、かどわかしもしない。宿場女郎にたたき売りもしない。女衒のまねもする滝蔵が、おれに扱わせろ、といっても、お光はおれのいろにするんだ、とことわって、鏡を見ろ、と笑われる。そういうやつだから、殺されたのよ」

「それじゃあ、やっぱり滝蔵が……」

「滝蔵が下手人なら、与吉のうちの二階に、お光のいるのを知っているんだぜ。つれていかねえはずは、ねえじゃあねえか。滝蔵が逃げているのは、なにかほかに、うしろ暗いことがあるからだろう」

「さあ、わからねえ」

「かどわかしは、狂言なのさ。お光はおもちゃにされてもいねえし、嚇されてもいねえんだ。そんなことをされたのなら、うんとか、すうとかいうはずだぜ。隣りの源パが、なんにも知らなかったのは、二階が静かだったたからだろうよ。狂言作者が小三郎か、お光かはわからねえ。だが、与吉は小三郎に、頼まれたにちげえねえ。どんな幕ぎれを、与吉が聞かされて、納得したかもわからねえが、お光が夜ふけに、自力で逃げだして、閉じこめられた場所も知れねえ。怖いが先に立って、悪党の顔もおぼえていねえ。そんなところで、まず今日はこれぎり、となるとでも、聞かされていたんだろうよ」

「すると、ふたりが一緒になるために、与吉はひと役かわされた、というわけですかえ」

「与吉は結びの神のつもりで、やにさがっていたに違えねえ。だが、そうさせておいたんじゃあ、阿波屋のあるじが納得しねえ恐れがある。のちのち与吉に、うるさくつきまとわれるかも知れねえ。だから、殺されたんだ」

「まさか、センセー、新コが……」

「それを、これから、確かめるのさ。思いどおりに、幕がひけた、と小三郎は悦に入っているだろう。だが、おれは幕ぎれを、書きかえてえ。金は入ったし、下駄常も納得した。そろそろ、動いてもいいころだ」

「新コがやったとすると、ごみを掃溜に、棄てにいったときですかえ」

「往きにやったか、帰りにやったか、わからねえがの。滝蔵が出ていったあとで、おかみさんは井戸ばただ」

「勝手口を入って、暖簾のかげから、やったんですかえ」

「竹ぼうきの柄に、剃刀をさしこんで、暖簾のかげから、のばしたんだろう」

「小三郎とは、相長屋で育っている。新コがたのまれたてえのは、ありそうなことですが……」

「小三郎のことを、兄貴のように、思っているのかも知れねえ。与吉を小三郎にひきあわせたのも、新吉じゃあねえかな。与吉になにか、怨みがあるとも、考えられる」

「あの小僧、どんな気持で、ひとを殺したんですかねえ。そいつを思うと、やりきれねえなあ」

と、マメゾーはため息をついてから、酒をあおって、

「幽霊床は、そろそろしまうころですぜ。行って、新コを呼びだして、問いつめてみましょうか」

「小僧のことは、あとまわしだ。田原町へいって、小三郎と話してみよう」

と、センセーは立ちあがった。おもてへ出ると、暗くなった雨空に、ひときわ黒く、初音の馬場の火の見やぐらが、見越入道《みこしにゅうどう》みたいにのびあがっている。郡代屋敷の屋根瓦を、弱よわしい雨あしが、夜のいろに濃く塗っていた。浅草御門にむかって、センセーが傘を片手にあるきだすと、マメゾーが追いすがって、

「小三郎に、どういうつもりですえ」

「行きあたりばったりで、まだなにもきめちゃあいねえ。相手のつらを見てから、考えるさ。マメゾー、おめえが呼びだしてくれ」

「そりゃあ、なんでもしますがね。小三郎のやつ、逆ねじをくわすかも、知れませんぜ。わつしらは、阿波屋から、礼金をもらっているんですから」

「いったん、狂言にのってやらなけりゃあ、どこからも金はでねえ。なにも小三郎を、番屋につきだそう、というんじゃあねえから、文句はいわせねえさ」

「するてえと、ただ釘をさしに行くだけですかえ。おいらたちが、なにもかも見通しているぞ、といって」

「証拠があるわけじゃあねえから、『小三郎さん、なんにもいわずに、身を隠したほうがいいだろうぜ』くれえのことしか、いえまいよ。そうしたら、どう動くか、おもしろいところさ。ことにお光がどうするか、ちょいと見当がつかねえから」

「あの娘が、与吉が殺されるのを承知して、二階にいたとは考えられねえ、わっちには」

「そこまでは、聞いていなかったのかも知れねえな、小三郎ひとりの魂胆でね。だが、なにもかも知っていたとしても、おどろくにゃあ、あたらねえ。大店の娘でも、手に入れてえものは、なんとしてでも手に入れる。ひとが死のうが、苦しもうが、知ったことじゃあねえ、というのが、いるものだ」

にこりともしないで、センセーはいうと、傘をもる雨に首をすくめた。

第三席　入道雲

その一

八月に入っても、いっこう残暑がおさまらず、秋がこないのではないか、と思われた江戸の町に、はげしい夕立ちがあった。八月のはじめは、いまの九月初旬だから、ときに残暑がきびしくても、不思議はない。残暑がきびしければ、夕立ちがふっても、不思議はない。けれど、女がひとり、雨にあたって、溶けてしまったとなると、これはただごとではないだろう。

夕立ちは、午後三時すぎにふりだして、三十分たらずで、あがった。なめくじ長屋の砂絵のセンセーは、そのとき、筋違御門うちの八辻ガ原のすみで、いつものように、通行人に砂絵を見せていた。筋違御門は、いまの神田須田町、万世橋あたりで、江戸城外曲輪《そとぐるわ》の門があった。門内の広場から、八つの道が出ているので、八辻ガ原と呼ばれている。その片すみの神田川の土手から、松が枝をのばしている下に、莫蓙《ござ》を敷いて、センセーはすわっている。前の地面に霧を吹いて、書場簾《かんばす》がわり。五色に染めた砂を、拳《こぶし》につかんで、指のあいだから太く、細く振りおとして、見事な絵をかいて見せる。

「あんまり見せると、おれの両手が、うしろにまわって、あすから稼業ができねえ。けれど、投げ銭《せん》しだいだ」

　きょう二度目の大作、珠《たま》とりの海女《あま》をかきかけて、青い波にひるがえる腰巻を、緋《ひ》いろの砂で、えがいているところだった。前においた投げ銭うけの盆に、センセーは顎をしゃくって、

「もすこし増えると、波が強くなる。湯もじがまくれて、いよいよ、あぶなくなる、という寸法だ。もっと増えると、下に竜がでる。お前さんがた、ほんものの竜を、見たことがあるかえ。わたしのは、正写しの竜だよ」

　使いのとちゅうの手代ふう、隠居らしい老人、小あきんどふうの中年男、仕事をなまけた職人らしいのが、前に立っていた。日ざしの強い空には、入道雲が高く低くそびえて、火《ひ》の見櫓《みやぐら》をつかみつぶそうとしているようだった。まるく束ねた竹の箍《たが》を肩に、桶屋《おけや》が顔の汗をふきながら、せかせか通りすぎる。市松格子《いちまつごうし》の屋台に、虫籠をたくさんさげて、菅笠《すげがさ》の虫売りが、のんびり歩いていく。見物の数人が、盆に小銭を投げたので、センセーは気をよくして、白い砂をにぎると、海女の太腿《ふともも》を露出させた。

「芸おしみは、いやみなものだ。いよいよ、竜を出現させよう。感服したら、また銭を投げてくんねえ」

　と、黒い砂の袋に、センセーが手をさしこんだとき、すうっとあたりが暗くなった。凝《こ》りかたまったような入道雲が、とつぜん崩れて、まっ黒な雲を吐きだしたと思うと、それが見

るみる、ひろがったのだ。稲妻がひらめいて、雷鳴が頭上をわたった。

「こいつは、いけねえ。かかないうちに、竜がもう雲を呼んだ。ふってくるぞ、お立ちあい。逃げた。逃げた」

センセーが声をあげて、投げ銭の盆に手をのばした。江戸の夕立ちは、すさまじい。あたりが、夕暮れの色になって、ぽつぽつと、乾いた地面に汚点《しみ》ができた。と思ったとたんに、雷鳴が耳をつんざいて、無数の篠竹《しのだけ》を、投げおろしたような驟雨《しゅうう》になった。風呂敷づつみを、胸にかかえて、手代ふうの男が走りだす。袢纏《はんてん》を頭からかぶって、職人が駈けていく。ぴかりと稲妻が光って、銀いろに雨あしが浮きあがると、つづく雷鳴に追われて、逃げまどう人のすがたが、影絵のように見えた。はげしい雨音にさからって、

「ご隠居、走っても、むだですよ」

と、および腰の老人に、砂絵師は声をかけた。砂の袋をあつめて、松の木の下に入りながら、

「ここでも、雨やどりの足しにはなる。夕立ちだから、じきにやむでしょう」

松の根もとに、センセーは莫蓙を敷いた。かきかけの海女は、雨にたたかれて、見るみる溶けていった。赤い腰巻と白い肌が、ごっちゃになって、小さな渦を巻きながら、流れていく。センセーが苦笑して、貧乏徳利《びんぼうどくり》に手をのばしたとたん、天が割れるような音とともに、周囲が白熱した。雨が一本ずつ、ありありと見えて、またすぐ暗くなった。どこか近くに、

落雷したらしい。隠居は両手で、耳を押えて、身をちぢめた。センセーは、いったんひっこめた手を、また徳利にのばした。徳利はなかった。松のうしろをのぞくと、顔にも、からだにも、鍋墨を塗った男が、徳利をかたむけている。夏でも冬でも、褌《ふんどし》ひとつの四つん匍《ば》いで、

「これは、丹波の山奥で、生捕りましたる荒熊でござい。ひとつ、鳴いてごらんにいれます。とぅるるるるる」

と、奇声を発して、一文二文をもらってあるく、物もらいのアラクマだ。

「なんだ。来ていたのか」

センセーが声をかけると、アラクマは徳利を返しながら、

「えっへっへ、いっぱいごちになろう、と思って、邪魔にならねえように、うしろへ来たら、この雨で……」

「すぐにやむわな。そろそろ、空が剝《は》げてきた」

雨のいきおいは、衰えたようにも見えないが、あたりが明るくなってきた。さっと涼しい風が吹くと、雨あしは見るみる弱って、空に日ざしが流れた。雲はぐんぐん小さくなって、濡れた松葉に、日の光がきらきらする。嘘のように、夕立ちはあがって、青空に入道雲もない。いちめんの日ざしに、往来の水たまりのかがやくのも、涼しげだった。

「ご隠居、もうよかろうよ。ぬかるみに気をつけて、お帰りなさい」

センセーがいうと、枝からのしずくに濡れた羽織の肩を、老人は手拭でふきながら、

「いうことを聞いて、よござんした。おかげで、ずぶ濡れにならずに、すみましたよ。お稼ぎなさいまし」

「いや、こう地べたが水を吸っちゃあ、きょうはもう、店じまいです。また見にきておくんなさい」

「失礼ながら、どうして、大道に出ておいでなさる。ときどき見せてもらって、感服してお りました。ちゃんと絵の修業を、なさった方のようだが……」

「買いかぶっちゃあ、いけません。紙にかいたら、とたんに襤褸《ぼろ》がでるやつさ。ひや酒をあおりながら、砂あそびをしているほうが、気楽でしてね」

「こりゃあ、どうも、よけいなことをいいました」

と、老人は去っていった。水気を吸って、重くなった砂の袋を、ひとまとめに風呂敷づつみにして、莫蓙を小脇に、センセーは立ちあがった。

「アラクマ、おめえはどうするえ」

「あっしも、長屋へ帰りまさあ。往来はじき乾くでしょうが、あくせく稼ぐことはねえ」

「それじゃあ、徳利を持ってくれ。ひょっと癖が出て、餌ってあるかれると、ひとがおどろく。おれといっしょじゃあ、熊には見えねえ。とんと定九郎と、猪《いのしし》の道行《みちゆき》だろう」

その二

「小気味のよい夕立ちだったの、親分」

星あかりの空を、センセーがあおぐと、神田白壁町の岡っ引、下駄新道の常五郎はうなずいて、

「まったくで――ざっとふって、さっとあがる。雷さまも、江戸っ子だ」

「これで、秋らしくなるだろうよ。娘っ子が雨でとけたてえのは、どういうことだえ、親分。雷さまに臍《へそ》をとられて、からだがほどけたわけじゃあ、あるめえ」

現在の千代田区東神田一丁目あたり、橋本町のなめくじ長屋を出て、ふたりは横山町のほうへ歩いていた。初音《はつね》の馬場の高い火の見が、左手に黒くそびえている。空の裾があかるいのは、月がのぼりはじめたのだろう。

「横山町の髪結床《かみいどこ》の横丁に、五軒長屋がありましてね。花火の鍵屋の大通りにでる近道なんで、ひとがよく通る。あの大夕立ちのときも、五、六人が軒下で、雨やどりをしていたんでさあ」

と、下駄常はせかせか歩きながら、

「するてえと、角から三軒目の長屋から、女が飛びだした。雨やどりのひとを、突きのけて、木戸のほうへ走ったそうだが、あの降りでしょう。たちまち見えなくなったあとを、つづい

て野郎が追いかけた。そいつは木戸口で、鍵屋の職人ふたりと、鉢あわせをしたという。その職人のいうには、木戸から出てきたものはいねえ。もうずぶ濡れだから、あきらめて、袢纏もかぶっていなかったんで、見のがすはずはねえ、というんです。髪結床の下剃《したぞり》も外をのぞいていて、木戸から出てきたものはねえ、といっている」

「張りこの人形のように、濡れて溶けてしまった、というわけかえ、その女」

と、砂絵師はにやにやして、

「消えた女と、追ってでた男は、なにものだね、親分」

「女は両国の水茶屋に出ていて、お君《きみ》というんでさあ。男は蔵前片町《くらまえかたまち》の両替商、佐野屋の息子だが、当時は勘当《かんどう》の身の上で」

「水茶屋の女に迷って、うちを出たやつか。お君はなんで、あの雨のなかへ、駈けだしたのだえ」

「佐野屋の息子は、政太郎《まさたろう》というんだが、その話じゃあ、ささいなことから、いいあらそいになって、駈けだしたんだそうですよ。どうやら、お君のあてが外れて、このところ、喧嘩《けんか》がたえなかったらしい」

「いままでは、金をつかってくれたのが、ころがりこんできて、養わなけりゃあならなくなった。それで、揉《も》めだしたのかえ」

「そんなことでがしょうね」

「それっきり、お君は行きがた知れずか」

「ところが、見つかりやした」

横山町の裏通りへくると、達磨《だるま》が自分で、髭《ひげ》を剃っている絵を、障子にかいた床屋が、湯《ゆ》屋《や》のとなりにあった。男湯の入口から、ちょうど出てきた小がらな男が、下駄常に気づくと、頭をさげて、

「こりゃあ、白壁町の親分、ひょっとして、お君の一件で、おいでござんすかえ」

のっぺりした顔に、愛想笑いを浮かべて、あまり上等でない遊び人らしい。常五郎はうなずいて、

「与七《よしち》か。いいところであった。ご検視はもう、すんだのだろう」

「へえ、自害ということになったそうです。政太郎さんのところで、今夜はお通夜でしてね。わっちもあとで、顔をだすつもりでいますが……」

「夕立ちのときに、うちにいたのかえ、おめえは」

「野暮用で出かけて、もどってくると、あの降りでござんしょう。この近くで、雨やどりしておりました」

「それじゃあ、なんにも知らねえな」

「小やみになって、こっちへ来たら、政太郎さんにあいまして、いっしょに、お君さんを探しましたがね。でも、まさか隣りで、首をつっていようとは、思いませんでしたねえ。あす

こはやっぱり、死神が住みついていてやがるんだ」

と、与七は眉をひそめて、

「前にも首っつりがあったのを、親分、ご存じでがしょう」

「長屋のどんづまりに、こいつは住んでいやしてね」

と、下駄新道の岡っ引は、なめくじ長屋のセンセーをふりかえって、

「お君と政太郎のうちが、三軒目。あいだの四軒目が、あき家《だな》なんです。以前は、左官屋がいたんだが、足場から落ちて、まともに歩けなくなって、女房に出ていかれたものだから、首をつっちまったそうでしてね」

「四月まえのことでさあ、あのときも、大さわぎだった」

と、与七は口もとを歪《ゆが》めた。センセーは興味ぶかげに、

「お君さんはそのあき店《だな》で、首をつっていたのかえ」

「そうなんで……うらに猫のひたいの庭がある。がらにもなくならべた植木鉢が、水びたしになったんで、庭へおりたら、隣りの縁がわに、ぶらさがっていたんでさあ」

与七が手柄顔に、鼻をうごめかすと、常五郎は手をふって、

「わかった。もう行ってもいいぜ。だが、おいらの来たことは、まだ長屋のものには沙汰なしだよ。よしか」

「わかっていまさあ、親分」

濡手拭をさげて、与七は達磨の障子のさきを、足早に曲った。半分あけた障子のうちには、まだ灯《あか》りがともっている。商家の番頭ふうの男が、あがり端《はな》に腰かけて、顔を剃らせていた。これから、夜あそびに、くりだすところなのか。畳のほうには、若いのが三人ばかり、話しこんでいる。下剃の小僧は、土間のはしの流しを、掃除しているから、上の三人はただ遊びにきているらしい。

「あの下剃やっこが、木戸から出てきたものはない、といったのかえ、親分」

「そうですよ、センセー。あの土砂ぶりだから、ちょいと離れりゃあ、なにも見えねえ。ですが、木戸よりの障子から、首をつきだしていたんで、女が出てくりゃあ、わかったはずだ、というんでさあ」

達磨床につづいて、長屋の木戸がある。板はまだ、髪結床のわきの羽目板に立てかけてあって、木戸は枠だけだ。それをくぐると、右がわは奥まで、黒板塀だった。塀ぞいに、物干の柱が立っている。左がわは、達磨床のうしろに、五軒長屋がつづいている。露地のおくには、ささやかな木立ちを背にして、小さな稲荷の祠《ほこら》があった。センセーはそれを、月あかりに見て、

「抜けうらだといわなかったかえ、親分」

「ちょいと、鉤《かぎ》の手になっているんです。つきあたりを、左にいくと、すぐ正面に、花火の鍵屋が見えますよ」

五軒長屋は、四軒目をのぞいて、障子にあかりがさしている。三軒目は、障子があけてあった。

「親分、検視で自害になったものを、なぜに調べる」

「ご検視がどうなったか、知らなかったものでね、わっしは」

「いまは、知っているだろう。親分、蔵前の佐野屋にたのまれたな。隠すことはない。だから、わたしを引っぱりだしたんだろう。首っつりの現場を、見ようじゃねえか。灯りを借りてきねえ」

「持ってきていまさあ」

常五郎はふところから、袂提燈《たもとちょうちん》をとりだして、腰の火うち袋をはずした。火うち鎌を鳴らして、蠟燭《ろうそく》に火をつけると、提燈の筒をのばした。

「大家には、ことわってあります」

と、下駄常はあき家の前に立った。障子のそとに、板戸がはめてあって、貸店《かしだな》と書いた紙が、貼ってある。関西《かみがた》では、貸家札をななめに貼るが、江戸ではまっすぐに貼る。戸をあけて、提燈をさきに、下駄常はなかに入った。六畳と三畳に、せまい台所。二階は四畳半らしいが、梯子《はしご》は外して、土間においてあった。奥の六畳の障子をあけると、せまい庭が暗く、鼻のさきに、うしろの商家の土蔵の白壁が、黒板塀の上に見える。常五郎は、縁がわの庇《ひさし》に、提燈のあかりをむけて、

「この梁《はり》から、ぶらさがったんでしょうよ。縁がわも、出はなの畳も、泥だらけだ。仏をおろすのに、長屋の連中、土足であがりこんだんですね」

センセーは提燈の灯が、あちこちに動くのを、六畳のまんなかに立って、目で追っていた。足もとの埃《ほこり》を眺めながら、

「政太郎の話を聞いたほうが、いいんじゃあねえか、親分」

「そうですねえ。隣り、はひとが多いから、こっちへ呼んできやしょう」

と、おもてへ出ていこうとする岡っ引の背に、センセーは声をかけた。

「ついでに、箒《ほうき》でも借りてこねえと、ここにゃあ、すわれねえぞ」

下駄常は間もなく、箒を片手にもどってきた。そのうしろから、二十そこその若い男が、入ってきた。いい男で、いかにも、育ちがよさそうだが、さすがに元気がない。常五郎が掃いた畳に、肩をおとして、政太郎はすわった。

「ご検視で自害ときまっても、変死にはちがいないんですからね、若旦那。どうして、自害をしたか、はっきりさせなけりゃあ、いけません」

といいながら、下駄常は提燈をちぢめて、畳においた。ゆれる蠟燭の火に、政太郎の顔は、いっそう、やつれたように見える。

「若旦那、いいあらそいのあげく、お君さんは雨のなかへ、駈けだしたそうですね」

「はい、親分、お手かずをかけて、申しわけございません。ささいなことから、口あらそい

をいたしまして……」

「ほんとうに、口あらそいだけなんですか、若旦那」

「はい……それは、あの、実はつい、かっとなりまして、平手で頬をぶちました。それというのも、わたしに出ていけなぞと、いったものですから……」

「どうしてまた、そんなことをいったんですね、お君さんは」

「わたしに愛想が、つきたんでございましょう。金をかせぐことを知りませんので、このところ、毎日のように、いやみをいわれておりました。筆を持つぐらいはできますので、筆耕《ひっこう》の仕事を、世話してもらうことになっているのですが、まだ返事がございません。それまで、わたしが一時のがれに、嘘をついているように思って、なんのかのというんです。それで、ついその……」

「いいあらそいになった、というわけですかえ。出ていけ、といわれて、頬をぶった。そうですね、若旦那」

「お恥ずかしいことでございます」

「それから、どうなったんです」

「はい、お前さんが出ていかないなら、あたしが出ていく、と申しまして……あの大夕立ちですから、まさかに飛びだすことはあるまい、と思ったわたしが、迂闊《うかつ》でした。手拭をかぶって、傘を持たずに、出ていったんでございます」

「お前さんはすぐ、追いかけたんでしょうねえ、若旦那」

「あっけにとられて、すぐには立つことができませんでした。でも、それほど、ぐずぐずしていたわけじゃあ、ございません。はだしのまんま、追って出ました。軒下で雨やどりをしていた方が、おどろいたことでしょう。篠《しの》つく雨で、一寸さきも見えません。『どっちへ行きました』と、聞きましたら、木戸を指さした方がありましたんで、駈けだしましたら、露地口で人にぶつかりました。鍵屋の職人さんがただったそうですが、『女はどちらへ行ったでしょう』と、聞いたんです。すると、『女なんざあ、出てこなかったぜ』という返事で、実にあわてました。露地から出てきたものはない、というんですよ。下剃の友《とも》さんが、外をのぞいていましたから、これにも聞きましたが、やはり見なかったそうで……でも、あの降りですから、見えなかったに違いありません。たたきつけるような雨のなか、そんなに走れるわけはない、と思いまして、ひとまわり、探してあるきました」

と、政太郎はため息をついて、

「下帯まで濡れて、すごすご長屋にもどったときの心もち、お察しください」

「それから、どうなすった」

「着がえをして、雨があがってから、探しにでました。両国の店へいけば、なにかわかるだろう、と思ったんです」

「お君さんは、きょうは休んでいたのかえ、店は」

と、センセーが聞いた。政太郎は怪訝《けげん》そうに、砂絵師の顔を見て、

「旦那は八丁堀のお方で……」

「まあ、そんなものだ」

「血の道でしょうか、頭が重いといって、休むことにしておりました。そういうときに、口あらそいなんぞしちゃあ、いけなかったのに、わたしは……わたしは……」

膝の上で、両手をにぎりしめて、政太郎は肩をふるわした。

「できてしまったことは、しかたがねえ。お君のでていた店は、なんというね」

「花屋と申します」

「そこへ行ってみたんですかえ、若旦那」

下駄常が聞くと、政太郎は首をふって、

「濡れた着物をきかえて、長いこと、ぼんやりすわりこんでおりました。いま考えると、そうらしいんです。おぼえているのは、与七さんの声がしたことで、庭さきへ出てみますと、あき店の縁がわに、お君が……お君がさがっておりまして……腰がぬけて、しばらくは立てませんでした」

「そりゃあ、そうだろうな。つらくとも、もうすこし答えてくれ。お君がいつ、隣りへ入ったか、わからねえかえ。物音がしたとか、気配がしたとか、気づいたことはねえか」

と、センセーが聞いた。うなだれて、しばらく間をおいてから、政太郎は押しだすような

声で、

「気がついたら、とめておりましたよ」

「こいつは、ばかなことを聞いたな。かんべんしねえ。与七とお前さんとで、おろしたのかえ、仏は」

「達磨床の親方にも、手つだってもらいました。おかみさんは、医者を呼びにいってくれたんですが、もうどうしようもなくて……大家さんにいって、すぐにお届をだしました」

「するてえと、五軒長屋に与七とお前さんしか、いなかったわけだね、そのときには」

「隣りの新助《しんすけ》さんは、たばこ屋で、行商にでておりました。ひとりものなんです。その隣りの佐吉《さきち》さんは、大工ですから……」

「仕事にでていて、やっぱり、ひとりものなのかえ」

「いいえ、おかみさんがいます。騒ぎを聞きつけて、出てきてくれたんですが、まだ若いもので……」

「手だすけにゃあ、ならなかったのかえ。無理もねえの。親分、ほかに聞くことがなかったら、わたしらも仏を拝ましてもらおう」

　と、センセーは立ちあがった。

その三

あくる朝は秋らしく、空が青みわたって、鳶《とび》のすがたも、くっきりと見えた。センセーが井戸端で、顔を洗っていると、カッパがそばにきて、

「花屋のお君が首をつって、下駄常がしらべているそうですが、わっちらは働かなくて、いいんですかえ」

「もう耳に入ったかえ。いっしょにいる男てえのが、蔵前の佐野屋の若旦那での」

センセーが微笑すると、カッパのうしろから、ユータが首をのばして、

「知っていやす。だから、ひとまわり聞いてあるこうか、とカッパにいったんで」

「下駄常は佐野屋に、たのまれたのさ。あとから割りこんでも、金になるかどうか、わからねえぜ」

「そりゃあ、センセー、気の弱い。下駄新道の鼻をあかしてやりゃあ、いいじゃゴわせんか。毎度のことだ」

と、ユータがにやにやする。カッパは頭をたたいて、

「はてね。そう気のねえところを見ると、お君はほんとうに、首をつったんですかえ」

「ご検視はそうきまって、下駄常もゆうべの調べで、安心したようだ。佐野屋がたのんだのは、息子に傷がつかねえよう、はからってくれ、ということに違えねえ。つまり、これで落

着さ」

「勘当しても、息子は息子、親は心配でしょうからねえ」

と、ユータは心得顔だ。張りぼての墓石をだいて、幽霊の扮装《ふんそう》で、ものもらいをして歩くユータだが、経《きょう》かたびらは、まだ着ていない。その肩を、願人坊主《がんにんぼうず》のガンニンがたたいて、いがぐり頭をふりながら、

「ところが、ほんとうに勘当はしていねえんだ。親でもない、息子でもない、と追いだしたのは、嚇《おど》しでね。まだ勘当のお届は、だしていねえとよ。若旦那はそれを、知らねえらしいが……」

「よく知っているの。下駄常も、そういっていたよ」

センセーが笑顔になると、牛頭天王《ごずてんのう》のお札くばりのテンノーが、首をかしげて、

「それにしても、どうして佐野屋は、お君の自害一件を、そうすぐに知って、白壁町にひとをやれたのだろう」

「横山町と蔵前と、道は遠くはなけれども、こりゃあ、ちと奇妙《けぶ》でござんすねえ」

と、野天芝居の女形《おんながた》、オヤマが甲高い声をあげた。大道芸人、ものもらい、晴れた日にはだれもいないが、雨の日にはのたのた、ごろごろしているので、ひと呼んで、なめくじ長屋の住人たち、いつの間にか、井戸端に顔をそろえている。

「そのへんに、なにかあやがあるんじゃあねえか。センセー、下駄常が安心したなら、好都

合だ。掘りかえしちゃあ、どうですえ」

と、アラクマも口をだした。砂絵師は顔をしかめて、

「そうはいかねえ。おれもそこにひっかかったのだが、聞いてみりゃあ、埒《らち》もねえ。政太郎が蔵前片町へ駈けていって、おふくろに金をせびったんだ。お君の葬いを、りっぱに出してやりたいから、といってな。こんなことになったのも、おやじのわからず屋のせいだから、金をくれてもいいだろう、と泣いたそうだ」

「やれやれ、それでは、どうしようもありませんな」

と、テンノーは肩を落して、

「だが、お君のような勝気な娘が、どうして首など、つったろう。そこが、どうも合点《がてん》がいかねえ」

「さては、テンノー」

と、河童《かっぱ》のまねをしてあるく裸乞食が、芝居がかりの口調で、

「大川端の帰るさに、身分もわきまえずに、袖をひいて、お君ちゃんに蹴とばされやがったな」

「いや、そんなことはない。決してない」

と、テンノーはむきになる。センセーは苦笑しながら、

「死顔はひどかったが、生きているときは、かわいらしい女だったらしいな。勝気とは聞か

なかったが、まあ、若旦那をののしって、大夕立ちのさなかに、駈けだしたくらいだ。気性は激しかったろう」

「やさしいところも、ありましたぜ」

と、アラクマが口をだして、

「客に銭を投げてもらおうと、わっちが匍っていましたら、花屋のばばあが、水をぶっかけようとしやがった。それを、とめてくれたのが、お君さんでね」

「そういやあ、あっしも西瓜《すいか》を頂戴したことが、ありやすぜ」

と、カッパがにやにやして、

「客が買ったのを、葦簀《よしず》のかげから手をのばして、いただこうとしたら、お君ちゃんに見つかった。ところが、にやにやして、見のがしてくれたんでさ」

「なんだ。手ずから、たまわったのか、と思って、こっちはいい加減、気をもんだぜ」

と、ガンニンが大げさなため息をついた。オヤマは顔をしかめて、

「結句《けっく》、それじゃあ、この一件、おあしにはならないんですねえ」

「お天道さまの下で、あくせく稼ぐのが、おれたちさ」

と、センセーはまじめな顔で、

「あぶく銭もたまにはいいが、欲をだしちゃあいけねえ。下駄常がゆうべ、袂へ投げこんだ一朱で、今夜、酒を買っておくよ」

井戸端の談合は、これが結論になって、なめくじたちは仕事にでていった。センセーも砂の袋を風呂敷につつんで、出かけようとしていると、大道曲芸師のマメゾーの顔が、戸口にのぞいて、

「センセー、ちょいとつきあっちゃあ、もらえませんか」

「早ばやと出かけたようだったが、なにか持ちあがったかえ」

センセーが聞くと、マメゾーは日に焼けた顔に、ちょっと困ったような表情を浮かべながら、

「使いがきて、ひとにあってきたんです。センセーも、名前は知っていやしょうが、深川六間堀《ろっけんぼり》の鉄五郎《てつごろう》」

「野師《やし》の元締《もとじめ》だの。あの大親分と、おめえ、なにか揉めたのか」

と、センセーは眉をひそめた。両国の広小路のすみで、マメゾーは曲芸を見せている。鉄五郎は東西両国に顔がきくから、睨《にら》まれたら最後、おちおち大道かせぎはできなくなる。だが、マメゾーは首をふって、

「いえ、頭をさげられて、弱っているんでさあ。初音の馬場まで、足をはこんでおくんなさい」

その四

　馬場といっても、いまでは紺屋《こうや》の干し場になって、伸子《しんし》をたくさんつけた布が、竜のまねをしているみたいに、高く低く波うっている。火の見の櫓《やぐら》が、黒く高くそびえて、屋根に鳶をとまらしていた。竿を持った子どもたちが、蜻蛉《とんぼ》を追っている原のすみに、白髪の男が待っていた。

「六間堀の鉄五郎でございます。お見知りおきくださいまし」

　と、頑丈なからだを傾けて、ていねいに挨拶をしてから、

「あるお願いを、マメゾーさんにしましたところ、そういうことなら、八辻ガ原のセンセーにかぎる、といわれました。こんな場所では、失礼でございますが、お聞きくださいませんか」

「たかが大道絵師に、失礼もなにもない。ざっくばらんに、話してください。ただし、わたしで間にあうかどうか……」

　センセーがいうと、野師の元締は表情をひきしめて、

「広小路の水茶屋のお君というのが、首をつったことは、もうご存じだそうですが、ほんとうに自害かどうか、ひとつ調べていただきたいのです」

「どうしてですえ」

「信じられませんので……」

「すると、どう思っておいでかな」

「殺されたのではないか、と思うので……」

「なぜ、そう思うのだえ、元締」

「あれは、見かけによらず、しっかりした娘でした。男といいあらそいをしたくらいで、死ぬようなことはございません」

「頭痛がして、機嫌が悪かったそうですよ。そういうときには、もののはずみが、とんだことになる。まあ、そうはいうものの、どうして自害したか、わたしも知っているわけではないが……」

「わたしは知っております、あの娘のことなら、自分のように」

「はてね。するてえと、お君というのは、元締の……」

「はい、娘でございます」

「そうだったのか」

「事情があって、親子の名のりあいはしておりませんが、いつも気にかけておりました。センセー、力を貸しておくんなさい。殺されたのなら、敵《かたき》をうってやりたいんです」

意志の強そうな目が、光っていた。

「マメゾーがなにをいったか知らないが、人ころし一件なんぞの謎をとくのは、わたしはたしかにうまい。といったって、千里眼じゃあない。人をつかって、材料をあつめて、考えるわけさ」

と、センセーはにやりとして、

「ところが、人はただでは、動いてくれぬ。つまり、金がかかるが、よしかね、元締」

「けっこうでございます。おっしゃるだけ、借金してでも、お払いいたします」

「それほどの覚悟はしなくていいが、敵をうつといったって、わたしに相手を殺してくれの、嚇してくれのという頼みは、ひきうけられない。真実をつきとめて、お前さんに納得させるだけでいいなら、ひきうけよう」

「それでじゅうぶんでございます」

「ほんとうに自害だったら、どうするね」

「納得させていただければ、結果に文句をつけるような、けちな真似はいたしません」

「お君さんが殺されていて、下手人の見当がついたとしても、訴えられるかどうか、わからないぜ」

「それも、承知しております」

「三両で、ひきうけよう。当座のかかりに、一両くんねえ」

「いま、三両さしあげても、よろしゅうございますが……」

波紋に鯉の縫いつぶし、黄金《きん》の前金具をつけた紙入を、鉄五郎はふところから出した。セ

ンセーは片手をだして、

「遠慮はしないことにしよう。早ければきょうじゅうに、埒をあけてご覧に入れる。マメゾーをやるから、そのときは出てきてくんねえよ」

「はい、どこへも出かけずに、待っております。なにぶんお願いいたします、センセー」

と、鉄五郎は頭をさげた。馬場の囲いを出ていくセンセーに、マメゾーは従いながら、声をひそめて、

「安うけあいをして、大丈夫ですかえ」

「安心しろ、マメゾー。お君が殺されたことは、最初《はな》からわかっている。銭にならねえから、黙っていただけだ」

と、センセーは口もとを歪めて、

「ひと工夫しなけりゃあならねえのは、どうやって、鉄五郎に納得させるか、ということさね」

その五

大川の水が、西日にきらきら光っている。両国橋の橋間《はしま》をくぐって、おびただしい赤とんぼが、高く低く飛んでいく。竪川《たてかわ》から出てきた屋根舟が、赤とんぼの群れに導かれるように、両国橋をくぐると、首尾《しゅび》の松《まつ》のあたりで、舟あしをとめた。御蔵の五番堀のところに、川に

むかってのびた松で、人目をしのぶ屋根舟が、よくとまっている。しかし、いまもやった舟は、粋《いき》ごとではなかった。

「ちょいと、蠟燭を買ってまいります」

と船頭があがっていったあと、舟に残ったのは、男ばかり三人で、簾《すだれ》もおろしていなかった。六間堀の鉄五郎とセンセー、もうひとりは、横山町の達磨床のうしろにすむ与七だった。

「よく来てくれたな、与七さん。まあ、飲んでくれ」

と、鉄五郎に酒をすすめられて、与七は恐れいりながら、

「ありがとうござんす、元締。どうも、ご用をうかがわねえと、落着きません。おっしゃっておくんなさい」

「なあに、お前さんに聞きたいことが、あるだけさ。ほかでもねえ、お君のことだ。年がいもねえと、笑うだろうが、わたしゃあ、あの娘にまいっていての。死んだと知って、残念でならねえ。せめてもの心やりに、死んだときの様子を、くわしく聞きたいんだ」

と、鉄五郎は目をとじた。与七は猪口《ちょく》をほしてから、

「ごもっともで……ですが、わっしがこの目で見たのは、お君さんが仏になったあとでしてね。どうしてあんなことになったのか、さっぱりわからねえんでさあ」

「そりゃあ、おもてむきのことだろう。わたしゃね、与七さん。ほんとうのことが知りたい

だけなんだ。お礼はするから、喋っておくれでないか」

「いえ、お礼をいただけるから、喋るの、いただけねえから、喋らねえのというわけじゃあ、ござんせん、こちらの旦那には――」

と、与七はセンセーに視線をむけて、

「もうお話しいたしやしたが、夕立ちにふられて、戻ってくると……」

「はてな。ありゃあ、いったい、どうしたんだろう」

と、センセーが川なかを指さした。一艘の小舟が下《しも》からきて、前にさしかかったところだった。船頭が櫓《ろ》をあげて、客のそばによった。客は女で、腰を浮かしたらしい。舟が揺れた。女は手をあげて、船頭を押しのけた。鉄五郎は舌うちして、

「なんという船頭だ。まだ明るいてえのに、ありゃあ、女を手ごめにする気だぜ」

「そうらしい。あぶない。あぶない」

と、センセーが口走る。むこうの舟では、女が立ちあがった。舟が大きく揺れると、女はよろめいて、川に落ちた。水しぶきがあがって、女のすがたは波間にのまれる。船頭はしゃがんで、川をのぞきこんだ。

「薄情なやつじゃあねえか。船頭が泳げねえはずはねえ。見ごろしにする気だろうか」

野師の元締がいうと、センセーも顔をしかめて、

「そうかも知れません。女は浮かんできませんね。かわいそうに――あいにく近くに、猪牙《ちよき》

一杯、いないとはな」

与七は落着かない様子で、小舟のほうを見つめている。波がさわいで、ひとの頭が現れた。しかし、女ではなかった。小がらで、痩《や》せてはいたが、髷《まげ》といい、下帯といい、裸の男だった。男が舟に泳ぎよると、船頭は手をさしのべた。その手にすがって、男は舟にあがると、こちらにむかって、頭をさげた。

「どうだえ、与七さん」

と、センセーは笑って、

「女が水に溶けたろう。あの男が舟のむこうがわに浮いて、舟ばたにつかまって、隠れていたら――つまり、見えなかったら、お前さん、女は沈んだ、と思やあしねえかえ」

与七は答えない。むこうの小舟では、オヤマが濡れた全身を、手拭でこすっている。船頭役のカッパは、器用に櫓をあやつって、舟をゆっくり、上流にすすめている。センセーは徳利をとりあげて、与七の猪口についでやりながら、

「お前さんも小がらで、華車《きやしや》なからだつきだな。いまの舟の男とちがって、鬘《かつら》はいらなかったろう。あの降りだ。手拭をかぶって、お君さんの着物をひっかけて、飛びだしゃあ、雨やどりの連中は、女だと思う。しかも、ちょいとあとから、政太郎が出て、『女はどっちへ行きました』と、聞くんだから、ますます思いこんでしまわあな」

「なんのことだか、わかりませんよ、わっちにゃあ」

と、かすれた声で、与七がいった。センセーは嘲笑《あざわら》って、

「わからねえことは、ねえだろう。お前さんが元締にする話を、かわりにしてやっているんじゃねえか。一寸さきも、見えねえような雨あしだ。稲妻が光ったかも知れねえが、そのときにゃあ、もう男にもどっていたこったろう。どこに隠れて、お君さんの着物をぬいだえ。濡れた着物をまるめて抱えて、どうやって木戸を出たのかな。黙っていねえで、教えねえ」

「知らねえ。わっちがなんで、そんなことをしなけりゃあ、ならないんです」

「きまっているじゃあねえか。お君さんが、そのときはもう殺されていたからだ」

センセーがいうと、与七は怯《おび》えた目で、鉄五郎を見た。白髪の元締は、木の実をはめたような大きな目で、遊び人をにらみつけた。赤とんぼが三、四匹、舟の屋根の下を、なにを追ってか、くぐりぬけていった。

「そうか。お前さん、達磨床の戸袋のかげにでも隠れて、政太郎をやりすごしたな」

と、センセーは自分で自分にうなずいて、

「鍵屋の職人と出くわして、政太郎が『女はどちらへ、行きました。いまここを、駈けでていったはずですが』と、聞いているときに、横をすりぬけていったんだろう。追ってきたやつのあとから、男が出てきても、だれもそいつのことを、聞かれたとは思わねえ。『女が出ていったはずだ』といわれりゃあ、『出てこねえ。だれにも、あわなかった』としか、返事はできねえじゃあねえか」

「それじゃあ、わっちがまるで、政太郎さんに頼まれて、ひと芝居うったみてえだ」

「頼まれた、とはいっていねえぜ。狂言作者は、おめえだろう。お君を殺したのも、おめえじゃあねえか」

「旦那、ばかばかしいことは、いいっこなしだ。わっちがなんで、お君さんを殺すものかね。怨みもなにも、ありゃあしねえのに」

といって、与七は酒をあおった。手酌でまた、猪口をみたしながら、

「かわいさあまって、憎さが百倍とやらで、お君さんが政太郎さんを殺すなら、まだわかりますがね。お君さんがいなくなったら、政太郎さんは行きどころも、ねえんですぜ」

「蔵前のうちがあらあな。ぜいたくに育った若旦那、貧乏ぐらしがいやになったのよ」

「だったら、出てきゃあ、それでいい。お君さんは玉《たま》の輿《こし》のあてが外れて、甲斐《かい》しょうなしの若旦那を、出ていけがしにしていたんですよ」

「水茶屋の女だから、そういわれりゃあ、そうかと思う。そりゃあ、口げんかもしただろう。だが、水茶屋づとめをしていたって、欲とくずくの色恋しかしねえ、と思っちゃあいけねえ。おめえ、元締の話を、うわの空で聞いていたのか。世話をしてえ、金に糸目はつけねえ、といったんだぜ。けれども、お君さんの返事はな。『わたしには、大事なおひとが、いるんです。腰掛にすわるお客に、お茶をはこんで、きわどい冗談はいっていても、それは大事なおひとを、養うための方便ですのさ』と、こうだったんだ。通夜の席で、花屋のおかみさんも、

いっていたじゃあねえか。おめえも聞いたはずだ。『若旦那、お君ちゃんは、お前さんに心底、惚れていたから、死んだんですよ。自分がいては、若旦那が出世できないと、思って』といったのを」

と、センセーはひと息ついて、

「だが、政太郎には、そんな女のありがたみは、わからねえ。うちに逃げて帰りてえが、お君は金輪際《こんりんざい》、切れるものかという。困《こう》じはてて、政太郎、悪党のおめえに、相談を持ちかけた。蔵前の大家の跡とり、弱みを握っておきゃあ、小づかいには困らねえ。一世一代の知恵をしぼって、お君ころしを引きうけやがったろう、悪党め。首をしめるときに、惜しい、と思わなかったかえ」

「与七」

鉄五郎の声は、血を吐くようだった。与七はぶるぶるっとふるえて、

「ちがう。ちがう。殺したのは、わっちじゃねえんだ。政太郎だ」

「嘘をつけ。ここを閻魔《えんま》の庁だと思って、ものをいうことだな。悪党らしくもねえ」

センセーがせせら笑うと、与七は大きく手をふって、

「嘘じゃあねえ。わっちはただ、お君さんが店へ出ねえようだから、隣りのあき店に、聞きにいっただけなんだ」

「なにを」

「元締、気を悪くしねえでおくんなさいよ。昼間は両隣り、だれもいねえものだから、おっぱじまると、なんともいえねえ声をだす。植木の手入れをしていて、耳に入ったのが、病みつきでね。ときどき、あき店にしのんでいたんでさあ。ところが、あの日は声がおかしい。庭からのぞいてみると、政太郎さんが、お君さんの扱帯《しごき》で……」

といいかけて、はっとしたように、与七は口をつぐんだ。センセーは眉をあげて、

「ざまあみやがれ。悪いほうに、小知恵はまわっても、おめえに度胸のねえことぐれえ、お見とおしだ。いいあらそいのはずみに、政太郎が殺してしまって、茫然としているところへ、おめえが入っていったんだ。あと始末をひきうけて、一生、食いものにするつもりだろう」

「畜生」

与七は膳をひっくり返すと、舟のそとへ飛びだした。しかし、逃げることはできなかった。気をきかして、どこかへいったはずの船頭が、屋根の上にいたからだ。そのからだは、宙に一回転して、与七の前に立った。へなへなと、与七は艫《とも》に膝をついた。その両手を、うしろで縛りあげてから、マメゾーは櫓をとりあげた。センセーは与七を、鉄五郎のまえに引きすえて、

「元締、これで納得がいきましたかえ」

「いきました。センセー、ありがとうございます。お君はやはり、思っていたとおりの娘でございました」

鉄五郎が頭を下げると、センセーは与七の月代《さかやき》を、平手でたたいて、

「こいつのつかいかたは、おまかせします。わたしが引きうけられるのは、ここまででしてね。どこの桟橋《がんぎ》まで、お送りすれば、よろしいかな」

「柳橋まで、お願いいたします」

「よしきた。船頭、舟をだしてくんな」

夕焼の空に、いつの間にか、入道雲が立ちあがっていた。

その六

「センセー、下駄常が知ったら、頭から湯気を立てますぜ」

柳橋をわたって、両国の広小路にむかいながら、マメゾーがにやにやした。センセーは平気な顔で、

「鉄五郎はなにもしねえよ。与七は行きがた知れずに、なるかも知れねえ。だが、頭は働くようだから、うまく元締に取りいって、命だけはひろうだろう」

「政太郎はどうなりますね」

「こいつは間違いなく、行きがた知れずに、なるだろうよ。大川に死骸があがれば、めっけものだな。アラクマに聞かせたら、いい女を殺《あや》めて、罰があたらねえはずはねえ、というぜ、かならず」

「そうでしょうね」

「政太郎をさそいだす手つだいをして、与七は助けてもらうんじゃねえかな」

「あの元締は、恐ろしいおひとだ。小塚原《こづかっぱら》か鈴ガ森のさらし場に、若旦那の首がのるかも知れませんよ」

「おれたちの知ったことじゃあねえさ。下駄常がたのみにきたら、お君の姉でも、でっちあげて、礼金をとってくれべえ。お縄にできるかどうかは、下駄常の腕しだいだ」

「いもしねえ人間を追わせるのは、ちと酷だが、それもわっしらの知ったこっちゃあ、ありませんね」

「そうともよ」

と、センセーは笑った。入道雲は、きょうは夕立雲を吐きださずに、夕日に酔ったような色をして、崩れはじめている。打ちだしの近い見世物小屋では、三味線太鼓がにぎやかだった。広小路は、人でごったがえして、蝗《いなご》の蒲焼《かばやき》の香ばしい匂いや、雪花菜《おから》の鮨《すし》の甘ずっぱい匂いが、ただよっていた。とろの鮨なぞ、手のだせない貧乏人のために、雪花菜を酢で味つけして、握ったものを、売っていたのだ。上にのせる魚は、小鰭《こはだ》だけれども、皮だけ。蒲鉾《かま》《ぼこ》屋《や》から、身をそぎおとしたあとの皮を、ごく安く買ってきてつかうのだが、見たところ、鮨らしく、あんがいうまい。

「センセー、一杯やっていきますか」

と、初音の馬場の火の見のほうへ、マメゾーは顎をしゃくった。馬場のそとには、居酒屋がならんでいた。

「酒は長屋で、みんなで飲もう」

と、センセーは首をふって、

「花屋へいってみねえか。きょうは元締のつきあいで、ふたりとも、小ざっぱりとしているから、塩をまかれる恐れはあるめえ。お君の朋輩に、故人のことを聞きながら、茶をのむ、というのも、回向《えこう》になりゃあしねえかえ、マメゾー」

「ようがすね。お供しますぜ」

広小路を横ぎって、川端のほうへ、ふたりは歩きだした。川端に葦簀《よしず》ばりの茶屋が、ずらりとならんで、赤い提燈にもう灯を入れていた。店さきに茶釜を光らして、薄化粧の女たちが、客を待っている。茹卵《ゆでたまご》や枝豆を、笊《ざる》に入れた年よりや男の子が、茶屋のあいだを、売りあるいていた。

「娘たちに、茹卵の総じまいをしてやるか」

道楽息子のようなせりふを吐きながら、センセーはお君という女のことを考えていた。

第四席　与助とんび

その一

いまは浅草の三社祭《さんじゃまつり》が、下町を代表する祭になっているけれど、江戸のころには、六月の日吉山王祭《ひよしさんのうまつり》、七月の深川八幡祭《ふかがわはちまんまつり》、九月の神田明神祭《かんだみょうじんまつり》、これが三大祭だった。ことに山王と神田の両祭は、山車《だし》が千代田のお城にくりこんで、公方《くぼう》さまがご覧になるので、御用祭と呼ばれた。山王の氏子《うじこ》は百六十余町、日本橋あたりでは、ひとつの町がこの祭に、千両の金をかけたという。神田明神の氏子は、ほとんど、山王の氏子でもある。だから、どちらの祭でも、先頭に立つ山車は、大伝馬町《おおてんまちょう》の諫鼓鶏《かんこどり》だ。本祭は山王さまが、子《ね》どし寅《とら》どし辰《たつ》どし、明神さまが丑《うし》どし卯《う》どし巳《み》どし、という具合に、隔年になっている。氏子が重なっているせいだろうか。山王祭は、六月十五日。三社祭も昔はおなじ日だから、浅草だけの地域の祭にすぎなかった。両祭の規模が小さくなった現在、三社祭が東京を代表するためには、神《み》輿《こし》のかけ声の、

「そいや、そいや」

という関西なまりを、まず排するべきだろう。深川の富岡八幡《とみがおかはちまん》では、昭和五十六年に、神輿総代連合会の提唱で、

「わっしょい、わっしょい」

に戻している。そいや、というのは、敗戦後も昭和三十年代、神輿のかつぎ手がないために、雇ったアルバイト学生のあいだから、起った地方なまりらしい。東京本来のかけ声ではないのだから、浅草も深川を、見ならうべきではないか。

その二

神田祭は九月九日に、氏子の町内が軒提燈をかけつらね、神酒所《みきしょ》をもうけて、大幟《おおのぼり》を立てる。十四日が宵宮《よみや》で、各町に飾った山車が練りだして、真夜中までに、湯島聖堂わきの桜の馬場に集合。十五日には諌鼓鶏を第一番に、二番は南伝馬町の猿舞、三番は神田旅籠町《はたごちょう》一丁目の翁の舞、四番はおなじく二丁目の和布苅竜神《めかりりゅうじん》、五番は鍋町《なべちょう》の神功皇后《じんぐうこうごう》、六番は通新石町《とおりしんこくちょう》の歳徳神《としとくじん》、七番は須田町一丁目の住吉神《すみよしじん》、八番はおなじく二丁目の関羽《かんう》、九番は連雀町《れんじやくちょう》の熊坂長範《くまさかちょうはん》、十番は三河町一丁目の大天狗僧正坊《そうじょうぼう》と牛若丸、見あげるような人形をのせた山車が、ところどころに、猿田彦《さるたひこ》の面をかぶった伶人《れいじん》、獅子《しし》がしら、騎馬武者、神輿、太神楽《だいかぐら》をはさんで、三十六番、松田町《まつだちょう》の源頼義《みなもとのよりよし》まで、にぎやかな巴麗道《ぱれいど》をくりひろげる。道順は桜の馬場から、本郷へ出て、湯島にもどって、須田町、三河町、神田橋、護持《ごじ》院《いん》が原《はら》、飯田町、中坂《なかざか》をのぼって、田安御門《たやすごもん》から江戸城へ入り、将軍さまに見ていただく。屋台囃子《やたいばやし》が夜遅くまで、町に流れて、十六日の朝から、氏子の代表たちが、明神さまにお礼まいりをして、神田祭はおわる。

　ことしは蔭祭で、山車のお練りはない。けれど、祭には違いないから、九日に軒提燈をだして、神酒所もしつらえ、大幟も立てる。山車は車にのせずに、人形だけを各町内に飾って、ひとがそれを見てあるく。牛にひかれた屋台の上で、ちゃんちき、ひゃいとろ、すけてんてん、神田囃子にあわせて、ゆらゆらすすむのを、見あげるほどには、血はさわがない。けれども、葦簾《よしず》がこいに飾ったのを、つくづく見るのは、また別のおもしろさがある。そばで町内の若者たちが、葛西《かさい》の太夫《たゆう》にならった囃子の腕を、披露する。

　囃子は鉦《かね》がひとつ、笛が一管、しめ太鼓が二、三挺。鉦は銅の蓋《ふた》のような、手のひらにおさまるほどの大きさだ。それを左手にのせて、内がわを、右手の細く長い撥《ばち》で、ちゃんちゃらちきち、ちゃんちきちん、と擦《す》るようにたたく。この鉦を俗に与助《よすけ》というが、なぜそういうかは、わからない。笛をとんびというのは、高く鋭く鳴るからだろう。太鼓はかわ、これはむろん馬の皮を張るからだ。おひゃいとろ、おひゃいとろ、おひゃいひゃいとろ、てとてんてん、ひゅっ、ちゃんちきち、すててんてん。

「秋晴れの空にひびくのもいいが、今夜のように曇った宵に、しっとり聞えるのも、悪くありませんね」

　と、ユータが耳をかたむけた。貧乏の純粋標本みたいな、橋本町のなめくじ長屋にも、神田囃子はわけへだてなく、流れてくる。屋台、聖天《しょうでん》、鎌倉、四丁目《しちょうめ》、神田丸《かんだまる》、調子のひとつひとつに、名がついていて、とんびの音はするどいが、江戸囃子はにぎやかなうちにも、深い哀愁があふれている。子守唄の旋律も入っているから、夜遅くまでやられても、うるさくはない。

「蔭祭のほうが、おれたちには、ありがてえわな。さわがしすぎず、酒が入って、みんな気前がよくなるもの」

といって、ガンニンは、かけ茶碗の酒をあおった。本祭の十五日は、あちらこちらが通行どめになって、歩けない。なめくじ長屋の住人は、大道芸人ものもらいばかりだから、稼ぎにならないのだ。

「へっ、おいらたちも、明神さまの氏子だ。祭のうちも稼ごうなんて、罰あたりはいうめえよ」

と、アラクマは力んで見せて、焼いた銀杏《ぎんなん》を、大きな口にほうりこんだ。蔭祭がはじまったばかりの九月十日の夜、仕事から戻ったなめくじ連は、砂絵のセンセーの長屋で、酒を飲んでいる。壁の穴から、お札くばりのテンノーが顔をだして、

「さすがは江戸っ子だの、アラクマ。おれはきょう、芝神明《しばしんめい》の門前町を、熊のかっこうでうろついて、うるさがられているやつを見たがの。おめえとは、大ちげえだ」

「うるせえ。うるせえ。天王さまのお札を、まくわけにも行かず、ものほしげな鼻高面がいたとは、気づかなかったよ」

と、アラクマは顔をしかめた。芝の神明さまは、いまの芝大神宮で、祭は十二日から二十一日までだが、九月に入ると、花飾りの提燈を軒にかけて、にぎわいはじめる。名物の生姜《しょうが》、ちぎ箱の店が鳥居前までならび、境内には芝居小屋、矢場、吹矢がひとを集めて、月ずえまで祭きぶんなので、だらだら祭と呼ばれていた。

「おやめなさいな、おふたりとも」

と、野天芝居のオヤマが、とめ女というかたちで、両手をひろげて、

「センセーが眠そうだよ。そろそろ、ユータさんの長屋にでも、ひきあげよう」

すると、壁によりかかって、目をとじていた砂絵師が、腕ぐみをといて、

「居眠りをしているわけじゃあねえ。いま四丁目を打ちこんで、なかなか聞かせるから、感心していたんだ」

橋本町は二丁目が山車を持っていて、二見《ふたみ》が浦《うら》の景だった。練りの順序は十三番で、郡代屋敷よりの角に、飾ってある。二丁目の若者たちが、そのそばでやっている囃子は、四丁目に入って、ゆったりと淋しい笛の音を、ひびかせていた。

「うん、ことしの囃子の連中は、腕がいいようだ」

ガンニンがうなずくと、センセーはあたりを見まわして、

「マメゾーとカッパは、どうした。まだ戻っていねえのかえ」

「マメゾーは横山町の大店が、客をよぶ席の余興に、たのまれて行っています。ですが、カ

ッパはわからねえ」

と、ユータが首をかしげて、

「どこかで、祭の酒にありついて、ずぶろくになっているのかも、知れませんぜ。河童《かっぱ》おどりを見せたら、飲ましてやるなんてえ物好きが、いねえとも限らねえから」

「それどころじゃねえ。助けてくれ」

だらしのない声がして、ちょうどそこへ、ころがりこんだのが、カッパだった。下帯ひとつの裸を、鍋墨でぬりたくっているから、顔いろはわからないが、額が腫《は》れあがって、片目がふさがりかけている。

「どうした、カッパ」

意外に機敏に、アラクマが土間におりて、カッパをかかえ起した。

「ばかな話で、袋だたきにあっちまった」

と、カッパは畳に匍《は》いあがった。ガンニンが身をのりだして、

「いってえ、どこで、どいつにやられた」

「明神下でよ。ひでえ濡《ぬ》れぎぬで、おいらがとんびを盗んだてえんだ。この通り、なにも持っていねえのは、ひと目でわかるじゃあねえか。それなのに……ああ、痛え」

「おい、手ぬぐいをしぼってきてやれ」

と、センセーはオヤマにいいつけて、

「カッパ、横になりねえ。手足は動くか」

「へえ、そりゃあまあ、ここまでなんとか、歩いてきました。手も足も折れちゃあ、いねえでげしょう」

「頭は痛むか」

「さっきまでは、目がまわって、ひと足だすたんびに、頭がくらくらしやしたがね。どうやら、もうおさまりました。口もまあ、一人前にきけるようで……」

と、顔をしかめながら、カッパは苦笑いをした。腫れあがった額に、センセーはそっと指を銜わせて、

「おめえの石頭は、めったなことじゃあ、ひびは入るめえ。だが、じっとしていたほうがいい」

「なあに、ここにいりゃあ、安心でさあ。聞いておくんねえ、センセー。とんびを盗んだって、どうにもならねえ。どうにもならねえものに手をだすほど、ばかじゃあねえ、といったんですが……」

「そんなこと、ひとが信じてくれるはずがなかろう」

と、テンノーはオヤマの手から、井戸でしぼった手ぬぐいをひったくって、カッパの額にのせてやった。カッパは口もとを歪《ゆが》めながら、

「いま思やあ、その通りよ」

「明神下といったの」

「ああ、門前西町《もんぜんにしまち》のお神酒所が、明神下にあって、その隣りに人形が飾ってある」

お練りの順序は二十三番、小槌《こづち》を片手に、袋をかついで、にんまり笑っている大黒さまの人形だ。

「そこで、お囃子をやっていた連中が、ひと休みしに、お神酒所へ入ったあとへ、おいらが通りかかったてえ次第さ。一杯ぐれえ飲ましてくれねえものかと、おいら、お神酒所をのぞいたが、けちな亡者どもでよ。にべもなく、追いはらわれたあな。ところが、すぐに若いのが三、五人、走ってきやあがって、いきなり、ぽかぽかっと来やがった。『この河童野郎、とんびを返せ。どこへ隠した』といわれたって、こっちゃあ、めんくらうばかりだ。いいように、殴られちまった」

「おめえが笛を、盗んだというのかえ」

センセーが聞くと、カッパはうなずいて、

「知らねえといっても、聞いてくれねえ。なんでも、由緒ある笛だそうでね」

「そんなものを、放りだしておくとは、迂闊《うかつ》じゃあねえか」

と、ユータが顔をしかめて、

「それに、おめえの風態を見りゃあ、なにも隠していねえのは、わかりそうなものだ」

「酒にありつけなかった腹いせに、どこかへ棄《す》てたんだろう、というわけさね。ひでえ目にあったぜ、まったく」

腫れて、細くなっていないほうの目を、ぎらぎら光らせて、カッパは口をとがらせた。言葉もすこし、もつれている。ガンニンは心配そうに、

「熱があるようだぜ。口はもう、きかねえほうがいい。傷ぐすりは、なかったかな」

「なあに、ひと晩、寝りゃあ大丈夫だ」

と、カッパはうめいて、目をとじた。オヤマは砂絵師の前に膝をすすめて、

「センセー、とんびを盗まれたというのは、ほんとうでしょうかねえ」

「さあ、なんともいえねえの」

「いいがかりじゃあ、ないんでしょうか。屋台囃子の若いものが、そんな由緒のある笛なんぞを、持っていますかねえ」

「持っていねえとは、かぎらねえだろう。あすになったら、当人に聞いてみるか」

と、センセーは腕をくんだが、夜があけても、当人に聞くことはできなかった。明神西町の屋台囃子で、とんびを吹いていたのは、銀平《ぎんぺい》という鰻《うなぎ》さきの職人だったが、聖堂まえのお茶の水の崖《がけ》で、その夜のうちに、死んでしまったからだ。

その三

筋違御門うちの八辻ガ原のすみで、センセーがいつものように、砂絵をかきはじめようと

していると、ユータとガンニンがやってきた。ユータは張りぼての墓石をかかえていないし、ガンニンも鼠《ねずみ》の衣はつけていない。

「センセー、けさがた、お茶の水の崖で、人死にがありやした」

ユータがいうと、センセーは小箒《こぼうき》で、莫蓙《ござ》のまえの地面をはきながら、

「ちらっと聞いたが、どうかしたかえ、そいつが」

「額を割られて、死んでいたんだが、その男がゆんべ、カッパを殴った張本《ちようぼん》らしい」

と、ガンニンが眉をひそめて、

「どうやら、与助のへりで、おでこを叩《たた》きわられたようだ、という話でね」

「あの鉦を片手でつかめば、ときにとっての武器《えもの》になるな」

センセーがうなずくと、ユータは声を低くして、

「いやなことを、聞きやした。ゆんべの河童が、仲間をかたらって、しかえしをしたんじゃねえか。そう噂をしているんでさあ、屋台囃子の連中が」

「しかも、本郷の宇之松《うのまつ》親分の耳に、そいつが入っているそうなんで、もう」

と、髪ののびかけた坊主あたまを、ガンニンはがりがりかいて、

「まごまごすると、カッパはお縄にされますぜ。どこかへ隠したほうが、いいんじゃありませんかえ」

「宇之松てえ岡っ引は、評判がよくねえ。病人でも、引っ立てかねねえやつです」

と、ユータは口をゆがめた。カッパはまだ熱があって、長屋に寝ているのだった。オヤマが、そばについている。センセーは考えながら、

「殺された鰻さきてえのは、腕のいい職人かえ、ユータ」

「まだ一人前になったばかりで、大したことはなさそうですね。銀平といって、笛を吹くのはうまいらしいが……」

「働きさきは、明神下の神田川かえ」

「そんな名代《なだい》の店じゃあ、ありやせん。村田屋という、妻恋稲荷《つまこいいなり》のそばの小さな店で」

「聞いたことがねえ。それじゃあ、下駄常に声をかけても、恩に着せられるだけだな。おめえたちゃあ、この砂絵の道具を、長屋へ持ってけえってくれ」

「それから、どうしますえ」

ガンニンが聞くと、センセーはふたりの顔を見くらべて、

「カッパについていてやんねえ。もしも宇之松の子分がきたら、ユータのほうがいいだろう。おめえがカッパになりすまして、ついていけ。やつら、つらを知っているはずがねえから、おめえで通る」

「西町の囃子のやつを、見知り人としてつれてきたら、通らねえでがしょう」

と、ユータが頭をふった。センセーはこともなげに、

「酔っていて、おぼえていねえんじゃあねえか、といってやれ。おめえも酔っていて、相手

をおぼえていねえ」

「つっぱねて、番屋につれていかれて、ひっぱたかれるんですかえ」

と、ユータは首をすくめた。

「そうならねえうちに、片をつけてやる。いまから、西町へいってみよう」

と、センセーは立ちあがった。晩秋の空は晴れて、八辻ガ原には爽《さわや》かな風が、吹きわたっている。昌平橋ぎわの旗本屋敷の公孫樹《いちょう》の葉が、すっかり黄ばんで、お茶の水の崖、聖堂の森の緑に、紅葉のまじったのと、あざやかに釣りあっていた。昌平橋をわたって、坂をのぼれば、すぐに神田明神だ。その門前町が西町だが、神酒所は明神下の通りにある。大黒天の山車人形は、金襴《きんらん》の衣裳《いしょう》も華やかに、福ぶくしい顔を、つややかに光らしていた。だが、屋台囃子の若者たちのすがたはない。午前ちゅうのせいか、それとも、とんびがいなくなって、囃《はや》せなくなったのか、それはわからない。センセーは葦簾ばりのなかを、しばらくのぞきこんでから、

「ちょいと、うかがいたいのだが……」

と、神酒所に声をかけた。紋つき羽織で、つめていた初老の男が、返事をすると、センセーは頭をさげて、

「きのうまで、屋台囃子をなすっていた銀平さんに、間違いがあったと聞きました。おすまいは、どちらでしょう」

「甘酒屋の横丁を入っていくと、質屋があります。その裏の長屋、と聞いていますがね」と、男は答えた。礼をいって、センセーは坂をのぼった。明神まえの店で、線香と紙を買って、香典のつつみをこしらえると、甘酒屋の横丁を曲った。土蔵の白壁に、まっ赤な実をつけた柿の木が、秋らしい色どりを見せている。その質屋の露地を入ると、長屋があって、銀平のすまいは三軒目だった。

「わたしは銀平さんの古い知りあいで、噂を聞いて、駈けつけました」

センセーが香典をさしだすと、大家らしい男が会釈をして、

「よくきておくんなすった。拝んでやってください。古いお知りあいとは、ありがたい。銀平には身よりがあるのかどうか、よくわかりませんのでね。そのへんも、うかがいたいんですよ」

「まず仏を拝ませていただきます」

北枕に寝かした死体のそばに、センセーがにじりよると、大家のそばにいた職人ふうの男が、口をひらいた。

「待っておくんねえ。どっかで見たと思ったら、お前さん、八辻ガ原で、砂絵をかいているご浪人だね」

「いかにも」

「いかだか、蛸《たこ》だか知らねえが、お前さん、ゆうべの河童の同類だろう」

「よくご存じだの」

センセーがうなずくと、職人は中腰になって、声を高めて、

「いけずうずうしい。様子を見にきやがったか……」

「まあ、落着きなさい。仏を拝んでから、話をうかがおう」

死体の顔をおおった白布に、センセーは手をのばした。職人がその手を、押えようとした。だが、軽くはらいのけられて、うっと呻《うめ》いた。センセーの指さきは、ちょっと動いたようにしか見えなかったが、職人は顔をしかめて、片手を押えている。センセーは死体をのぞきこんでから、白布をもとに戻すと、両手をあわせた。職人はようやく、息をととのえて、

「ちゃんと死んだのを、確かめたかえ、ご浪人。とんびばかりか、おいらの与助を盗みゃあがって、河童野郎、よくもこんなことをしやがったな。おもてへ出ろ」

「落着きなさい、といったはずだよ。額の傷は、与助で殴ったものらしいが、お前さんがつかっていたのか」

と、センセーは職人の顔を見つめて、

「だが、殴られて、死んだのではないな。与助で額を割られて、倒れたところを、首をしめられたのだよ、こりゃあ」

「そんなことは、わかっていらあ。ご検視のお役人も、そういっていたわな。あの河童野郎は、どこにいる。いるところに、つれていけ。さもねえと、お前さんが相手だぜ」

うしろで、同調する声がした。職人の大声に、長屋のものが集ったらしい。センセーはふりかえりもせずに、

「大家どのとお見うけするが……」

大家はどうしていいか、わからないのだろう。ただうなずくだけだった。センセーは平然とつづけて、

「わたしの長屋のカッパが、ゆうべ、この仏の笛をとったとかで、袋だたきにあったことは、お聞きでしょうな」

「はい、いえ……まあ、そんなことを、ちらりと、その……」

「そのしかえしに、カッパが銀平さんをあやめた、とお長屋の衆は思っているらしい。しかし、大家さん、追いはらわれるのも、塩をまかれるのも、殴られるのも、わたしらは馴《な》れている。酒をふるまってもらえなかったくらいで、笛をとったりはしない。まして、ひとを殺したりはしない。由緒のある笛だそうだが、大家さんはご存じか」

「いや、初耳です。このありさまですから、そんな値うちものを、持っていたとは……」

ろくに家財道具のない六畳間を、大家は見まわした。センセーがにやりとして、口をひらこうとしたとき、うしろで声がした。

「大家さん、わっしにまかしておくんねえ」

センセーがふりかえると、けわしい目つきの小肥りの男が、入ってくるところだった。本

郷一丁目へ、長屋のだれかが知らせにいって、宇之松が飛んできたらしい。

「こりゃあ、本郷の親分か」

「砂絵のセンセー、お前さんの噂は、わっしも知らねえわけじゃあねえ。だから、ざっくばらんに聞くが、なにをしに、おいでなすったえ」

「悔《くや》みにきた、といっても、納得すまい。こちらも、ざっくばらんにいおう。仲間のカッパが、袋だたきにされたくらいは、あきらめもしようがの。人殺しあつかいされちゃあ、黙っていられねえ。疑いを晴らそう、と思ってやってきた。この銀平さん、自前の笛で、屋台囃子にくわわって、しかも、それが由緒あるものだ、というのが、まずおかしいんだがね、わたしにゃあ」

「そこの大工の源八《げんぱち》が、教えてくれますぜ、そのへんのことは」

宇之松が鼻のさきでいうと、さっきの職人が、これも嘲《あざけ》るような口調で、

「あっしらは確かに、かわも与助も、町役さんのところで、預かっているものを、つかっていまさあ。とんびもあったんだが、銀平はね。音いろがよくねえ、と嫌って、どこからか借りてきた。由緒のある品かどうか、わっしらにゃあわからねえが、冴《さ》えた音いろだったのは、事実ですぜ。なあ、みんな」

大工がいうと、座敷にいたもの、軒下にいたもの、いっせいにうなずいた。源八は声を高めて、

「手めえのものなら、江戸っ子だあ。あきらめよく笑ってもいられるが、借りものだからね。銀平のやつ、烈火のごとく憤ったんでさあ、ご浪人」

「なるほどな。なにごとも、聞いてみるものだ。早合点はいけねえの。そこで聞くが、とんびがなくなった、といいだしたのは、銀平だろう」

「そうでさあ、むろん」

「じゃあ、カッパの仕業だ、といいだしたのは、だれだったえ」

「それも、銀平だったな、弥太《やた》」

と、源八が聞いた相手は、まだ腹掛《はらがけ》に祭袢纏《まつりばんてん》という恰好で、弥太郎《やたろう》というのだろう。やたらに威勢よくうなずいて、

「そうだ。そうだ。銀平だ。いまの河童にちげえねえ、と銀平がいうから、おいら、追いかけた」

「お前さんがつかめえたのかえ、弥太さん」

センセーが聞くと、祭袢纏の職人は得意そうに、

「そうよ。足は自慢だあ。めったに負けるものじゃあねえ。襟《えり》がみをつかもうとしても、相手は裸だ。からだごと、ぶつかって、倒れたところを、ぽかぽかっと――」

「乱暴なはなしだな。とんびを持っていないことは、ひと目でわかったろう」

「もう昌平橋のちかくで、暗かった。おまけに、ゆんべは曇っていましたからね」

「それにしたって、問いつめるのが、順序だろう」

「口よりさきに、手がでるのが、職人てえものでね」

と、大工がかばって、

「ぽかぽかっと弥太がやったところへ、わっしらが追いついて、ちゃんと聞きましたぜ。『とんびをさらやあがったろう。とんびが油揚をさらうてえは、よく聞くことだが、河童がとんびをさらうたあ、珍しい。さっさと出しゃあがれ』とね。だが、しぶとくて、知らぬ存ぜぬだから、またぽかぽかっと……なにしろ、『どこかへ隠したにちげえねえ』と、銀平がいうもので」

「カッパがとった、といったのも銀平、とちゅうに隠した、といったのも銀平か。それから、どうしたえ」

「お神酒所から、提燈を持ちだして、そこらじゅうを探しましたよ。銀平が泣かんばかりで、『どぶに放りこんだか、そこらに棄てたにちげえねえ』というから……」

「また銀平か。そして、おめえがた、山車人形の小屋のなかは、探したかえ」

「へ……」

源八が怪訝《けげん》な顔をすると、センセーは嚙《か》んで、ふくめるように、

「大黒さまの人形を、お飾りした葦簾《よしず》ばりの小屋のなかだ。お前さんがたが、おひゃいとろ、ちゃんちきち、とやっていたところさ。そこは、探したのかえ」

「わからねえおひとだ。そこからなくなったから、河童がさらったにちげえねえ、となって、追いかけたんですぜ」

「やっぱり、探さなかったのだな」

センセーがにやりとすると、本郷の岡っ引は眉をひそめて、

「砂絵のセンセー、黙って聞いていると、おかしなほうへ、話を持っていこうとしていなさるね」

「そう聞えるかえ。ここから先は、お上の御用にかかわってくる。親分、ちょいとつきあってくれねえか」

と、センセーは立ちあがって、

「気の毒だが、長屋のみんなには、いまはまだ聞かせられねえ」

その四

長屋の木戸をでると、センセーは先に立って、露地づたいに歩きだした。宇之松は三白眼をぎょろぎょろさせて、

「どこへつれていく気だえ」

「妻恋稲荷まで、つきあってもらいてえ」

「つきあうと、どうなりますえ」

「銀平をやった下手人の見当が、おそらくつくだろう」

「どうしても、河童じゃねえことにするつもりかえ、砂絵のセンセー」

「カッパは熱をだして、ひと晩じゅう、うなっていたよ。親分も聞いていたはずだぜ。カッパが笛をとって、隠したというのは、銀平がひとりぎめしたことだ。だれも小屋のなかは、探していねえ。親分は探したかえ」

「わっしが探すのは、下手人だ。笛じゃあねえんでね」

「この騒ぎのもとは、とんびだ。わたしは小屋を、のぞいてみたよ」

「ありましたかえ」

「もうなかったが、どこへ隠したかは、わかったよ、親分。人形の衣裳のうしろ腰を見たら、帯がゆるんでいた。急いでなにかを押しこんで、また急いで抜いたからだ」

「そうかも知れねえが、そうだとしたら、やったのは、河童だろう」

「宇之松親分、みんなの話を、よく聞かなかったのかえ。屋台囃子がひと休みしたところへ、カッパはやってきて、神酒所で酒をねだって、ことわられたんだ」

「そりゃあ聞きましたがね」

「ことわったやつが、かわか、とんびか、与助か、どうしてわかる。屋台囃子の連中か、どうかさえ見わけはつかねえ」

「だから、西町ぜんぶに、腹を立てたんじゃねえのかね。囃子ができねえように、とんびでも、与助でも、なんでもいいからって、隠したんじゃありませんかえ」

「そこまで、悪くとられちゃあ、かなわねえやな、親分。それじゃあ、隠したのはカッパだとして、とりだしたのは、だれだろうな」

「由緒ある笛だとわかって、夜ふけにとりにきたんでしょう、やはり河童が」

と、宇之松はしたり顔で、

「そこを銀平にみつかって、争いになったんだろう、と思うね、あっしゃあ」

「すると、なにかえ。太鼓や鉦は、ひと晩じゅう、小屋においてあったのか」

「いいえ、長屋に持ってかえって、源八なんぞに、女房がいる。銀平だけがひとりもの、座敷においても、邪魔にならねえ。あいつが預かっていたそうで」

「それじゃあ、銀平は喧嘩《けんか》になるとわかっていて、与助を得物《えもの》がわりに、持ってでたようだの」

センセーがにやりとすると、はじめて宇之松は、痛いところをつかれた、という顔になった。

「そういやあ、そうだ。与助は死骸のそばにころがっていて、銀平がそれで殴られたことは、間違いがねえ。自分で持ってでた、ということに、なるでしょうねえ」

「与助はあったか。とんびはどうだえ」

「笛はなかった。ひょっとしたら、水のなかに沈んだのかも知れませんぜ」

「下手人が持っていったのさ。この一件は、とんびから起ったんだ」

ふたりは細い道をぬけて、神田明神の森の裏手にきていた。御家人の屋敷の生垣に、無花果《いちじく》の木がのぞいて、紫の実がいくつも、紅い口をひらいている。どこかで、木犀《もくせい》もにおっている。鵙《もず》の高くするどい鳴声が、澄んだ空を、切りさいた。妻恋坂の上にでて、あたりを見まわすと、妻恋神社の横を入ったところに、うなぎ、と書いた小旗が見えた。

「あすこが、村田屋らしいの、親分」

と、砂絵師は岡っ引をかえりみて、

「小さな店なので、銀平は通いで働いていたのかな」

「あすこには、金蔵《きんぞう》という鰻さきが、住みこんでいる。腕がいいんで、神田川ほどじゃあねえが、村田屋もさかっているんでさあ。銀平はどうやら、金蔵の腕を盗もうとして、ここへきたんじゃあねえかね。金蔵は酒くせが悪いから、とてもいっしょにゃあ、住みこめねえ」

「名物おとこらしいな、金蔵てえのは」

と、センセーは微笑しながら、村田屋の前を通りすぎて、

「銀平の目あては、金蔵の腕だけかな。見ねえ。ほかにも、金蔵がいる。しかも、四つもならんでいるぜ」

妻恋町の町屋がきれて、武家屋敷になるところに、土蔵がならんでいる。黒板塀のなかに、四戸前《とまえ》の蔵が鉢巻をつらねて、そびえているのだった。

「四つじゃあねえ。むこうのかげに、もうひと戸前ある」

と、宇之松はにやりとして、

「おもて通りにまわるとわかるが、湯島から本郷にかけて、一か二か、三とはくだらないという、もの持ちでね。土州屋という膳、椀から長持まで、諸道具を大名、旗本におさめている老舗《しにせ》でさあ。五戸前の蔵のうち、ふた戸前には、千両箱がつまっている、という評判だ」

「それなら、なおさら鰻さきの金蔵より、こっちの金蔵のほうに、惚《ほ》れるだろうよ、だれだって」

「そうですかねえ。千両箱は鰻とちがって、そばへよっても匂《にお》いませんぜ」

「匂いをかぎたくて、そばへよったんじゃあなかろう。土蔵をやぶる手立てを、つかむためじゃあねえかの」

「それじゃあ、銀平は盗っとの一味だ、というんですかえ、センセー」

宇之松が目をむくと、砂絵かきは大まじめな顔で、

「そう見たがね、わたしゃあ――まともな鰻さきでねえことは、間違いねえ。ゆうべ銀平は、仲間にわたすなにかを、持っていたんだろう。あの土蔵のどれに、金がつまっているかとか、どこに仕掛があるかとか、調べあげた書きつけかも知れねえ。人形を見にきたふりで、近づいた仲間に、それを渡そうとしたとき、なにかの邪魔が入ったんだ」

はっとしたように、宇之松は足をとめた。センセーはふりかえって、

「どうしたえ。心あたりでも、あるんじゃあねえか」

「まあ、もうちょいと、話を聞かしておくんねえ」

「つまりよ。ただ邪魔が入っただけでなく、うっかりすると、咎《とが》められかねねえ様子だった、としよう。どうするね、親分なら」

「その書きつけを、隠すでしょうねえ。そうか。笛のなかに、隠したんだな」

「薄い紙に書いたものなら、とっさに隠すには、笛のなかがいいだろう。ちょうど、ひと休みするところだったら、なおさらだ。しかし、それきり笛は吹けねえ」

「だから、人形の衣裳に隠して、罪を河童にきせた、というんで……」

と、宇之松は首をかしげてから、

「ねえとはいえませんねえ、そういうことも――実はゆうべ、わっしは明神下のお神酒所に、ちょいと顔だしをしたんでさあ。わっしを見ると、銀平はなんだか、どぎまぎしたようでしたね。いま考えてみると、それが笛のさわぎの前らしい」

「親分がそこにいたときに、気になるような人物がいなかったかえ、近所に」

「囃子を聞いていたのは、顔見知りの呉服屋の番頭に、女中をつれた娘、近所の手代に小僧に、そうだ……ひとり、いましたねえ、見かけねえ男が」

「そいつが、銀平の仲間だったんじゃあねえかえ、親分」

「そうかも知れねえ。センセー、お前さんは不思議なおひとだ。だんだん、話がもっともに聞えてきやがった。だが、河童はなんの関わりもねえとなると、手めえが隠したものだ。笛はまた銀平が持っていって、中身は仲間にわたったはずですぜ。銀平が殺されるはずはねえ」

「仲間にとって、もういらなくなったんじゃあねえかな、銀平は」

と、センセーは眉をあげて、

「その心配があって、銀平も得物がわりに、与助を持ちだしたのかも知れねえ。いや、仲間が夜になってから、長屋にきたんだとすると、ちがうな。なにかのことで、口あらそいになったか。長屋じゃ、隣りの耳が心配だ。どちらかが、出よう、といいだしたときに、仲間のほうが与助を持ちだしたんだろう」

「どっちにしても、仲間われだね。とんびが見つからねえ、というのは、書きつけは盗っとに渡った、ということだ。こりゃあ、うかうかしちゃあ、いられねえや。土州屋は今夜にも、狙われるかも知れねえ」

「今夜ということは、あるまいよ。隣りの村田屋の鰻さきが、殺されたんだ。おめえさんがたの出入りも、激しくなる。盗っとは、そう考えるにちげえねえ」

「そりゃあ、まさかに見ぬかれるとは、思わねえだろう。しばらく、ほとぼりをさましてから、やるかも知れませんね」

「あんまりのんきにしても、いけねえだろうが、きょう、あすのことはあるめえ。どうだえ、親分、土州屋に話をして、金箱を移しちゃあ」

武家屋敷のあいだをぬけて、ふたりは大通りへでていた。土州屋は、表がまえも土蔵づくりで、あまり大きくは見えない。しかし、暖簾《のれん》のあいだをのぞいて見ると、なにひとつ品物のおいてない薄暗い店に、品のいい番頭がすわって、離れたところには、茶釜《ちゃがま》が炉にかかっていた。

「そうだ。それがいい。センセー、わっしはすぐ番頭に話をする。ここで、わかれましょう。長屋のものには、あとでよくいっておくから、河童のことは心配ありませんぜ」

恩きせがましくいって、宇之松は暖簾をくぐった。ふりの客には、用はない。町人なぞには、用はない。そういっているような店がまえを、苦笑でふりかえりながら、センセーが歩きだす。そのそばへ、大道曲芸師のマメゾーが、湧いて出たように近づいて、

「どうやら、片がついたようですね」

「おめえ、来てくれたのか」

「ユータから話を聞いて、駈けつけました。銀平の長屋へいったら、宇之松と出ていったてえんでね。ちょいと探して……」

マメゾーがにやにやしたところを見ると、とちゅうからでも、ふたりの話は、聞いていたのだろう。

「そりゃあ、すまなかったの。いちおう、つじつまはあわせたから、大丈夫だろう。カッパの具合はどうだった、おめえの出てくるときに」

と、センセーは聞いた。マメゾーはちょっと首をかしげて、

「熱はさがりはじめたようですね。きょう一日、寝ていりゃあ、なおりましょう。袋だたき

にあったぐれえで、ぶっ毀《こわ》れるような、やわなからだじゃあ、ありません」

「おれも、そう思うがの。けさの顔つきは、河童というより、達磨《だるま》だったぜ。張本人は死んじまったから、尻の持っていきようもねえが、ひでえことをしやがる」

「銀平てえのは、ほんとに、盗っとなんですかえ、センセー」

「さあな。やつが笛のなかに、なにかを隠したのは、間違いねえ。腹掛に祭袢纏、という恰好だったんだ。丼《どんぶり》や股引《ももひき》に隠しゃあ、すぐに見つかる。笛に隠して、人形の帯にさしたのは、たしかだよ」

「だから、隠したのは、紙きれだってことも、間違えねえようですね」

「それが、盗みの手びきの書きつけかどうかは、わからねえ。ちょうど村田屋の隣りに、大した金持があったんで、これ幸いと、こじつけてみたが、さて当っているかどうか」

と、センセーは苦笑して、

「五日たっても、十日たっても、土州屋に盗っとが入らなかったら、宇之松親分、カッパをまた疑うかも知れねえ。ご苦労だが、マメゾー、西町の長屋を見はってくれねえか」

その五

「気分はどうだえ、カッパ」

センセーが枕もとにすわると、カッパがわずかに目をひらいた。いくらか腫れはひいたが、額はまだ青黒い。

「なあに、もう……だいじょうぶ……」

ぼろ夜着の襟にひっかかって、声がのびないようだった。センセーは手をふって、

「むりに口をきくことはねえ。おめえの濡れぎぬは、はらしてきたから、安心しねえ」

「そりゃ、よござんした」

と、看病しているオヤマが、笑顔で両手をうって、

「さっきは、お粥《かゆ》もたべられたし、これで三日も寝ていりゃあ、もと通りになりまさあ」

「ふざけちゃ、いけねえ……みっかも、そんな、ねていられるか……」

と、カッパは弱よわしい声で、

「おいらの……かおをみねえと、おまんまが……のどをとおら……ねえという、むすめっこがよ。おえどにゃあ、おおぜい……いるんだぜ」

「こいつは、いいや。毒気はたたきだされなかったと見えるぜ」

と、壁の穴から、ユータが顔をだして、

「おいらはもう、カッパになりすまさなくても、いいんでしょう、センセー」

「さも大役を、つとめたようにいうぜ」

と、笑いをふくんだガンニンの声が、そのうしろから聞えて、

「カッパをまねて、薩摩芋《さつまいも》を生でかじってみて、どうも口にあわねえ、といっただけのくせ

に」

「それでも、まあ、ご苦労だ」

と、センセーは笑って、

「ここまで、手がまわってこなくて、さいわいだった。だが、このまま片づくかどうか、まだわからねえ。銭金《ぜにかね》にならねえことだが、みんな、すこし働いてくれ」

「なにをやりゃあ、ようがすね」

「ガンニン、おれの長屋に、ユータといっしょにこい」

と、センセーは立ちあがった。露地にでると、空はまだ明るいのに、わんわん、蚊ばしらが立っている。蚊がいなくなれば、大晦日という、本所《ほんじょう》ほどではないけれど、この橋本町の貧乏長屋も、ぼうふらの大量発生地なのだ。

「妻恋町の村田屋と土州屋を、しばらく見はってもらいてえのだ」

長屋にもどって、センセーがいうと、ユータは眉をひそめて、

「まだなにか、あるんですかえ」

「カッパの枕もとじゃあいえなかったが、このまま下手人がつかまらねえと、本郷の宇之松がまた、つらをだす」

「いってえ、どうなっているんです」

と、ガンニンが聞いた。センセーが説明をはじめて、そろそろおわりかけたころ、アラク

マが戸口をのぞいて、

「とんびを吹いていた銀平てえのは、大泥坊だそうですねえ。おどろきやした」

「どこで聞いたえ、その話」

ガンニンがにやにやすると、アラクマは怪訝《けげん》そうに、

「明神下で聞いたんだが、違うのかえ。土州屋の金蔵へ、鰻屋から穴を掘ろうとしていたてえから、すさまじい。お神酒所じゃあ、ひとは見かけによらねえ、と大評判でしたぜ、センセー」

「話のでどころは、村田屋か、土州屋の奉公人あたりか、アラクマ」

「いえね、センセー。西町の長屋の連中が、宇之松から聞いたんだそうですよ。銀平を殺したのは、盗っと仲間だ。かっぱ乞食じゃあねえ、といってね。なにもかも、ひとりで見ぬいたような話だったが、やっぱりセンセーの種《たね》だしですかえ。ふてえ野郎だ」

「そんなことは、かまわねえ。こいつは、いいや。おりゃあ、宇之松を見そこなっていたよ。こいつはいい」

と、センセーは笑いだした。雨もりのあとだらけの天井に、喉ぼとけを見せて、笑いつづけたから、アラクマはもちろん、ユータもガンニンも、あっけにとられて、

「どうしました、センセー」

「どうしもしねえさ」

と、まだ砂絵師はにやにやしながら、

「本郷の親分、食えねえやつだ。いや、おれがばか正直すぎた、というべきかな。ユータも、ガンニンも、妻恋町へはいかなくていいぜ。ただ働きは、しねえですむ」

「なぜですえ、センセー」

「わからねえか、ユータ。一件はこれで、落着さね。おれの推量どおりに、銀平が盗っとであっても、噂がひろまりゃあ、仲間は三つき半とし、土州屋には手がだせねえ。宇之松のところにゃあ、土州屋から、つけとどけがあるだろう。盗っとの仲間われなら、下手人があがらなくとも、不面目にゃあならねえ。おれたちにも義理は立てたし、親分、大手柄だ。あの古狸にくらべりゃあ、下駄常なんざあ、かわいいものよ」

と、センセーはまた笑った。

「なるほどねえ。それで市がさかえちゃあ、カッパはおさまりませんぜ」

と、ユータは腕をくんで、

「ガンニンも、アラクマも、そうじゃあねえか。オヤマだって、テンノーだって、マメゾーはどこに行ったか知らねえが……」

「マメゾーならば、西町の長屋を見はっている。呼びもどしてやらねえと……」

といいかけて、センセーはにやりとした。

「いや、ひろいものが、あるかも知れねえ。このままじゃあ、たしかにカッパは、おさまらねえだろう」

「ですが、センセー、屋台囃子の連中は、長屋にいませんぜ」

と、アラクマは眉をひそめて、

「盗っとでも仏は仏、通夜をしてやらねえじゃあ、迷って出るかも知れねえ。そういうものもいて、いちおう通夜は、するそうですがね。大工の源八なんてえのは、泥坊に祭の邪魔はさせねえ、といって、いまも与助を、たたいていましたよ」

「とんびは、だれが吹いている」

センセーが聞くと、アラクマはちょっと考えてから、

「弥太とかいいました。もともと、銀平と交替に吹くことになっていたのに、あまりうまくねえもので、邪魔にされていたんだそうでさあ。ねえよりましだ、ということで、吹かしてもらえたんでしょう。大泥坊の話は、源八と弥太が、吹聴《ふいちょう》したんです。あすの朝までにゃ、外神田じゅうに、ひろまるにちげえねえ」

「そうだろうな。弥太がどんな音いろを聞かせるか、晩めしを食ってから、いってみるとしよう」

その言葉どおり、砂絵師は日が暮れると、長屋を出ていった。なめくじ連には、

「おめえたちをつれていっちゃあ、誤解のもとだ。カッパのしかえしにきた、と思われてみろ。まかり間違えりゃあ、大げんかだ」

といって、ただひとり、八辻ガ原から昌平橋をわたって、明神下へでた。花飾りをつけた提燈が、家なみにともって、小若の袢纏をきた子どもたちが、駈けまわっている。人形の小屋からは、屋台囃子がながれて、のぞいてみると、弥太が懸命に笛を吹いていた。聖天から、鎌倉にかわるところで、とんびは高くひびいたが、なるほど、あまりうまくはない。センセーが離れたところから、小屋を見つめていると、マメゾーの小声が聞えて、

「いいところで、あいました。長屋に知らせにいこうか、と思ったところで」

「ひろいものが、あったのかえ」

ふりかえらずに、センセーが聞くと、その袂《たもと》にうしろから、マメゾーは細長いものをさしこんで、

「こういうものを、見つけやした」

手ざわりは、笛だった。銀平の笛にちがいない。センセーは歩きだして、近くの横丁に入った。明神さまの裏門があって、境内にのぼる石段がある。のぼっていく人は、多くない。センセーは袂から、さりげなく笛をとりだして、燈籠《とうろう》のあかりにかざした。

「いま笛を吹いていた野郎——弥太という職人が、露地のおくの生垣の根に、隠すところを見ましてね。いただいた、というわけですが、センセー。よくわからねえが、いいものなんじゃあ、ありませんかえ」

マメゾーがささやくと、センセーはうなずいて、

「そうらしい。由緒ある品、といったのは、ほんとうだったんだ」

「そのままじゃあ、鳴りませんぜ」

「やっぱり、紙がつまっていたか」

と、センセーは筒をのぞいて、どちらがわに、紙きれがつまっているか、たしかめた。歌ぐちの穴を、ぜんぶ指でふさいで、筒のはしに、つよく息を吹きこむと、反対がわから紙がのぞいた。指さきで、それをひっぱりだすと、センセーは笛をふところに入れて、

「やはり書きつけを、隠したんだな。おれの推量は、あたっていたわけだが、さて、なんの書きつけかの」

石段をのぼりきると、そのあたりには、茶屋や矢場がならんでいる。かけならべた提燈で、昼間のようだ。

「手紙のようですね。しかも、おんな文字ときていやがる」

と、マメゾーがのぞきこんで、にやりとした。センセーはうなずいて、

「そういやあ、人形の小屋のまえに、大店《おおだな》の娘らしいのが、女中をつれていた、といっていたよ、宇之松が」

「カッパが殴られる前にですかえ」

「そうだ。盗っとどころか、銀平は大した色ごと師だぜ。こりゃ、女が思いのたけを、めんめんと書きつづった恋文だぜ。カッパやアラクマに見せたら、畜生め、といったっきり、天《てん》

竺《じく》まで飛んでいってしまうだろう。娘の名は、きぬ、とある」

「どこの娘でしょう」

「土州屋のさ。蔵座敷の窓から、顔を見てうんぬん、というくだりがあるから、間違いねえ。土蔵の二階の窓からなら、村田屋が見おろせる」

「近ごろは大店のお嬢さまも、油断ができませんねえ」

かっちんどんの矢場のひびきに、茶屋むすめの笑い声、かぐら囃子がそれに加わって、あたりは賑《にぎや》かだ。それでも、ふたりは声をひそめていた。

「こういうものを貰《もら》っちゃあ、銀平もあわてて隠すはずだ」

と、センセーはにやにやしながら、

「宇之松のことを、旦那にたのまれて、お嬢さまの目つけ役をつとめている、と早合点したんだぜ、きっと銀平は」

「なるほど、それで笛に隠したか」

「弥太はそれに、気づいたんだな。いや、文を隠したのには気づかずに、人形に隠すところを、見たんだろう。カッパにとられたなんぞと、銀平がさわいだから、こいつはわけあり、と考えて、ほんとうに盗んだにちげえねえ、弥太のやつ」

「するてえと、殺したのも、あいつですね」

マメゾーが眉をひそめると、センセーは首をかしげて、

「そりゃあ、なんともいわれねえ。弥太をあとで嚇《おど》しつけりゃあ、わかることだ。はなはだ、手めえが笛を吹きてえ一心で、こいつを猫ばばしたにちげえねえ」

「盗っとの手引きとか、仲間われとか、はでな筋がきが、たちまち俗に落ちやしたね」

「世のなかの間違いは、たいがいそんなものさ。銀平が殺されたのは、色文のせいじゃあるめえよ。これだけの――」

と、センセーはふところを軽くたたいて、

「ものが消えたんだ。カッパにとられた、といった手前、銀平はどうしようもなかったろう。まして、色文が隠してあるなんざあ、口が裂けても、いえやあしねえ」

「だれにも内証で、探したんでしょうね」

「だれに借りたか知らねえが、そいつが持っていった、とも考えたろう。そうだ。そいつが早く返せとでも、いってきたとしたら、大げんかになるぜ。お茶の水の崖まで出ていって、命のやりとりになっても、不思議はねえだろう」

「貸したほうも、借りたほうも、相手のいうことを、信じねえでしょうからね」

「うむ。こりゃあ、ふたつにひとつだな。銀平が弥太を疑って、夜ふけに呼びだして、殺しあいになったか、貸したほうと、借りたほうの争いか……」

「どちらかは、弥太を嚇せばわかる、となると、待ちきれねえね。囃子をひと休みするときに、呼びだしますか」

「だれが銀平を殺そうが、おれたちの知ったことじゃあねえぜ。カッパに濡れぎぬを着せた罰があたって、銀平は閻魔《えんま》さまにつれていかれたんだ」

と、センセーは笑って、

「明神さまにおまいりして、帰るとしようじゃあねえか」

「そりゃあ、まあ、それでもようござんすがね。笛と色文は、どうしますえ」

マメゾーが聞くと、センセーは肩をゆすって、

「色文は土州屋の旦那が、高値《こうじき》で買ってくださるだろう。どうも、あのお高くとまった店がまえが、おりゃあ、気にくわなくての。旦那や番頭が、どんなつらをするか、ぜひ見てえ。だが、そりゃあ、祭がすんでからだ」

「あっしらも氏子、祭の邪魔はいけませんからね。とんびのほうは、どうします」

「こりゃあ、迂闊にあつかうと、やけどをしそうだ。弥太をしめあげて、ことの次第がわかってから、考えるとしようよ」

センセーとマメゾーは、社殿のほうに歩いていった。神楽殿では、お囃子が急調子になって、つるぎを閃《ひらめ》かした素戔嗚尊《すさのおのみこと》が、くるくるとまわっていた。

第五席　半鐘《はんしょう》どろぼう

その一

背ばかり高いひとの悪口に、半鐘《はんしょう》どろぼう、というのがあった。火の見の梯子《はしご》の半鐘に、手をのばせば、とどくだろう。背が高くても、半鐘を盗むくらいの役にしか、たたない、という悪口だ。昭和三十年代ころまでは、通用した言葉だけれども、地方の町からも半鐘がなくなって、もう死語になったかも知れない。

江戸の街は、木と紙でできているから、火事を恐れて、火の見やぐらが、たくさんあった。屋敷もちの櫓《やぐら》には、半鐘がさがっているのもあれば、太鼓がさがっているのもある。町屋の火の見は半鐘だけで、自身番屋の屋根の梯子に、さがっていた。番屋は町木戸のわきにあって、平屋だけれども、その屋根に、火の見の梯子が立っている。半鐘はその上のほうに、さげてあるのだから、どんなに背が高くても、往来から手がとどくはずはない。おまけに半鐘は、ひとの頭が入るほどの大きさで、青銅《からかね》で出来ているから、かなり重い。盗んだところで、あっさり売るわけにも行かない。半鐘を盗むやつなぞ、いるはずがない。だからこそ、半鐘どろぼう、というのは、痛烈な皮肉だったのだろう。

ところが、その半鐘が盗まれた。神田鍛冶町《かじちょう》の番屋の屋根の火の見梯子から、半鐘が盗まれたのだ。鍛冶町の自身番は、神田から日本橋へ通じる大通りに、面している。いまでいえば、神田駅わきの四つ辻だ。白壁町の常五郎は、目と鼻のさきで起った事件だから、十手をあずかる身として、やっきにならざるをえない。

「お前さんがた、あれだけのものを持っていかれたのに、だれもなんにも、気づかなかったのかえ」

と、顔をしかめて、番屋の屋根を見あげた。屋根の上には、小さな物干のような台があって、そこに梯子が立っている。梯子の上のほうには、横に小さな屋根がつき出ていて、その下に、半鐘がさがっているはずなのだが、いまはなにもない。冴えざえと晴れわたって、鶴の渡りそうな冬空に、梯子だけが立っていて、半鐘がないというのは、いかにも間がぬけて見えた。

「それが、親分、夜のうちに、持っていかれたもので……どうも、面目もございません」

と、番屋の親方は、額をなでた。番屋は警察と区役所の派出所を兼ねたようなものだが、役所ではない。あくまでも自治機関で、それぞれの町の地主が、責任を持っている。はじめのうちは、町役人《ちようやくにん》、家主たちが自身でつめていたので、自身番と呼ばれたのだが、このころには定番《じようばん》といって、やとわれた男たちがつめていた。鍛冶町の番屋には、親方の徳兵衛《とくべえ》のほかに、三人の定番がいる。徳兵衛は五十がらみで、げじげじ眉に、目が大きい。ずんぐり肥って、達磨《だるま》のような男だった。

「わたくしは、近くにうちがありまして、通っております。けさ来て、はじめて知りました」

と、徳兵衛は眉をひそめて、

「ゆうべはこの、喜作《きさく》が泊りこんでいたんですが……」

喜作という定番は、瘠《や》せた四十男で、逃げだしたそうな顔つきだ。

「申しわけありませんが、まるっきり気がつきませんでした」

「なんの音も、聞かなかったのかえ」

と、常五郎にいわれて、喜作はいよいよ肩をすくめながら、

「ゆうべは風邪ぎみで、玉子酒を飲んで、ぐっすり寝てしまったものでして……すみません、親分」

「おれにあやまったって、しょうがねえ」

「八つあたりをしなさんな、親分」

声をかけたのは、なめくじ長屋のセンセーだ。橋本町の長屋から、筋違御門うちの八辻ガ原へ、いつもの朝どおり、砂絵の商売にでかけようとしたところを、常五郎に呼びだされたのだった。

「いちどは屋根に、のぼってみなけりゃあ、おさまりはつくまい。親分が気がすすまぬなら、わたしがのぼってみようか」

「そりゃあ、まあ、センセーが見てえなら、かまいませんがね」

　と、白壁町の岡っ引は苦笑して、

「親方、梯子をかけてくんねえ」

　徳兵衛はうなずいて、米八《よねはち》と太助《たすけ》という、あとふたりの定番に、声をかけた。ふたりが木戸うちの板壁に、横にかけてある梯子をはずして、屋根にかけると、センセーは身軽にのぼった。台にあがると、午《ひる》まえの大通りが、見わたせる。軒のふかい大きな商家が、紺の暖簾《のれん》をつらねて、目ぬき通りだけに、ひとの往き来も多い。土蔵の白壁に日があたって、千代田のお城の緑のむこうに、もう白雪におおわれた富士が小さく、三角の薄荷菓子《はっかがし》みたいに、かがやいていた。南は今川橋から日本橋、北は筋違御門から上野、東は下白壁町から両国、西は上白壁町から神田橋御門。上白壁町には履物《はきもの》の問屋が多く、下駄新道《げたじんみち》と呼ばれている。岡っ引の常五郎は、その露地のひとつに住んでいるので、下駄新道の親分、かげでは下駄常といわれていた。

「センセー、どんな様子です」

　と、下駄常も屋根にあがってきた。砂絵師は梯子の上から、

「力のあるやつなら、ひとりでも持っていけるだろう。だが、柱のこのへんに、新しい傷のねえところを見ると、ふたりか三人でやったらしいな、親分」

　梯子の上から三段目に、屋根が横につきだしていた。屋根の先がさがらないように、梯子

のてっぺんから、鎖《くさり》が斜めに張ってある。屋根の下には、鉤《かぎ》がついていた。常五郎はそれを見あげて、

「半鐘はそこに、さがっていたわけだから、ひとりで外したとすると、たしかに力のあるやつですねえ。ふたり三人だとしても、高いところに馴れたやつでしょう」

「そうさの。仕事師か、屋根屋かも知れねえ。手ばなしで、梯子にのるというのも、これでなかなか、むずかしいものだ」

「マメゾーなら、ひとりで出来ますね」

マメゾーは、なめくじ長屋の住人のひとりで、両国の広小路で、絶妙の曲芸を見せている。大きな沢庵石《たくあんいし》と小さな炒豆《いりまめ》を、手玉にとるような離れわざが、苦もなくできる男だった。

「ああ、やつなら出来る。したが、親分、鍋に穴があいたから、そのかわりに半鐘を盗んだ、というわけじゃあ、あるめえの」

と、センセーは梯子をおりてきた。下駄常はにやりとして、

「そこでさあ、センセー。だれがやったにしろ、なんのために、半鐘なんぞを持っていったんでしょう」

「鳴らすためじゃあ、なさそうだの。見ねえ、撞木《しゆもく》はここに、残っている」

梯子のとちゅうの釘に、鐘をうつT字型の棒がさげてあるのを、センセーは指さした。岡っ引はうなずいて、

「この町内へのいやがらせか、定番を困らせるためにしちゃあ、ご苦労すぎますぜ。センセー、もうおりましょう。これだけの高さでも、風あたりがちがう。寒くて、いけねえや」

「初酉《はっとり》もすぎたのだ。寒くて、あたりまえだろう、親分」

「ですから、ご苦労だてえんです。夜のうちにやったとすると、霜《しも》もおりている」

「そういやあ、ゆうべは冷えこんだの」

「なんでこんな真似をしたのか、見当もつかねえ。センセー、考えておくんねえな」

「朝っぱらから呼びだされて、そりゃあ、覚悟しているが、親分、こいつは難題だぜ」

「いっぱい、買いまさあ。縄張うちのことだから、早く白黒つけにゃあならねえ」

といいながら、下駄常が梯子をおりかけると、屋根を離れたとたん、目の前にひとの顔があった。ふぇっ、といって、梯子にしがみついたが、番屋の羽目板を背に、男が立っているのだとわかって、

「おどかすねえ。なんだ、てめえは」

梯子を押えてくれているのだとは、すぐに合点がいったが、思いがけない高さに、顔があったので、胆《きも》を冷《ひや》したのだ。なにしろ、背が高い。一めーとる八十くらい、ありそうだった。現代とちがって、江戸の人びとは、おおむね背が低い。一めーとる六十あったら、高いほうだ。常五郎が梯子をおりて、その男を見あげると、相手は間のびのした顔に、笑いをひろげて、

「親分があぶなっかしく、おりてきたから、梯子が動かねえように、と思いまして……」

「そりゃあ、わかっている。ありがとうよ。その親切なおひとは、どなただね」

「へえ、仁吉《にきち》という、びら屋の職人でして、この裏の長屋にすまっております」

「背が高いの」

「えへへへ、日あたりのいいところで、育ちましたんで」

「おめえじゃあ、あるめえな、半鐘を持っていったなあ」

「これでも色男で、金も力もございません」

「おいらと同様だの。びら職人が、いまじぶん、なんでうろうろしているんだえ」

「うかつな話で、商売道具の右手を、痛めてしまいました」

と、仁吉は右手をあげて見せた。手の甲から指にかけて、木綿が巻いてあって、すこし血がにじんでいる。下駄常は顔をしかめて、

「そいつは、いけねえ。どうしたんだ」

「そこが、うかつな話でね、親分。おととい の晩、鰤《ぶり》をかっさらった猫を、つかまえようとして、ひっかかれたんです。大したことはねえ、と思っていたら、あとから痛んできたんでさあ。それも、隣りのうちの鰤なんだから、間尺《ましやく》にあわねえ」

「休んでいねえときには、お前さん、いまごろ、どこにいるね」

「この先の横丁に、びら秀という店があります」

「ああ、知っている。お前さん、びら秀の職人かえ」

下駄常があらためて、仁吉の顔を見あげたとき、屋根の上から声がした。

「わたしに、曲乗をさせるつもりかえ。出初《でぞめ》にはまだ、ふた月ちかくあるぜ。ちゃんと、梯子をかけなおしてくれ」

屋根の上で、センセーが苦笑している。梯子を持ったまま、仁吉は前にすすみ出ていた。だから、梯子の上端が、番屋の屋根から、ずっと離れていたのだ。

その二

番屋の前は、低い木の柵でかこんであって、出入口の部分だけが、昼間は取りはずしてある。わきの羽目板の前には、火消道具の纏《まとい》と長提燈が、立ててあった。一番組よ組の纏で、馬簾《ばれん》の上に、四つ目の紋——田の字に似た飾りがついている。よ組の持場である多町《たちょう》、大《だい》工町《くちょう》、白壁町などの自身番が、交替であずかっている纏だ。火の見の梯子の半鐘が鳴ると、よ組の纏持が駈けつけて、持っていく。番屋の障子は、昼間はあけてあって、机を前に、定番がひかえている。下駄常とセンセーが、せまい土間に入ると、六畳間の炉の前で、このへんの家主がすわりなおした。

「白壁町の親分、ご苦労でございます。まあ、おあがりくださいまし」

「おかしなことが起って、ご心配でござんしょう、お家主さん」

と、常五郎は炉ばたにすわって、腰のたばこ入をぬいた。炉には炭火が、まっ赤に熾《おこ》っている。板壁には、長い鳶口《とびぐち》や六尺棒が、横にしてかけてあって、その上に、提燈がならんでいた。お触れ書なんぞも、貼ってある。センセーは遠慮して、あがりはなに腰をおろした。横手にも、六畳敷ほどの板の間がある。太い柱があるのは、御用聞が罪人をつれてきたときに、縛りつけるためだ。米八が炉の鉄瓶《てつびん》をとって、番茶の土瓶に、熱い湯をそそいだ。家主は下駄常の前に、たばこ盆を押しやりながら、

「まったく、とんでもないことで、困っております。親分、よろしくお願いいたしますよ。早く取りもどしていただかないと、鍛治町の面目にかかわります」

「まあ、なんとかいたしましょう。そこで、しろとっぽいことを聞くようだが、なにか心あたりはありませんかえ」

「さあ、わたしにはなにも……徳兵衛さん、どうだね」

と、家主に聞かれて、親方は太い眉をあげさげした。

「これという心あたりは、ございませんが……」

「ひょっとしたら、親方――」

と、喜作が口をだした。下駄常は炉ばたで、きせるをはたいて、

「なにか、思い出したかえ」

「へえ、いやがらせだとしたら、あいつかも知れません。きのうの午すぎ、荒熊のものもら

いが、この前で、近所の子もりっ娘《こ》を、悪くからかやあがったんです。ですから、わたしが六尺棒で、ひっぱたいてやりました。それを根にもって、やったのかも知れません」

荒熊は夏でも冬でも、下帯ひとつの裸に鍋墨をぬって、佩《は》って歩きながら、

「これは、丹波の山おくで獲れましたる荒熊でござい。ひとつ、鳴いてお目にかけます。とぅるるるるるる」

と、奇声を発して、一文二文を投げてもらう物もらいで、なめくじ長屋にも一匹いる。下駄常は横目で、砂絵のセンセーを見て、

「ふむ、アラクマを六尺棒で、ひっぱたいたかえ」

「ひっぱたいたんでさあ、素手じゃあかなわねえ、と思って」

と、定番の喜作は首をすくめて、

「野郎、うらめしげな目をして、逃げていきましたから、夜ふけにやってきたかも知れません」

「どう思います、センセー」

下駄常が聞くと、砂絵師は苦笑いして、

「そうさの。やらねえとも限らねえが、意趣がえしなら、半鐘よりも、纏を持っていくだろう。纏を盗まれたら、番屋の面目、まるつぶれだ。ほかの町へ顔むけができなくて、お家主も目をまわす」

「それも、もっともだが、夜ふけには、纏は土間にとりこみますぜ。おまけに半鐘なら、風呂敷につつんで、さげてもいけるが、纏はそうはいかねえ」

半鐘が消えた。という噂は、もうひろまっているらしい。ひとが集って、番屋をのぞきこんでいた。木戸をはさんだ番太の小屋では、草履《ぞうり》や炭団《たどん》や渋うちわをならべた店の前に、八里半○やき、と書いた行燈看板をだして、焼芋を売りはじめている。その壺やきの釜の煙さえ、ときには気になる季節だから、御用聞の言葉に、人びとが耳をそば立てているのも、当然だったろう。その人びとのあいだに、赤い天狗の面が見えた。牛頭天王《ごずてんのう》のお札くばりのこじき神官、なめくじ長屋のテンノーが、センセーのすがたを見て、立ちどまったのだった。

その三

「てめえの鼻のさきのことだから、下駄常は懸命になっているが、礼は一升徳利がせいぜいだ。知らぬ顔をしていよう、と思ったんだが、アラクマが疑われちゃあ、そうもいかねえ。ちょうどにテンノーが通りかかったから、アラクマを探すように、いっておいたがの」

「そりゃあ、センセー、探して聞くまでもねえ。六尺棒で殴られたのは、うちのアラクマでさあ。ゆうべ帰ってきて、こぼしていましたぜ」

「するてえと、おめえが手を貸して、半鐘をさらったことに、なりかねねえな」

と、センセーは腕を組んだ。両国の西の橋番小屋の裏手に、マメゾーが曲芸につかう桶を

伏せて、センセーは腰をおろしている。小がらな大道曲芸師は、沢庵石《たくあんいし》に腰かけて、にこにこ笑いながら、

「まさか下駄常親分、本気でそうは思わねえでしょう」

「あいつのことだ。わからねえぜ。しかたがねえから、半鐘さがしをするか」

大きく弧をえがいた両国橋の橋間《はしま》から、次つぎに荷舟が出てきて、大川をのぼっていく。くだってくる舟の船頭が、顔見知りらしく、大きな声をかけてくる。冬日にきらめく川水をかすめて、百合《ゆり》かもめが飛びちがう。嘴《くちばし》の赤い小さな鷗《かもめ》で、向島へんでは、都鳥と呼ばれている。隅田川の冬の名物だ。

「馴れた盗っとなら、番屋の屋根にのぼるぐれえ、わけはありやせん。小力がありゃあ、半鐘をかかえても、おりられましょう。ですが、センセー、なんのためですかねえ」

と、マメゾーは小首をかしげた。砂絵師はくちびるを歪めて、

「みんなが頭をかかえているのも、そのことさ」

「やはり、いやがらせでしょうか」

「もっと、ばかばかしいことかも知れねえ。床の間に飾って、眺めていてえ、というようなやつが、いねえとは限らねえだろう」

「そりゃあ、まあ、人さまざまですからね。ですが、『取っけえべえ』も持っていかねえでしょう、あんなものは」

取っかえべえ、というのは、古もの買いの一種で、

「きせるの首でも、鉄瓶の蓋でも、銅壺の蓋でも、持ってきな。取っけえべえ。取っけえべえ」

と、鉦《かね》をたたきながら、やってくる。古鉄《ふるがね》のはんぱものを、子どもに持ってこさせて、棒飴と取りかえる行商人だ。

「そりゃあ、子どもたちが、半鐘をかかえてきたら、『取っけえべえ』はぶっくらけえるだろう。だが、わけは聞かずに、買う古鉄屋がねえとは、かぎらねえ」

「ひびも割れ目もねえ半鐘を持ちこみゃあ、足もとを見られやしょう。割れ目をつければ、値がさがる。金にするためじゃあ、ありませんよ、やはり」

と、マメゾーは首をふった。センセーは微笑して、大川の流れを見つめている。そこへカッパがやってきて、

「マメゾーが芸をしていねえから、センセーが来ているんじゃあねえか、と思った。テンノーから聞きましたが、アラクマのやつ、鍛冶町の半鐘を盗んだんだそうですね」

「早のみこみだな。そうきめられると困るから、アラクマを探しているんだ」

と、マメゾーが眉をあげた。アラクマ同様、下帯ひとつの裸に、鍋墨をぬって、生の胡瓜《きゅうり》や芋を片手に、

「わたしゃ葛西《かさい》の源兵衛堀、河童のせがれでございます」

と、踊ってあるくカッパは、へらへら笑って、

「そんなことだろう、と思ったぜ。でも、すぐに埒があかなかったら、下駄常はとりあえず、アラクマをひっくくるんじゃあねえか」

「そうならねえように、ひとつ働いてくれ」

センセーがいうと、カッパはうなずいて、

「なにをすりゃあ、ようがすね、センセー」

「ガンニンやユータ、オヤマにも声をかけて、鍛治町から下白壁町へんを、嗅ぎあるいてくんねえ。本職の泥坊をやとってまで、あんな真似はしねえだろう。番屋の梯子をつかって、屋根へのぼったとすると、木戸うちのものの仕業だ」

町の木戸は、午後十時にしまる。それ以後に出入りするには、番小屋に声をかけて、木戸をいちいち、あけてもらわなければならない。外から見て、木戸の左に番屋、右に番小屋がある。番小屋の番太郎の役目は、木戸のあけしめ、町内の雑用、拍子木をたたいて、時間を知らせることだった。店さきには雑貨をならべて、夏は金魚、冬には焼芋を売る。

「そりゃあ、悪さをするのに、番太郎にことわって、出るやつはいませんね」

と、カッパは感服した。センセーはつづけて、

「店屋《みせや》の手代や、小僧でもなかろう。夜ふけに店をぬけだして、半鐘なんぞを持ちかえるのは、楽じゃあねえ。横丁か、長屋の連中だろう。大家か番屋の親方と、近ごろなにかあった

ものはいねえか、探りだせ。それだけじゃあ、ねえぞ。脳天気なやつらが、火の見の半鐘を持ってこられるか、来られなくってよ、というような賭をしたかも知れねえ」

「ああ、そうか」

と、マメゾーは膝をたたいて、

「そいつが、ありますねえ。家主や定番の面目だまをつぶすなら、屋根にのぼるまでもねえ。纏を隣り町の番屋に移すだけでも、きき目はありまさあ。賭というなら、腑《ふ》に落ちる」

「ようがす。みんなで、聞きだしやしょう」

カッパが威勢よくいったとき、願人坊主のガンニンが、いが栗あたまを振りたてて、やってきた。

「センセー、まずいことになりましたぜ。アラクマが、お縄になるかも知れねえ」

「下駄常が、あせりだしたかえ」

砂絵師が顔をしかめると、ガンニンはうなずいて、

「テンノーから聞いて、わっしがアラクマを探していると、下駄の子分が、おなじく探していやがるんです」

「探すくれえは、するだろう」

「それが、真剣なんでさあ。ユータが聞きこんだ話じゃあ、鍛冶町の番太郎が、おかしなことをいいだしたらしい」

「ユータにも、もう渡りがついたのかえ」

「墓石をかかえて、アラクマを探しまわっています」

「番太郎の話てえのは、どういうことだ」

「ゆうべ、石町《こくちょう》の四つ（午後十時）を聞いて、町内をひとまわり、拍子木をたたいてまわって、木戸をしめた。そのとき、木戸うちの呉服屋の天水桶のかげに、大きな犬がいた、というんでさあ。いまになってみると、犬にしては大きすぎる。あんな犬は、見かけたことがねえ。ありゃあ、人間じゃあなかろうか、といいだした」

「アラクマじゃあねえか、というわけかえ」

「番太小屋のおやじが、はっきりいったわけじゃあねえが、下駄常はそう見ていますぜ」

「四つじぶん、長屋にいたかえ、アラクマは」

「いたはずですが、見たわけじゃあ、ありません」

と、マメゾーが答える。センセーは眉をひそめて、

「こいつは早いところ、アラクマをどこへか、隠したほうがいいな。どこかねえか、マメゾー」

「本所《ほんじょう》の如意輪寺門前《にょいりんじもんぜん》に、知りびとがいますよ。浅草《おくやま》で出刃うちをやっている芸人でね」

「寺門前なら、下駄常もすぐには、手がだせめえ。おめえたち、至急にアラクマを探して、そこへつれていけ。マメゾーは、それがすんだら、鍛冶町の番屋へきてくれ」

「どうするんです、センセーは」

「おれにただ働きをさせようという、下駄常の手だ、とはわかっているが、しかたがねえ。乗ってやらにゃあ、本気でアラクマに、縄をかけるだろう」

と、腰をかけていた桶から、センセーは立ちあがって、

「半鐘を探しにいくさ」

その四

風が出てきて、西にまわった日ざしに、灰いろの雲がかかった。鍛冶町の裏通りを、センセーが歩いていると、海鼠売《なまこうり》の声が、寒そうに聞えた。びら屋の店があって、店さきに張った紐《ひも》に、竹の紙ばさみで、書きあがった絵びらを吊して、乾かしてある。敵討《かたきうち》の場面らしく、白装束に白鉢巻の娘が、大たぶさの浪人と、雪のなかで、斬りむすんでいる絵があって、特徴のあるびら字で大きく、

正本《しょうほん》　芝居ばなし　柳亭燕路《りゅうていえんじ》

と、書いてある。客席行燈に貼る真打びららしい。もう一枚は、菓子屋の新製品の宣伝で、

新製うりだし、黄金《こがね》まんぢゆう

という文字と、打ちでの小槌をふりあげた大黒《だいこく》さまの絵が、書いてあった。立ちまわりの絵は、なかなかうまいが、大黒さまはうまくない。店をのぞくと、親方らしい白髪の小男と若い職人が、絵具の皿をわきにして、紙にかがみこんでいた。センセーは店をのぞきこんで、

「びら秀の親方は、お前さんだね」

声をかけると、白髪の男は顔をあげて、

「へえ、秀五郎《ひでごろう》でございます。お前さんは、八辻ガ原の砂絵のセンセーじゃあ、ございませんか」

「わたしをご存じかえ」

「ときどき見せていただいて、感服しておりました。お武家さまのようでなけりゃあ、頭をさげて、うちへ来ていただきたいくらいで……いや、お怒りにならねえで、おくんなさいましよ」

「ありがてえくらいのもので、怒りゃあしねえさ。大道かせぎがつらくなったら、お願いすることにしよう。きょうは、ちょいと聞きたいことがある」

「なんでございましょう。ちらかっておりますが、おあがりください」

秀五郎が紙を片づけると、センセーはあがりはなに腰をおろして、

「ここで、けっこう。仁吉さんというのは、お前さんのところの職人だそうだね」

「さようでございます。右手を痛めて、きのうから休んでいるので、困っております」

「というと、仁吉さんは腕がいいのだな」

「へえ、あの通りの半鐘どろぼうで、かがんで仕事をしていると、場所をふさいで、いけません。ですが、手さきは器用でござんしてね。あの大黒さまなんぞも、仁吉がいりゃあ、もうすこし増しになっておりますよ」

親方が饅頭《まんじゅう》のびらを指さすと、そばの職人が顔をしかめた。秀五郎はそれに気づいて、

「腹が立つなら、もっと修行をしねえ。甕《かめ》だれ霞《かすみ》も、まんぞくに書けねえで、なんて面《つら》をしやがる」

甕だれ霞というのは、びらの地模様のひとつだ。太い筆に、紅や紫をたっぷりつけて、紙の上のほうに、横縞をかく。太い縞が上のほうは濃く、下のほうは薄く、しかも、絵具が垂れさがって、波のようになる。だから、甕だれ霞というのだが、ひと筆で、さっと書くのには、やはり熟練がいるのだろう。若い職人は叱られて、首をすくめた。センセーは微笑しながら、

「親方のところには、なん人、職人がいるのだえ」

「きょうはもうひとり、二階で仕事をしております。このあいだまで、年期の入ったのが、もうひとり、いたんですがね。酒が好きで、しょうがねえ。意見はしていたんですが、ひっくり返ってしまいました」

と、親方は顔をしかめて、

「師走の忙しさが控えているのに、大弱りでさあ。仁吉の手は、すぐになおるでしょうが、新規にもうひとり、見つけるのは無理でしてね」

「そりゃあ、気が重いな。仁吉さんのうちは、この近所だそうだの」

「この裏の長屋ですが、なにかご用で」

「用があるわけじゃあねえ。ただ聞いてみたまでさ。親方、邪魔をしてすまなかった」

「とんでも、ございません。かかあが出ていて、お茶もあげられませんで……」

「ははは、親方、わたしも実をいうと、ひっくり返った職人さんと、おなじ口でね。昼間っから、酒をやる。だから、大道で砂絵をかくしか、できねえのさ。禁酒ができたら、お前さんのところで、つかってもらおうよ」

センセーは笑って、店を出ていった。すこし行くと、酒屋と荒物屋のあいだに、露地がある。入っていくと、片がわに四軒長屋がならんでいて、かなりの空地があった。反対がわには、板塀がそびえて、黒漆喰《しっくい》の土蔵の壁が、その上にのぞいている。空地では二、三人の子どもが、竹ごまをまわして、遊んでいた。夕方ちかい静かな空気を、独楽《こま》の唸りがふるわして、それに対抗するように、烏《からす》が鳴いた。奥のほうに、太い榎が枝をひろげて、烏はその上にいるらしい。榎の下には、お稲荷さんの祠《ほこら》があった。

「仁吉さんのうちは、どれだえ」

センセーが声をかけると、子どものひとりがふりむいて、

「仁吉さんて……」

「びらの絵をかく背の高いひとだ」

「ああ、凧《たこ》を書いてくれるおじさんか」

「なるほど、仁吉さんはお前たちに、凧をつくってくれるのか」

「おじさんのうちなら、そこだけど」

と、子どもはいちばん手前の家を指さして、

「いまはいないよ」

「留守か。それじゃあ、しかたがない。ついでといっちゃあ、申しわけないが、お稲荷さんにおまいりしていこう」

センセーが歩みよると、祠《ほこら》のかげから、大きな三毛猫がでてきて、警戒するように、こちらを見つめた。

「仁吉の手をひっかいたのは、おめえじゃあねえか」

と、センセーは笑って、

「だったら、びら秀の店には、近づかねえがいい。親方につかまったら、うけあい髭をぬかれるぜ」

その五

番太小屋の店さきの焼芋の行燈に、灯が入って、西の空には夕焼が残っているが、雲のふえた頭上はもう暗い。自身番の障子にも、灯のいろが明るかった。その障子をあけて、センセーが入っていくと、炉ばたにいた人びとが、いっせいに顔をむけた。下駄常もいるし、家主もいる。徳兵衛はじめ、三人の定番も、浮かない顔をそろえていた。

「親分、半鐘は見つかったかえ」

センセーが聞くと、岡っ引は苦い顔で、

「まだですよ、センセー。見当はついているんだが、手先のやつら、まだなにもいってこねえ」

「アラクマのことをいっているなら、見当はずれだ。やつのやったことじゃあない。しかし、半鐘がもどらないじゃあ、困るだろう。そうじゃあ、ありませんか、お家主」

「そりゃあ、いうまでもない。新しくつくれば、いいようなものだが、定番の不しまつは消えないし、わたしだって、ほかの町役に顔むけができません」

と、家主は肩をおとした。センセーはうなずいて、

「ですが、戻ってくりゃあ、不しまつもなにも、ないでしょう。半鐘が盗まれた、というのは冗談、実は梯子の手入れが必要で、一日、はずしてあっただけだ、ということもできる。

天狗さまが茶碗がわりに、持っていったんだが、鉄《かね》くさいので、返してくだすった、といってもいい。そうじゃないかえ、白壁町の親分」

「その口ぶりだと、見つけたのかえ、センセー」

と、下駄常が腰を浮かす。砂絵師はにやりとして、

「お家主、定番さん、親分にも、約束してもらいたい。わたしがどこで見つけたか、だれが持っていったか、いっさい聞かない、というなら、半鐘をだしてさしあげる」

「そりゃあ、ほんとうですか、砂絵のセンセー」

家主が身をのりだすと、徳兵衛も大きな目を、いよいよ大きくして、

「ほんとうなら、助かります」

「なにも聞かない、と約束してくれますかね、みなさんがた」

「半鐘さえもどれば、なにもいうことはない。親方だって、そうじゃないかえ」

家主がいうと、徳兵衛もうなずいた。センセーは下駄常にむかって、

「親分も罪人《とがにん》をつくるばかりが、能じゃあないだろう」

「わかった。わかった。だが、そうすると、やっぱり……」

「アラクマじゃあない。わたしは、嘘はいわないぜ」

「どこにあるんだ、半鐘は」

下駄常が聞くと、センセーはうしろをふりむいた。障子のかげから、マメゾーの顔がのぞ

いて、風呂敷づつみをさしだした。センセーは座敷にあがると、風呂敷をほどいて、首実検でもするみたいに、みんなの前にさしだした。

「これでしょう、半鐘は」

「それだ。それですよ」

と、家主は両手をさしだして、

「いったい、どこにありました。いや、聞かない約束でしたな。けっこう、けっこう。徳兵衛さん、すぐに火の見にかけてください」

「わかりました」

と、親方は半鐘を、センセーから受けとって、三人の定番をうながした。みんなが土間におりようとすると、マメゾーが手をだして、

「なにも大勢、屋根にあがることはねえ。わっしが吊ってきてあげますよ。目立たねえほうが、ようがしょう」

「そりゃあ、そうだが、暗くても、大丈夫ですかえ」

と、喜作が聞いた。センセーは座敷から、口をだして、

「お前さんは、ゆうべ泊りこんでいたっけな。提燈はいらねえから、梯子をかけてやってくれ。そのくらいの手つだいをしたほうが、お家主の手前、いいだろう」

「へえ、どうも、すいません」

ふたりが出ていくと、センセーは風呂敷をたたんで、ふところへ入れながら、

「めでたし、めでたし、というわけですな。わたしはこれで、ごめんを蒙《こうむ》りますよ」

「砂絵のセンセー、なんと礼をいっていいか、わからない。ここで酒というわけには、表むきいかないが、土瓶に入れてこよう。いっぱい、やっていっておくんなさい」

と、家主が腰をあげた。センセーは首をふって、

「ご心配には、およびませんよ。白壁町の親分には、いつも世話になっている。親分にいわれたから、一所懸命さがしただけのことです」

頭をさげて、砂絵師は土間におりた。番屋をでて、須田町のほうへ歩きだすと、常五郎が追いかけてきて、

「センセー、わっしの顔を立ててくれたのは、ありがてえが、つまるところ、アラクマやマメゾーを、かばったんじゃあ、ありませんかえ」

「疑りぶかいな。定番や番太郎の話にとらわれて、子分を走りまわらせるから、いけねえんだ。親分があちこち、自分で聞いてあるいていりゃあ、外で出あって、半鐘をわたせたものを」

と、センセーはにやりとして、

「そうすりゃあ、親分は大きな顔ができたし、わたしもきざなせりふを、つらねずにすんだんだぜ。番屋にすわりこんでいた罰《ばち》が、あたったと思いねえ」

「あすこにいりゃあ、半鐘はセンセーが、探してきてくれる、とたかをくっていたんでね」

「そのくらいは、わかっていたさ。いっぱい飲ませる、という話はわすれるが、子分によく、いっておいてくんねえよ。あした、アラクマに出あっても、嚇《おど》しっこはなしだぜ。よしかえ」

「わかった。よくいっておこう」

横柄にうなずいて、下駄常はひきあげていった。

その六

雲のどこかに、月がのぼっていると見えて、空がいくらか明るくなった。橋本町のほうへ、センセーが大通りを曲ると、いつの間に追いついたのか、マメゾーが寄ってきて、

「下駄常はまだ、さっぱりしねえ顔つきでしたね」

「なあに、うまくやった、と腹のなかじゃあ、舌をだしているさ。家主も面目があるから、まだ番所に届けはだしてなかったろう。あしたになったら、頬かむりをしてもいられなかろうが、今夜のうちに片づいて、下駄常の顔はりっぱに立ったはずだ」

「それにしても、鍛冶町の角であって、風呂敷づつみを渡されたときにゃあ、おどろきました。あの半鐘、どこにあったんですね」

大道曲芸師が聞くと、センセーはこともなげに、

「お稲荷さんの祠のなかさ」

「まさかに狐が、持っていったわけじゃあ、ありますめえ」

「半鐘を盗んだのは、半鐘どろぼうに、きまっているだろう。いやがらせか、いたずらか、――賭もいたずらのうちに入れてだが、はて、どちらだろう、と考えているうちに、もうひとつ、意地ということも、ありはしないか、と思いあたったんだ」

「さあ、わからねえ。意地で、半鐘を盗んだんですかえ」

「半鐘どろぼう、としじゅう呼ばれている男がいての。びら職人で、腕はいいのだが、背が高すぎて、ばかにされている。腕の劣った職人が、場所ふさげだの、半鐘どろぼうのと、悪口をいうんだ。そいつをとかく引きあいに、親方がへたな職人を叱るのさ」

「叱られた職人が腹いせに、半鐘どろぼう、と罵《ののし》るわけですね」

「半鐘どろぼうだが、実際に半鐘どろぼうなんぞ、できねえ野郎だ、といわれるんだから、かなわねえ」

「なるほど、そこで意地になったんですか」

「おれはけさ、その職人にあっている。気がとがめて、様子を見にきたんだろう。鍛冶町を歩いていて、びら屋の前にきたときに、そいつのことを思い出して、親方に話を聞いてみた」

「そいつは、いなかったんですかえ」

「猫に右手をひっかかれて、筆が持てずに、休んでいた。それも、気になっての。猫にひっかかれても、右手がつかえなくなることは、あるかも知れねえ。だが、重いものさげて、指か手首を痛めた、ということもありそうだ。親方の話を聞いてから、そいつの長屋にいってみた。半鐘どろぼうは留守だったが、稲荷のやしろが目について、格子をあけてみるてえと、あった。あった」

「ありましたかえ、半鐘が」

「おめえに渡したときのまま、風呂敷につつんで、安置してあったよ。そいつを取りだして、待っていると、だいぶん酔って、帰ってきたから、『酒は傷によくねえ。びら秀の親方が、心配していたぜ』といってやった。するてえと――」

「どうしましたえ」

「風呂敷づつみに、気づいたとたん、頭をかかえたね。泣きそうな声で、『意地になってみても、出来ねえものは、出来ねえんですねえ、旦那』といったよ」

「ちょいと、かわいそうですね」

「ゆうべも酒を飲んでいるときに、職人仲間から、半鐘どろぼう、といわれていたんだそうだ。夜がふけるにつれて、おもしろくなくなって、『それなら、半鐘どろぼうになってやる』と、おもてに出た。大して力はねえのだが、屋根にあがれば、梯子の下のほうに、足をかけただけで、半鐘に手がとどくほど、背が高い」

「わっしなんざあ、うらやましいや。そんなに、背が高いんですか」

「なにしろ、半鐘どろぼうだ。意地になって、持ってきてしまったものの、どうするという考えもねえ。気がすんだから、あすの晩、もとに戻しておくつもりで、お稲荷さんに預ってもらった。だが、朝になって、怖くなったらしい」

「ほんものの半鐘どろぼうとなったら、こりゃあ、罪が深いからね」

と、マメゾーは顔をしかめた。火事場どろぼうは、死刑になった時代だから、仁吉がおびえたのも、当然だろう。

「背の高いのが、肩をすくめて、小さくなっているのを見たら、あわれになっての。つい『おれにまかせろ』といってしまったやつさ。考えてみると、おれもひとがいい。『いっぱい飲ませたら、半鐘はおれが、うまく返してきてやる。おめえは知らぬ顔をしていればいい』と、いってしまったんだからな」

「こいつはいいや。礼金をとったんですかえ」

「あたりめえだ。下駄常からは奪《と》れねえ、ときまったんだから、ただ働きをする義理はねえ。相手は腕のいい職人だぜ。といったところで、ふんだくったわけじゃあねえ」

「いくら出しました、その職人」

「たったの一分さ」

「だったら、番屋で土瓶の酒を、ごちになっても、よかったんじゃあ、ありませんかえ」

「下駄常がいたんじゃあ、そうもいかねえ。やつの手柄にしてやらねえと、あとで掘りかえされる恐れがある。その職人に目をつけて、つけまわされてみねえ」

「センセーの話の様子じゃあ、白状してしまいそうですね」

「そんなことになったら、おれたちがまた、半鐘をかっさらって、疑いを晴らしてやる、という手があるが、なるべく手間はかけたくねえ」

「わかりました。まったくのただ働きでなかっただけでも、めっけものだ。みんなも、納得するでしょう」

下駄常の依頼にのって、事件を解決してやりながら、金になるところから、礼金をひきだすのが、なめくじ長屋のものもらい、大道芸人たちの陰の稼ぎなのだった。

「だが、酒は今夜はおあずけだぜ。あした、アラクマを呼びもどしてからのことにしよう。六尺棒で殴られただけに、仲間はずれにしたら、むくれるだろう」

「そりゃあ、身からでた錆《さび》で、かまいませんがね。まあ、待ってやりましょう」

橋本町の角までくると、夜鳴そば屋の屋台が、的に矢のあたっている行燈に、暖かい灯をともしていた。

「マメゾー、蕎麦《そば》をたぐっていこうか。考えてみたら、おれはまだ、晩めしを食っていねえのだ」

「蕎麦の銭は、一分のうちから、出すんですかえ」

「そのくらいの銭は、持っていらあな。おれのおごりだ」

夜の往来に、笑い声をひびかせて、センセーは屋台に歩みよった。ゆく手の空に、初音の馬場の火の見やぐらが、高くそびえている、三角の屋根の下に、ぶらさがった半鐘が、大きな蜂の巣のように見えた。

第六席　根元《こんげん》あわ餅《もち》

その一

亀吉《かめきち》の職業は、粟餅《あわもち》の曲投げだった。屋台の粟もち屋で、台にならべた大きな木鉢に、指でちぎった餅を、遠くから投げこむ役だ。

根元《こんげん》あハ餅

と、大きく書いた幕を、屋台にはって、台にならべた木鉢は三つ、それぞれに餡《あん》、黄粉《きなこ》、胡麻《ごま》が入っている。根元とは、元祖のことだ。鉢にはひとりずつ、腹掛《はらがけ》、袢纏《はんてん》、むこう鉢巻、紅《べに》だすきの男がついて、亀吉が投げこむ餅に、餡や黄粉や胡麻をまぶす。十歩ほど離れたところから、亀吉は左手に持った餅のかたまりを、右手でちぎって、鉢に投げこむ。次から次に、ちぎって投げる餅の大きさが、すこしも変ることがない。ときには大きくちぎった餅を、右手のひらで、ふたつにまるめて、いちどに投げる。それが右の鉢、まんなかの鉢に、あるいは左の鉢に、ぴたりと入る。右はし、左はしの鉢にわかれて、飛ぶこともある。とっておきの芸は、大きく餅をちぎりとって、右のこぶしを握りしめると、人さし指と中指のあいだ、中指と薬指のあいだ、薬指と小指のあいだから、にゅうっと小さく、餅が顔をだす。そのまま、右のこぶしを振ると、指のあいだの餅は飛んで、三つの鉢に、ひとつずつ入る。いずれの場合も、鉢に入る餅の大きさは、ほぼ揃《そろ》っているのだから、芸といっていいだろう。

子どものころから、父にしこまれて、やっと曲投げをまかせられたのは、去年からだ。男前の二十歳《はたち》だから、むこう鉢巻に紅だすき、愛嬌《あいきょう》のある笑顔で、亀吉が餅を投げるようになって、娘っ子の客がふえた、と父の文五郎《ぶんごろう》はよろこんでいる。きょうも、雑司《ぞうし》が谷《や》の鬼子《きし》母神《もじん》の境内にすえた屋台は、女こどもにかこまれていた。十月六日から、二十三日までの御《お》影供《めいこう》——お会式《えしき》のさいちゅうだ。おめいこうは、みえいくの訛《なま》りで、法華《ほっけ》の祖師である日蓮《にちれん》上人《しょうにん》のご命日、十月十三日の法会《ほうえ》のことだが、お会式と俗にいう。雑司が谷の祖師堂は、法明寺《ほうみょうじ》という寺にあるが、鬼子母神の境内を通って、おまいりする信者が多い。現在は目白通りと、明治通りの激しい車の往来にかこまれて、まわりに家も立てこんでいるが、当時は田畑のなかに、寺が散在して、目標がすくない。鬼子母神は、法明寺の支院の支配だから、そこを通りぬけるのが、わかりやすかったのだろう。

鬼子母神の参道には、いまも大きな欅《けやき》の並木がある。その下を通って、青銅《からかね》の鳥居をくぐると、古びた石の仁王さまが、狛犬《こまいぬ》のかわりに左右に立って、初冬の日ざしに、目をむいていた。正面拝殿までの左がわには、薄《すすき》の穂でつくった木菟《みみずく》、麦藁《むぎわら》でつくった角兵衛獅子《かくべえじし》や華魁《おいらん》の人形、経木《きょうぎ》と紙でつくった花がたの風車、紙細工の蝶《ちょう》といった土産物の店が、ならんでいる。いずれも、雑司が谷名物で、笹の枝にさげて、太い巻藁にさしてあった。おなじく名物、川口屋の飴《あめ》の店も、左がわにある。やすみ茶屋からは、だんごを焼く団扇《うちわ》の音が、やかましい。拝殿の前を右に、法明寺の仁王門へつうじる道の左右には、酒の店や餅の店、筵《むしろ》ばりの見世物小屋が、客を呼んでいる。そうしたなかで、目立つように、おやじの文五郎は、『根元あハ餅』の幕を、高く張っていた。輪郭だけの籠文字《かごもじ》で、あハ餅と縦に大きく、あの字の右に小さく根、左に元と黒く書いた幕を、屋台の上に立てた柱に高だかと、帆かけ舟のように、張っているのだ。横棒の左右のはしには、ほおずき提燈がさがっている。

「評判、評判、あわ餅の曲投げだ」

餡の鉢のわきに立って、文五郎が大声をあげると、亀吉は餅を手に、身がまえる。笑顔はつくっているが、楽しくはなかった。御影供はふつう十月八日から、上人忌日の十三日までだが、雑司が谷では、六日からもう、信者の参詣がある。法明寺の支院には、お祖師さま御一代記の飾り物が、からくり仕掛でしつらえられて、これを二十三日まで見せる。お坊さまの節《ふし》のついた説教にあわせて、竜の口の御法難の場なら、首きり役の武者がぎくしゃく、太刀《たち》をふりかぶると、切りだしの雷神さまと銀紙ばりの稲妻が、上からさがる。すると、太刀《ち》が折れる、といった他愛のない仕掛だが、善男善女がありがたがって、拝見するのだ。だから、文五郎たちは十八日間、近くの農家に部屋を借りて、泊りこむのだった。夜になると、梟《ふくろう》の声が耳につき、狐の鳴くのも聞える暮しが、亀吉にはおもしろくない。おなじ淋しく

ひびくにしても、

「蕎麦《そば》うぅい」

という夜なき蕎麦の声や、

「おいなありさん」

という稲荷ずし売の声。

「深川名物かりんとう」

という六間堀《ろっけんぼり》、山口屋の花林糖《かりんとう》うりの声や、大川をわたる雁《かり》の声を、本所横網《ほんじょうよこあみ》の長屋で聞きたかった。だが、憂鬱《ゆううつ》なのは、それだけではない。またやりそこなって、おやじに叱《しか》られるのではないだろうか、と思うと、のびのび餅を投げられないのだ。それも、未熟でやりそこなうなら、あきらめもつく。だれかが、邪魔をしているのだった。

「きょうあたり、またやられるのじゃあ、ねえかしら」

と、亀吉は落着かない。だが、おやじの声にせき立てられて、やわらかい餅をちぎると、しこまれた腕は、ちゃんと動いた。ひとつずつ投げるのは、うまくいったし、ふたついちどの投げわけも、見事に鉢に入った。不安をわすれて、亀吉は右のこぶしを、客のほうにかざした。指のあいだから、にゅっと三つのかたまりが、顔をだす。その手を屋台へ、大きくふった。

「おい、亀、どうした」

餡の鉢のわきで、文五郎が口走った。小さな餅のかたまりが、三つとも、地べたに落ちたからだった。三つの餅のそばには、小さな飴が三つ、ころがっている。亀吉が餅を投げると同時に、だれかが飴のつぶてを打ったのだ。信じられないことだが、それがことごとく、命中したのだった。亀吉はまわりを見まわして、

「あの野郎だ」

口走ると同時に、駈《か》けだした。

「待っておくんなさい、お武家さま」

小屋がけ芝居の前で、亀吉が声をかけた相手は、小兵《こひよう》な浪人だった。つぎはあたっているが、垢《あか》じみてはいない古袷《ふるあわせ》の腰に、頑丈なつくりの長い刀を、かんぬき差しにしている。背が低いから、落しざしにすると、朱鞘《しゆざや》の鐺《こじり》が地につくのだろう。ふりむいた顔は、柔和にまるい。

「なにか用かね」

「うかがいたいことがあるんだ、お武家さま。なぜに、わっちの邪魔をなさる」

噛《か》みつくように、亀吉が聞くと、浪人は目もとだけで笑って、

「さあ、なんのことだか、わからぬが……」

「しらばっくれねえで、おくんねえ。わっちの投げた餅を、打ちおとしたじゃあ、ござんせんか」

「そんなことをしたかな、わたしが」

「三日まえにも、風車を投げて、邪魔をしなすったね。そのときに、赤鞘が目についた。お武家さまでも、きょうはひとこと、いわなけりゃあ、と思いましてね」

「そんなことで、疑われては、かなわぬな。わたしゃあ、急いでいるんだ。法明寺わきに、筵《むしろ》ばりの賭場《とば》が、立っているだろう。あすこの用心棒に、やとわれている。商売の邪魔はしないでくれ」

「こっちの商売の邪魔は、してもいいてえのかえ、ご浪人」

相手が背をむけたので、亀吉は刀の鐺をつかもうとした。その手を押えて、

「お武家に、なんてえことをする。手証も見ねえで、うかつなことをしちゃあいけねえ」

と、父親がとめたときだった。

「文五郎とっつぁん、商売をそっちのけで、なんの騒ぎだえ」

うしろで声をかけられて、粟餅屋の親子はふりかえった。

「こりゃあ、下駄新道の親分。いえ、なんでもございません」

「なんでもねえことがあるものか。親分、聞いておくんねえ。あの浪人が、わっしの曲投げの邪魔をするんでさあ。それも、きょうが初めてじゃあねえ。だから、わっしゃあ……」

と、亀吉は口をとがらす。神田白壁町の御用聞は、もう人ごみにまぎれている浪人を、目で追いながら、

「まさかにあの長いのを、すっぱ抜いたわけじゃあ、あるめえ。どんな邪魔を入れたのだえ」

「こっちを見ておくんねえ、親分」

手つだいの男たちが、心配そうな顔をしている屋台のほうへ、亀吉は下駄常をひっぱっていった。岡っ引は話を聞くと、足もとの飴をひろいあげて、

「こりゃあ、川口屋のぶっきり飴だろう。こんなものを投げて、おめえの餅を、打ちおとしたてえのかえ」

「それも、三ついちどに、投げたにちがえねえ。おとっつぁんも、そう思うだろう」

と、倅《せがれ》にいわれて、文五郎は曖昧《あいまい》にうなずいた。

「そうらしいが、あのお武家のしたこととも、きめられめえ」

「いや、おいらには、わかっている」

「よしよし、わかった。ここは、おいらにまかしねえ」

と、下駄常は亀吉の肩をたたいて、

「賭場の用心棒をしている、といったんだな。あの浪人がやったのなら、もう邪魔は入らねえ理屈だ。おめえがたは、稼業にもどりねえ。お客さまが、お待ちかねだぜ」

「おねがいいたします。親分」

と、文五郎は頭をさげて、

「さあ、亀、仕事だ。仕事だ」

下駄新道の常五郎は、法明寺のほうへ、歩きだした。弦巻川《つるまきがわ》の小流れをわたると、法明寺の森の左手に、筵ばりの小屋が見える。音羽《おとわ》の顔役が、御賽銭勘定場《おさいせんかんじょうば》と称して、博奕場《ばくちば》をひらいているのだ。江戸の御府内ではゆるされないが、近郊の社寺に催しものがあるときには、賭博を大目に見ることがある。酉《とり》の市《まち》の本家といわれる葛西《かさい》の花又《はなまた》――現在の足立区花《あだちくはな》畑町《はたちょう》の鷲《わし》大明神なぞは、十一月の酉の日に、ばくちの小屋がならびすぎて、とうとう禁止されてしまった。おかげで、花又のお酉さまはさびれて、浅草の鷲《おおとり》神社に賑《にぎわ》いがうつった。

「博奕ができねえんじゃあ、葛西くんだりまで、出かけることあねえ。下谷田圃《したやたんぼ》へいって、帰りに吉原《なか》をひやかしてくべえ」

ということに、なったわけだ。祭礼ばくちは、地方の博徒の最大のかせぎ場所で、その開催権をめぐって、しばしば喧嘩《けんか》がおこなわれた。余談になるが、『清水次郎長伝《しみずのじろちょうでん》』で有名な荒神山《こうじんやま》の大げんかも、三重県四日市《よっかいち》のさきの加佐登《かさど》にある高神山観音寺《こうじんざんかんのんじ》、その寺の裏手に、賭場をひらく権利をあらそって、慶応二年――千八百六十六年の四月六日から八日にかけて、行われたものだった。いまの鈴鹿《すずか》市の神戸《かんべ》にいた吉五郎《きちごろう》――顔が長いので、長吉《ながきち》と呼ばれた老博徒が、員弁《いなべ》の穴太《あのう》の生れで、当時は桑名《くわな》にいた徳次郎《とくじろう》という中年博徒と、この縄張をあらそった。神戸の長吉は、五十を越して、子分もすくない。三州吉良《さんしゅうきら》で売出しちゅう、二十八歳の仁吉《にきち》に、応援を請うた。仁吉は自分の子分のほかに、ちょうど吉良に立ちよった次郎長一家の大政《おおまさ》、関東綱五郎《かんとうつなごろう》、法印大五郎《ほういんだいごろう》、桶屋《おけや》の鬼吉《おにきち》らを、加勢にたのんで、加佐登に駈けつける。六日と七日、よその親分衆が口をきいてくれるのを待って、睨《にら》みあいをつづけた。仲裁をして、権利の一部をもらえるほど、大きな縄張でないから、だれもあいだに入らない。徳次郎は四十代で、ふところ都合もよく、鉄砲を持っていた。八日になって、それを射ちかけたのがきっかけで、出入りになったが、あっけなく片がついた。鉄砲にあたった仁吉をはじめ、双方に五人ずつの死者が出て、穴太徳に分のあるおわりかただった。けれど、死者のなかに、法印大五郎がいたので、次郎長は桑名の徳次郎に抗議した。両者に完全な和解が成立したのが、明治になってからだというから、大げんかだったには違いない。雑司が谷の賭場は、たった一軒だ。喧嘩を売ってくる博徒はいないが、ごろつきに因縁をつけられる恐れはあって、用心棒をおいているのだろう。小屋のなかには、地面に茣蓙《ござ》がしいてあって、まんなかに盆ができている。下駄新道の常五郎が入ってみると、浪人は長い朱鞘の刀を杖にして、寺箱のうしろの丸太に、よりかかっていた。

その二

「きのう目白に野暮用があって、ついでといっちゃあ、申しわけがねえが、おそっさまにお詣《まい》りしたんですがね、センセー。そこで、拾いものをしたわけでさあ」

と、白壁町の下駄常は、にやにやした。砂絵師は徳利の酒を、ぐっと呷《あお》ってから、にやり

と笑いかえして、

「親分もひまと見えるな。けっこう、けっこう。天下泰平に、越したことはない」

「いやですぜ、センセー。マメゾーの話を聞いていたから、なにか裏がありゃあしねえか、と探ってみたんです」

「マメゾーが、芸の邪魔をされた、という話かえ。そんなことがあったの。ありゃあ、先月《あとげつ》だろう」

大川をわたる風に、つめたさのくわわった九月の半ばすぎ、マメゾーが両国の広小路で、いつものように曲芸をやっていた。まるい石の上に鍋をのせて、左手で弦をつかんで、逆立ちをする。腹掛に股引の足が、宙にのびると、むきだしの肩に、筋肉がもりあがった。右手に持ったのは、二挺《ちょう》の出刃。それを高く低く、マメゾーは手玉にとりはじめる。庖丁《ほうちょう》を高く投げておいて、すっとからだを沈めると、鍋のなかから、薩摩芋《さつまいも》をつかみあげて、

「さあ、おかずごしらえのはじまり、はじまり」

一本の芋と二挺の出刃を、自在に手玉にとりながら、とちゅうで庖丁を横にふって、薩摩芋を切りにかかった。芋は短くなるたびに、微妙に重さが変る。まるい石の上で、鍋はゆらゆら揺れる。いちばん難しいところだった。マメゾーは呼吸をととのえて、落ちてくる庖丁をつかんだ。だが、つづいて、芋が落ちてこない。なにかの気配と同時に、芋がうしろへ、飛んだのだった。マメゾーは一廻転して、地面に立つと、左右の手に、出刃庖丁をつかんで

いた。

「芋も切られて、煮られて、食われるのは、いやだとみえる。因果をふくめて、やりなおしますからね、お客さん」

と、ごまかしたが、腋《わき》の下に冷汗をかいていた。

「あのときゃあ、だれかが小石のつぶてを打って、宙にあがっている芋を、うしろへ飛ばした、というんでがしょう」

常五郎がいうと、砂絵のセンセーはうなずいて、

「なみの人間にできる業じゃあねえから、ひやりとした、といっていたな、マメゾーは」

「粟餅屋も、つぶてでやられた。こいつは、おなじやつに違えねえ。そう思って、あたってみたんでさあ」

「その浪人、いたずらをいたしました、と白状をしたのかえ、親分」

現在の万世橋交叉点あたり、筋違御門うちの八辻ガ原のすみに、莫蓙を敷いて、すわっているセンセーの前には、見事な達磨が、砂でかきあげられて、冬の日ざしをあびている。土手の柳は葉を落して、瘠《や》せほそっているけれど、きょうは小春日和のいい天気だ。頭上を舞う鳶の声も、ひょろるりひょろろと、のどかに聞える。

「いいえ、そらっとぼけていましたがね」

と、いまの神田駅へん、白壁町にすむ岡っ引は、得意そうな顔つきになって、

「怪しいですぜ、ありゃあ。苗字は小さく動くと書いて、こゆるぎと読む。名は門之助《もんのすけ》。佐久間町の長屋に住んでいるそうで」

「向柳原とは、近間にいるの。賭場のやつから、聞きだしたのかえ。ふところの十手を、つっぱらかして聞いたんじゃあ、ほんとうかどうか、わからねえぜ、親分」

「当人にも確かめたから、嘘じゃあござんせん」

「当人に聞いたのじゃあ、名前はほんとうだろうが、しらばっくれるに、きまっているだろう。小動門之助、音羽の親分の賭場を、用心棒でまわっているのかえ」

「いえ、用心棒にやとわれたのは、はじめてだそうですよ。これまでは、竹を削って、鳥籠をつくったり、小鳥を育てたりしながら、剣術道場にかよっていたようで」

「道場はどこだか、聞いたかえ」

「下谷《したや》二《に》長町《ちょうまち》の生駒《いこま》道場だそうで」

二長町は、いまの台東区台東一丁目で、まだ小学校の名に残っている。

「東軍新流《とうぐんしんりゅう》、生駒甚左衛門《じんざえもん》先生のところだな。生駒先生は、手裏剣《しゅりけん》も名手のはずだ。飛礫《つぶて》と、つながらねえこともねえ。だが、先生はもう、かなりのお年と聞いているぜ」

「引退なさることになっていて、まだ跡継ぎがきまらねえ。なにか、ごてついているとかで、門之助は近ごろ、道場にはいかねえそうです」

「門之助はかなり、腕が立つんだろう。さもなけりゃあ、跡継ぎあらそいに、巻きこまれるはずはねえ」

センセーが眉《まゆ》をあげると、常五郎は首をすくめて、

「朱鞘のながえ刀をさしていて、強そうですがね。『ここだけの話だが、まだ抜いたことがないんだよ』と、小声でいって、にやにやしていましたぜ。背が低いから、腰にさして、抜けるかどうか、わからねえんだそうですよ。刀をさして、強そうな顔をしていなけりゃあならねえから、もう用心棒はごめんだ、といっていました」

「それが本音なら、どこが怪しいのだえ、親分」

「飛礫を打ったおぼえはねえ、といわねえんです。『わたしが、なにをした、というんだね』とか、『はて、そんなことをしたかな』という。それでいて、広小路でマメゾーを見たことがある、とはいうんでさあ。亀吉が粟餅を投げるところも、蔵前の八幡さまで、見たことがある、といっていました」

「向柳原に、すんでいるんだ。蔵前も歩こうし、両国へもいくだろう」

「そういやあ、そうだが、センセー。邪魔をされた大道あきんどは、マメゾーと亀吉だけじゃあねえ。半月ばかり前のことだが、あっしのうちの近所で、飴の鳥の屋台がやられた」

「飴細工の邪魔をされたのか」

「子どもの注文で、瓢簞《ひょうたん》をつくっていたんでさ。岩太というやつで、若いが、細工のじょうずでね。竹筒のさきに飴をつけて、息でふくらまして、かたちを手さきでととのえて、瓢

箪ができあがった。とたんに、ぱちんと割れちまった、というんです。息を吹きこみすぎたわけでも、左手に力が入りすぎたわけでもねえ。小楊枝《こようじ》がささったからだ、というんです」

当時はふつうに楊枝といえば、房楊枝《ふさようじ》――歯刷子《はぶらし》のことだった。歯をせせる細い楊枝は、つま楊枝か小楊枝という。なめくじ長屋の砂絵師は、眉をひそめて、

「そいつを、だれかが、手裏剣がわりにした、というのかえ」

「岩太はそういっていやす」

「そうだとすると、えらいことだぜ。瓢箪が割れてから、気がついたというんだから、ごく細い小楊枝だろう。いくら息でふくらんで、飴が薄くなって、かたまりかけていたにせよ、小楊枝を打って、そいつを割るなんざあ、めったに出来ることじゃあねえ」

「しかも、そのちっと前に、浪人ものが立ちどまって、『うまいもんだな』といったのを、岩太はおぼえているんでさあ」

「怪しい、と親分がいうのは、のみこめたがね」

と、センセーはほほ笑んで、

「小動門之助のしわざ、とわかったところで、まさかにお縄はかけられめえ。親分がなぜ、やっきになるのか、そこがわからねえ。野師《やし》の親分にでも、たのまれたのかえ」

「だれに頼まれたわけでも、ありませんがね。飴の鳥や粟餅屋が、あきないの邪魔をされるぐれえは、まあ、よござんすよ。ですが、マメゾーは出刃をあつかっていた。あの男でなか

ったら、大怪我をしたかも知れねえ。どうも、よくねえ虫の知らせがあるんですよ、あっしにゃあ」

と、下駄常は顔をしかめた。センセーもまじめになって、

「わかった。朱鞘の長いのをさした小柄な武家に、気をつけろ、と触れりゃあいい。カッパやガンニンたちに話して、大道芸の仲間にふれさせよう。御影供がすむまでは、門之助、雑司が谷にいるんだ。あわてることもあるめえよ。向柳原から毎日、通うわけじゃあなかろう」

「ええ、音羽の顔役のうちに、泊りこんでいるそうで」

「二日もありゃあ、江戸じゅうの大道かせぎに、知れわたる。まかしておきねえ。仲間のことを、心配してくれて、ありがとうよ、親分」

「なあにね。ユータが石塔に石をぶちこまれて、怪我でもした日にゃあ、なぜ教えなかった、とセンセーに怨《うら》まれるは必定だ。それぎり知恵を貸してもらえなくなったら、あっしが困りますから」

てれくさそうに笑って、しゃがんでいた下駄常は、立ちあがった。紺のぱっちに尻はしょりで、そのすがたが須田町の通りへ遠ざかると、入れかわりに、柳原堤のほうから、墓石をかかえて、ユータがふらふらやってきた。思わずセンセーが苦笑すると、目ざとく、それに気づいたらしい。石塔に足がはえたような恰好《かっこう》で、大股に近づいてきて、

「へえ、大じかけ大評判《おおひょうばん》の幽霊でござい」

張りぼて細工を、苔《こけ》むした色に塗って、戒名のかわりに、商売繁昌、と書いた墓石が、台石の紐《ひも》をゆるめると、前に倒れる。紙ばりの台石を、腰にむすびつけているのは、額には三角紙、鼠いろの経かたびらの瘠《や》せた男で、

「怨めしやあ。センセー、なにをにやにやしていなさるね」

「銭のかわりに、一杯やるかえ、ユータ」

と、砂絵師は貧乏徳利をさしだしながら、

「石つぶてを打たれて、その張りこを破られたら、おめえ、どうする」

幽霊こじきは、徳利の酒をあおってから、紐をひいて、墓石を半分、起してみせた。

「こいつは糸瓜《へちま》を芯《しん》にして、西の内で張ってありますからね。軽くて丈夫、めったなこじゃあ、破れませんや」

「そうと知ったら、なおさら狙《ねら》われるかも知れねえの。白壁町が、心配していたぜ。気をつけねえよ」

「そいつは奇妙《けぶ》だ。下駄常がむこうへいくのは見ましたが、おいらの身を気づかうとは、どうした風の吹きまわしだろう」

「マメゾーにも、関わりのあることだ。話してやるが、おめえが前に立っていちゃあ、客がよらねえ。そのかげに、入ってくんな」

と、わきの松の木を、センセーは指さした。

その三

朱鞘をさした小兵の浪人のことは、江戸の大道芸人、物もらいたちにひろまったが、なにも起らないまま日がたって、十月も末になった。向両国の回向院《えこういん》で、晴天十日、本場所の相撲がはじまって、朝に夕に、やぐら太鼓が大川の水にひびいた。どこの町でも、番太郎の店さきに、十三里〇やき、という焼芋の行燈がでて、芋を焼く壺のけむりが、うそ寒く見えた。いつものように、センセーが八辻ガ原のすみで、通行人に砂絵を披露していると、

「センセー、すぐ来ておくんねえ」

袢纏《はんてん》をひるがえして、マメゾーが飛んできた。そのあとから、アラクマが息を切らして、ついてくる。砂がえがいた九尾の妖狐を、眺めていた四、五人の見物は、びっくりして、横にどいた。マメゾーは首をのばして、

「軽業の小屋で、宝来家《ほうらいや》小春《こはる》が殺された」

小声でいったが、見物の耳にも、入ったらしい。職人ふうのひとりは気みじかに、柳原堤のほうに走りだした。広小路の小屋にでている女軽業師を、見知っているのだろう。センセーは腰を浮かして、盆の投銭をすくいとりながら、

「あいつのしわざかえ、マメゾー」

「そのようで――朱鞘の浪人が入ったのを、木戸番がおぼえている」

「行ってみよう。下駄新道には、知らせたかえ」

「馬場のところで、ガンニンにあったので、走らせやした」

「アラクマ、ここを片づけて、道具は長屋にほうりこんでおいてくれ」

「おいきた」

下帯ひとつのからだに、鍋墨をぬって、四ん匍《よつば》いで、歩きながら、

「これは丹波の山おくで、生捕りましたる荒熊でござい。ひとつ鳴いてお目にかけます。とぅるるるるる」

と、奇声を発して、銭をもらってあるくアラクマは、センセーの莨蓙のわきから、小箒《こぼうき》をとりあげた。それで、炎にのった九尾の狐を、掃きけしはじめながら、

「お客さま、申しわけありません。ちょいと取りこみがありまして、本日は店じまいでございます」

見物人に頭をさげると、隠居ふうの老人が聞いた。

「宝来家小春というのは、両国の見世物小屋にでている娘軽業だね」

「へえ、さようで」

「たいそう美しい、ということだが、男にでも刺されたかな」

「いいえ、綱わたりをしていて、足をすべらしたそうでさあ」

「頭でも打ったか。かわいそうに……なんまみだぶ、なんまみだぶ」

正確にいうと、ふつうの綱わたりではなかった。それほど高いところから、落ちたわけでもなかったし、頭を打ったのでもない。両国広小路の筵《むしろ》ばりの小屋で、宝来家小春がやっていたのは、宙のり手桶くずし、という芸だった。舞台の上、二めーとる五十くらいの高さに、綱をはって、供奴《ともやっこ》に扮した小春が、手桶を片手に、その上にのる。奴髷のかつらはかぶっているけれど、女のことだから、顔に隈《くま》どりはせず、鎌ひげもつけていない。裾にびらびらの飾りのついた衣裳を、高ばしょりにして、両膝に逆三角の三里紙《さんりがみ》をつけた白足袋すがた。綱にのると、緋縮緬《ひぢりめん》の下帯のくいこんだ内腿《うちもも》が、むきつけに見える、という趣向だった。

兎《うさぎ》の両耳のように、柄《え》が上にのびた手桶を、右にさげたまま、両手を左右にのばし、片足をあげて、綱の上に立つのがきっかけで、三味線太鼓の囃子《はやし》がはじまる。右によったり、左によったり、くるりとまわったり、しばらく踊って見せてから、手桶を綱の上におく。兎の耳みたいにのびた柄を、つないでいる把手《とって》の板に、片足かけて、立ちあがるのだ。綱の上に不安定においた手桶に、片足で立つのだから、きわめてあぶなっかしい。だが、小春は目蓋《まぶた》を紅でぼかした目《ま》で、にっこり観客を見おろして、ひらひらと両手を動かす。すると、手桶はゆらゆら揺れる。この桶には仕掛があって、ここで箍《たが》がゆるむのだ。桶はいく枚もの板になって、ばらばらと舞台に落ちる。

「あぶない。あぶない」

口上役の道化が、扇子で頭を隠して、とんきょうな声をあげるから、見物は息をのむ。けれど、柄になっている長い板と、それをつなぐ板とが、冂の字がたに残った上に、片足で立って、太夫《たゆう》はにっこり笑っている。見物人がどよめくとたん、供奴のからだが揺れて、残りの板が落ちていく。こんどこそ、だめかと思うと、小春は片手で、綱にぶらさがっていて、ひっかかった奴凧《やっこだこ》みたいに、宙を泳いでから、舞台に飛びおりる。これが、宙のり手桶くずしの芸だった。しかし、きょうは最後まで、演じることはできなかった。桶がばらばらになると同時に、小春のからだがのけぞって、板もろともに落ちたからだ。やわな舞台だから、床がしなって、大きな音はしなかったが、桶の板は客席まで飛んできた。

「太夫」

小男の道化が、走りよった。三味線太鼓の女たちも、立ちあがった。楽屋から、裏方も飛んできた。抱きおこしてみると、供奴の首には、出刃庖丁が刺さっていた。

「一座には、出刃打ちの芸人がいましてね。庖丁は、その男のものなんです。むろん、辰《たつ》という出刃打ちは、なんにも知らねえ、といっていますが……」

とマメゾーは説明しながら、筵ばりの小屋の裏手に、センセーをみちびいた。冬晴れの日ざしが、大川の水をきらめかして、ほかの小屋から、鳴りもの音がひびいてくるが、宝来家一座の楽屋口は、ひっそりしていた。入ってみると、奴すがたの死体は、太腿をさらして、楽屋の床に横たえてあった。顔をまっしろに塗って、若づくりにしているが、小春は二十四、五だろう。ふっくらとした顔は、口が小さく、目が大きくて、人形みたいに美しい。だが、おどろいたような表情が、目もとにこびりついて、首は不自然に曲っていた。そこに傷口があって、床に血がしみている。いかにも曲芸師らしく、筋肉のついた足は、きちんと揃えてあったが、右膝の下の三里紙が、なくなっていた。

「八辻ガ原のセンセー、おいでいただいて、ありがとうございます」

舞台衣裳の中年男が、頭をさげた。座がしらの宝来家京太夫《きょうだゆう》だった。死体のまわりには、下座《げざ》の女や口上役の小男、弟子らしい若い女が、すわっている。だが、出刃打ちらしい男は、見あたらない。

「辰さんというのは、どこにいるね」

センセーが聞くと、座がしらは顔をしかめて、

「米沢町の弥平《やへい》親分が、番屋につれていきました。小春が落ちたとき、辰三《たつぞう》は楽屋にいなかったものでしてね。おまけに、辰の出刃ときているから、どうにもいけませんや」

「辰三は小春を、怨んでいるようなことが、あったのかえ」

「それどころか、好きあっていましたよ。近ごろ、小春の人気が高いから、芸の嫉妬というやつで、仲が悪くなっていた、というものもいますがね。わたしの見るところじゃあ、そんなことはございません」

と、京太夫が首をふったとき、垂幕をあげて、舞台から男がひとり、入ってきた。袢纏、腹掛の裏方すがたで、大きく巻いた茣蓙を、かかえている。きつぱりした顔つきで、江戸っ子らしく、きびきびした身ごなしだった。

「親方、血で汚れた茣蓙は、川へでも流しますかえ。いい塩梅《あんばい》に、床はそれほど、汚れていませんや。茣蓙をかえりゃあ、あしたにでも……」

裏方がいいかけると、座がしらは口もとを歪めて、

「小屋があけられる、というのかえ。お客は筵壁を、見にくるんじゃあねえぜ。小春や辰の芸を、見にくるんだ」

みんなが暗い顔を見あわせたところへ、下駄常が入ってきた。センセーはにやりとして、

「遅かりし由良之助《ゆらのすけ》だよ、親分。下手人は米沢町の親分が、しょっぴいていったそうだ」

「聞きましたがね。大きな目ちがいだ」

と、常五郎は笑いかえして、

「どこの世界に、出刃打ちが手めえの出刃を打って、惚れたとか切れたとか、うわさのある相手を殺しますかえ。雑司が谷から、あの野郎はもどっている。センセー、佐久間町へいきやしょう」

その四

浅草橋をわたると、左右が茅町《かやちょう》で、まっすぐいけば鳥越橋《とりごえばし》から、蔵前になる。左へいくと、ひとつ上手《かみて》の橋が新シ橋で、神田川にそった町屋が、佐久間町だ。下駄常が茅町の角を、左へ折れようとすると、センセーが袖をひいて、

「文五郎の粟餅が、出ているぜ、親分。なんだか、様子がおかしいようだ。行ってみねえか」

すこし先の道ばたに、屋台をすえて、紅だすきの男たちが見えるが、たしかに、客のよりかたがおかしい。下駄常が足を早めて、近づいてみると、朱鞘の長い刀をさした浪人に、亀吉が文句をいっている。

「往来だから、立つなとはいえねえが、まわりは女こどもだ。お武家が指をくわえていちゃあ、見っともねえじゃあごわせんか」

「指をくわえちゃあいないよ。ひと盆、買うくらいの銭はある。甘いものが、わたしは好きでね。お前さんの餅が、食いたいんだ。あんまり、邪魔にしないでくれ」

「小動《こゆるぎ》さん、どうなさいましたえ」

常五郎が声をかけると、まるい顔がふりかえった。怪訝《けげん》そうに眉をひそめたが、すぐに岡っ引を思い出したらしい。

「神田の親分か。大したことではないのだが、雑司が谷にいた餅屋さんに、ここであっての。見物しようとしたら、文句をいわれた。どうしたら、よかろう」

苦笑まじりに、門之助が言うと、亀吉はこぶしで鼻をこすりあげて、

「なにが『どうしたら、よかろう』だ。このお武家、また邪魔をする気にちげえねえ。どうにかしてもれえてえなあ、親分、こっちですぜ」

「まあ、ふたりとも、わっしにまかしてくれ。小動さん、ここでごてついちゃあ、女こどもが怯《おび》えます。ちょいとそこらまで、足をはこんじゃあ、いただけませんか。うかがいたいことが、ございますんで」

下駄常がうながすと、門之助は歩きだしながら、

「暇なからだゆえ、どこへいってもいいがの、親分。いいがかりは、ごめんだよ」

白壁町の御用聞は、柳橋のほうへ曲って、河岸っぷちに立ちどまった。町屋の小庭の生垣に、柊《ひいらぎ》の花が白く、籠の鶯《うぐいす》の笹鳴きが聞える。舟宿のならんでいるほうで、桟橋《がんぎ》に舟をつける船頭が、

「あたるよう」

と、自慢の声をあげているのも、のどかだった。芸者家の二階からは、稽古三味線の音が聞えて、暖かい日ざしが、眠気をさそうのだろう。葉の落ちた柳によりかかって、門之助はあくびを嚙みころした。それを、下駄常は横目に見ながら、

「小動さん、つかぬことをうかがいますが、一刻《とき》(二時間)かそこら前に、広小路の軽業の小屋を、のぞいておいでじゃあなかったですかえ」

つめたく聞くと、門之助は長い大刀を、鞘ごとぬいた。柳によりかかるのに、邪魔になるからだろう。鐺《こじり》を下に、杖につきながら、

「よく知っているな、親分。宝来家小春とかいう、娘軽業師の小屋だ。女ながらに、なかなか達者な芸を、見せていたよ」

「ああいうものが、お好きなんですかえ」

「そうでもないが……きょうは、気持がくさくさしてな。わたしは酒が飲めないので、こういうときには、まことに困る。しかたがないから、ぶらぶら歩いて、かけ小屋をのぞいたわけさ」

「それから、どうなさいました」

「どうもしないよ。あきたから、小屋をでた。橋をわたって、『やれ突けそれ突け』や、『熊むすめ』をのぞいたりはしないぜ。ならび茶屋で茶をのんで、こっちへ戻ってきたら、粟餅屋にあったんだ」

やれ突けそれ突けは、裲襠《うちかけ》すがたの女が、前をひらいて腰かけて、客にたんぽ槍で、女陰をつかせる卑猥な見世物だ。熊むすめは双肌《もろはだ》ぬいで、胸毛のはえた上半身を見せる。そういういかがわしい見世物は、橋のこちらでは許可されない。大川のむこうは、いなかだから、

大目に見るよ、というわけで、そこらが江戸の行政の、おもしろいところだろう。お伊勢まいりのとちゅう、つい淫欲を発して、夫婦が交《まじわ》ったら、罰があたって、とれなくなった。戸板にのせて、はこんできて、世のいましめに御覧にいれる、という見世物もあったそうだが、そこまで羽目をはずせば、むろん禁止される。

「小動さん、それだけじゃあ、ねえでしょう。飴の鳥や粟餅の邪魔をするくれえなら、いたずらですみますがね。綱の上の太夫に出刃を打って、いのちを絶つなんざあ、あくどすぎる」

相手の目を見て、常五郎がいうと、浪人は眉をひそめて、

「だれがそんなことをした」

「お前さんがさ」

「わたしは、そんなことはしない。まったく、おぼえのないことだ」

と、門之助は首をふった。長い刀をぬかれない用心に、下駄常は相手の右わきにすりよりながら、

「宝来家小春は、死んだんですぜ」

「親分、ほんとうかえ、そりゃあ」

「嘘をついて、なんになります。出刃打ちの芸人がうたがわれて、番屋にとめられている。いちどにふたりも、芸人がいなくなって、あの一座はおしめえだ。かわいそうなことをする

ね、お前さんも」

「わたしではない。それでは、人殺しじゃないか」

「そうでさあ。だから、お前さんの返答を待っている。それによって、お縄をかけなけりゃあ、なりませんのでね」

「わたしは出刃なんぞ、打ったおぼえはないぞ、親分」

「それじゃあ、飛礫《つぶて》を打ちなすったか」

と、はじめてセンセーが口をだして、

「右膝の三里紙が飛んでいたから、あれを的になすったね」

門之助は答えずに、センセーの顔を見つめていたが、思い出した、というように、眉をあげて、

「筋違御門うちで、砂絵を書いているおひとでしょう」

「ご覧ねがったことが、ありますか。そりゃあ、ありがたい」

「いつぞや、不動明王を見せてもらいました」

「しかし、そんな長いのをさしたお武家が、前に立ったら、おぼえているはずだが……」

「あれだけのものを、無料で見ては申しわけない。だが、あいにくと無一文どうぜんだったので、遠くから見せてもらった」

「それは、遠慮ぶかい。小春は桶の柄に、右足だけで立っていた。三里をねらえば、綱から

落ちる。それほどの高さじゃあねえから、まかり間違っても、足をくじくぐれえだろう。なにを投げつけたえ、小動さん」

センセーが聞くと、門之助はこともなげに、

「投げつけたのではない。指さきで、はじいた。川口屋の飴です。鬼子母神で買ったのが、袋にすこし残っていた。そいつを袂《たもと》に入れていて、小屋のなかでも、しゃぶっていたんでね。しかし、舐《な》めたやつを、はじいたんじゃあ、ありませんよ。そんなことをしては、美人に失礼だ」

「聞いたろう、親分」

と、砂絵師は下駄常をかえりみて、

「早く小屋にもどって、下手人をお縄になさい。このひとが、出刃を打ったんじゃないことは、最初《はな》からわかっていた。辰三の出刃は、楽屋にあったんだろう。こんな刀をさしたのが出入りして、だれも気づかぬはずはねえ。小春が落ちたとき、いちばんに楽屋から、飛びだしてきたやつが、下手人さね。早くしねえと、辰三が大番屋おくりに、なってしまうぜ」

「わかった。センセー。その浪人は、まかせますよ」

にやりと笑って、常五郎は走りさった。マメゾーになりかわって、センセーが門之助を、たたきのめすとでも思ったのだろう。

「宝来家小春を綱から落したのが、お前さんなら、おなじ広小路のマメゾーや飴の鳥、粟餅屋の邪魔をしたのも、お前さんということになるね、小動さん」

神田川ぞいに、佐久間町のほうへ歩きながら、砂絵師は小動門之助をかえりみた。小ぶとりの浪人は、貫木《かんぬき》ざしにした大刀の欛《つか》を、左手でつかんで、大股に歩きながら、

「たしかに、わたしだ。ちょっとした悪じゃれですよ」

「それで、すむことかな。マメゾーが手玉にとる出刃は、芋を切って見せるくらいで、刃びきじゃあねえ。大怪我をしたかも、知れねえぜ」

「あの男、それほど、未熟ではなかったな。万一のときの覚悟がなければ、あんな芸はしないでしょう」

「マメゾーの芸を、ためしたのかえ」

「そんな高慢なつもりは、ありませんよ。ひとかどの芸の持ちぬしを見ると、意地悪をしたくなるんです。世のなか、芸だけじゃあ、どうにもならないこともある。邪魔が入ることもある。そいつを、思いしらせてやりたい。たぶん、そんな気になるんでしょう。どうも、くさくさすることばかりでね。砂絵のセンセー、実はあなたも狙ったんだが……」

「そいつは、あぶないところだった」

「にぎった手から、砂をふり落して、細い線をえがいているときに、手首を打ったら、どうなるかな、と思ったんです。だが、遠くから見ていると、隙がない。いや、隙がありすぎて、手がだせない、といったほうが、いいでしょう。手首に石があたって、砂がぶざまに散っても、あわてそうもない。箒ではいて、書きなおすだけだろう、と思った。センセーも浪人らしいが、刀をさしていないのは、なぜですね」

「質においで、流してしまった。それだけのことです。はじめのうちは腰が軽くて、落着かなかったが、砂絵を書くのに、刀はいらない」

「わたしも思いきれると、いいんですがね。父は背が高くて、居合をやっていたから、この長いのも、平気だったんでしょう」

と、門之助は鞘ごと刀を、腰からぬいて、肩にかついで、

「わたしには、荷厄介なばかりだ。でも、こいつのおかげで、用心棒の口が、舞いこんだんだから、文句はいえない。それに、手放さないと、母に約束したんです。その手前、剣術にも身を入れました。しかし、ばかな話でしてね」

「二長町の生駒道場と聞いたが、そこでなにかあったんですか」

「あすこの若先生は、若死にしましてね。男の子があって、剣のすじはいい。老先生は、そのお孫さんに、道場をゆずりたいんだが、まだ十三です。成長するまでの後見役を、えらばなければならない。門人で腕の立つのが三人いて、なかのひとりを選ぶわけですよ」

「ひとりは、お前さんだね」

「そうですが、わたしは人望がないし、金もない。もうひとりは、小普請旗本《こぶしんはたもと》の長男で、腕からいったら、このひとでしょう。残りのひとは、大旗本の次男で、取巻きも多い。老先生はこのひとに、道場を預けたいんじゃないか、と思います。それなら、名ざししてくれればいいのに、わたしたち三人で、話しあってきめろ、といいだしたんですよ、老先生は」

「そうか。お旗本の倅《せがれ》ふたりが、お前さんを味方につけようとして、うるさいわけだな。だから、道場に顔をだしたくねえ。気持がくさくさする、というのも、もっともだがの。大道芸人に、八つあたりをされちゃあ、かなわねえ」

「店にすわって、名人づらをしているやつを、あわてさせてやったことも、ありますよ、いくたびか——組紐の職人やら、人形師やら」

と、門之助はくちびるを歪めて、

「腕があるからって、大きな顔をしているのを見ると、むらむらとしましてね」

「いけねえな。そんなことがたび重なると、いまに辻斬りをはじめるぜ。実はお前さんも、道場を預りてえんじゃあねえかえ」

「そうかも知れない。出来ないことは、わかっているんですが……大垣平馬《おおがきへいま》は、門人ぜんぶの勝ちぬき試合できめよう、といっている。本気で立ちあったら、わたしが勝ちのこるかも知れません。しかし、手ごころをくわえるでしょう。それを見越して、いいだすのだから、つら憎い」

「大垣というのは、小普請旗本の総領だね」

「ええ。あの男ですよ」

と、門之助は立ちどまった。佐久間町の横丁から、若いさむらいが三人、出てきた。いずれも、貧乏旗本か、御家人の息子たちらしい。

「小動、どこへ行っていたのだ。道場へきてくれ。戸張《とばり》さんも来て、待っているはずだ。いつまでも、話しあいをのばすわけにはいかないだろう」

と、まんなかのひとりが、傍若無人な声をあげた。がっしりした体軀《たいく》で、頰骨のはった顔に、眉が太い。それが、大垣平馬だった。門之助が口をひらこうとすると、センセーがうしろから、

「ちょうどいい。相談にのりついでに、わたしも同行しよう」

「なんだ、貴公は」

平馬が胡散《うさん》くさげな顔をすると、センセーは微笑して、

「いまもいう通り、門之助さんに、相談をうけたものです。名のるほどの人間ではないが、生駒道場の名声は、よく存じている。ああいうところが、ごてごてしてはいけません。さあ、まいりましょう」

「これは、内輪の話しあい。道場に関わりないものに、鼻をつっこまれては、迷惑だ」

「生駒先生に、お目にかかったことはないが、わたしもいささか、東軍流をかじっている。おまけに、小動さんの知人だから、まったく関わりがない、とも思いませんがね。だめだ、とおっしゃるなら、しかたがない。近ごろ、はやらぬやつだが、道場やぶりに参上しよう」

いいすてて、センセーは歩きだした。

その六

「あきんどのように、投票《いれふだ》できめろだと——貴公、剣術道場を、なんだと思っているのだ。暴言、ゆるせぬ。望みどおり、道場やぶりとして、扱ってやる」

大垣平馬が、太い眉をつりあげて、立ちあがると、センセーはにこにこしながら、

「あきんどがいなければ、われわれ、暮していかれない。だから、ばかにしては、いけません。入札というのは、ご門人みなの意見が、聞かれるのだから、悪くないでしょう」

「ばかな。剣術修業と青物、魚の売買いを、いっしょにするやつが、あるものか。立て、おれが相手をしてやる。道場やぶりに、道具はつけさせぬぞ。素面《すめん》、素籠手《すごて》、木剣で立ちあうが、いいか」

「めんどう臭くなくて、けっこう。それでは、道場やぶりに、とりかかるか」

下谷二長町、小旗本の屋敷のならぶ一郭に、生駒甚左衛門の道場はある。板敷の道場は、なかなかひろい。センセーが立ちあがったときには、平馬はもう木刀を手に、道場のまんな

かに出ていた。神酒《みき》の瓶子《へいし》をおいた床の間を背に、小動門之助と戸張又四郎《またしろう》が、すわっている。羽織袴《はかま》の又四郎は、門之助はもちろん、平馬よりも、身なりがいい。面長の顔を、きれいに剃《そ》って、切長の目に、微笑をたたえている。門人の名札をかけつらねた羽目板に、襠《まち》高袴《だかばかま》の若者が五、六人、目を光らしていた。相談の立ちあいに、平馬と又四郎の取巻きが、押しかけたのだろう。センセーが無造作に、木剣掛から一本えらんで、道場のまんなかに出ると、平馬は威丈高《いたけだか》な調子で、

「おれの剣は、荒っぽい。怪我をしたくなかったら、いまのうちに、帰ることだ」

「そちらはそれでいいが、こちらはお前さんに、怨みはない。そちらの木剣をたたき落したら、わたしの勝ということで、どうだね。怪我をさせたくないから……」

「大口たたいて、後悔するなよ」

蹲踞《そんきょ》の姿勢で、一礼してから、立ちあがるやいなや、平馬は猛然と打ちこんだ。すさまじい気合が、道場にひびきわたる。しかし、その木刀は、空を切った。すぐに引いて、平馬はまた、激しく打ちこんだ。センセーは怯えて、逃げているように見えた。木刀をかまえもしないで、右に左に、後退していくすがたが、蒟蒻《こんにゃく》が揺れうごくみたいだから、羽目の前の若者のなかに、失笑も起った。けれど、平馬はあせりはじめていた。気合とともに、大きく踏みこんだとき、はじめて、木刀のふれあう音がした。つづいて道場の床に、堅いものが落ちて、はねる音がひびいた。平馬は茫然《ぼうぜん》として、しびれた両手を見つめている。指をうたれ

たわけでも、手首をたたかれたわけでもない。木刀の握ったきわを、強く打たれて、指が力を失ったのだ。

「まいった」

と、低い声をもらして、平馬は床にすわりこんだ。センセーは床の間のほうをむいて、

「お次は、どなたかな」

「戸張さん、わたしたちに、立ちあわせてください」

名札の下から、若者がふたり、膝を起すと、小動門之助が大声で、

「やめなさい。腕がちがいすぎる。わたしが立ちあおう」

「待ちたまえ、小動さん」

と、戸張又四郎が口をひらいて、

「あきんどの真似をする、と思えば、たしかに腹が立つ。しかし、考えようでは、入札も悪くない」

「しかし、それでは先生の意向が……」

と、平馬が顔をあげる。又四郎は片手をあげて、

「大垣さんも、聞いてくれ。われわれ三人で話しあえ、といわれたのだから、三人のだれが道場を預っても、先生の意向に外れることは、ないわけだ。だから、三人のだれにまかせたいか、門人みなに、無名で入札をしてもらう。無名ならば、本音を聞かせてくれるだろう。

選ばれたものが道場を預り、あとのふたりが師範をつとめれば、先生の意向にもかない、一門の総意でもある、ということになりはしないか。どんなものだろう」

「あきんど、という言葉を、わすれればいいわけですね」

と、門之助は微笑して、

「関わりのないひとのものでも、助言は無心に聞くべきかも、知れません。わたしは、いいと思いますよ。どうでしょう、大垣さん」

その七

生駒道場から、砂絵師が出てくると、どこからともなく、マメゾーが寄ってきた。

「どうやら、片がついたようですねえ、センセー」

「どこかで、見ていたのか。もののはずみで、つまらねえ口だしをしてしまった。ほんとうに、片づいたかどうか、わかったものじゃあねえ。だが、あの浪人の悪いたずらだけは、やむだろう」

ふたりが歩いていく道は、藤堂和泉守《とうどういずみのかみ》の上屋敷につきあたる。西にまわった日に、高い塀が白く、かがやくように見えた。左右の屋敷は小旗本でも、それぞれに出入りの商人がいるから、行商人は入ってこない。通りはひっそりとして、往来のひともなかった。

「それで、こっちは御の字だが、道場のほうは、片づきませんかえ」

「当座をまじくなっただけさ。門之助に入札が、ごく少くてみねえ。三人のうちで、いちばん腕が立つだけに、そのうち、おもしろくねえことも起るだろう。戸張というやつ、ひとを束ねる器量がありそうだが、大垣がいるだけに、門之助の扱いがむずかしい」

「ふたりがお旗本、小動さんは、ご浪人ですからねえ」

「そこまでは、おれたちの知ったことじゃあねえ。なにしろ、久しぶりに、木剣なんぞをつかんだから、肩がおかしくなった。あれで、門之助を相手にすることになったら、こっちが打たれていたぜ」

「ほんとうですかえ」

「嘘はつかねえよ」

と、センセーは笑って、足を早めた。茅町の往来までくると、粟餅屋が屋台を片づけようとしていた。餡や黄粉をつける役ふたりと、餅をわたす役のひとりが、荷の始末をしている。亀吉と四人、ふたりずつ交替で、本所の横網まで、屋台をかついでいくのだった。

「文五郎とっつぁん、もう帰りかえ」

「こりゃあ、砂絵のセンセーにマメゾーさん、おかげさまで、きょうは早く売切れましてね」

「そりゃあ、よかった。亀吉、もう邪魔は入らねえから、安心しな」

「センセーが、なんとかしてくだすったんですかえ。そいつは、ありがてえ。お礼を申します」

若者は紅だすきを外して、頭をさげた。

「礼にゃあ、およばねえ。ちょいと、お切匙《せっかい》をしただけさ」

センセーが笑って、歩きだすと、浅草御門のほうから、カッパがやってきた。下帯ひとつのからだに、鍋墨をぬって、片手に生芋をつかんでいる。それを齧《かじ》りながら、河童のまねをするのが、この男の芸だ。

「センセー、向柳原の浪人のところだろう、と下駄常にいわれて、来てみました」

「あえて、よかった。軽業小屋のほうは、どうなったえ」

「裏方をひとり、お縄にしていきましたよ。出刃打ちの辰三は、番屋から帰されました。太夫が落ちて、道化がおろおろしていたときに、裏方が辰三の出刃をつかんで、飛びだして、刺したらしい。下駄常にしちゃあ、大した頭のまわりようで」

「なあに、センセーが教えてやったのよ」

と、マメゾーが口をだして、

「それにしても、裏方はどうして、小春を刺したんだろう」

「身のほど知らずに、小春をくどいて、振りつけられた。辰三という先口があったと知って、かわいさ余って、憎さが百倍。太夫を殺して、出刃打ちを下手人に仕立てよう、と咄嗟《とっさ》に思ったんだとよ、兄貴」

「そこまで、自分で吐かせたとなると、センセー」

と、マメゾーは眉をひそめて、

「下駄常は知らん顔で、礼にこねえかも知れませんぜ」

「しょうがねえ。今夜の酒は、手銭で飲むか」

浅草橋をわたると、回向院の相撲やぐらから、打ちだしの太鼓がいさぎよく、冬の大川にひびきはじめた。江戸城の空が、落ちかかる日に赤い。あしたも晴れて、相撲は大入りだろう。なめくじ長屋の連中や粟餅屋、飴の鳥、大道かせぎのものたちも、心おきなく出ていけるにちがいない。

第七席●めんくらい凧《だこ》

その一

筋違御門うち八辻ガ原の空に、正月らしく凧《たこ》が群れている。枯やなぎのならんだ柳原堤《やなぎわらどて》や、馬喰町《ばくろちょう》の初音《はつね》の馬場に、子どもばかりか、おとなまでが集っているのだろう。鯨《くじら》の鬚《ひげ》の唸りを、風にふるわしている十二枚張、銀泥《ぎんでい》とぎだし、渡辺綱《わたなべのつな》と茨木童子《いばらきどうじ》の絵凧は、おとながあげているに違いない。雁木《がんぎ》という刃物を、糸のとちゅうにつけた中張の喧嘩《けんか》凧は、腕白小僧があげているのか。下谷《したや》の堀竜《ほりりゅう》という有名な凧屋の品で、合戦に強いところから、葬《ともら》い凧と呼ばれるものらしい。それに追われて、六角の剣凧が、逃げまわっている。応援するように、やっこ凧が鎌ひげを逆立てて、舞いおりてくる。初春の空は、大風にあった絵《え》草紙屋《ぞうしや》の店さきのように、色彩が乱れとんでいた。

「武家屋敷の多い下谷にくらべて、神田は一文凧や、奴凧が幅をきかしているな。合戦ぶりも、威勢がいい」

と、空を見あげて、つぶやいたのは、小ぶとりの浪人だった。八辻ガ原のすみ、大道絵師がいつも砂絵を見せているあたりの土手に、朱鞘の長い刀を抱いて、腰をおろしている。

「下谷の屋敷であげるのは、派手でも武者絵ばかりだが、こちらのほうは町人だけに、なかなか凝っている。むこうの黒くて、細長いのは、鯰《なまず》凧だな。あっちに長い尾をたらして、蠟《ろう》びきの羽をきらめかしているのは、孔雀《くじゃく》だろう。ありゃあ、高価《こうじき》そうだ」

感心してから、視線をおろすと、願人坊主が尻をはしょって、すたすた通りかかった。浪人は腰を浮かして、

「おいおい、そこの願人坊どの、ちょっと聞きたいことがある。待ってくれ、願人坊どの」

「あっしですかえ」

と、いがぐり頭の坊主は小もどりして、

「こりゃあ、おどろき桃の木だ。こじき坊主、すたすた坊主、おい、ガンニンと呼ばれても、願人坊どの、と呼ばれたことはない。なんでございますね、ご浪人さま」

「お前さん、いつもここに出ている砂絵のセンセーを、知らないかね」

「知っておりますよ」

「きょうは、どうして出ていないのだ？　まさか、病気ではないだろうな、あのセンセー」

「ご心配いただいて、かたじけねえ。センセーはしごく達者でおりますが、きょうは正月の二日でござんすから……」

「元日は休むにしても、お前さんがたの書入れどきではないのか、正月は」

「そりゃあ、きょうは初荷でござんすから、わっちなんざあ、『へい、おめでとうございます。坊主まるもうけ』と、走りまわっておりやすがね。センセーは、ちがいます。ご覧のよ

うに、八辻ガ原もいつもより、人通りは多おうがすが、獅子舞、万歳、年始のひと、みんな目あてがあって、急いでいる。おんな子どもは、羽根つき、凧あげに夢中。ここで砂絵を書いてみせても、だれも立ちどまってくれやあしません。松がとれるまでは、センセーはお休みでさあ」

「なるほど、そういわれれば、そうだろうな。センセーのすまいは、この近くかえ」

「橋本町のなめくじ長屋で——なんなら、わっちが道案内に立ちやしょうか。郡代《ぐんだい》屋敷のむこうでね」

「そうさの。どうしたものか」

「なめくじ長屋といったって、木戸から露地から、なめくじが埋っているわけじゃあ、ござんせん。巣をくっているのが、わっちのような大道かせぎ、ものもらいや芸人ばかりなんです。天気のいい日は、だれもいねえ。雨雪みぞれの日となると、大の男がごろごろ、のたのた、なめくじみてえに、うちのなかに、のたくっている。そこで、なめくじ長屋と名がついた。おんぼろ長屋にはちげえねえが、命にかかわる場所じゃあございません」

ガンニンがにやりとすると、浪人は大きな声で笑って、

「わたしも貧乏長屋にいるから、おどろかないが、正月だからな。酒でも飲んでいるところを、邪魔しては申しわけない」

「そりゃあ、たぶん飲んでおりやしょう」

「お前さんも、なめくじ長屋の住人なら、ことづてを願おうかな。わたしはいささか、易学《えきがく》の心得があってね。元朝にいつも、一年を占うことにしているのだが、気になる卦《け》がでた。わたしの知りあいで、武士らしくない武士、絵ごころのあるひとが、この月のうちに死ぬ、というのだ。砂絵のセンセーのことではないか、と気になっての。きのうも、ここへ来てみたのだが……」

「ご浪人さま、からかっているんじゃあ、ござんすまいね」

「大まじめだ。その卦の出かたが、ただことではない。センセーはひとに、命を狙われているのかも知れぬ。ご用心なさるように」

「すぐセンセーに、知らせますがね。ご浪人さまのお名前は？」

ガンニンが聞くと、浪人は立ちあがって、

「小動《こゆるぎ》門之助。二長町の生駒道場の名をだしたら、思い出してもらえるだろう。お願いしますよ、願人坊どの」

その二

なめくじ長屋へ、ガンニンが駈けこんできたとき、センセーのすまいには、大道曲芸師のマメゾー、張りこの墓石をかかえてあるくユータ、野天芝居のオヤマ、正月二日には稼ぎにならないものが、顔をつらねていた。戸のやぶれから、春とは名ばかりの風が吹きこむなかで、補修の鉢巻をしめた七輪に、炭火がおこっている。その上の鍋には、猪《しし》の肉が煮えて、牡丹《ぼたん》鍋で一杯やっているところだった。

「きりぎりすてえ浪人者と、知りあいですかえ、センセーは」

あがり口に手をついて、ガンニンが首をのばすと、砂絵師は酔った顔をふりむけて、

「おれの知っている浪人は、たいがいそうだな。きりぎりすのように、瘠《や》せている」

「ところが、そいつは小ぶとりでね。こりゃあ、しくじった。きりぎりすじゃあねえ。蟋蟀《こおろぎ》だ。蟋蟀門之助。二長町の猪熊入道《いのくまにゅうどう》だとか、いっていましたぜ」

「酔っているのかえ、ガンニン。生駒道場の小動門之助のことだろう、そりゃあ」

「ちげえねえ。その門之助でさあ。わっちのことを、願人坊どの、と呼びとめましてね。生《いけ》垣《がき》の心得があって、雁鍋《がんなべ》のうらへ行ったら、センセーの命が狙われている、と出たそうです。ご用心ください、ということでしたよ。暮に広小路で、喧嘩でもしなすったかえ、センセー」

雁鍋というのは、上野の広小路にあった料理屋だ。センセーはにやにやしながら、

「おもしろい。小動さんは易をやるのか。元朝に占ったら、おれが死ぬと出たんだな」

「はっきり、センセーと出たんじゃあ、なさそうですがね。お武家らしくねえお武家で、絵ごころがあるやつてえんだから、センセーでがしょう。それが、この月うちに死ぬ、というんで、蟋蟀浪人、だいぶ気にしていましたぜ」

「親切なことだ。しかし、さだめとあらば、いたしかたないな。せめて、いまのうちに食い

たいものを、食っておこう。ガンニン、おめえも牡丹をやんねえ。この顔ぶれだ。あっという間に、なくなるぜ」

「そりゃあ、食いますが……まさかに、この猪にあたって、死ぬんじゃあねえでしょうねえ。そうだとすると、わっしらもお供だ」

「河豚《ふぐ》じゃあるめえし、山くじらがあたるものか」

と、マメゾーはたしなめてから、

「でも、センセー、こいつはちっと、おかしな話ですね」

「そうですよ。春そうそうに、縁起でもない」

と、大道芝居の女がたは、しなをつくって、

「小動門之助というのは、いつぞやマメゾーあにさんの芸に、邪魔をしかけた浪人でしょう」

「そうか。あの長え刀を、天秤《てんびん》ざしにした野郎だ」

と、ユータも膝をたたいて、湯呑の酒を呷《あお》ってから、

「こりゃあ、いたずらにきまった。案じることはありやせんぜ、センセー。そうだろう、マメゾー」

「センセーは案じるどころか、おもしろがっている。だが、おいらはどうも、腑《ふ》に落ちねえ。こんなことが、いたずらにならねえのは、よっく承知のはずだ。小動さんは本気で、用心してくれと、センセーにいっているんじゃあねえかしら」

両国広小路の大道曲芸師が、眉をひそめると、ガンニンは猪の肉を嚥《の》みこんでから、

「ああ、大まじめな顔だった。だから、おいら、八辻ガ原から臑《すね》に鞭うち、一散ばしり、この長屋へと駈けつけたのだわな」

「ご苦労なことだった。マメゾーのいう通り、またガンニンの見たとおり、小動さんはおれのことを、心配しているのだろうよ。そりゃあ、ありがてえが、占いにでたことは、変えようがあるめえ」

こともなげに砂絵師がいって、徳利の酒を湯呑についだ。いま幽霊の扮装はしていないから、生きかえった体《てい》で、ユータは首をかしげて、

「センセー、占いとはかぎりませんぜ。あの浪人、だれかがセンセーを狙っているのを知って、知らしてよこしたんじゃあ、ごわせんかえ。はっきりだれと、いえねえところを見ると、生駒道場のやつらかね」

「そりゃあ、大きにありそうなこった。おいらがひとっ走り、探ってきましょう」

マメゾーが立ちあがるのを、センセーは押しとどめて、

「正月の二日から、なにも走りまわることはねえ。だれかが、おれを狙っているのなら、ほうっておいても、わかるだろう」

「そりゃあ、そうかも知れません。なによりも、センセーを怨むやつが、いようとは思えない。マメゾーあにさん、すわりなおして、お飲みなさいな」

と、オヤマが徳利をひきよせる。マメゾーは茶碗をとって、

「なるほど、センセーを怨むとすれば、生駒道場の大垣平馬ぐれえのものだ。わざわざ、探りにいくこともねえか」

「生駒道場は、戸張又四郎てえやつが、あずかっているんだろう」

と、ユータが膝をゆすりでて、

「道場主のじいさんは、隠居するとすぐに死んじまって、大そうな葬いがでましたぜ。安心したとたんに、気がゆるんだんでしょう」

「うむ、さすがは生駒道場と、おどろくほどの葬いだったらしいな」

と、センセーはうなずいて、

「それほど安泰ならば、大垣がおれを怨むというのも、ちと解《げ》せねえ。世のなかには、逆うらみというやつもある。生駒道場とは、関わりのねえことじゃあねえかな。まあ、それもいずれ、わかるだろうよ」

なめくじ長屋のある神田の橋本町は、現在の千代田区東神田一丁目のはしのほうだが、江戸末期のこのあたりは芝の新網《しんあみ》、下谷の万年町《まんねんちょう》、四谷の鮫《さめ》が橋《はし》とならんで、ひとも知る巣乱《すらむ》だった。だから、一文獅子《いちもんじし》、乞食万歳とさげすまれる流しの獅子舞、万歳も、このへんの露地には入ってこない。年始の挨拶に、おとずれるものもない。長屋はいたって静かで、板葺《いたぶき》屋根の上にかすかに、凧のうなりが聞えるばかりだった。

その三

砂絵のセンセーがあくる朝、井戸端で顔を洗っていると、マメゾーが出てきて、声をかけた。

「おかしなことが、わかりましたぜ。生駒先生の葬いのあと、小動門之助は道場に、出てこなくなったそうですよ」

「なんだ、マメゾー。やはり気にかかって、ゆうべ探りにいったのかえ、二長町に」

手ぬぐいの下から、センセーがいうと、小柄な曲芸師はにこりともしないで、

「道場は正月やすみで、喪中《もちゅう》だから、年始の客もねえと思って、まず小動さんのうちへ、行ってみたんです。ところが、向柳原の長屋は、十二月《しわす》のはじめに引きはらって、どこへ越したかわからねえ」

「そいつは、ちっとも知らなかった」

「そこで、戸張又四郎の屋敷や、大垣平馬の屋敷を、のぞいてみました。どちらにも、弟子の若いのが挨拶にきて、酒なんぞを飲んでいたが、大垣のところで、小動さんのことを、ひとりがいいだしたら、『あの男の話はするな』と、平馬は苦い顔をした」

「なにか、あったのかな」

と、センセーは眉をひそめた。三日の空も晴れわたって、凧がある。頭上にはもう、大小とりどりの凧が、あがっていた。やっこ凧がひとつ、くるくるとまわって、落ちかかっているの

は、不器用な子が糸を持っているのだろう。そのめんくらい凧を、センセーは目で追いながら、

「老先生の葬式このかた、道場へこねえというのは、だれに聞いたえ」

「大垣のうちにいた若いのが、帰るのを待っていて、ひとりになったところで、声をかけてみたんでさあ。戸張や大垣と、もめごとがあったわけでもねえ。道場はうまくいっていた、というんです。なぜ出てこねえか、さっぱりわからねえ。家移《やうつ》りしたさきも、だれも知らねえそうで、その御家人のせがれ、首をひねっていやしたよ」

「それだけかえ、わかったことは」

「それだけです。行きとどかなくて、すみません」

「おめえが、あやまることはねえがの。やはり、おさまらねえところが、小動さんの心には、あったと見える」

と、センセーは大きく息をついた。マメゾーは心配そうに、

「あっしゃあ、どうせ松の内は稼ぎにならねえ。ひまなからだでおりやすから、もうちっと掘じくってみましょうか」

「そうさの。お切匙《せっかい》はしねえほうがいいのかも知れねえが、あのひとにはなんとなく、ほっておけねえ気にさせるところがある。ひまなら、どこへ移ったか、つきとめてくれ。おれも戸張又四郎にあって、話を聞いてみよう。正月から、銭にならねえ働きをさせて、気の毒だの」

「なあに、おてんとさまが出ているのに、寝ころんでいちゃあ、なめくじらしくねえ」

「それもそうだが、この塩梅《あんばい》じゃあ、ことしはろくなことはねえぞ」

と、センセーは苦笑して、うちへ入った。朝めしを食って、長屋をでると、柳原堤から八辻ガ原をぬけて、筋違橋をわたった。だが、下谷のほうにはむかわずに、神田川ぞいに歩きだした。水戸さまのお屋敷の前には、大きな松飾りが立っている。六尺棒をついた番人が、往来をにらんで、ふだんでも厳しい御門前だから、センセーは足早に通りすぎた。長い長い塀のはずれから、牛天神の石段下へでる。江戸の水道は、江戸川と平行して、掘割として流れてきて、天神下で樋《とい》に入るのだ。その堀を上水堀《じょうすいぼり》、あるいはただ水道という。江戸川と上水堀のあいだには、小旗本や御家人の屋敷がならんでいた。堀の北がわには寺がならんで、そのほとんどは、いまも残っている。称名寺《しょうみょうじ》、本法寺《ほんぽうじ》、日輪寺《にちりんじ》、善仁寺《ぜんにんじ》とあるなかの日輪寺の裏山には、このへん一帯の鎮守、氷川神社があった。出入りの屋敷へ、年賀にまわるらしい裃《かみしも》すがたが、供をつれて歩いているだけで、往来は静かだった。

「寺門前だけに、獅子舞も万歳も通らねえ。これで凧があがっていなけりゃあ、正月のようじゃあねえな」

ひとりごとをいいながら、センセーは日輪寺までくると、山門の左手の石段をのぼりはじめた。氷川明神の祭礼は正月、五月、九月の十七日で、小石川小日向《こびなた》一円の鎮守だけに、繁盛する。きょうも、初詣のひとがとぎれとぎれに、石段をあがりおりしていた。センセーはとちゅうから、石段をさけて、杉林の坂道に入った。

「こっちのほうには、だれも来ねえよ。山のむこうの高台には、お旗本の屋敷がならんでいる。大した杉林だから、ちと薄暗いが、ひとを斬るには、持ってこいの場所だぜ」

と、センセーはまた、ひとりごとのようにいった。日のさしこまない林だから、旧暦一月の空気はつめたい。しめった土を踏んで、雪駄《せった》の音が近づいてきた。

「気がついていたんですか、センセー。そうでしょうな。こんなところに、用があるはずはない。しかし、用がないところへは、行かないというおひとでもない、と思ったから、ついてきたんだが……」

小動門之助は、長い刀の欛《つか》を押えて、鐺《こじり》が土につかないようにしながら、ゆっくり出てきた。太い杉にかこまれた周囲を、門之助は見まわしながら、

「たしかに、ここは場所がいい。センセーを殺す役目を、やむをえず引きうけました。わたしの脇差をつかっていただけると、ありがたい」

「丸腰の人間を斬るのは、気がとがめますか」

「丸腰の人間を斬りそこなっては、いいわけが出来ないからですよ。武士の情けで、脇差を貸したのが、間違いだった。あれほどの腕とは、思わなかった。五両ばかりの礼金で、命は棄てられないから、逃げてきた、といえば、いいわけが立つでしょう」

「わたしを殺すと、五両になるのかえ。そりゃあ、いい値がついたものだ。もうひと声かかりゃあ、首をくってやっても、いいのにな」

と、センセーは笑いながら、門之助のさしだす脇差をうけとった。それをセンセーが腰にさすと、門之助は数歩さがって、長い刀に手をかけた。上体をひねりながら、腰を落すと、気合とともに、長い刀が鞘をはなれた。氷のような刀身が、わずかな木もれ日にきらめくと、センセーは目をまるくして、

「ぬけますな」

「ぬけました」

「それだけ長いのを、一気にぬくのは、大変でしょう」

「最初にうまくぬけたときには、自分でもびっくりしましたよ」

「そうでしょうね」

「前に立ちふさがって、『命はもらった』という以上、ぎらりとぬいて見せなければ、恰好がつかない。はじめてのときは、緊張しました。ところが、あまりうまくぬけたので、茫然としてしてね。あやうく、相手に逃げられそうになった。馴れないことは、やるものではありません」

「もう馴れたようですな。いくたり目です。わたしは」

「四人目になっていただきたい。では、センセー、まいりますぞ」

垂れていた刀身を起して、じりっと門之助は間をつめた。センセーはあとにさがって、ゆっくり脇差をぬいた。その構えがきまらないうちに、門之助のくちびるから、するどい気合がほとばしった。長い刀が腕の一部のようになって、センセーの喉めがけて、突っこんでき

た。全身が刃になった、といってもいい。ものすごい殺気だった。センセーはあっさり、ひっくり返った。ひっくり返って、ごろっと横に、センセーがころがった上を、門之助はつんのめりかけて、あやうく踏みとどまった。肩で息をしながら、ふりかえって、

「やはりな。そんな手があったか。よし、いま一度……」

門之助は身をめぐらして、大刀をふりかぶった。そのからだが、ぐらっと揺れた。センセーはもう起きあがっていて、

「傷の手あてをしたほうが、いいだろう。その足に力を入れると、よけい血がでる」

すさまじい突きが、喉もとにくるより先に、センセーはあおむけに倒れて、横にころがりながら、門之助の足もとへ、脇差をふるったのだった。門之助は顔をしかめながら、長い刀を鞘におさめて、

「ぬくより、おさめるほうが、むずかしい。おかしなものですな」

「そのへんの石にすわって、傷になにか巻きなさい。手ぬぐいは、お持ちかね、小動さん」

センセーは懐紙で、脇差をぬぐって、鞘におさめた。門之助のかたわらの石に、腰をおろして、足の傷を手ぬぐいで縛った。センセーは脇差を鞘ごと、門之助にさしだして、

「いったい、だれに頼まれて、わたしを殺そうとしなすった」

「それは、いえません。さほどの義理があるわけじゃないが……」

「頼まれて、ひとを殺すようなことに、どうしてなったんです」

「きまっているでしょう。金のためです」

と、門之助はくちびるを歪めて、

「それも、さきに受けとってしまったのでね。しようがなかった。関西《かみがた》のことわざに、『金のないは首のないに劣る』というのが、あるそうです。金がないより、首のないほうが、まだましだ、というわけですよ。商人《あきんど》がいいだしたんでしょうが、武士にもあてはまる。うまいことを、いうものだ」

「そりゃあ、どんな金がいるかに、よりますね。炒豆《いりまめ》をかじって、水を飲んでいたって、生きていける。そのくらいのお宝は、ついてまわるでしょう」

「見えをはるな、とおっしゃるんですか。しかし、ひとのために、見えをはらなければ、ならないこともある。生駒道場の老師が、亡くなったんです」

「聞きましたよ。りっぱなお葬式だったそうですな」

「老先生のためにも、道場のためにも、りっぱな葬式をしよう、という話になったんです。だが、金があつまらない。そのとき、二十両という金を、貸してくれるひとがいましてね。つい借りてしまって、このありさまです」

「しかし、戸張さんも、大垣さんも承知の上で、借りたんでしょう」

「借金で葬式をしたことは、知っています。でも、金を借りたのは、わたしですから、なんとかしなければならない。少しずつ返せばいい、という話だったから、戸張さんも、なんとかする、といっていたんです。ところが、葬式がすんだら、急に相手がいいだした、すぐに返してもらいたいと——困りましたよ。それなら、腕で返してくれ、というわけで、ひと斬りを持ちだされたわけです。ひとり五両、わけのないことのような気もしました」

と、門之助は苦く笑った。センセーはうなずいて、

「さむらいは、刀をさしている。ひとを斬ることのできる道具だ。その道具を、じょうずに使うことも、学んでいる。たしかに、わけのないことでしょう」

「やってみたら、わけのないことでしたよ、やはり」

石に腰かけた門之助は、鞘におさめた長い刀を、杖のようについて、にやりと笑った。

「道場には顔がだせないから、向柳原の長屋も、引きはらいました。三人やって、十五両かえした。あと五両です。ぜんぶ返しても、道場へは戻れないでしょうが、早く返してしまいたい。ところが、四人目はセンセーだったんです。これには、頭をかかえましたよ。大垣さんとの立ちあいを、見ていますからね」

「買いかぶることはない。易に出たなんぞと、知らしてよこさねえで、うしろからでも、ばっさりやりゃあ、よかったんだ。それにしても、わからねえ。逆うらみということも、あるだろうがの。五両もだして、わたしを殺すとは……」

「わたしを働かせているやつは、もっと取っているでしょう。頼み手がはらう金は、十両かな」

「十両にしてもさ。そんな相手の心あたりが、まったくねえのだ」

と、センセーは眉をひそめた。朱鞘の大刀を杖に、ゆっくりと門之助は立ちあがって、

「わたしが為損《しそん》じたとなると、センセーの首代は、はねあがりますよ。気をつけてください」

手ぬぐいを巻いた片足をかばいながら、小兵の浪人は坂道をおりていった。砂絵師はその背を、憂鬱そうに見おくっていた。人声がたえたので、安心したのだろう。わりあい近くで、きいんと雉《きじ》が鳴いた。

その四

「おれの首が、五両になるというんだから、大したものだろう。いよいよ酒手がなくなったら、売りにいくべえ」

「なにが、大したものですよ。センセー。五両じゃあ、安すぎらあ」

と、吐きだすようにいったのは、下帯ひとつの裸に鍋墨をぬって、なまの胡瓜や薩摩芋をかじりながら、

「わたしゃ葛西の源兵衛堀、河童のせがれでございます。けけけのけ」

と、奇声を発して、一文二文をもらって歩くカッパだった。初春だけに、稼業を早じまいにして、長屋へ帰ってきて、センセーのところをのぞいたのだ。

「売るなら百両、びた一文かけてもいけねえ。おいらが介添えについていって、値切らせるこっちゃねえ」

「なんでえ、カッパ、それじゃあ、センセーの命を、売りてえようだ。もう手めえには、飲ませねえぞ」

と、ユータが手をのばした。とりあげられそうな湯呑を、カッパは両手で、胸もとにひきつけて、

「ほんとうに、売るものかね。金だけとって、逃げるのだわ」

ガンニンやオヤマのほかに、牛頭天王《ごずてんのう》のお札くばりのテンノーや、

「これは丹波の山奥で、生捕りましたる荒熊でござい。ひとつ、鳴いてお目にかけます。とうるるるるる」

と、裸で餇ってあるくアラクマがいて、砂絵師の長屋は、いっぱいだった。そこへ、大道曲芸師のマメゾーが入ってきて、

「センセー、小動さんのいどころが、わかりましたぜ」

「さすがだの。きょうのことには、いくめえと思っていたが……」

「運がよかったんでさあ。向柳原の長屋に、銀八《ぎんぱち》という小ばくち打がいましてね。糊売《のりうり》のばあさんの話に、銀八が引越しの手つだいを、していたようだという。その銀八はるすだったんですが、花川戸《はなかわど》の東兵衛《とうべえ》という親分のところへ、出入りしているそうだから、念のために行ってみたんです」

「花川戸の東兵衛か、聞いたことがあるな。人いれ稼業だろう」

センセーが聞くと、テンノーが口をだして、

「表看板はそうだが、人いれではあまり、いい顔ではないよ、センセー。むしろ、野師の元締のほうが、本業だろう。評判のよくない男さ」

「ばくち打といったほうが、いいようなもので……」

と、マメゾーは顔をしかめて、

「そこへいって、うろうろしているてえと、小動さんがきたんです。片足に怪我をして、ひきずっていましたぜ」

「おれが斬ったのだ。斬らずとものことだったかも知れねえが……あのときの小動さんは、斬られたがっていたようだ」

と、センセーは考えこんだ。ガンニンは息をのんで、

「するてえと、センセーの命を、五両でとろうとしたのは、あの浪人ですかえ。ご用心なぞといやあがって、ふざけた畜生だ」

「ふざけちゃあいねえ。おれに斬られるつもりで、あんなことをいったんだ。それなら、わかる。だれが、おれを狙ったかも、わかる。マメゾー、小動さんは東兵衛のうちへ入って、また出てきたかえ」

「あっしがいるあいだは、出てきませんでしたよ」

「マメゾー、東兵衛のうちへ、案内してくれ。いったん関わりあった以上、知らぬ顔はでき

ねえようだ」

　と、センセーは立ちあがった。ユータも腰をあげて、

「わっちらは、どうしましょう」

「おめえたちの手を、借りるほどのことはねえさ。酒を飲んで、寝てしまってくんねえ」

　珍しくセンセーが不機嫌なので、カッパたちは顔を見あわせて、黙りこんだ。帯をしめなおして、長屋をでると、センセーは浅草御門にむかった。浅草橋をわたって、蔵前の通りへでると、まだ日が暮れたばかりだが、正月の商家はどこも、大戸をおろしている。凧のうなりや、羽子《はね》をつく音もたえて、人通りもまばらに、夜ふけのようだ。ご馳走のあまりをいただけるせいか、野良犬もうろついていない。

「ああはいっても、ユータやカッパは、ついてきていますぜ」

　ふりむかないでも、わかるらしく、マメゾーがにやにやした。

「しょうがねえやつらだ。おめえにもいっておくが、東兵衛のうちに入るのは、おれひとりだよ。金輪際《こんりんざい》、手をだすな」

　と、センセーは足を早めた。大あきんどのならぶ蔵前をすぎて、駒形の通りへくると、ところどころに、明るい店がある。新板《しんぱん》の絵双六《えすごろく》や錦絵を、かけならべた絵草紙屋《えぞうしや》。鉢巻をしめた蛸《たこ》の提燈を、看板にした凧屋。女こどもが立って、笑い声も聞えた。

「センセー、そんなむずかしい掛けあいに、なりそうですかえ」

マメゾーが眉をひそめると、センセーはくちびるを歪めて、

「行ってみなけりゃあ、わからねえが、いやな話になるだろう。小動さんは東兵衛に、金を借りたにちげえねえ」

小声の説明を聞くうちに、曲芸師の顔は暗くなった。浅草の広小路を右に、大川端へでる。暗い川水が、三日月にかすかに、光っていた。薄霜のおきはじめた東橋《あずまばし》を、四、五人の男が荷車をかこんで、渡っていくのが、奇妙なかげをつくっている。花川戸の町なみに曲りかけて、マメゾーは立ちどまった。

「いまの車を押していた野郎、東兵衛のところで、見かけたようだ」

とたんに、水音がした。なにか重いものを、川に投げこんだ音だ。ものもいわずに、センセーは走りだした。

「もってえねえじゃあねえか。これだって、売りゃあ銭にならあ」

橋のなかほどで、男の声がした。

「ばか野郎、血のりのついたものを、売りにいけるかよ。棄ててこい、と親分にいわれているんだ。こっちへよこせ」

もうひとりがいって、さきの男の手から、長いものをひったくった。朱鞘の長い刀、と見るより早く、センセーは走りよって、手をのばしていた。刀をうばわれて、男はわめいた。

「なにをしやがる、こん畜生」

「これは、おれが預る。いま投げこんだおひとは、生きているのか、死んでいるのか」

「なにをいやあがる。なんの話だか、さっぱりわからねえ」

といったのは、兄い株らしい。四角い顔の大男で、そいつだけが、長脇差をさしている。その男から、うばった刀の鐺を返して、センセーは相手の顎にあてた。

「暇がないんだ。正直にいってもらおう。いわねえと、喉笛がつぶれるぜ。小動さんは、死んだのか」

「お、親分を斬ろうとしやがったんだ。そ、そ、そんなことをして、生きていられると、お、思うほうが……」

四角い顔をそらして、長脇差の男はしゃがれ声をあげた。

「偉そうな口をきくな。雑魚《ざこ》は斬るめえ、という情けをいいことに、手めえら、寄ってたかって、殴りころしゃあがったか。そうだろう」

センセーが鐺をおろすと、長脇差の男は飛びのいて、

「なんだ、手めえは、いったい」

男たちは五人いて、砂絵師を遠巻きにした。兄い株の四角い顔は、長脇差をぬくと、口ばやにいった。

「車でつっころがせ。手ごころはいらねえ」

ふたりが大八車をひきよせると、センセーにむかって、押してきた。車輪の音が、橋板に

ひびいた。横に飛びのいて、よけながら、

「手だしはするなよ。わかったな」

と、センセーが叫んだのは、むこうの欄干の上に、マメゾーが立ちあがったからだ。橋桁をつたって、男たちのうしろに、まわったのだ。叫びながら、センセーは車の梶棒を押す男の足を、刀の鞘ではらった。その男がひっくり返ると、もうひとり車を押していたやつも、つんのめった。ふたりが悲鳴をあげると、

「この野郎、ふざけやがって……」

兄い株は長脇差をふりかぶって、踏みこんできた。センセーの手の長い刀が、朱鞘をはなれた。空の細い月の光に、白刃がきらりと光った。じいんと刃のうちあう音がして、四角い顔の男が、ふぇっと妙な声をあげる。長脇差が橋板に落ちたのにつづいて、髻《もとどり》の切れた髪が、ばさっと顔にかかったからだ。あとのふたりは、わけもわからず、匕首《あいくち》をひらめかして、突っこんできた。その目の前に、銀いろの線が走る。ふたりの男は、立ちすくんだ。ひとりは帯を切られ、もうひとりは着物の胸を、大きく切りさかれたからだった。

「こんどは髷《まげ》や帯じゃあ、すまねえぞ。そういう目にあいたくなかったら、東兵衛のところへ、つれていけ。ぐずぐずするな」

「お見それして、すみません。こんな恰好で戻ったら、親分に叱られます。どうか、勘弁しておくんなさい」

と、兄い株は弱音を吐いた。足もとを見まわして、切りおとされた髷を、探している。まず脇差をさがしあてて、鞘におさめた。

「なにをいやあがる。このまま、草鞋《わらじ》をはく気でもあるめえ」

と、センセーは嘲笑《あざわら》いながら、大刀を鞘におさめて、

「探しものは、見つからねえか。提燈はどうしたえ。さっき、うしろから見たときにゃあ、提燈があったようだが……」

「仏を投げこむときに、消したんでさあ。ひとに見られねえように」

と、車を押していた男が、袂提燈と火うち袋をとりだして、

「いま灯を入れますから、お待ちなすって」

「おれがいるんじゃあねえ。散らし髪の兄いが、髷を探しているんだ。もと通り、つけられもしねえのに、棄てていくのは、惜しいとみえる」

と、低い声で、センセーは笑った。しゃがみこんだ男が、火うち鎌を鳴らして、火口《ほくち》に火をつけると、蠟燭が小さな炎を立てる。提燈をのぼすと、手足をひろげた人のような大の字の股に、やや小さく、東の字を入れた屋じるしが、黄いろい光に、黒ぐろと浮きあがった。

その五

人いれ業の東兵衛の店は、大川屋という暖簾《のれん》を、昼間はかけている。いまは大戸をおろし、

くぐり戸だけがひらいていて、障子があかるい。花川戸は大川ぞいの細長い町だから、静かな夜には、川波の音が聞える。大川屋の座敷で、神棚を背にしている東兵衛の耳にも、川のうねりが、かすかに響いた。東兵衛は縞の綿入に、古渡《こわたり》唐桟《とうざん》の袢纏を重ねて、長火鉢の前にすわっていた。不機嫌な顔で、猫板に猪口《ちょく》をおくと、なゝめ前にすわった子分が、銅壺《どうこ》の燗徳利に手をのばした。熱燗の酒を猪口にみたして、子分が徳利をもどそうとすると、親分は首をふって、

「もうあげておけ。煮えてしまっちゃあ、うまくねえ。おめえも飲めよ、重《しげ》。遠慮をすることはねえ。手酌でやってくれ」

「正月そうそう、へまをやらかして、酔っちゃあいられません。おまけに、埃《ほこり》まで立ててしまって、申しわけがねえ」

重と呼ばれた子分は、肩をおとして、小さくなった。東兵衛はにんまり笑って、猪口をほした。太っ腹のところを見せようとして、頬をゆるめたらしいが、口もとは硬ばっていた。とんと猪口をおいて、

「おめえが、あやまることはねえ。腕は立つと見ていたが、さむらい気質《かたぎ》は、あつかいにくい。もうすこし考えて、やらせりゃあ、よかった」

金唐革《きんからかわ》のたばこ入をとりあげて、東兵衛は銀ぎせるをとりだした。重は小鬢《こびん》に手をやると、髭の剃りあとの青い顔をしかめて、

「お膳立てをしてやって、さしむけりゃあ、よござんした。下種《げす》の知恵は、あとから出る。酔って寝ているところでも、やらせりゃあ、間違いなかったでがしょう」

「いまさらいっても、はじまらねえ。また考えよう。伝次《でんじ》はまだ、帰らねえのか。四人もつれていったのに、なにをしていやがるんだ」

東兵衛が口ごとをいったとき、襖《ふすま》のそとで声がした。

「親分、伝次がもどってまいりやした。遅くなって、すみません」

襖があいて、四角い顔の子分が膝をついた。ざんばら髪を、手ぬぐいの鉢巻でごまかして、敷居ぎわに手をそろえる。

「どうしたえ、伝次。鉢巻なんぞをして……」

長火鉢の黒柿のへりで、きせるをはたいて、東兵衛が怪訝《けげん》な顔をすると、重は眉をひそめて、

「伝次、髷がねえのか。おめえ、いってえ……」

「重蔵《しげぞう》あにい、めんぼくねえ」

伝次が頭をさげると、襖のかげで声がして、

「へまなことをして、しっぽをつかまれた詫びに、頭をまるめたいのだそうだ。手つけに髻を落とし、顔をだした、というわけさ」

声のぬしを、襖のかげにみとめて、重蔵は立ちあがると、壁ぎわに飛んだ。長脇差が数本、横にして掛けてある。そのひと腰に、手をのばした姿勢を見ると、この子分、剣術の心得が

ありそうだった。だが、センセーは作法どおり、門之助の刀を右手にさげて、座敷へ入った。うしろに、伝次がいるのも気にせぬふうで、長火鉢の前に膝をそろえると、

「かけちがって、はじめてお目にかかる。わたしは神田筋違御門うち、八辻ガ原で砂絵をかいている大道絵師です。名前はとうに質において、流してしまった。センセーともいわれるが、『先生と呼んで灰吹すてさせる』の口であることは、もちろんでしょう。夜分にいきなりうかがって、申しわけありません。お前さんが、東兵衛親分ですな」

「大川屋東兵衛は、わっしだが、なんのご用ですえ」

長火鉢のへりに、きせるを突っかい棒にして、小ぶとりのからだを反らせたが、その目は落着きなく、隣り座敷を見まわしていた。そこには伝次のうしろに、四人の子分が入ってきて、おずおずとすわっている。センセーはにやりとして、あぐらをかくと、

「挨拶がすんだら、楽にさせてもらいますよ。四角くすわるのが、大のきらいでね。寝そべって暮せるように、大小を棄てたくらいだ」

と、朱鞘の長い刀を起す。年よりが杖にすがるように、鍔もとを肩にあてて、左手で鞘をなでながら、

「見おぼえがおありだろうが、これは小動門之助さんの刀です。あの男はいい人間だが、ちと融通のきかぬところがある。わたしが心配していたら、やはりなにかがあって、めんくらい凧のように、どこへか飛んでしまった。きょう、久しぶりにあったら、命をくれ、という。

五両で頼まれたから、死んでくれ、というんだ」

「なんですって、センセー……」

「まあ、しまいまで聞きねえ、親分。いくら聞いても、小動さんは律義だから、だれの頼みか、教えてくれねえ。知らなかったのだろうが、仲立ちの名もいわねえのだ。わたしのふところに、五両の金が入るのなら、おもしろおかしく費《つか》ってから、死んでやらねえでもねえが、わけもわからず斬られたくはねえ。小動さんの脇差をとりあげて、足を斬っぱらって、逃げたがね。あやうく、わたしは殺されるところだったよ」

「そりゃあ、とんでもねえことだ。なにかの間違いですよ、センセー」

東兵衛が手をふると、砂絵師は鍔もとをつかんだ右手で、すっと長い刀を立てて、

「やはり、親分、委細《いさい》を知っていなさるか」

「知らねえ。知りません。あの浪人を大川へ投げこんだのを、見られてしまったようだから、正直に申しあげますがね。あのひとは、わっしを斬りにきたんです。酔っているようで、『昼間は間違ったが、こんどは大丈夫だ』といっておりました。子分どもがいたおかげで、どうやら助かりましたが、相手はお武家、こっちも必死で、つい殴《ぶ》ちころしてしまった。おたがいの災難で、しょうがねえ。番屋にとどけても、信じちゃあもらえねえから、川に沈めたようなわけで……」

と、東兵衛はため息をついた。センセーは左手を耳にあてて、なにかを聞きすますように、

しばらく無言でいてから、

「せっかく立てた松飾りの笹が、風もねえのに、あきれて鳴りだした。正月そうそう嘘をつくと、あの笹鳴りにさそわれて、福の神が逃げだすぜ。わたしは砂絵師になる前に、易者をやったことがある。半年ばかりでやめたのは、客がつかなかったからじゃねえ。あんまり当りすぎて、手めえの千里眼が、手めえで怖くなったからだ。親分の嘘も、とうにわかっている。お前さんの仲立ちで、門之助が殺すことを頼まれたのが、わたしでないのもわかっている。ただ近ごろ、千里眼をつかわねえので、いささか曇った。親分がだれに頼まれたか。門之助がほんとうは、だれを斬るはずだったか。それがわからねえから、聞きにきたのだ」

「なにをいうんだ、センセー。とんでもねえ見当ちげえだ。とんでもねえこと、わっしはそりゃあ、手なぐさみぐれえはやりますがね。人斬りの仲立ちなんぞと、そんな大それたことを……」

「よく聞けよ、東兵衛親分。小動さんがなぜ、わたしを斬ろうとしたか、教えてやる。真剣に斬ってかかれば、わたしも命おしさに、闘うにちがいない。そうなれば、たぶん自分が斬られるだろう。死なないまでも、怪我はするだろう。わたしを買いかぶって、小動さんはそう考えたんだ。なぜかわかるか。やりそこなっても、四人目は四人目。ひとり五両で、二十両の借金は返した。斬られてきたんだから、もう義理はねえ。おめえなんぞに金を借りて、その金に縛られて、斬りたくもねえ人を斬った。手めえのばかに愛想がつきて、おめえを斬って、小動さんは死ぬつもりだったろう。おめえだけを斬ろうとしたから、ここにいる野郎どもに、殴ちころされたにちげえねえ。嘘だとでも、いってみろ」

壁ぎわに立って、長脇差をつかんでいた重蔵が、いきなり鞘をはらって、飛びかかった。うしろの伝次も性懲《しょうこ》りもなく、長脇差をぬいた。センセーの左手が、朱鞘をにぎると、片膝を立てて、長い刀をわずかに、右手がぬいた。重蔵の長脇差を、鍔もとでうけとめると、左手の鞘がうしろにのびて、伝次の喉をついていた。いやな声をもらして、伝次がうしろへひっくり返ると、ほかの四人は廊下に逃げた。立ちあがるセンセーの動きにつれて、行燈の灯あかりに、長い刃がきらめいた。と思うと、重蔵の手から、長脇差が飛んで、天井につきささった。

「いくらか習ったようだが、刀の握りようが悪い」

と、センセーは重蔵にむかって、

「巻きあげられたら、逆らわずに、剣さきをあげていって、とちゅうで外すんだ。もう一度、相手をしてやりてえが、忙しい。そこへすわっていろ。どすを取ろうとしてみやがれ。のばした手を、たたっ斬ってやる。河童秘伝の膏薬《こうやく》でも、おれに斬られた手は、つげねえぞ。さて、親分」

急に口調をやわらげて、かえって不気味だったのだろう。神棚を背に、立ちあがっていた東兵衛は、長脇差のかけてある壁にのばした手を、あわてておろした。重蔵もいまいましげに、天井を見ながら、両膝をついた。センセーは大刀を鞘におさめながら、

「白刃がぴかりとしたおかげで、千里眼の曇りが、いくらかとれたよ」

「そ、そりゃあ、ようござんした。重のやつが早まって、ご無礼をいたしましたが、りっぱな腕をお持ちだ、センセー」

東兵衛が長火鉢のむこうにすわると、センセーはあぐらをかいて、

「まあ、聞きねえ。小動さんが斬るはずだったのは、お旗本の戸張さんか、大垣さんだろう。それも、殿さまじゃあねえな。戸張のご次男、又四郎さんか、大垣のご嫡男、平馬さんか……いったい、どっちだえ、大川屋の親分。どうした。口がきけなくなったか」

「センセー、わっしらにも掟《おきて》がございます。見ぬかれた以上、しかたがございませんから、小動さんに人斬りをお願いしたことは、認めましょう。ですが、だれに頼まれて、だれを狙ったかは、申せません。まあ、センセーの千里眼は大したもので、およそのところは、当っておりますよ。それくらいで、勘弁しておくんなさい」

と、東兵衛は頭をさげた。砂絵師は口をゆがめて、

「お願いしたとは、ものもいいようだ。だまして、金で縛ったんじゃあねえか。人斬り庖丁をさしているんだから、ひとを斬るのは、わけもねえ。だが、はじめて斬った相手が、目の前で死ぬのを見るのは、わけのねえことじゃあねえぜ。掟なんぞといわねえで、喋《しゃべ》ってしまいな」

「勘弁しておくんなせえ、センセー。口が裂けても、いえねえんだ」

「口が裂けたら、いえなかろう。耳なら削がれても、口はきけるぜ」

あぐらをかいたままの膝の上で、長い刀がすらりと鞘走った。同時に重蔵が立ちあがった。

東兵衛も立ちあがった。いちばん遅れて、センセーが立ちあがった。そのときには、天井にのばしかけた右手を、左手で押えて、重蔵はうずくまっていた。右手から噴きだす血で、左手は汚れていた。その口からは、けもののような声がもれた。

「嚇《おど》しばかりと、思っちゃあいけねえ。手首がころがって、親分が目をまわすと困るから、指二本で勘弁してやったんだ。餓鬼みてえに泣いていねえで、早く血どめをしねえ。今夜のおれは珍しく、腹を立てているんだ。まごまごしているてえと、目の玉を掘じくりだして、銅壺で湯がいて、猫に食わせるぞ。できねえ、と思うなよ」

センセーの右手が、さっと躍った。うしろの襖の鴨居《かもい》の上に、大きな押絵の羽子板が、ななめに飾ってある。矢《や》の根《ね》の五郎《ごろう》の押絵だった。長い刀のさきが、その上をかすめたと思うと、かっと見はった五郎の片目がなくなって、あとの穴から、綿がはみだしてきた。

「見たかえ、親分。掟なんざあ、どうでもよかろう」

東兵衛は壁ぎわに立って、鞘に鉄輪をはめた頑丈な長脇差を、半分ばかりぬきかけていた。羽子板を見あげ、センセーを見て、あわてて刃を鞘におさめた。重蔵は右手を胸に、かかえこむようにして、座敷からよろめき出ていった。センセーは長火鉢に片足かけて、東兵衛の鼻さきに刀をのばしながら、

「だれを斬るはずだったえ、親分」

「大垣平馬というお旗本のご子息でさあ、センセー」

「又四郎でねえとは、ちっと外れたが、小動さんは平馬でも、断れなかったんだろう。だれに頼まれたえ、親分」

「広徳寺前《こうとくじまえ》の数珠屋《じゅずや》、平田屋の徳右衛門《とくえもん》さんに頼まれたんで……」

「はてな。数珠屋の旦那が、なぜだろう。葬式をふやして、得意さきのお寺に、儲けさせるためでもあるめえ」

と、センセーは首をかしげた。

その六

「東兵衛は、あきれたやつだ。十両とって、五両でやらせていたのか、と思ったら、とんでもねえ。二十両も、とっていやがった」

と、センセーは渋い顔で歩きながら、マメゾーをふりかえって、

「逃げたやつらは、おめえたちが、どうかしたんだろう。つらを見られていると、あとで祟《たた》りかねねえぞ」

「大丈夫ですよ、センセー。ほかの子分を呼びにいく気か、ただ逃げる気か、わからなかったものですからね。かたっぱしから、目かくしをして、縛りあげておきました。それにしても、下谷の数珠屋が、なんで大垣平馬を、殺したがったんですえ」

ふたりは花川戸から、雷門前の広小路に、出ようとしていた。ふりかえっても、ユータや

カッパのすがたは見えない。ひとに怪しまれないように、長屋へもどるつもりで、ばらばらになったのだろう。

「娘のためだそうだ。三味線堀《しゃみせんぼり》の稽古所へいった帰りみち、さむらいに突きあたったという。ついていた女中の話じゃあ、さむらいのほうが酔っていて、ひょろついていたそうだがの。無礼なやつ、斬るぞ、といって、刀をぬきかけたものだから、娘は目をまわしてしまったらしい。さむらいは大笑いして、行ってしまった」

「そいつが、大垣平馬だったんですね」

「どうやって、つきとめたのかは、わからねえ。なにしろ娘は、もう四月の余になるてえのに、寝たきりだ。口もきけねえ。親の顔を見ても、泣きだすことがあるてえから、あわれなものよ」

「あんまり怯《おび》えて、頭がどうかしてしまったんですかね」

「そうだろうな。だから、女中をつれて歩いて、おやじの徳右衛門が、つきとめたにちげえねえ」

「大垣平馬はそんなこと、とうにわすれているでしょう」

「生駒道場がどうなるか、はっきりしねえで、平馬もいらいらしていたころだ。酔って、どなりつけた相手は、いくらもいるにちげえねえ」

「女こどもにあたりちらして、どうなるものか。平田屋徳右衛門が、東兵衛にたのんだのも、無理はねえ」

「小動さんがくわしい話を、知っていたかどうかは、わからねえ。知っていたから、命を棄てる気になったのか、ただ生駒道場のために死んだのか、知りてえとも思わねえがの。お切《せっ》匙《かい》をした手前、ほうってもおけめえ。大垣平馬の屋敷はどこだえ」

「下谷の七軒町《しちけんちょう》でさあ。そこへ行くんですかえ」

「うむ、なんとか平馬をさそいだせねえか」

「やってみましょう。さそいだして、どうしますね」

と、マメゾーは心配そうだ。小動門之助の朱鞘の刀を、センセーは腰にさしている。見なれない恰好だが、背たけがあるだけに、ぶざまではない。むしろ似あって、さむらいらしく見えるのを、マメゾーは心配しているのだった。

「さそいだして、センセー、平馬を斬るんですかえ」

「東兵衛は斬ることになるんじゃあねえか、と思っていたがね」

と、センセーは苦笑いした。田原町から、上野に通じる道を、ふたりは歩いていく。現在とちがって、おもて通りは寺、横丁へ入れば武家屋敷で、町家はわずかだ。それも、門前町だから、袈裟ころも屋、筆屋、数珠屋、寺に縁のある店が多い。正月でなくとも、たいがいの店が、早く大戸をおろしてしまう。センセーはつづけて、

「これからも、人斬りの仲立ちをするようだったら、たたっ斬るぞ、と嚇しただけで、すんだ。東兵衛親分、ふるえあがっていやがったぜ。大垣平馬には、数珠屋の娘のことを、教え

てやるつもりさ」

「おれの知ったことか、というんじゃあ、ありませんかね」

「小動門之助のことも、聞かしてやらざあなるめえよ。平馬も武士に、こだわっている男だ。門之助のこころが、わかるだろう」

現在の稲荷町《いなりちょう》交叉点にかかるあたりは、両側ともに、大小の寺と門前のわずかな町家で、新寺町とか、もっと俗にどぶ店《だな》とか呼ばれていた。暗くとざされた山門のなかで、梟《ふくろう》がくぐもった声を、かすかに響かせている。提燈をひくく持って、坊主がひとり、うつむいて歩いてきた。胸にあてた片袖が、ふくらんでいるところを見ると、裏門からぬけだして、酒でも買いにいったのだろう。

稲荷町交叉点を、右に入ってすぐの永昌寺は、柔道の講道館が、最初に稽古場を借りたところだ。黒沢明《くろさわあきら》の映画では、師の大河内伝次郎《おおこうちでんじろう》に叱られて、姿三四郎《すがたさんしろう》がこの寺の池に、飛びこむことになっている。そのうしろ、いま台東区役所のあるあたりに、大きな広徳寺があった。交叉点を左にいって、元浅草二丁目の白鷗《はくおう》高校のそばに、いまも華蔵院《かぞういん》という寺がある。そのへん一帯を下谷七軒町といって、当時は大名屋敷、大旗本の屋敷、小旗本、御家人の小さな屋敷があった。武家屋敷に、表札なぞは出ていない。常夜燈は、辻番所の前にあるだけだ。とうに月は沈んで、屋敷さがしはむずかしいが、マメゾーは夜目がきく。

「たしか、この横丁ですよ、大垣の屋敷は」

小屋敷の板塀のうちから、謡《うたい》をうたう声が、かすかに聞える。

「まだ起きているでしょうから、さそいだすのは、なんとかなりますがね。センセーは、どこで待ちますえ」

「そこらの塀そとにいるさ。華蔵院の門前でも、いいだろう」

「いいえ、佐竹《さたけ》屋敷の辻番所が近すぎましょう」

「数珠屋へいって、徳右衛門夫婦に手をついて、あやまってやれ。できることなら、見舞の金もだしてやれ、というだけだぜ」

「それで、平田屋の気がすみますか」

「すまねえだろうが、人をたのんで、平馬を殺そうとは、もうするまいよ。それから先は、大垣と平田屋のあいだのことだ。おれたちには、どうしょうもあるめえ」

「小動さんの話をしても、数珠屋の前に、手なぞつけるか、といったら、どうしますね、センセー」

「そのときは――小動さんの代役を、つとめることになるかな」

「ようがす。三味線堀の転軫橋《てんじんばし》のたもとに、いておくんなさい」

マメゾーのすがたが、闇に消えると、もと来たほうへ、センセーは歩きだした。正面に門をそびやかしているのは、出羽久保田《でわくぼた》二十五万五千余石、佐竹右京太夫《うきょうだゆう》の上屋敷だが、門松は立っていない。日のあるうちは、麻裃《あさがみしも》の武士がふたり、門の左右にすわっている。佐竹の人かざり、といって、それが名物になっていた。むかって塀の右はしに、辻番所があるが、左には長く塀がつづいて、前は上野からの流れを溜める四角い堀だ。そのかたちから、三味線堀と呼ばれている。堀の水がまた川になって、鳥越《とりこえ》方面へ流れだすところに、かかった橋が、堀を胴、川を棹《さお》に見立てて、転軫橋。

センセーは堀端に立って、水面を見つめた。暗い水に、かすかな星あかりが、ただよっている。たしかにここなら、斬りあいになっても、大丈夫だろう。佐竹屋敷うちのお長屋で、耳ざとく白刃のひびきを聞いた武士がいても、出てくるまでには、逃げられる。腰の刀を軽くたたいて、センセーは苦笑した。

その目に堀の水が、大川の水のように見えた。小動門之助の死体は、いまごろ、どうなったろう。剣にだけ打ちこんだ生きようの果を、だれにも見られずに、海へ出ていくことが、できたろうか。不器用な男だから、両国の百本杭にひっかかるか、中洲《なかす》にうちあげられて、夜あけとともに、ひとに見つけられるかも知れない。こみあげてくるものを、唾にして堀にはいてから、センセーはつぶやいた。

「おれに斬られたかったのは、百も承知だが、そりゃあ、あまったれ、というものだぜ、門之助さん」

◆初出誌一覧

ときめき砂絵

羽ごろもの松　「SFアドベンチャー」千九百八十四年十二月

本所へび寺　「野性時代」千九百八十五年二月

待乳山怪談　「野性時代」千九百八十五年四月

子をとろ子とろ　「野性時代」千九百八十五年六月

二十六夜待　「野性時代」千九百八十五年八月

水見舞　「野性時代」千九百八十五年十一月

雪達磨おとし　「オール讀物」千九百八十六年一月

いなずま砂絵

鶴かめ鶴かめ　「野性時代」千九百八十六年三月

幽霊床　「野性時代」千九百八十六年五月

入道雲　「小説新潮　増刊」千九百八十六年九月

与助とんび　「野性時代」千九百八十六年九月

半鐘どろぼう　「別冊小説宝石」千九百八十六年十二月

根元あわ餅　「野性時代」千九百八十六年十二月

めんくらい凧　「野性時代」千九百八十七年三月

解説

紺野《こんの》　豊《ゆたか》
（評論家）

この『ときめき砂絵』は、都筑道夫が書きつづけている『なめくじ長屋捕物さわぎ』の九冊目で、昭和六十一年三月に、光風社出版から本になった。シリーズ第一話の「よろいの渡し」が、「人食い舟」という題名で、浪速書房から出ていた雑誌「推理界」に載ったのは、昭和四十三年十二月号だから、すでに二十年ちかく書いているわけで、この作者のライフワークといっていいだろう。

血みどろ砂絵　昭和四十四年
くらやみ砂絵　昭和四十五年
からくり砂絵　昭和四十七年
あやかし砂絵　昭和五十一年
きまぐれ砂絵　昭和五十五年
かげろう砂絵　昭和五十六年
まぼろし砂絵　昭和五十七年

おもしろ砂絵　昭和五十九年
ときめき砂絵　昭和六十一年
いなずま砂絵　昭和六十二年

これまで、以上の十冊にまとめられていて、各冊七篇がおさめられている。雑誌に発表されて、まだ本になっていない作品が、昭和六十三年三月現在、五篇あるから七十五篇、まだまだふえるにちがいない。『おもしろ砂絵』までの八冊は、角川文庫に入っていて、この九冊目にひきつづき、十冊目の『いなずま砂絵』も光文社時代小説文庫に、入ることになっている。

以上がこのシリーズの歴史だが、これだけの作品数になった特徴は、どこにあるのだろう。それについては、早川書房の「ミステリ・マガジン」連載の自伝的エッセー『推理作家の出来るまで』に、作者自身が成立事情をのべている。「推理界」から、捕物帳の連載を依頼されたとき、いま新しいシリーズを生みだせるかどうかを考えるために、世に知られた捕物帳のいくつかを、読みなおしてみたという。それまでは都筑道夫も、ほかの多くのひとと同じように、捕物帳を推理小説から、派生した一ジャンルと考えていた。周知のとおり、捕物帳は大正六年に、岡本綺堂によって、はじめられた。以後、多くの捕物帳が書かれたが、わすれられたものもまた多い。それなのに、七十年以上まえに書きはじめ、五十年以上まえに終った岡本綺堂の『半七捕物帳』だけは、長い生命をたもっている。しかも、近年の海外ミステリイの傾向に、ますます似てきている。それは、すぐれた作家である綺堂が、推理小説めいた時代小説を書こうとしたからではなく、過去を舞台にした推理小説そのものを、書こうとしたからにちがいない。都筑道夫は、そう考えたのである。

つまり、捕物帳というジャンルを、つくったのではない。短篇ミステリイのひとつのパターンとして、捕物帳という形式をあみだしたのだ。それは、半七は江戸のシャーロック・ホームズだ、と綺堂自身がいっているし、コナン・ドイルの作品を精読して、『半七捕物帳』を書きはじめたというから、わかりきったようなことなのだけれど、半七以後、推理小説ばなれした捕物帳が多かったために、ひとつのジャンルのごとき錯覚が、起ったのだろう。したがって、なにも新しい捕物帳を、工夫する必要はない。推理小説家としては、『半七捕物帳』にもどる努力を、まずするべきだ、と都筑道夫は結論したらしい。要するに、江戸を舞台にして、短篇の本格推理小説を、書けばいいのだと。

話が理屈っぽくなったが、都筑道夫は推理小説評論も書き、推理作家は縦と横を見すえて、創作するべきだ、といっている。これは、東西の伝統を考え、東西の現状を把握して、推理小説を推しすすめよう、ということだろう。だから、私の解説もやむをえず、理屈っぽくなるわけだが、安心していただきたい。『なめくじ長屋捕物さわぎ』は、けっして、理屈っぽい作品群ではない。珍しい江戸風俗を背景にして、過去の人びととの会話と、現代的な地の文とをとりあわせたユニークな連作推理小説で、どこから読みはじめても、楽しいのである。

『半七捕物帳』の伝統を尊重していても、探偵役をつとめる主人公は、岡っ引でも与力、同心でもない。神田の貧乏長屋にすむ大道絵師を中心に、大道芸人、ものもらい、雨や雪の日には長屋にこもって、なめくじみたいに寝ころんでいるアウトローの集団探偵だ。そこは現代小説でも、現職の警察官をきらって、退職刑事や私立探偵を主人公にするこの作者らしい。江戸川乱歩賞作家の高橋克彦さんが、都筑道夫の短篇集の解説で、この本ではじめて、この作者に接する読者がうらやましい、なぜなら、これからたくさん、過去の作品が読めるからだ、という意味のことを書いている。私もおなじことを、ここでいいたい。

大山真市さんという都筑ファンが、オリジナルの単行本も、その新書版、文庫版もひっくるめて、全著書を蒐集していて、その総数が昭和六十二年末に、二百二十冊を越えたという。オリジナルは半分とみて、百十冊の著作のうちの一冊を、これから読むのか、読みおわったのかはともかくも、あなたはいま手にしている。まだ百九冊、読めるのだ。『なめくじ長屋捕物さわぎ』だけでも、ほかに九冊ある。私は十冊ぜんぶを読んでいるから、十一冊目を待ちこがれているところだが、あなたは残りの九冊を読んでいるうちに、十一冊目にあえるだろう。

『ときめき砂絵』千九百八十八年四月　光文社文庫刊
『いなずま砂絵』千九百八十八年七月　光文社文庫刊

＊本書の作品中には、今日の観点からすると差別的と判断され、考慮すべき表現・用語が含まれています。が、本作は身分制度が存在した江戸期を舞台としており、作者は差別を助長する意図で使用しているのではないと考えます。また、作者は故人であり、作品が古典的に評価されていることなどに鑑み、原本のままとしました。　（編集部）

光文社文庫

連作時代本格推理
ときめき砂絵《すなえ》 いなずま砂絵《すなえ》 なめくじ長屋《ながや》捕物《とりもの》さわぎ㈤
著者 都《つ》筑《づき》道《みち》夫《お》

2011年2月20日 初版1刷発行

発行者 駒井稔
印刷 豊国印刷
製本 関川製本

発行所 株式会社 光文社
〒112-8011 東京都文京区音羽1-16-6
電話 (03)5395-8149 編集部
8113 書籍販売部
8125 業務部

ISBN 978-4-334-74916-3 Printed in Japan

組版 豊国印刷

お願い　光文社文庫をお読みになって、いかがでございましたか。「読後の感想」を編集部あてに、ぜひお送りください。
このほか光文社文庫では、どんな本をお読みになりましたか。これから、どういう本をご希望ですか。どの本も、誤植がないようつとめていますが、もしお気づきの点がございましたら、お教えください。ご職業、ご年齢などもお書きそえいただければ幸いです。当社の規定により本来の目的以外に使用せず、大切に扱わせていただきます。

光文社文庫編集部